CHRIS RYLANDER

DIE LEGENDE VON GREG

DER KRASS KATASTROPHALE ANFANG DER GANZEN SACHE

Aus dem Englischen von Gabriele Haefs

Alle Bände von *Die Legende von Greg* auf einen Blick:
Die Legende von Greg 1: Der krass katastrophale Anfang der ganzen Sache
Die Legende von Greg 2: Das mega-gigantische Superchaos
Die Legende von Greg 3: Die absolut epische Turbo-Apokalypse

Veröffentlich im Carlsen Verlag
Dezember 2021
Originalcopyright © 2018 by Temple Hill Publishing
Originalverlag: G. P. Putnam's Sons, an imprint of
Penguin Random House LLC, New York
Originaltitel:
The Legend of Greg; Book One of An Epic Series of Failures
© der deutschsprachigen Ausgaben:
2019, 2021 Carlsen Verlag GmbH, Hamburg
Umschlagillustration © Jann Kerntke
Umschlagtypografie: formlabor
ISBN: 978-3-551-31983-8

Carlsen-Newsletter: Tolle Lesetipps kostenlos per E-Mail!
Unsere Bücher gibt es überall im Buchhandel und auf carlsen.de.

*Für alle, denen jemals das Gefühl gegeben worden ist,
dass sie klein sind*

INHALT

1 Lodernde Damenbärte, menschenfressende Monster und Kopfexplosionen durch Felsallergien 13

2 Wilbur macht sehr deutlich, dass die organischen Seifen meines Dad seinen Geruchssinn aufs Äußerste beleidigen 24

3 Der superdunkelgraue Donnerstag ist entsetzlicherweise erst halb vorüber 32

4 Ich esse zum Frühstück mit Bienenkotze überzogene Ziegen 50

5 Greg und Edwin tummeln sich auf einer Blumenwiese 62

6 Ich entdecke ein neues Talent: Mit meinem Gesicht Knochen brechen 72

7 Wie man richtig starke Rückenmuskeln kriegt 77

8 Dads rein biologische Nahrungsmittelzusätze zum Muskelaufbau sind offenbar ungeheuer wirksam 86

9 Ein Bauarbeiter der Zukunft wird in einer Mauer ein Skelett mit riesigen Knochen finden 91

10 Der Herr der Ringe ist eine fette Beleidigung 100

11 In meinem Gedärm braut sich schlechtes Wetter zusammen 109

12 Lichtschläger, Mondzauber und Sturmbäuche .. 117

13 Mir misslingt ein Auftritt als komisches Genie ... 125

14 Cronenbergs Kuttel-Imbiss und Wählscheiben-telefon-Reparaturladen 132

15 Das grandiose Schauspiel von Borin Holzfällers dickem Zeh 143

16 Pfeil im Auge, Kugel im Kopf oder Schwert im Rücken: eine kleine Auswahl meiner möglichen Todesarten 153

17 Mrs O'Learys Kuh ist nun doch nachweislich unschuldig 160

18 Die Zwergische Anti-Mungo-und-Ameisengrütze-Einheit 173

19 Es beeindruckt mich kein bisschen, wenn jemand mit dem Gesicht eine Parkbank zertrümmert 182

20 Meine erste Zwergen-waffe 190

21 Ein Zwerg zu sein ist keine Entschuldigung dafür, beim Schach zu verlieren ..198

22 Das mächtigste Relikt der alten Welt erweist sich als fantastischer Rücken-kratzer 208

23 Glam droht, mir meine schnuckelige Fresse zu polieren 216

24 Jetzt ist bewiesen, dass niemand den Tod einer Schildkröte auf dem Gewis-sen haben will 223

25 Ich kündige hiermit ein Wortspiel an: Tja, Perry, da haste den Salat! 233

26 Edwin bekommt Haus-verbot für das Qitris-Festival 246

27 Wir werden wie die Helden gefeiert, weil wir einen Krieg vom Zaun gebrochen haben 252

28 Mein Dolch hat einen englischen Vornamen, näm-lich B-L-A-C-K-O-U-T ... 263

29 Lomdul Hartschwert speit Feuer 272

30 Ari schlägt mich immer wieder mit einer riesigen Keule 280

31 Ich merke, wie sehr es mir fehlt, Gespräche mit leblosen Gegenständen zu führen 292

32 Eine magische Axt und ich machen einen psychedelischen Tagesausflug zum Waldmond Endor 296

33 Ich werde aufs Übelste von einem Leprechaun beleidigt 308

34 Ich werde wie ein leeres Hamburger-Einwickelpapier zusammengeknüllt 320

35 Ich rufe auf so inspirierte und hochemotionale Weise zur Tat auf, dass es alle zu Tränen rühren würde – außer Zwerge 329

36 Fynric gibt mir ein Truthahnbrot und eine Flasche Rum für meinen Einsatz ... 335

37 Paul sammelt die seltsamste Fuhre der Nacht auf 343

38 Wir erfahren, dass Menschen ein trostloses Leben haben 347

39 Aderlass und ich fallen so richtig mittelalterlich über einen wehrlosen alten Kopierer her 353

40 Es stellt sich heraus, dass Kobolde genauso hässlich sind, wie ihr Name andeutet 357

41 Na gut, manchmal weint ein Zwerg eben doch 363

42 Wie sich herausstellt, sind Bergtrolle wirklich so blöd, wie Buck behauptet hat 367

43 Na gut, Felstrolle sind immerhin gescheit genug, um aus ihren Fehlern zu lernen 372

44 Sieben Zwerge, die am Himmel über Chicago eine Runde drehen 375

45 Aderlass hält einfach nicht die Klappe 379

46 Ich suche in der öffentlichen Bibliothek nach wütender Rache 383

47 Ich kündige ein weiteres Wortspiel an: Mein (ehemals) bester Freund fliegt auf mich 389

48 Die Morgendämmerung der Magie 395

Danksagungen 396

HALT!

Ehe ihr anfangt, das hier zu lesen, welcher Tag ist heute? Wenn Donnerstag ist, dann schlagt dieses Buch sofort zu und lest lieber morgen weiter.
Wenn ihr das hier an einem Donnerstag lest, passiert garantiert was Schlimmes.

Glaubt mir.

1

Lodernde Damenbärte, menschenfressende Monster und Kopfexplosionen durch Felsallergien

Es ist eigentlich nicht besonders überraschend, dass der Tag, an dem mir fast von einem gemeinen Monster das Gesicht weggekratzt worden wäre, ein Donnerstag war.

Seit ungefähr dem Anbeginn aller Zeiten (sagen mein Dad und sein Dad und der Dad seines Dad und der Dad vom Dad seines Dad usw.) sind den Leuten aus meiner Familie an Donnerstagen schlimme Dinge widerfahren. Hier einige Beispiele:

- Großtante Millies legendärer Bart fing an einem Donnerstag Feuer. Der Bart, der einst den absoluten Neid aller Belmonts (Männer wie Frauen) erregt hatte, wurde beim Nachwachsen leider nie wieder der Alte.
- Die Second Midwestern Bank ließ an einem Donnerstag des lange zurückliegenden Jahres 1929 die alte Belfort-Familienfarm beschlagnahmen und verurteilte die Sippe damit zu einem tristen Stadtleben. Seit damals nennen alle meine Tanten und Onkel dieses Geldinstitut eine schleimige Pointer-Bank. Niemand will mir verraten, was das bedeutet, aber es ist mit fast vollständiger Sicherheit ein Fluch, denn

Tante Millie schrie genau das, als sie merkte, dass ihr Bart in Flammen stand.
– Mein Vetter Phin verlor an einem Donnerstag seinen nagelneuen Wagen. Bis heute haben wir keine Ahnung, was aus dem Auto geworden ist. Phin hatte es in der Stadt in irgendeiner Straße abgestellt, vergaß dann aber total, in welcher. Nach einer Suche von über einer Stunde gab er auf und fuhr mit dem Bus nach Hause. Wenn ihr es für unmöglich haltet, einen Sedan mittlerer Größe zu verlieren, dann fragt mal einen Belmont an einem Donnerstag.

Es gibt unzählige weitere Beispiele, aber es geht mir um Folgendes: Es hätte mich nicht überraschen dürfen, an einem Donnerstag fast in Stücke gerissen zu werden. Ich hatte natürlich damit gerechnet, dass irgendwas passieren würde, da das fast immer der Fall war. Nur nicht etwas dermaßen Drastisches. Ich hatte gedacht, mir würde vielleicht Kaugummi in den Haaren kleben bleiben. Oder Perry würde versuchen, mich wieder einmal in die Toilette der vierten Klokabine in der Jungengarderobe zu pressen – was eigentlich *fast* so schlimm war, wie von einem Monster angegriffen zu werden, da dieses Klo so berüchtigt war, dass es sogar einen eigenen Namen hatte: die *Super Bowl*. In der Super Bowl war seit 1954 die Spülung nicht mehr betätigt worden, das lag an irgendeinem schuleigenen Aberglauben, der so tief verwurzelt war, dass sogar der oberste Gesundheitsinspektor der Stadt ihn respektierte (auch er hatte früher einmal unsere Schule besucht). Ich kann euch die furchtbaren Dinge, die ich in dieser Toilette gesehen habe, nicht einmal ansatzweise beschreiben – und der Geruch soll nie wieder erwähnt werden.

Aber ich will mich über Donnerstage wirklich nicht beklagen. Sie gehören zu einem Dasein als Belmont einfach dazu. Manche von uns werden reich geboren, andere arm, einige mit acht Zehen, andere mit blonden Haaren, und noch andere eben mit einem Donnerstagfluch.

Zum Glück konnte meine ganze Familie ziemlich gut mit diesem Fluch umgehen. Wir hatten sogar ein Sprichwort: *Donnerstage sind der Grund, warum jeder andere Tag so toll ist!* Na gut, das klingt vielleicht nicht gerade schmissig, aber es stimmt. Die anderen Wochentage kamen mir im Vergleich zum Donnerstag wirklich vor wie Ferien.

Dieser besondere Donnerstag fing eigentlich ziemlich normal an: mit einem harmlosen Schulausflug zum Lincoln Park Zoo.

Die Pädagogische Isaacson-Spezial-Schule (bestimmt schafft ihr es nicht, bei der Aussage ernst zu bleiben, dass ihr auf eine Schule namens PISS geht!) ist eine der vornehmsten und angesehensten privaten Lehranstalten des Landes. Sie hätte genug Geld, um sich einen eigenen Zoo zu kaufen, wenn sie wollte. Aber stattdessen wurden wir auf »kulturell bereichernde« Ausflüge ins Shedd-Aquarium oder zu einem regionalen Apfelgarten oder einer anderen, viel ärmeren Schule im Westen der Stadt geschleift, damit meine Klassenkameraden mit eigenen Augen sehen konnten, um wie viel besser ihr Leben war als das anderer Jugendlicher.

An diesem Donnerstag karrte ein Konvoi aus Luxusreisebussen die gesamte Schule zum Zoo. Auf der rechten Seite der Straße lag der Michigansee und sah mit seiner glitzernden blauen Oberfläche aus wie ein Ozean, der sich unendlich dahinstreckte.

Nachdem wir vor dem Eingang zum Lincoln Park Zoo aus dem Bus gestiegen waren, suchte ich zuerst Edwin. Das war das Gute an Ausflugsdonnerstagen: Ich konnte den ganzen Tag mit meinem besten Freund herumhängen.

Edwin war mit Abstand der beliebteste Junge an der PISS, und vielleicht auch der reichste. Möglicherweise gibt es da einen Zusammenhang.

Nicht, dass es bei den PISS-Schülern selten vorkam, dass jemand reich war (ich war eine der wenigen Ausnahmen). Von den 440 Schülerinnen und Schülern bekamen nur 45 die Schulgeld-Ermäßigung. Die anderen kamen aus Familien, die wohlhabend genug waren, um sich 43000 Dollar pro Jahr für etwas leisten zu können, das es anderswo umsonst gab.

Aber Edwins Familie schwamm auf einem ganz anderen Niveau im Geld. Ich arbeitete im Sommer immer im Bioladen meines Dad, während Edwin die Ferien damit verbrachte, in der privaten Luxusjet-Flotte seiner Eltern um die Welt zu düsen. Ja, in der *Flotte*, sie hatten nicht nur einen Privatjet. Ich wusste nicht einmal, womit genau Edwins Eltern ihren Lebensunterhalt verdienten. Sie arbeiteten irgendwo in der Innenstadt so was mit Finanzen – als Vorstandsvorsitzende einer Investitionsfirma oder Geschäftsführende Finanzprodukt-Manager oder Marktanalytiker-Aktienmakler-Finanzchef-Verwalter oder so.

Aber wie auch immer: Obwohl wir aus zwei verschiedenen Welten kamen, waren Edwin und ich seit unserer ersten Begegnung vor drei Jahren beste Freunde.

An jenem Donnerstag fand ich ihn umgeben von einer Schar hübscher Achtklässlerinnen. Sie verzogen das Gesicht, als ich mich dazugesellte. Ich vermutete, das lag daran, dass ich roch wie eine Mischung aus gepökeltem Schweinebein und isländischem Moor (mein Dad stellte nämlich seine eigenen Bioseifen her und zwang mich dazu, sie zu benutzen). Ich ignorierte das genervte Glotzen der Mädels, als sie sich zerstreuten – wie immer, wenn ich aufkreuzte.

»He, Greg«, sagte Edwin mit breitem Grinsen. »Hat dein Dad auf seiner Reise irgend 'ne coole Entdeckung gemacht? Irgendwelche ausgestorbenen norwegischen Baumsäfte? Oder eine neue Art Sumpfmoos? Vielleicht hat er endlich den seltenen und flüchtigen Arkonischen Knopfpilz auftun können?«

Ein Teil von Dads Arbeit als *ökologischer Kunsthandwerker* (seine Worte, nicht meine) bestand in Reisen um die ganze Welt, auf der Suche nach neuen Zutaten für seine Seifen und Tees und andere natürliche Gesundheitsprodukte.

Er stöberte schon die ganze Woche in Norwegen herum.

»Ich weiß nicht, er kommt morgen zurück«, sagte ich. »Warum? Bist du wirklich so scharf darauf, seinen neuesten Tee auszuprobieren?«

Edwin sah mich an, als ob ich ihn aufgefordert hätte, mir seinen Finger ins linke Nasenloch zu bohren.

»Äh, nicht schon wieder«, sagte er und lachte. »Seine letzte Teemischung hat mir fast das Gesicht explodieren lassen, weißt du noch?«

»Er konnte aber auch nicht wissen, dass du allergisch gegen Schiefer bist«, rief ich ihm in Erinnerung.

»Das liegt daran, dass Schiefer eine Gesteinsart ist«, sagte Edwin und grinste. »Ich hatte noch nie Schiefer gegessen, weil im Allgemeinen kein Schwein *Felsen* verzehrt.«

»He, du hast ihn aber selbst um eine Kostprobe gebeten. Mein Dad zwingt niemanden, etwas zu probieren. Meistens bin ich sein Versuchskaninchen.«

»Ich weiß, aber ich kann nichts daran ändern, ich mag deinen Dad einfach«, sagte Edwin. »Er bringt mich zum Lachen. Der Typ ist einfach witzig.«

»Es freut mich, dass wenigstens einer von uns ihn witzig findet«, murmelte ich.

Im tiefsten Herzen war ich ebenfalls ein großer Fan der Macken meines Vaters, aber das wollte ich um keinen Preis zugeben.

»Und?«, sagte Edwin mit spöttischem Lächeln. »Bist du bereit für die *atemberaubende* Welt des Lincoln Park Zoo?«

Ich verdrehte die Augen.

Das ist das Blöde daran, wenn man so reich ist wie Edwin: Wenn man sich buchstäblich alles leisten kann, werden die meisten normalen Dinge langweilig. Im vergangenen Winter erst hatten seine Eltern ihn mit dem Hubschrauber über einen sibirischen Nationalpark in Ostrussland fliegen lassen – da konnte ein Ausflug in den Zoo einfach nicht mithalten. Vermutlich war er deshalb so begeistert von meinem Dad: Eines der wenigen Dinge, die man für Geld nicht kaufen konnte, war ein ausgeflippter, exzentrischer und (möglicherweise) witziger Vater.

»He, man weiß ja nie«, sagte ich. »Vielleicht ist es aufregender, als es klingt, sich deprimierte Tiere in einem Käfig anzusehen.«

Edwin lachte. Er hatte eine Schwäche für meinen bizarren, düsteren Optimismus. Ich machte meinen Dad für diese Eigenschaft verantwortlich.

»Sei nicht so ein Gwint«, sagte er.

Edwin bezeichnete mich als Gwint, wenn er mich zu pessimistisch fand. Ich hatte keine Ahnung, was »Gwint« bedeutete, aber diese Bezeichnung kam mir auf eine seltsame Weise passend vor. Edwin war begabt darin, merkwürdig passende Spitznamen zu finden. Wie *Scharfe Soße*, zum Beispiel. Der war Englischlehrer an der PISS und hatte oft die Aufsicht bei den

Ausflügen. Sein richtiger Name war Mr Worchestenshire, und natürlich wussten wir alle, dass Worcestersoße streng genommen gar nicht scharf ist, aber als Edwin diesen Spitznamen prägte, hatte er nicht genau gewusst, wie Worcestersoße denn eigentlich schmeckte. Außerdem war *Scharfe Soße* ein viel besserer Spitzname als *Fermentierter Würzextrakt*. Deshalb blieb der Name haften.

»Egal«, sagte ich. »Du bist übrigens am Zug. Oder versuchst du Zeit zu schinden, in der Hoffnung, dass ich meinen Masterplan vergesse?«

Edwin schnaubte und zog sein Telefon hervor.

Eine unserer gemeinsamen Leidenschaften war Schach. Nicht viele in unserem Alter spielten Schach. Genauer gesagt, mir war bisher nur einer begegnet, der Schach spielte: Danny Ipsento. Er hatte früher in unserer Straße gewohnt. Aber dann hatte es sich herausgestellt, dass er neben Schach noch andere Hobbys hatte, wie Brandstiftung und Taubenvergiften im Park. Deshalb wurden wir niemals richtige Freunde – ich hatte zu oft Pech, um mir einen Freund mit dermaßen gefährlichen Hobbys leisten zu können. Das wäre für mich gesundheitsgefährdend gewesen.

Aber was ich sagen wollte: Weil es so wenig Schachspieler gab, kam es mir fast zu perfekt vor, als ich Edwin zum ersten Mal die Schach-mit-Freunden-App an seinem Telefon öffnen sah. Ich hatte nur mit Schach angefangen, weil mein Dad von diesem Spiel besessen war und mir schon mit drei Jahren Unterricht gegeben hatte. Mein Dad redete die ganze Zeit über die *Perfektion* des Schachspiels: wie uralt es sei, dass es das einzige bekannte Spiel sei, bei dem Glück nicht die geringste Rolle spielt, und dass man dabei sein eigenes Schicksal zu hundert Prozent in eigenen Händen hält. Jeder Zug, jeder Gewinn, jeder Verlust seien allein einem selbst überlassen, was man vom Leben nicht gerade sagen könnte (vor allem nicht als Belmont). Was auch der Grund war, warum ich Schach lieben gelernt hatte, trotz der Tatsache, dass ich fast nie gewann. Bei jeder neuen Partie war die Möglichkeit eines Sieges nur von meinem eigenen Vorgehen begrenzt. Was für jemanden aus einer mit ungeheurem Pech belegten Familie ein gewaltiger Trost war.

Ich war noch immer bei Weitem nicht so gut wie mein Dad. Noch nicht einmal so gut wie Edwin. Ich schlug Edwin vielleicht in jeder zehnten oder fünfzehnten Partie, und selbst dann hatte ich den Eindruck, dass er mich nur gewinnen ließ, damit ich am Ball blieb. Er liebte Schach zum Teil aus demselben Grund wie ich: Er hatte es schon als kleines Kind von seinem Dad gelernt. Dieser war nicht nur unanständig reich, sondern zufällig auch ein ehemaliger Schachgroßmeister. Und Edwin hatte seinen Dad immer schon angebetet, so sehr, dass er versuchte, seine Bewegungen nachzuahmen, um eines Tages genauso wie er gehen und reden und sich verhalten zu können.

Aber Edwin liebte Schach auch noch aus einem tiefer gehenden Grund, und vielleicht war das auch derselbe Grund, weshalb er so viele Freunde hatte: Er versuchte zu gern, die geheimsten Gedanken anderer zu durchschauen.

Edwin machte endlich seinen Zug, als Scharfe Soße, unser Aufsichtslehrer, unsere Gruppe über einen Betonweg führte.

»Oh Mann, ich will gar nicht wissen, was du jetzt wieder vorhast«, sagte ich.

Ich hatte selbst kein Smartphone (lange Geschichte), deshalb würde ich mir seinen Zug erst später im Computerraum der Schule ansehen können.

»Versuch, dir keine allzu großen Sorgen zu machen«, sagte Edwin nickend. »Genieß einfach diesen sensationellen Ausflug, den die PISS zu unserer Erbauung und Unterhaltung arrangiert hat.«

Ich lachte.

Wir begannen unseren Rundgang in der »Welt der großen Bären« – als ob es auch andere Bären gäbe! Wir betraten ein Gelände, das auf drei Seiten von niedrigen Holzzäunen und Purgier-Kreuzdorn-Sträuchern umgeben war (okay, ich finde Pflanzen total interessant, na und?). Eine dicke Glasscheibe trennte die Zoobesucher von der Bärenwelt, die aus einem felsigen Abhang bestand. Mehrere riesige Eisbären lungerten vor uns herum.

Die anderen riefen »ooooh« und »aaaah«, als sich die gewaltigen Bärenköpfe umdrehten, um uns anzustarren.

Mir sträubten sich die Haare an den Armen, als der größte der Bären meinen Blick einfing. Er stieß ein solches Gebrüll aus, dass wir es durch alle Schichten des Sicherheitsglases hören konnten.

Ich war eigentlich nie besonders tierlieb gewesen. Die Haustiere anderer wichen mir normalerweise aus, als ob ich eine ansteckende Krankheit hätte. Was peinlich war, denn Hunde haben sich doch im Laufe der Jahrtausende darauf spezialisiert, Menschen zu *lieben*.

Aber als ich dort im Lincoln Park Zoo stand und geschockt dem riesigen Bären in die Augen starrte, kam mir das ganz anders vor als bei Hunden und Katzen, die mich nicht leiden konnten. Es ist schwer zu erklären, aber ich wusste sofort ganz genau, dass hier etwas nicht stimmte. In dem Moment war mir klar, dass der Bär mich mehr hasste als alles andere auf der Welt.

Alle sahen in ehrfürchtigem Schweigen zu, wie der Eisbär auf uns zutrottete. Wenn er sich auf die Hinterbeine stellte, war er mindestens dreimal so groß wie ich, und seine Pfoten waren groß genug, um mir mit einer einzigen Bewegung das ganze Gesicht wegzufetzen.

Die Lippen des Bären öffneten sich zu einem weiteren Fauchen.

Dann bückte er sich und hob mit seinen Vorderpfoten einen Felsquader auf. Die anderen aus meiner Klasse schnappten nach Luft. Einige lachten, als der Bär mit dem riesigen Felsbrocken zwischen den Pfoten auf uns zukam.

»Meine Güte, hat der Bär wirklich gerade einen Felsblock aufgehoben?«, fragte Edwin.

Eine junge Zooangestellte mit einem Namensschild (»Lexi«) trat vor unsere Gruppe aus verdutzten PISS-Leuten.

»Es besteht kein Grund zur Sorge«, sagte Lexi mit einem stolzen Lächeln. »Wilbur und einige andere der Bären spielen einfach gern mit Steinen. Das machen sie oft. Wie Hunde und Katzen können Bären überraschend verspielt sein.«

Wilbur ließ abermals ein wütendes Gebrüll hören.

Lexi lächelte noch immer, aber ihre Augen huschten nervös zurück zu den Bären. Wilbur machte wieder einige Schritte vorwärts, den Felsquader fest gepackt. Er stand jetzt genau auf der anderen Seite des Panoramafensters.

Und er starrte mir noch immer ins Gesicht.

Der Eisbär hob den Felsblock und knallte ihn gegen das Sicherheitsglas.

DRÖHN.

Die Zuschauer schnappten nach Luft und traten allesamt einen Schritt zurück, als die Fensterscheibe vibrierte. Aber sie zerbrach nicht, sie bekam nicht einmal einen Riss. Lexis Lächeln war verschwunden, aber sie gab sich alle Mühe, uns zu versichern, dass alles in bester Ordnung sei.

»Das sind fünf verschiedene Schichten aus verstärktem

laminierten Sicherheitsglas«, sagte sie mit zitternder Stimme. »Kein Grund zur Beunruhigung.«

DRÖHN.

Die äußerste Glasscheibe zersprang zu einem Spinngewebe. Das nervöse Gemurmel der Umstehenden schlug in etwas um, das große Ähnlichkeit mit Panik hatte.

Bären können kein unzerbrechliches Sicherheitsglas zerbrechen.

Ich wusste das so sicher, wie ich wusste, dass es keine Kobolde gab und dass die Seife meines Dad grauenhaft stank – das waren Tatsachen. Aber ich konnte nur voller Entsetzen zusehen, wie dieser Bär hier, durch meine Anwesenheit in einen unirdischen Zorn geraten, abermals mit dem Felsblock auf die dicke Panoramafensterscheibe einschlug.

DRÖHN.

Glassplitter stoben um den Bären im Gehege herum. Er hatte soeben ohne Probleme weitere Schichten des Panoramaglases zerschlagen. Die Zuschauer wichen immer weiter zurück. Einige hatten bereits die Flucht ergriffen. Jegliche Spur von Gelassenheit war aus Lexis Gesicht verschwunden und sie sprach hektisch in ein Walkie-Talkie.

Wilbur der Eisbär holte mit dem Felsblock aus und stieß dann ein letztes Mal damit zu.

KRÄSCH!

Die letzten beiden Glasschichten zerbrachen und verteilten sich in einer Million winziger Stücke über den Boden.

Kinder und andere Zoobesucher schrien auf und ließen sich in Deckung fallen. Wilbur stürzte an ihnen vorbei, als ob sie gar nicht da wären. Er hatte ein klares Ziel und nichts sollte ihm in die Quere kommen.

Wilbur, der drei Meter sechzig große Eisbär, kam geradewegs auf mich zugestürzt.

2

Wilbur macht sehr deutlich, dass die organischen Seifen meines Dad seinen Geruchssinn aufs Äußerste beleidigen

Schäumender weißer Schleim troff aus Wilburs fauchendem Maul und klatschte leise auf den Boden hinter ihm, während er voranstürmte.

Das hätte mich fast abgelenkt und ich wäre stumm und dumm stehen geblieben, während er mich zu einem Haufen menschlichen Hackfleischs verarbeitet hätte. Aber in letzter Sekunde kam ich zur Besinnung und ließ mich neben die Bahn des angreifenden Eisbären fallen.

Ich sprang sofort wieder auf die Füße, denn ich wusste, dass der wütende Bär nicht aufgeben würde. Gewaltige Krallen, die nur um Fingerbreite an meinem Gesicht vorüberjagten, bestätigten meine Vermutung.

Wilbur brüllte ein weiteres Mal.

Irgendwer kreischte los.

Ich nahm die Beine in die Hand.

Während ich mir einen Weg durch die Davonstürzenden bahnte, hörte ich mich zwischen keuchenden Atemzügen Wörter ausstoßen:

»Bär, Bär, Bär, Bär«, sagte ich, da mein Unterbewusstsein offenbar das Gefühl hatte, dass einige der Zuschauer den drei Meter sechzig großen Bären, der mich jagte, nicht sahen. »Bär, Bär, Bär!«

Ich rannte um ein großes hölzernes Schild herum, auf dem mitgeteilt wurde, Wilbur sei der älteste und größte in Gefangenschaft lebende Bär (na ja, *bisher* in Gefangenschaft lebend). Ich ging hinter dem Schild in Deckung wie hinter einer Festungsmauer.

Wilbur zerschlug diese Festungsmauer lässig mit einem Pfotenhieb.

Ein Splitterhagel prasselte auf meinen Kopf und ich sprintete wieder los, kam aber nicht sehr weit. Ich blieb mit dem Fuß an der Ecke eines verlassenen Imbisswagens hängen, stürzte und rollte bis zu einer Bank, wobei ich unterwegs eine heruntergefallene Wurst zerquetschte.

Wilbur wurde langsamer und setzte die Verfolgung dann im Wandertempo fort – er wusste ja, dass ich gefangen war und keine Fluchtmöglichkeit hatte (und jetzt zudem großzügig mit Senf gewürzt war).

Ich setzte mich voller Entsetzen auf und sah zu, wie der Bär zum letzten Hieb ausholte, wobei seine wütenden Augen in seinem weißen Fell leer und schwarz funkelten. Mindestens drei Betäubungspfeile steckten in seinem Rücken, aber das Betäubungsmittel hatte keinerlei Auswirkungen auf seinen wutentbrannten Zustand.

Zwei Zooangestellte in braunen Kampfanzügen hatten ihn fast eingeholt, auf jeder Seite einer. Sie krochen weiter, einer lud sein Betäubungsmittelgewehr nach und der andere hielt eine Stange mit einer Schlinge am einen Ende. Wilbur wischte einen der beiden problemlos mit der Pfote beiseite. Der Typ flog in einen in der Nähe stehenden Baum (eine Amerikanische Ulme). Sein Kollege zögerte. Wilbur drehte sich um und brüllte ihn an und der Mann stürzte davon, nachdem er mir einen mitleidigen und gleichzeitig entschuldigenden Blick zugeworfen hatte.

Ich sah dem Bären ins Auge ... und damit meinem eigenen sicheren Tod.

Aber dann stand plötzlich jemand vor mir und beschützte mich vor dem wütenden Tier – Edwin! Hoch aufgerichtet und voller Selbstvertrauen bezwang er den Eisbären mit Blicken, der uns vermutlich beide für eine Art nette Zwischenmahlzeit hielt.

»Was tust du da?«, fragte ich, voller Angst, als Letztes in meinem Leben zu sehen, wie mein einziger Freund als Appetithäppchen verspeist wurde.

Edwin achtete nicht auf mich, sondern starrte weiterhin den Bären an. Wilbur erhob sich zu seiner vollen Größe und fauchte wütend. Edwin sagte nichts – er starrte nur.

Nach einigen Augenblicken wurden Wilburs Augen glasig. Dann waren sie einfach nur noch leer. Er schwankte für einen Moment auf seinen Hinterbeinen, dann kippte er mit einem leisen TUMP auf den Betonboden. Zooangestellte mit Tierfanggeräten stürzten herbei, um das bewusstlose Tier zu fesseln.

Edwin fuhr mit verdutzter Miene herum und legte sich eine zitternde Hand auf die Brust. Die totale Furchtlosigkeit, die er wenige Sekunden zuvor an den Tag gelegt hatte, schien ihm jetzt zu Bewusstsein zu kommen und seine Knie zitterten.

»Meine Güte, wie ... wie hast du ...«, stammelte ich, noch immer zu geschockt, um einen zusammenhängenden Satz herauszubringen.

»Ich ... ich weiß nicht«, sagte Edwin und schüttelte, sichtlich ebenfalls geschockt, den Kopf. »Ich ... ich wollte bloß ...«

Aber er konnte den Satz nicht beenden, denn die anderen aus unserer Schule drängten sich jetzt um ihn zusammen, schlugen ihm auf die Schultern und beglückwünschten ihn zu seiner Heldentat. Sie waren quasi kurz davor, ihm einen Eimer Limonade über den Kopf zu kippen und ihn auf ihre Schultern zu heben. Edwin erklärte immer wieder, sicher hätten die Betäubungspfeile dann doch noch gewirkt und es sei pures Glück gewesen, aber alle ignorierten seine Bescheidenheit und überhäuften ihn weiterhin mit Lob.

Ich stand ganz langsam auf.

Ein langer Schatten fiel über mein Gesicht und eine Sekunde lang glaubte ich, andere Bären seien Wilbur durch die zerbrochenen Scheiben gefolgt. Aber dann schaute ich auf und sah in Scharfe Soßes stirnrunzelndes Gesicht.

Es war kein Geheimnis, dass Scharfe Soße mich nicht leiden konnte.

»Was haben Sie denn jetzt wieder angerichtet, Mr Belmont?«, fragte Scharfe Soße.

»Nichts«, sagte ich verzweifelt. »Sie glauben doch nicht im Ernst, ich hätte das hier mit Absicht ...«

»Sicher hat der Geruch dieser grauenhaften sogenannten Seife, die dein Vater verhökert, die Tiere verstört«, sagte Scharfe Soße und starrte mich an, als wäre ich eine Packung sauer gewordener Milch.

»He, ich weiß, die Seifen meines Vaters sind nichts für zarte Gemüter, aber ...«

Mir blieben die Wörter in der Kehle stecken. Im Grunde hatte ich noch gar nicht richtig verarbeitet, was hier gerade passiert war. Ich war zu sehr damit beschäftigt gewesen, um mein Leben zu rennen, als stehen zu bleiben und *Warum?* zu fragen. Warum hatte ich einen Eisbären dermaßen wütend gemacht, dass er angeblich unzerbrechliches Glas zerbrochen hatte – nur um mir eigenhändig unter die Nase zu reiben, wie sehr er mich nicht leiden konnte?

Rochen Dads Seifen wirklich so entsetzlich?

Auf der Rückfahrt zur Schule konnten sich die anderen im Bus gar nicht beruhigen.

Ich redete mit niemandem, da Edwin in dem Chaos, das auf den Bärenangriff folgte, in einem anderen Bus gelandet war. Aber ich hörte um mich herum eine Menge fieberhaftes Gemurmel:

»Edwin ist ein Held, echt.«

»... hat den Bären irgendwie *hypnotisiert*.«

»Greg ist wirklich eine Missgeburt ... hast du gesehen, dass der Bär ihn unbedingt fressen wollte?«

»... sah für ihn sicher aus wie ein doppelter menschlicher Cheeseburger.«

»Ich kann es gar nicht abwarten, mein Video von dem Angriff zu posten, das geht garantiert viral ...«

»Ich werde mich dieses Wochenende *definitiv* mit Edwin verabreden ...«

Sowie wir die PISS erreicht hatten, drängte ich mich durch das Gewühl in den Gängen zu meinem Schließfach. Ich wollte unbedingt im Laden meines Dad sein, ehe um vier Uhr nachmittags meine Schicht losging. Die Arbeit im *Erdgüter und Organische Harmonie*-Shop (den ich EGOHS nannte) war meistens absolut langweilig. Genau das, was ich jetzt brauchte: eine ruhige, bärenlose Umgebung, um den Kopf klarzukriegen und der ganzen Sache einen Sinn abzugewinnen.

Die anderen aus meiner Klasse starrten mich an wie ein Gespenst, als ich an ihnen vorbeilief. Und das hätte ich eigentlich auch sein sollen: ein Junge, der bei einem grauenhaften Zwischenfall auf einem Schulausflug ums Leben gekommen und jetzt dazu verflucht war, eine qualvolle Ewigkeit die privilegierten Schüler der PISS heimzusuchen.

Einige Minuten darauf bog ich um eine Ecke in der Nähe des nördlichen Schulausgangs; ich wollte die PISS unbedingt verlassen, ehe ich noch ein einziges Mal angeglotzt würde wie ein Zombie. Aber eine Mauer aus wütenden Muskeln vertrat mir den Weg.

»Hier gehts nicht weiter, Fettmont«, sagte die riesige Gestalt. »Außer du zahlst den Zoll.«

Fettmont war einer meiner Spitznamen an der PISS (ihr wisst schon, weil ich fett war und mit Nachnamen Belmont hieß). Andere Spitznamen lauteten Roly-McBowly (weil ich einer menschlichen Bowlingkugel ähnelte) und Soßenkloß (weil fette Leute angeblich gern Soße aßen, und um ehrlich zu sein, aß ich gern Soße).

Die riesenhaften Schultern, die über meinem Kopf aufragten, gehörten Perry Sharpe, einem Achtklässler, den man leicht für ein kleines Rhinozeros halten konnte. Sein richtiger Name war Periwinkle, also »Immergrün«, aber nur jemand mit Todessucht hätte ihn jemals so genannt. Er war der gemeinste Typ an der ganzen PISS. Die meisten Quälgeister beschränkten sich auf harmlose Grundtechniken, wie Beschimpfungen oder Ohrenschnippen, Perry dagegen fand große Befriedigung darin, kreativere Formen der Folter zu ergründen. Wie etwa, meinen Kopf in die Super Bowl zu drücken oder meine Schultasche mit spitzen Bleistiften zu spicken, wenn ich gerade nicht hinsah (mit der Spitze nach oben natürlich).

»Hast du mich gehört, Fettmont?«, fragte Perry. »Du kommst hier nicht durch, wenn du den Zoll nicht zahlst.«

Einer seiner Wurstfinger bohrte sich in meine Schulter und ich wäre fast hingefallen, konnte mich aber noch fangen.

Ich hätte Perry gern darüber aufgeklärt, dass als Zoll streng genommen eine Art Import/Export-Steuer im internationalen Handel bezeichnet wird, was auf unsere Situation nicht zutraf. Das Wort, das er vermutlich suchte, war »Maut«, was normalerweise verwendet wurde, wenn von einer Gebühr für die Benutzung eines Weges die Rede war.

Aber das alles sagte ich nicht. Ich sagte nur kleinlaut: »Ich könnte ja auch woanders langgehen ...«

Perry lachte.

»Da hast du ein Problem, Fettmont«, sagte er. »Der Zoll gilt nämlich überall. Egal wo, du musst blechen. Und der Zoll ist ganz schön hoch, so hoch, da garantier ich dir, du kannst dir das nicht leisten, nicht bei den jämmerlichen Gewinnspannen von dem blöden Hippieladen deines Alten. Und deshalb kriegst du die Strafe fürs Nichtbezahlen. Nämlich, dass ich dir so fest ich kann gegen den Arm boxe. Und du darfst nicht zusammenzucken, sonst tu ich es noch mal, und noch mal und noch mal, in perpetuum.«

Ich schluckte und wäre fast an meiner eigenen Zunge erstickt.

»Du weißt doch, was das bedeutet? *In perpetuum*?«, fragte Perry, als ob er derjenige wäre, der mit einem Stipendium an die PISS gelangt war, und nicht ich.

Nur für die Akten:

In perpetuum, aus dem Lateinischen: für immer, in alle Ewigkeit
von:
perpetuus (Adjektiv): fortlaufend, ewig

An einem Donnerstag einem Eisbärenangriff zu entkommen war für einen Belmont an sich schon ein kleines Wunder. Aber die Gesetze des Zufalls würden mich nicht zweimal retten. Ich war lange genug ein Belmont (seit dreizehn Jahren), um das zu wissen.

Ich seufzte schicksalsergeben.

Von einem Bären zerrissen zu werden wäre wenigstens ziemlich schnell und schmerzlos gewesen.

3

Der superdunkelgraue Donnerstag ist entsetzlicherweise erst halb vorüber

Später würde ich diesen besonderen Donnerstag als den superdunkelgrauen Donnerstag bezeichnen.

Die Bezeichnung *Schwarzer Donnerstag* war ja bereits von etwas fast so Schrecklichem besetzt – von dem gewaltigen Börsenkrach, der die Große Depression ausgelöst hatte – und das hatte in mir den Verdacht geweckt, dass auf irgendeine Weise ein Belmont seine Finger mit im Spiel gehabt haben musste.

Schicksalsergeben drehte ich Perry meine Schulter zu.

Als Belmont war ich hervorragend darin, die Tritte hinzunehmen, die das Leben mir versetzte, so schmerzhaft sie auch sein mochten. Das Leben war nicht fair. Das hatte ich schon begriffen. Solche universalen Gewissheiten waren unabänderlich. Es war viel einfacher, sich der Unfairness mit einem Anschein von Würde und Haltung zu stellen.

Ich schloss die Augen und wartete auf den Schmerz.

Aber dann hörte ich eine vertraute Stimme.

»Ach, hier bist du, Greg!«

Ich öffnete die Augen – Edwin stand zwischen einem sichtlich verärgerten Perry und mir.

»Du warst so schnell weg, Mann«, sagte Edwin zu mir. »Du hast wohl vergessen, dass wir noch was zu erledigen haben. Du weißt schon, *das*. Falls du hier nicht noch beschäftigt bist.«

Ich schüttelte den Kopf.

Perry verzog wütend das Gesicht. Er hatte Edwin noch nie besonders gut leiden können (da war er vermutlich der Einzige an der ganzen PISS). Aber trotzdem hatte er Edwin noch nie so schikaniert wie die anderen. Es wirkte fast so, als ob er aus irgendeinem Grund Angst vor Edwin hätte, obwohl er doppelt so groß war.

»Egal«, sagte Perry und stolzierte davon. »Wir sprechen uns noch, Greg.«

»Danke«, sagte ich zu Edwin und konnte endlich wieder atmen. »Zweimal an einem Tag gerettet. Einmal vor einer grauenhaften haarigen Bestie mit fauligem Atem und einem erbsgroßen Gehirn ... und dann vorhin noch vor dem Eisbär.«

»Der geborene Komiker!«, scherzte Edwin. »Komm schon, ich fahr mit dir zum Laden. Schließlich ist Donnerstag, und dir kann viel weniger passieren, wenn du mit mir zusammenbleibst. Ist doch klar.«

Ich grinste und nickte.

»Ein bärenstarker Vorschlag«, sagte ich.

»Nicht schlecht!«, Edwin lachte. »Auch wenn es ziemlich nahelag.«

Er lachte nicht, weil mein Wortspiel so komisch war (war es nicht), sondern weil es so schlecht war (sehr schlecht). Wir standen beide auf lahme Wortspiele. Verlangt jetzt nicht, dass ich erkläre, was wir daran so witzig fanden, ich weiß es nämlich nicht. Im vergangenen Jahr hatten wir uns im Matheunterricht immer wieder Zettel mit Wortspielen zugeschoben, bis wir rote Gesichter hatten und zitterten, weil wir das Lachen kaum noch unterdrücken konnten. Wir hatten uns sogar geschworen, eines Tages ein neues landesweites Gesetz zu erlassen, nach dem alle, die ein schlechtes Wortspiel machen wollten, zuerst auf einen Stuhl steigen und offiziell mit erhobenem Zeigefinger erklären mussten: *Jetzt kommt ein Wortspiel!* Das Komische war, dass Edwins Eltern vermutlich reich und mächtig genug waren, so ein Gesetz durchzudrücken.

Edwin und ich verließen die Schule, gingen die kurze Strecke zur Bahnstation und quetschten uns in einen überfüllten Wagen. In einer Ecke fanden wir einige freie Sitze. Ich fuhr fast immer mit der Bahn zur Schule, zu Dads Laden und nach Hause. Die drei Orte lagen nicht gerade nahe beieinander, aber an derselben Bahnlinie, und das machte die Sache ziemlich unkompliziert. Edwin fuhr an den wenigen Tagen, an denen er nach der Schule nichts vorhatte, mit mir zusammen. Er hatte seinen persönlichen Chauffeur, aber aus Gründen, die ich nie ganz verstanden habe, nahm er dessen Dienste so selten wie möglich in Anspruch.

»Komm doch heute nach der Arbeit zu uns«, sagte Edwin, als der Zug sich wackelnd in Bewegung setzte. »Ich habe meinen Eltern schon erzählt, was passiert ist, und sie schmeißen eine Party, um meine Heldentat zu feiern. Vielleicht verleiht mir der Präsident sogar eine Lebensrettungsmedaille ... es gibt so ein Gerücht ...«

Ich lachte.

Edwin riss oft Witze über seine Wirkung auf andere, dieses Außenbild, dass er perfekt war – auf diese Weise machte er das alles weniger peinlich. Die Lobeshymnen, mit denen die anderen Schüler und auch die Lehrer ihn gern überschütteten, waren ihm unangenehm. Er hatte mir einmal erzählt, ich sei der Einzige, dem er das gestehen könnte; alle anderen waren entweder neidisch oder ärgerten sich oder fanden ihn ganz einfach undankbar. Ich sei der Einzige, den er kannte, der begriff, dass ein Bild von etwas nicht dasselbe ist wie die Wirklichkeit.

»Alle Freunde meiner Eltern«, sagte er, als er mir erklären wollte, wie er das meinte, »die spenden eine Menge Geld für wohltätige Zwecke und Fundraising und so was. Aber das tun sie nur, wenn andere davon erfahren. Na ja, und außerdem können sie es von der Steuer absetzen … Jedenfalls würden sie niemals auf die Idee kommen, anonym in einer Suppenküche auszuhelfen. Ihre Freigebigkeit wird genau registriert, und nur darum geht es. Obwohl sie trotzdem anderen helfen, ist das nicht *echt*.«

Je besser ich Edwin und seine Eltern kennenlernte, umso besser verstand ich, was er meinte.

»Ich glaube, ich lass die Party heute Abend ausfallen«, sagte ich.

Edwin verdrehte dramatisch die Augen.

»Hör doch auf, Greg!«, sagte er. »Du weißt doch, wie die anderen an der PISS mich anöden. Meine Eltern haben einen DJ angeheuert und lassen die ganze Palette von Chicagos besten Pizzen kommen. Ich weiß doch, wie gern du Pizza isst. Und ich verspreche dir, Bären haben keinen Zutritt.«

Wieder lachte ich.

Das mit der Gratispizza war wirklich ziemlich verlockend.

(Eine kurze Nebenbemerkung darüber, wie sehr mein Dad und ich Pizza lieben: Einmal haben wir aus Versehen unsere Lieblingspizzeria in den Bankrott getrieben. Das war an ihrem mittlerweile berüchtigten ersten – und letzten – Pizza-All-You-Can-Eat-Mittwoch. Das ist übrigens auch typisch für die Belmonts: Wir essen wirklich wahnsinnig gern. Nicht weniger als vier Belmonts sind bereits bei Wettessen zu Weltmeistern gekürt worden.)

»Ich überlegs mir«, sagte ich. »Vielleicht kann mein Dad mich für ein oder zwei Stunden ent*bären*. Wenn ihm dann nur nicht die Decke auf den Kopf *fellt*.«

Diesmal lachte Edwin. »Beide gut.«

»Aber mal ehrlich, was ist da heute im Zoo wirklich passiert?«, fragte ich schließlich.

Edwins Lächeln verschwand. Er sah mich einen Moment lang an und dann schaute er aus dem gegenüberliegenden Fenster. Die Dächer von hohen Mietskasernen fegten vorüber. Es kam nur selten vor, dass das natürliche Leuchten in Edwins Augen erlosch.

»Na ja, abgesehen von den bemerkenswerten Finten, mit denen du dem Bären entkommen wolltest, hab ich keine Ahnung«, sagte er endlich. »Ich hatte gehofft, du könntest es mir sagen. Du bist es doch, der einen Eisbären auf irgendeine Weise in wahnsinnige Wut versetzt hat!«

Ich schüttelte ungläubig den Kopf. »Du glaubst doch wohl nicht im Ernst, dass ich ...«

»Immer mit der Ruhe«, sagte Edwin und grinste jetzt wieder. »Sollte nur ein Witz sein. Ich habe gehört, dass Scharfe Soße dir die Verantwortung zuschieben wollte. Der Kerl hat vielleicht Nerven ...«

»Allerdings«, sagte ich zustimmend. »Aber irgendwann hat er dann doch gefragt, ob bei mir alles in Ordnung ist ...«

»Vermutlich nur, um seinen eigenen Hintern zu retten, also juristisch«, sagte Edwin. »Und damit die PISS nicht ihre tollen Stiftungsgelder einbüßt.«

»Aber wie hast du es geschafft, dass der Bär zurückgewichen und dann umgefallen ist, bloß weil du ihn *angestarrt* hast?«

Edwin zuckte mit den Schultern. »Ich habe keine Ahnung, vermutlich einfach perfektes Timing, und die Betäubungspfeile haben endlich gewirkt«, sagte er. »Ich wusste, dass ich irgendetwas unternehmen *musste*. Ich konnte ja wohl nicht tatenlos zusehen, wie ein Eisbär meinen besten Freund wie einen Lachs filetiert. Ich meine, klar, bestimmt hattest du furchtbare Angst. Aber eigentlich glaube ich, es wäre viel schlimmer, zusehen zu müssen, wie du gefressen wirst, als selbst gefressen zu werden.«

»Na ja, du hast mir heute das Leben gerettet«, sagte ich. »Zweimal.«

»Vielleicht«, sagte Edwin sehr betont.

»Nein, wirklich«, beharrte ich, ich wollte das Thema noch nicht aufgeben. »Du hättest sterben können. Hättest vermutlich sterben müssen. In diesem Moment müssten wir eigentlich beide in den Fäkalien des Bären miteinander verschmelzen …«

»*Krass*, Greg«, sagte Edwin.

Eine ältere Dame, die neben uns im Wagen saß, warf mir einen angeekelten Blick zu, dann rutschte sie ein paar Daumenbreit weiter weg. Das passierte uns nicht selten. Je länger wir uns kannten, umso chaotischer wurden unsere Witze. Wir lachten über Dinge, von denen sonst kein Mensch zu begreifen schien, dass sie komisch waren.

»Was ich sagen wollte, ist«, sagte ich jetzt mit leiserer Stimme, »danke.«

»Hey, wozu hat man schließlich Freunde«, sagte Edwin. »Damit sie verhindern, dass ihre besten Kumpel zu Bärenkacke werden!«

Die letzten Wörter sagte er sehr laut und entlockte der älteren Dame damit einen weiteren angeekelten Blick. Ich gab mir alle Mühe, nicht zu feixen.

»Vielleicht war es einfach Schwein, dass der Bär im richtigen Moment *abgekackt* ist«, sagte ich.

»Ja, das wäre sonst wirklich ein *bären*starker Haufen geworden«, sagte Edwin.

Jetzt lachten wir beide und die ältere Dame war offenkundig total angewidert von der heutigen Jugend.

»Der Elch ist ja zum Glück an uns vorbeigegangen«, fügte ich hinzu.

Wir runzelten die Stirn bei diesem letzten Wortspiel, das natürlich nicht richtig funktionierte. So endeten unsere Serien von lahmen Wortspielen immer, einer von uns brachte ein so mieses, dass wir uns nicht einmal ein Lachen abringen konnten.

»Du hast also wirklich keine Ahnung, warum der Bär es auf dich abgesehen hatte?«, fragte Edwin. »Hattest du mal wieder Speck in der Hosentasche gehamstert?«

(Na gut, es stimmt, einmal bin ich mit den Taschen voll gebratenem Speck in die Schule gegangen. Zum Teil aus Jux – fette Kinder stinken nach Speck, ha, ha! – und zum Teil, weil ich in der Schule oft hungrig werde und Speck eine hervorragende Zwischenmahlzeit abgibt. Wir können festhalten, dass es aus einer Myriade von Gründen nicht die beste Idee war.)

Ich schüttelte den Kopf, konnte ein Lächeln jedoch nicht unterdrücken.

»Nein ... aber vielleicht, ganz vielleicht hatte Scharfe Soße doch recht?«, sagte ich. »Vielleicht konnte der Bär den Geruch von Dads Seifen genauso wenig ertragen wie alle anderen? Mein Vater versucht in letzter Zeit, mich immer mehr von seinen Produkten testen zu lassen. Und er wird dabei irgendwie immer komischer.«

»*Noch* komischer?«, scherzte Edwin.

»Echt, noch komischer als sonst«, erklärte ich.

»Dann hatten wohl wirklich die Seifen und die Tees oder was auch immer damit zu tun«, meinte Edwin nachdenklich.

»Ja, aber ist das nicht total unwahrscheinlich?«, fragte ich. »Andererseits – ein Bär, der mit einem Felsbrocken unzerbrechliche Glasscheiben einschlägt, ist das auch ...«

Einen Moment lang dachte ich daran, dass manche Leute behaupten, Tiere könnten den Menschen bis in die Seele schauen. Wie bei der Theorie, dass Hunde einen Soziopathen wittern oder das echte Böse in scheinbar reizenden Leuten erkennen. Vielleicht war das heute auch der Fall gewesen und in mir schlummerte ein krankhafter Serienmörder mit einer Sammlung von Menschendaumen, aus denen ich in meinem Keller ein Modell von Houston bauen und es dann Thumbston nennen würde.

»He«, stichelte Edwin, »sei ehrlich: Ich wette, als dich der Bär durch die Gegend gejagt hat, hast du dir trotz allem die Zeit genommen, alle Bäume zu identifizieren, an denen du vorübergewetzt bist, stimmts? Stimmts? Sag mir, dass es stimmt ...«

Ich schüttelte den Kopf, als hielte ich es für vollkommen absurd, auf solche Dinge zu achten, während man um sein Leben rennt. Aber er stupste mich mit dem Ellbogen an und gab mir zu verstehen, dass er das witzig finden würde, wie er das immer tat – und nicht verrückt, wie die meisten anderen Leute.

»Ja, stimmt«, sagte ich und versuchte, nicht loszuprusten. »Ich konnte sogar erkennen, dass das Hinweisschild, das Wilbur zerbrochen hat, aus Weißer Scheinzypresse war.«

Edwin wollte sich ausschütten vor Lachen und schüttelte den Kopf. »Du bist unglaublich«, sagte er.

Ich zuckte mit den Schultern, als der Zug in meine Station

einfuhr. »Danke«, sagte ich und stand auf. »Danke für alles heute, meine ich.«

Edwin hob eine Schulter und grinste. »Überleg dir das mit heute Abend«, sagte er. »Die Party dauert vermutlich bis neun oder zehn. Es wird sicher nicht gerade ein ent*bär*ungsreicher Abend.«

Ich grinste und schüttelte den Kopf, als die Waggontüren zuglitten.

Einige Minuten später auf dem Weg zum EGOHS konnte ich nur an die gemeinen, erbarmungslosen Augen des Bären denken, als er auf mich zugekommen war, um mir das Gesicht wegzubeißen. Ich lenkte mich damit ab, dass ich die Bäume identifizierte, an denen ich vorbeikam (obwohl ich das schon Dutzende Male getan hatte):

- Eschen-Ahorn
- Gingko
- Sassafrasbaum
- Sumpfesche
- Eschen-Ahorn
- Eschen-Ahorn mit einem wütenden Vogel, der von einem Ast auffliegt
- Wütender Vogel, der auf mein Gesicht zujagt

Ich wich aus und rannte los. Der kleine Vogel hätte mir um ein Haar mit seinem winzigen Schnabel die Wange aufgeschlitzt. Ich ging davon aus, dass es ein weiterer typischer Donnerstagszwischenfall war, aber dann schrie der Vogel mich an und umkreiste mich, um einen neuen Angriff zu starten. Einige Leute wichen mir aus, als ich mit hektisch in der Luft fuchtelnden Armen davonstürzte.

Was war heute nur los?

Eine Straße vom EGOHS entfernt stellte der kleine Vogel seine Angriffsversuche endlich ein. Aber als ich durch die Eingangstür ging, fragte ich mich, ob ich in einen Laden voller Bären- und Vogel-Verärgerungsmittel trat, die sich als organische Seifen und Tees getarnt hatten, oder ob sich hier etwas Größeres und noch Unerklärlicheres und Wahnsinnigeres abspielte.

»Was ist los?«, fragte Mr Olsen hinter dem Tresen.

»Ich bin draußen gerade von einem Vogel angegriffen worden«, sagte ich atemlos auf dem Weg zum Hinterzimmer. »Was für ein Tag!«

»Na ja, es ist ja auch Donnerstag«, bemerkte Mr Olsen.

Als einziger EGOHS-Angestellter neben meinem Dad und mir hatte Mr Olsen genug Zeit mit uns verbracht, um alle Geschichten über unseren Familienfluch zu hören. Ich war nicht sicher, ob er von unserer Theorie so ganz überzeugt war, aber er widersprach uns nicht.

Ich warf ihm einen genervten Blick zu und betrat das kleine Büro hinter dem Tresen.

Der *Erdgüter und Organische Harmonie*-Shop war ein Laden in Lincoln Park, wo die meisten von unserer wohlhabenden, gesundheitsbewussten Kundschaft wohnten. Er war kaum größer als ein Klassenzimmer und vollgestopft mit Regalen voller handgemachter Seifen, Pflegewässerchen und anderer Bioprodukte. Große Behälter mit Biogetreide und anderen erdnahen Lebensmitteln waren an den Außenwänden aufgereiht. Der Laden war selten ganz leer, aber es gab auch nie besonders viel zu tun. Was bedeutete, dass wir alles im Griff hatten. Selbst, wenn mein Dad auf Reisen war.

Ich stellte meine Schultasche im Büro ab und nahm meine

EGOHS-Schürze, ehe ich zu Mr Olsen hinter die Kasse ging.

»In einem Zoo von einem Bären angegriffen zu werden, sollte ja wohl für einen einzigen Donnerstag Pech genug sein«, sagte ich, als ich mir die Schürze umband.

»Was soll das heißen?«, fragte Mr Olsen.

Mr Olsen war Ende vierzig oder Anfang fünfzig und trug immer einen antiken Anzug, dessen Teile nicht richtig zueinander passten. Er hatte einen kurz geschnittenen grauweißen Bart und war schon vor meiner Geburt ein enger Freund der Familie gewesen. Er hatte sogar die Trauerrede bei der Beerdigung meiner Mom gehalten, aber ich war zu jung gewesen, um mich daran erinnern zu können.

Als ich ihm erzählte, was im Zoo geschehen war, wurden seine Augen größer und größer. Aber er wirkte nicht geschockt oder entsetzt, wie man es hätte erwarten können. Stattdessen hatte er so eine Art besorgten, wissenden Blick. Als ob er schon von solchen Dingen gehört hätte – und als ob es ganz normal wäre, dass Zoobären ohne Vorwarnung Amok liefen und über einen Jungen herfielen.

»Tolle Geschichte, Greg«, sagte er endlich. »Aber ihr jungen Leute von heute seid einfach zu verweichlicht. Zu meiner Zeit hätte ich den Bären zu Tode gerungen. Hätte ihm an Ort und Stelle das Fell abgezogen und mir einen Teppich daraus gemacht.«

Ich nickte und versuchte, höflich zu lächeln.

Mr Olsen war schon sympathisch, wenn man ihn erst einmal kennengelernt hatte, aber auf den ersten Blick wirkte er wie ein übellauniger alter Knacker. Ununterbrochen ließ er sich darüber aus, dass es mit der Welt rapide bergab ging. Das war auch einer der Gründe, warum er und mein Dad so gute

Kumpel waren. Sie schwärmten dermaßen für *altmodisch*, dass man hätte meinen können, ihre Hausgötter hießen *Traditionell* und *Handgemacht*, die schrulligen Zwillingsgötter, die in den Wolken lebten und sich ununterbrochen zankten.

Ich weiß, es ist schwer zu glauben, aber mein Dad hatte nicht einmal ein Handy. Und ich auch nicht. Immer wenn ich meinen Dad danach fragte, brachte er irgendeine Ausrede:

Die verursachen Gehirnkrebs.

Die sind nicht gut für die Augen.

Jugendliche haben heutzutage keine Verbindung mehr zur Erde und zum Leben, das sie umgibt.

Die kosten zu viel.

Onkel Melvins Handy ist eines Abends beim Aufladen explodiert und hat das ganze Haus abgefackelt. (Das war natürlich an einem Donnerstag.)

Du kommst seit dreizehn Jahren sehr gut ohne aus.

Eine E-Mail-Adresse hatte ich auch nur, weil es in der PISS den Computerraum gab und die öffentlichen Bibliotheken Gratisnutzung von Rechnern anboten. Ich erzählte meinem Dad immer wieder, dass unser Laden einen viel größeren Umsatz machen könnte, wenn er sich wenigstens eine Website zulegte. Aber er lehnte jedes Mal stur ab.

Was ich eigentlich sagen will: Es war schwer, meinen Dad zu erreichen, wenn er auf Reisen war. Er war ganz einfach von der Bildfläche verschwunden. Deshalb würde er wohl erst am nächsten Morgen bei seiner Rückkehr aus Norwegen erfahren, dass ich fast von einem Bären umgebracht worden war. Was bedeutete, dass ich bis dahin warten musste, um herauszufinden, ob er ebenso seltsam reagieren würde wie Mr Olsen.

Nach Ladenschluss später am Abend drückte ich mich vor Edwins Party, womit wir ja beide schon gerechnet hatten.

Das soll nicht heißen, dass ich Computerspiele oder Filme oder ein Bad in seinem Dach-Swimmingpool oder so was nicht gemocht hätte. Aber Schachspielen und lahme Wortspiele oder über Astronomie und Weltraummüll reden machte mir viel mehr Spaß. Doch das konnten wir nicht tun, wenn Edwins andere Freunde dabei waren – sie fanden das langweilig und nerdig. Sie fantasierten lieber darüber, welche Luxuskarre ihre Eltern ihnen kaufen würden, wenn sie erst sechzehn waren, oder wie viele Follower sie auf Instagram hatten.

Es wirkt vielleicht seltsam, dass jemand wie Edwin sich jemanden wie mich als besten Freund ausgesucht hatte. Aber Edwin ist nicht so, wie die meisten denken. Man versteht es besser, wenn man weiß, wie wir uns kennengelernt haben.

Mein allererster Tag an der PISS lag über drei Jahre zurück. Ich war vorher auf staatliche Schulen in Chicago gegangen, aber dann hatte mein Dad darauf bestanden, dass ich etwas machte, was *Professionelle Fortgeschrittene Untersuchung Schulischer Entwicklungsnormen* (oder auch: PFUSCHEN-Test) hieß. Dieser Test war gezielt zur Rekrutierung für Privatschulen entwickelt worden. Ich erzielte ein so hohes Ergebnis, dass es für ein Stipendium für die PISS ausreichte, und freute mich darauf, in der sechsten Klasse an einer vornehmen Privatschule anzufangen, wo niemand mich kannte. Es hätte ein willkommener Neubeginn sein können, da ich in meiner alten Schule nicht gerade ein Freundschaftsmagnet gewesen war.

Ich hatte mit einer Privatschule voller höflicher Jugendlicher gerechnet, die Blazer trugen und mit Schachbrettern unter dem Arm umherwandelten. Natürlich stellte ich ziemlich rasch fest, dass Schach an der PISS ebenso unbeliebt war wie an meiner früheren Schule. Und dass die Leute an der Privatschule (obwohl sie die vorgeschriebenen Blazer trugen) kein bisschen höflich waren – und vielleicht sogar noch gemeiner als die an der staatlichen Schule, nur eben auf ihre eigene bizarre, urbane Weise.

Als ich Edwin zum ersten Mal sah, war er blutüberströmt.

Er stolperte von Kopf bis Fuß triefend in die Eingangshalle, als ob er ins Abflussbecken eines Schlachthofes getaucht worden wäre. Er sah wie betäubt aus.

Ein Mädchen in meiner Nähe schrie auf und fiel in Ohnmacht. Mein erster Gedanke war: Ein Zombie!

Aber dann ging mir auf, dass es gar nicht sein Blut war. Und echt war es auch nicht.

Ich erfuhr später, dass die Theatergruppe der PISS in der Stadt für ihre sorgfältig ausgefeilten, sehr teuren und hochumstrittenen Inszenierungen bekannt war. Sogar die großen Chicagoer Zeitungen druckten manchmal Theaterkritiken. Schließlich brachten nicht viele Schulen Musicalversionen von Filmklassikern wie *Platoon* oder *Star Wars* auf die Bühne, die 10 000 Dollar kosteten. Edwin war jedes Jahr an mindestens einer Schulvorstellung beteiligt.

Damals arbeiteten sie gerade an ihrer eigenen Bühnenfassung eines alten Horrorfilms namens *Tanz der Teufel*. Zum »Spaß« gehörte es auch, die Leute in den ersten Zuschauerreihen mit künstlichem Blut zu überschütten – wie es auch am Broadway in New York gemacht worden war. Jedenfalls war mitten in der Probe über Edwin, den Darsteller von der Hauptperson Ash, eine Blutsprühdose explodiert.

Als alle in der Eingangshalle mit Durchdrehen fertig waren, sagte Edwin gelassen: »Echt, so einen dicken Pickel drück ich mir nie wieder aus.«

Die wenigen, die noch nicht schreiend davongestürzt waren, als er wie das Opfer aus einem Slasher-Film hereingeplatzt war, lachten, bis sie rot im Gesicht waren.

»Irgendwer T-Shirts tauschen?«, fragte Edwin. »So kann ich mit der Probe nicht weitermachen.«

Ich weiß noch immer nicht, warum ich es tat, aber ich zog mein T-Shirt aus und hielt es ihm hin. Das war eine ganz schöne Leistung für meine Verhältnisse. Ich hatte nicht nur einen reichlich runden Bauch, sondern auch den bizarrsten Haarwuchs auf dem Rücken, der je an einem Sechstklässler gesehen worden ist. Für jemanden, der an einer neuen Schule einen guten Eindruck machen will, war das so ziemlich das Blödeste, worauf ich an meinem ersten Tag hätte kommen können.

Die anderen kicherten, als Edwin mein Angebot annahm und das T-Shirt an sich riss.

»Du bist in Ordnung, Neuer«, sagte er und sah ehrlich erleichtert aus. »Aber ich kann nicht erwarten, dass du den Rest des Tages meins trägst ...«

»Ist schon gut«, sagte ich und öffnete meine Schultasche. »Ich hab eins in Reserve.«

Edwin hob die Augenbrauen.

»Ich bin ein kleckeriger Esser«, erklärte ich.

(Das stimmte. Deshalb habe ich immer ein Ersatzshirt bei mir. Wenn ihr schon mal auf einem unserer riesigen Belmont-Familien-Ferienessen gewesen wärt, wüsstet ihr sofort, warum.)

Als Edwin sah, dass ich wirklich ein Ersatzshirt im Ranzen hatte, musste er lachen. Er lachte so sehr, dass ich glaubte, er würde ohnmächtig werden. Als er sich endlich wieder einkriegte, bestand er darauf, dass ich nach der Schule mit zu ihm nach Hause kam, um Pizza zu essen und Computerspiele zu spielen. Er sagte, mit jemandem, der cool genug war, um ein Ersatzhemd mit sich herumzuschleppen, müsse er unbedingt abhängen. Ich war nicht sicher, ob er sich über mich lustig machte oder nicht, aber ich nahm seine Einladung an.

Wir brauchten nicht lange, um zu entdecken, dass wir unter anderem unsere Begeisterung für Schach, Witze über ganz besonders schlechte YouTube-Beiträge, Astronomie und die bloße Vorstellung von miesen Wortspielen teilten. Mit wem sonst konnte ich über eine unfreiwillig komische Fernsehshow lachen, dann eine Runde Schach spielen und dabei ausführlich darüber diskutieren, ob die wachsende Menge von Weltraummüll irgendwann unser Verderben sein würde (ich: *auf jeden Fall*. Edwin: *nie und nimmer, die Menschheit wird schon eine Lösung für dieses Problem finden*).

Ich brauchte auch nicht lange, um zu merken, wie durch und durch *nett* Edwin war – vermutlich der netteste Mittelstufenschüler, der mir jemals über den Weg gelaufen war. Ich hatte in den ganzen drei Jahren nie erlebt, dass er irgendwem gegenüber fies gewesen wäre. Und er gab immer alles Bargeld, das er bei sich hatte, den Obdachlosen, die wir auf der Straße oder in der Bahn sahen.

Aber ich glaube, der Kern unserer Freundschaft war, dass wir einander so sehr respektierten; mehr noch als unsere gemeinsamen Interessen, so seltsam das klingen mag.

Als wir ungefähr ein Jahr miteinander befreundet waren, sagte er, er bewundere mich, weil ich mich von den gemeinen Typen in der Schule nie fertigmachen ließ. (Was natürlich nett von ihm war, aber Tatsache war, dass sie mich durchaus fertigmachten ... manchmal.)

Ein andermal sagte er einfach so: »Weißt du, was mir an dir am besten gefällt, Greg?«

»Äh, dass ich immer was zu essen bei mir habe?«

»Nein, dass ich mich bei dir nie zu verstellen brauche«, sagte er.

»Wie meinst du das?«

»Du bist wie ein Farn«, sagte er. »Ausladend und nicht anspruchsvoll.«

Nun musste ich natürlich lachen und seine Augen leuchteten auf.

»Siehst du!«, sagte er. »Niemand sonst hätte so darüber gelacht. Ich kann fast alles zu dir sagen, und entweder lachst du oder machst eine ebenso witzige oder interessante Gegenbemerkung. Bei all meinen anderen Freunden muss ich viel zu viel Zeit und Mühe investieren, um so zu tun, als wären mir die Chicago Bulls oder Superheldenfilme oder schnelle Autos so wichtig wie ihnen. Ich meine, das ist ja auch alles okay, aber für sie ist es das ganze Leben. Bei dir dagegen weiß ich, dass du für deine Freunde und deine Familie alles tun würdest. Du würdest mir dein letztes Hemd geben, wenn ich es brauchte. Ich meine, wie oft hast du das schon getan? Fünfmal? Sechsmal?«

Das stimmte. Eine weitere Gemeinsamkeit von uns war das Talent, unsere Klamotten bei seltsamen Missgeschicken zu ruinieren. Ich, weil ich immer wieder Essen darauf fallen ließ und Dinge wie Speck in meinen Hosentaschen aufbewahrte. Und Edwin, weil er bei den Theaterstücken in der Schule oder anderen abenteuerlichen Unternehmungen immer irres Zeug machte.

Dass Edwin das alles zu mir sagte, rührte mich fast zu Tränen. Aber stattdessen machte ich ein lahmes Wortspiel und wir lachten beide. Ich weine nämlich nicht. Echt, ich habe noch nie geweint. Eine der wenigen Hausregeln meines Vaters war: *Ein Belmont weint nicht. Niemals.* Selbst das Pflegepersonal in dem

Krankenhaus, wo ich geboren worden war, hatte Kommentare dazu abgegeben, wie seltsam es war, ein Baby zu sehen, das nicht weinte. Worauf mein Dad genickt und stolz gelächelt hatte. Einmal hatte ich Dad nach dieser Niemals-weinen-Regel gefragt, denn sie schien seinem sonstigen sanften Wesen zu widersprechen. Er sagte dazu, es gebe einfach nie einen Grund zu weinen. Denn wenn die Lage am schwärzesten aussehe, könne die Zukunft kaum besser, kaum hoffnungsvoller wirken. Es gab zwar jede Woche einen Donnerstag, aber darauf folgten sechs Nicht-Donnerstage.

Was ich eigentlich sagen will: Edwin und ich konnten uns immer aufeinander verlassen. Weshalb ich, je mehr ich darüber nachdachte, was er an diesem Tag im Zoo für mich getan hatte, es immer weniger überraschend fand. Ich hätte das Gleiche ja auch für ihn getan. Ich wäre vor einen wütenden Eisbären (oder zwanzig) getreten, ohne auch nur mit der Wimper zu zucken.

Nachdem ich an diesem Abend nach Hause gekommen war, schlief ich sehr schnell ein. Vor allem sehr schnell für einen Tag, an dem ich von einem Eisbären, einem kleinen Vogel und einem riesigen Psychopathen namens Perry angegriffen worden war. Aber das Wissen, dass Edwin mein bester Freund war, ließ all das ein wenig weniger bedrohlich wirken, als es wahrscheinlich war.

Und ich schlief ein, ohne im Geringsten zu ahnen, dass der nächste Tag (ein Freitag) vierzigtausendmal schlimmer sein würde als alle bisherigen Donnerstage meines ganzen Lebens zusammen.

4

Ich esse zum Frühstück mit Bienenkotze überzogene Ziegen

Mein Dad kam begeisterter und aufgeregter aus Norwegen zurück, als ich ihn je erlebt hatte – und bei meinem Dad will das was heißen.

Es brauchte nicht viel, um Trevor Belmont zu begeistern. Obwohl er davon ausging, dass jede Unternehmung mit einem Fehlschlag enden würde, packte er alles mit einer Energie an, als rechnete er fest mit einem Erfolg. Mein Dad war der glücklichste, enthusiastischste und motivierteste Pessimist, den ihr euch überhaupt nur vorstellen könnt.

Und heute war Freitag – der Lieblingswochentag meines Vaters, denn es war der Tag, der vom nächsten Donnerstag am weitesten entfernt lag. Seine verrücktesten und ehrgeizigsten Pläne ging er fast immer freitags an.

In gewisser Hinsicht wäre ich gern mehr wie er. Aber genau so wie er auch wieder nicht. Er war schließlich nur einen Schritt vom kompletten Wahnsinn entfernt. Ein Mann, der jeden Cent darauf verwendete, die abgelegensten Wälder der Welt nach Dingen abzugrasen, an deren Existenz die meisten Leute nicht glaubten. Nicht einmal Mr Olsen schien Dads bizarre Besessenheit von dem, was er pathetisch »meine Suche« nannte, zu verstehen.

Mich hatten meine jahrelangen Misserfolge handlungsunfähig gemacht. Mein Dad dagegen machte einfach immer weiter, unternahm einen hirnrissigen Versuch nach dem anderen und ignorierte die zumeist katastrophalen Ergebnisse (und die Zuschauer, die ihn oft als Idioten bezeichneten). Wie vor zwei Jahren, als er versucht hatte, in unserem Badezimmer eine beheizbare Badewanne aus Stein zu bauen, und dabei aus Versehen den gesamten Fußboden zum Einsturz gebracht hatte.

Selbst damals hatte er nur das Gesicht verzogen und gesagt: »Na gut, im nächsten Sommer probier ich es dann mal im Hinterhof.«

Er war dermaßen von seinem eigenen Versagen überzeugt, dass er keine Angst oder Enttäuschung kannte. Er war unfähig zum Selbstmitleid.

Mein Dad hatte einmal zu mir gesagt: »Greg, eine Tragödie erfordert Optimismus. Wenn du immer mit dem Schlimmsten rechnest, kann dein Herz nicht mehr gebrochen werden.«

⋄⋄⋄

»Greg!«, brüllte mein Dad an diesem Freitagmorgen mindestens eine halbe Stunde vor meiner normalen Aufwachzeit in mein Zimmer. »Komm in die Küche! Ich hab einen neuen Tee gekocht und das Schachbrett aufgestellt!«

Normalerweise hätte ich verzweifelt gestöhnt, wenn ich an einem Schultag eine Stunde zu früh aufstehen müsste. Aber dieser Morgen war anders. Ich sprang aus dem Bett und warf mir ein paar Klamotten über, als hätte ich gar nicht mehr geschlafen.

Den Teil seiner Reisen mochte ich besonders gern.

Dieses Ritual pflegten wir schon seit meinem vierten Lebensjahr. Immer wenn Dad von einer Reise zurückkehrte, egal, um welche Uhrzeit, sogar um drei Uhr morgens, brühte er einen Tee auf und wir spielten mindestens eine Partie Schach, oft auch mehrere. Es war ein so bedeutender Anlass, dass Dad bei der PISS anhielt, wenn er in der Schulzeit zurückkam, und mich für eine improvisierte Schachrunde in einem in der Nähe gelegenen Café aus dem Unterricht holte.

Ehe ich auch nur einen einzigen Fuß in unsere kleine Wohnküche setzen konnte, stürzte mein Dad auf mich zu und riss mich in eine Bärenumarmung (ha-ha!), bei der ich für einen Moment um Atem ringen musste.

»Ich bin so erleichtert, dass es dir gut geht«, rief er. »Ich hatte das seltsame Gefühl, dass dir etwas passieren könnte, während ich weg bin, vor allem *gestern*. Aber mit einem Angriff durch einen Eisbären hätte ich nie gerechnet.«

»Ja, das war wirklich seltsam«, keuchte ich, als er mich endlich losließ. »Und beängstigend.«

»Donnerstage sind erbarmungslose Teufel«, sagte er. »Na, komm schon.«

Er zeigte auf einen kleinen Tisch neben dem Kühlschrank. Er hatte schon zwei Tassen mit Biotee gefüllt und das Schachbrett war aufgebaut. Diesmal war ich Schwarz – wir wechselten bei jedem Spiel die Seiten.

»Ich kann es gar nicht abwarten, dass du diese neue Mischung ausprobierst, die ich in Norwegen zusammengestellt habe«, sagte mein Dad. Er war so aufgeregt, dass seine Hände geradezu vibrierten, als er eine der klirrenden Tassen mit Untertasse zu mir hinschob. »Sie enthält diese neue Zutat, die ich dort gefunden habe, etwas, das auf Norwegisch *Bar-*

berhøvelblad genannt wird. Übersetzt bedeutet das so ungefähr *Rasierklingenblatt*.«

Sein Verhalten war nicht ungewöhnlich – er überschlug sich immer vor Aufregung, wenn ich sein neuestes Produkt probieren sollte. Manchmal kam es mir vor, als ob er bei der Herstellung nur an mich und gar nicht an die Kundschaft im Laden dachte.

Dieser neueste Tee war hellbraun und roch nach Blättern und verbranntem Holz, wie viele seiner anderen Teemischungen auch. Er machte seine Tees gern stärker und erdiger als den Müll, den die meisten kommerziellen Teeläden anboten.

Der Tee, der vor meinem Dad stand, war anders als meiner – und auch anders als jeder Tee, den ich in meinem Leben bisher gesehen hatte. Er hatte eine leuchtende, fast lila Farbe. Der Dampf schien wie eine Art mystischer Nebel über der heißen Flüssigkeit zu schweben.

»Deiner ist anders?«, fragte ich.

»Ja, na ja, dabei habe ich eine ganz besondere, überaus seltene Zutat verwendet, die ich in Norwegen gefunden habe«, sagte er. »Ich war schon lange auf der Jagd danach. Bereits seit vor deiner Geburt ...«

»Dad«, fiel ich ihm ins Wort, als er mit dramatischem Augenaufschlag zur Decke hochblickte. »Dazu ist es viel zu früh am Morgen.«

»Für Geschichten über Tee ist es nie zu früh, Greg«, sagte er mit einem Grinsen, auf das ich einfach mit einem Lächeln antworten musste.

»Darf ich deinen mal probieren?«, fragte ich.

»Nein!«, sagte er eilig. Dann schien ihm aufzugehen, wie verdächtig das klang. »Entschuldigung, ich meine ... es ist nur, dass diese neue Zutat angeblich irgendwelche Nebenwirkungen hat. Lass mich erst mal testen. Wenn nichts passiert, kannst du morgen probieren, okay?«

Ich zuckte mit den Schultern und nickte, als ich zur Speisekammer hinüberging und mir eine Schachtel von Zosimussens Idealer Echter Getreide-Ergänzungsnahrung holte, oder von der »Ziege«, wie ich das Zeug nannte – denn dieses Müsli schmeckte so, wie ich mir den Geschmack von roher Ziegenhaut vorstellte. Der lächerlich lange Name nahm auf der Packung so viel Platz in Anspruch, dass nicht einmal eine alberne Comicfigur danebenpasste.

Ich setzte mich mit einer Schale voll Müsli mit Biomilch und Biohonig (alias Bienenkotze – echt, schlagt es ruhig mal nach) wieder an den Tisch.

Mein Dad nippte an seiner Tasse, während er seinen üblichen Eröffnungszug machte: e4. Wenn er Weiß hatte, eröffnete er immer mit e4. Das war eine sehr häufige Eröffnung, jedenfalls bis etwa 1990. Im modernen Schach war die Eröffnung mit dem Damenbauern zwar üblicher, aber mein Dad hatte in über vierzig aktiven Schachjahren immer nur mit e4 eröffnet. Er meinte, es sei besser, ein Meister in einer einzigen Strategie zu sein als mittelmäßig in vielen.

Es war schwer, dieser Logik zu widersprechen.

Ich würgte an meinem ersten Löffel getrockneter Körner herum und spülte sie mit einem Schluck Tee hinunter. Er schmeckte so ungefähr wie alle anderen Teesorten, die mein Dad je erfunden hatte (eine Mischung aus getrocknetem Unkraut, verschimmelten Obstschalen und gesiebtem Kies). Was überraschenderweise gar nicht so schrecklich war, wie es sich vielleicht anhört.

Mein Dad starrte in seine Tasse. Er ließ den Tee darin herumwirbeln, trank noch einen Schluck und ließ sich dann erwartungsvoll zurücksinken, als ob er glaubte, der Tee könne sich jeden Moment in einen Adler oder so etwas verwandeln.

»Wie schmeckt er?«, fragte er.

»Schmeckt gut«, sagte ich, als ich meinen ersten Zug machte: d5, die Skandinavische Verteidigung.

Mein Dad grinste; er hatte offenbar verstanden, dass ich mich zu Ehren seiner Norwegenreise für diesen Zug entschieden hatte. Auch Edwin wäre von dieser Wortspieleröffnung begeistert gewesen.

»Weißt du, Greg«, sagte mein Dad, »der Bär gestern im Zoo hatte dir gegenüber nie im Leben auch nur die geringste Chance. Nicht gegen einen Belmont. Mein Ur-Ur-Ur-Ur-Ur-Urgroßvater war bestimmt nicht deshalb im ganzen Dorf als ›Borin der Bärenbezwinger Belmont‹ bekannt, weil er die Bären so gern mit Leckerbissen fütterte, sie nachts warm zudeckte und ihnen eine Gute-Nacht-Geschichte vorlas. Er ging nicht deshalb immer nur in Bärenfelle gekleidet, weil er sich von Bären im Kampf besiegen ließ. Er trug keine riesige Halskette aus Bärenschädeln, weil Grizzlys seine besten Kumpels waren. Er war nicht …«

»Ich habe schon verstanden, Dad«, unterbrach ich ihn. »Und hast du mir nicht einmal erzählt, dass Borin am Ende irgendwo tief in den sibirischen Wäldern von einer Bärenfamilie gefressen wurde?«

»Das tut hier nichts zur Sache«, sagte mein Dad.

»Und stimmt der ganze andere Kram denn wirklich?«

»Na ja, also, das meiste jedenfalls …«, sagte mein Dad und machte seinen nächsten Schachzug. »Er wurde wirklich Borin der Bärenbezwinger Belmont genannt, er war schließlich Schlachter. Er verkaufte Bärenhäute und -felle. Das war, lange ehe Bären vom Aussterben bedroht waren, musst du wissen.

Damals, als sie wirklich noch als gefährliche Störung im normalen Dorfbetrieb gelten konnten.«

Ich trank einen weiteren Schluck von meinem bitteren Tee.

Mein Dad nippte an seiner Tasse. Dann runzelte er die Stirn. Ob es an dem elenden Geschmack lag oder daran, dass der Tee einfach keine dämonische Wirkung entfalten wollte, war unklar. Dad runzelte noch immer die Stirn, als er seinen nächsten Zug machte.

»Du meinst also wirklich, ich hätte es mit dem Bären aufnehmen können?«, fragte ich.

»Na ja, eher nicht«, gab er zu. »Jedenfalls nicht unbewaffnet. Selbst der erfahrene und fähige Borin der Bärenbezwinger hat schließlich seinen Meister gefunden.«

Es kam durchaus vor, dass mein Dad so offen oder brutal ehrlich war. Ich war daran gewöhnt. Er log fast nie (nicht einmal bei Kleinigkeiten), wahrscheinlich, weil er ein erbärmlich schlechter Lügner war.

Ich nickte und machte einen weiteren Zug.

Als ich noch einen Schluck Tee trank und auf den Gegenzug meines Dad wartete, fiel mein Blick auf eine große Reisetasche, die in der Diele neben der Wohnungstür stand. Die Tasche war an den Seiten unnatürlich ausgebeult und aus dem Reißverschluss ragte ein reich verzierter hölzerner Griff mit eingelegtem Metallmuster hervor. Das Teil sah kostbar aus. Und es hatte etwas an sich, das ich nicht ganz zu fassen bekam. Es klingt vielleicht verrückt, aber ich hatte fast das Gefühl, dass dieser seltsame Griff mich lockte, mir winkte, damit ich hinüberging und dieses Ding aus der Reisetasche befreite – was immer es für ein Gegenstand sein mochte.

Mach schon, sagte eine Stimme in meinem Ohr.

»Was?«, fragte ich.

»Was?«, fragte mein Dad verwirrt zurück.

»Was hast du gerade gesagt?«

Er zuckte mit den Schultern. »Ich habe gar nichts gesagt, Greg.«

»Gerade eben hast du gar nichts gesagt?«, fragte ich.

Er schüttelte den Kopf und machte ein sehr besorgtes Gesicht.

Ich schrieb die Stimme einer von Stress verursachten Halluzination zu. Aber ich starrte weiterhin den seltsamen Gegenstand in Dads Tasche an.

»Was ist das?«, fragte ich.

»Was ist was?«

Ich zeigte auf die Reisetasche, die hinter ihm in der Diele stand.

»Ach, das!«, sagte mein Dad erschrocken und sprang auf. »Das ist nichts, nur eine billige Kopie als Ladendekoration ...«

Er stürzte hinüber und schob die Tasche eilig mit dem Fuß in sein Schlafzimmer.

»Es sah aber nicht wie eine Kopie aus«, sagte ich, was auch stimmte, obwohl ich noch immer keine Ahnung hatte, was das für ein Gegenstand sein mochte.

»Es ist eben eine sehr gute Kopie«, murmelte mein Dad, als er sich wieder setzte und abermals an seinem lila Tee nippte. Ich merkte, dass er mir eigentlich noch mehr sagen wollte, aber das tat er nicht. Stattdessen sagte er: »Trink doch noch etwas Tee, Greg.«

Ich hatte schon mit acht Jahren den Verdacht gehabt, dass mein Dad mir etwas Wichtiges verschwieg. Damals war mir aufgefallen, wie oft er »Greg« sagte und dann dramatisch innehielt und scharf Luft holte, als ob er mir gestehen wollte, dass ich eigentlich ein Roboter war, den er im Keller konstruiert hatte, oder so etwas. Aber dann überlegte er sich die Sache immer anders oder war zu feige, denn er ließ auf das »Greg« normalerweise etwas folgen wie: »He, ich mach uns ein Schnitzel.« Meine beiden Haupttheorien darüber, was er da geheim hielt, waren, dass ich entweder einen seit Langem verlorenen Zwillingsbruder hatte, der unter geheimnisvollen Umständen ums Leben gekommen war, oder dass mein Großvater auf eine geheime Vergangenheit als blutrünstiger Psychokiller zurückblickte, der jeden Sommer in einem abgelegenen Sommercamp an einem Bergsee Teenager terrorisiert hatte.

In solchen Momenten setzte ich meinen Dad nie unter Druck, denn bei ihm war es meistens besser, die Sache auf sich beruhen zu lassen. Ich hatte ein einziges Mal wirklich auf eine Antwort gedrängt, als ich neun war und ihn anflehte, mir die »geheime Zutat« in seinem Eintopf zu verraten (mein Dad hatte bei allem eine geheime Zutat). Irgendwann gab er auf und sagte, ich hätte soeben verkalkte, in Walstuhl gegorene Eidechsenzungen verzehrt. Seitdem hatte ich Dads rätselhafte Geheimnistuerei lieber hingenommen. Es waren ja nicht direkt Lügen – ich würde eher von selektiver Auslassung sprechen. Er war ein erbärmlich schlechter Lügner, aber ein grandioser selektiver Auslasser.

»Der neue Tee schmeckt also gut?«, fragte er. »Und ist beruhigend? Oder anregend? Oder ist er langweilig?«

»Wieso denn langweilig?«, fragte ich. »Dad, das ist Tee, natürlich ist der langweilig.«

Er ließ seinen eigenen Tee in der Tasse herumwirbeln, als ob der ihm dann auf irgendeine Weise das Geheimnis zuflüstern würde, wie man ihm einen besseren Geschmack verpasste.

Dann machte er einen weiteren Schachzug.

Es war ein guter Zug. Ich war ohnehin schon ziemlich stark in die Enge getrieben. Nur für den Fall, dass ihr nicht Schach spielt (und ich gehe davon aus, dass ihr das nicht tut, weil ihr vermutlich normale Jugendliche seid): Das bedeutete, dass ein Verlust unvermeidlich war, obwohl uns noch einige Züge von einem offiziellen Schachmatt trennten. Es war gute Schachetikette (und galt nicht als feige), einfach aufzugeben, wenn ein Spiel nicht mehr zu retten war.

»Na, das wars dann wohl«, sagte ich und legte meinen König hin. »Ich mach mich mal für die Schule fertig.«

Mein Dad nickte nachdenklich.

»Du wärst diesmal fast bis zum Endspiel durchgekommen«, sagte er. »Die Skandinavische Verteidigung war zwar ein nettes Wortspiel, aber vermutlich auch dein Verderben. Du weißt, dass ich dagegen gute Strategien habe.«

»Dad, du bist immer gut«, sagte ich. »Glaubst du, ich werde dich jemals besiegen?«

»Ja, natürlich«, sagte er. »Alle Belmonts besiegen irgendwann ihren Vater. Ich war neunzehn, als ich deinen Opa zum ersten Mal besiegt habe. Es war ein großer Tag für mich – ein Freitag natürlich.«

Ich leerte meine Teetasse mit einigen Schlucken.

»Ich wünschte, du könntest irgendwann mal gegen Edwin antreten«, sagte ich dann. »Das wäre eine großartige Partie.«

»Da bin ich mir sicher«, sagte er.

Mein Dad mochte Edwin genauso gern wie Edwin meinen Dad. Was mich nicht wunderte, denn ich kannte außer Edwin niemanden, der Dads Suche nach neuen Zutaten für seine Gesundheitsprodukte ebenso interessant fand wie Dad selbst. Edwin fragte meinen Dad immer wieder danach, und Dad war dann völlig in seinem Element.

Du solltest den Tee deines Dad trinken, sagte mir plötzlich eine Stimme ins Ohr.

»Was?«, fragte ich verwirrt.

Mein Dad hob eine Augenbraue. »Stimmt was nicht, Greg?«

»Na ja, ich ... also, ich weiß nicht«, sagte ich. »Ich höre nur heute Morgen komisches Zeug. Ist sicher noch zu früh.«

Mein Dad nickte nachdenklich und starrte in seinen lila Tee. Ich wusste, dass die Stimme nur in meinem Kopf existierte. Und ich glaubte meinem Dad, wenn er sagte, dass die Nebenwirkungen der neuen Zutat gefährlich sein könnten, denn das war schon vorgekommen (einmal hatte eine neue Seife mein Gesicht für eine ganze Woche grün gefärbt). Und so gern ich auch normalerweise Dads Tee trank, ich konnte durchaus damit leben, nicht alles auszuprobieren. Und deshalb bin ich noch immer nicht ganz sicher, warum ich das tat, was ich als Nächstes getan habe. Vielleicht war die Stimme in meinem Kopf einfach so überzeugend. Oder es lag daran, dass Dad noch nie einen knalllila Tee hergestellt hatte. Jedenfalls versetzte ich meinem König »aus Versehen« einen zu harten Stoß, warf mehrere von Dads Schachfiguren um und einige kullerten über den Tisch und auf den Boden.

»Ach, tut mir leid«, sagte ich.

»Macht doch nichts«, sagte mein Dad und bückte sich, um die Schachfiguren aufzulesen.

Ich schnappte mir ganz schnell seine Tasse, trank zwei große Schlucke und stellte sie in genau dem Moment zurück, als Dad sich wieder aufrichtete.

Der Tee explodierte in meinem Mund.

Nicht buchstäblich natürlich. Aber er war anders als jeder andere Tee, den ich je gekostet hatte. Er war herbe und sauer, fast schon brizzelig, und mein Mund war davon sofort wie betäubt. Ich bereue es schon wieder, mir diese Kostprobe erschlichen zu haben. Aber es war zu spät, um die Sache rückgängig zu machen.

»Ich muss«, murmelte ich in dem Versuch, über meine betäubte, hilflose Zunge hinwegzureden. »Schule fertig machen.«

Mein Dad lächelte und nickte. Wenn ich gewusst hätte, dass ich sein Lächeln so ungefähr zum letzten Mal sah, hätte ich zurückgelächelt. Ich hätte mir Zeit gelassen und ihn angestarrt, um mich besser an sein Lächeln erinnern zu können.

Ich hätte mich jedenfalls nicht schuldbewusst in mein Zimmer geschlichen wie ein Gwint.

5

Greg und Edwin tummeln sich
auf einer Blumenwiese

An meinem Schließfach klebte ein Foto im Format 24×30 Zentimeter.

Es stammte aus einem YouTube-Video, in dem ich verzweifelt vor Wilbur dem Eisbären davonstürzte. Auf dem Bild war mein Gesicht zu einer hässlichen Grimasse verzerrt; ich sah aus, als ob ich versuchte, einen aktiven Bienenstock zu verdauen.

Überall in der Schule waren Dutzende von Kopien angebracht.

Ich fand es ziemlich witzig, dass sich jemand die Mühe machte, so viele Fotos auszudrucken und dann ganz früh in die Schule zu kommen, um sie an allen Ecken und Enden aufzuhängen. Es war fast schon schmeichelhaft. Mir blieb ohnehin nichts anderes übrig, als zu grinsen und die Sache zu ignorieren. Und um ehrlich zu sein, einige hier an der Schule hatten tatsächlich gute Gründe, mich nicht zu mögen.

Mir war zugetragen worden (vor allem von Edwin), dass ich eine gewisse Schroffheit an den Tag legte, die viele Leute unhöflich fanden. Meine ganze Familie hatte dieses Problem, auch meine Tanten und Onkel. Selbst meine Mom war vor ihrem Tod angeblich so gewesen. Belmonts waren keine guten Lügner (wie schon erwähnt), und deshalb sagten wir meistens einfach, was uns gerade in den Kopf kam, und ließen es darauf ankommen.

Zum Beispiel hätte ich der überaus beliebten Achtklässlerin Jenny Allen vermutlich nicht sagen sollen, dass ihre YouTube-Beiträge über die Wichtigkeit von Make-up und gutem Aussehen per se erniedrigend waren und ihre Fähigkeit, ein wirkmächtiges Selbstvertrauen zu entwickeln, vollkommen unterminierten. Im Rückblick kann ich sogar fast verstehen, warum sie in Tränen ausgebrochen war, aber ich war eben einfach ehrlich gewesen.

Jedenfalls merkte ich erst später an diesem Freitag – in der dritten Stunde, um genau zu sein –, dass etwas mit mir nicht stimmte.

Zuerst war ich nicht sicher, ob es noch die Nachwirkungen des Bärenüberfalls vom Vortag waren oder etwas ganz anderes – ob ich zum Beispiel einfach ganz furchtbaren Hunger hatte. Was keine Überraschung gewesen wäre. Manchmal hatte ich solchen Hunger, dass ich ernsthaft mit dem Gedanken spielte, die Papiertaschentücher auf dem Lehrerpult zu verzehren. Und einmal hatte ich das Holz von meinem Bleistift abgeknabbert (es schmeckte gar nicht so schlecht, wie man meinen könnte).

In der dritten Stunde hatten wir Klassische Literatur, und wir lasen Dante Alighieris *Komödie*. Unser Lehrer, Dr. Tufnell, (ich hatte ihn einmal *Mr* Tufnell genannt und mir damit sofort eine Stunde Nachsitzen eingehandelt), weigerte sich, das Werk *Göttliche Komödie* zu nennen. Er versuchte zu erklären, warum das ein entsetzlicher akademischer Irrtum war, aber ich hörte nicht zu. Ich war viel zu sehr mit der Überlegung beschäftigt, ob ich meinen eigenen Arm annagen sollte, um meinen überirdischen Hunger zu stillen, oder ob ich vielleicht einfach nur plötzliche Superkräfte entwickelte.

Das Komischste an der ganzen Sache war: Ich fühlte mich nicht *schlecht* seltsam. Sondern eher … *stark* seltsam, so blöd sich das vermutlich anhört. Ich fühlte mich unbesiegbar. Als ob ich an einem Donnerstag mit einem Nilpferd ringen und gewinnen könnte. Oder auch mit zwei Nilpferden. Die mit Nunchakus bewaffnet sind.

Gegen Mittag war dieses Gefühl dermaßen stark, dass es sich ganz sicher um Hunger handeln musste. Andernfalls würde ich die Schule erobern, die Belmontflagge hissen, mich im alten Turm niederlassen und die Macht über die PISS an mich reißen. So stark fühlte ich mich.

Aber zuerst würde ich etwas essen, für den Fall, dass ich eben doch einfach nur Hunger hatte.

Edwin lud mich in der Mittagspause immer an seinen Tisch ein, aber dort saßen meistens lauter Glitzermädels und Musterknaben, die mir deutlich zeigten, dass ich dort nichts zu suchen hatte. Ich hatte mich in der sechsten Klasse einmal zu ihnen gesetzt, und das war ziemlich schiefgegangen. Obwohl sie nicht direkt gemein waren, fühlte ich mich dort immer noch fehl am Platze.

Deshalb aß ich meistens in einer stillen Ecke der Mensa, weit weg von den Tischen, an denen die anderen saßen und mit ihren Freunden Witze rissen. Mein Platz befand sich hinter ein paar Säulen, die die Decke trugen. Dort waren in einem Winkel des riesigen Raums ein Sofa, ein Stuhl und ein Couchtisch versteckt.

Niemand sonst aß dort, mit Ausnahme von Froggy.

Froggy war der Einzige an der PISS, der aus irgendeinem Grund in der Hackordnung noch unter mir stand. Erstens, weil er einmal ohne Hose in die Schule gekommen war – wahrscheinlich aus Versehen. Außerdem murmelte er die ganze Zeit vor sich hin. Seltsame Dinge. Wie an diesem Freitag; als ich in meinen Winkel kam, murmelte er etwas darüber, Hamster in Ballons zu stecken und die Ballons an seinem Gürtel zu befestigen.

Echt!

»Wenn du einen Ballon voller Hamster hast, bist du auf jeden Fall glücklich. Du bindest dir die Ballons an den Gürtel und läufst dann mit einer Hamsterbande am Gürtel durch die Gegend ...«

Ich könnte noch mehr erzählen, denn das tat er schließlich auch, aber der Rest war noch verwirrender. Froggys irren Reden zuzuhören führte nur zu rätselhaften Fragen, die niemals beantwortet werden würden. Die wenigen Male, als ich ihn gefragt hatte, worüber er redete, hatte er nur kurze, noch rätselhaftere Antworten gegeben wie:

König Kanonenkugel.

Pedro der Löwe.

Sag Hallo.

Worauf ich eine Augenbraue hob. Und dann grinste er mich an und nahm seine wirren Reden wieder auf.

Ich hatte ein paar Mal versucht, über andere Dinge mit ihm zu sprechen. Das Normalste, was er in einem Zeitraum von drei Jahren je zu mir gesagt hatte, war die Mitteilung, dass sein Stiefvater eins der erfolgreichsten Computerspiele aller Zeiten entwickelt hat. Was komisch war, denn das hätte ihn eigentlich in der Hackordnung an der PISS nach ganz oben katapulieren müssen, wenn die anderen es erfuhren. Aber ich vermutete, genau das wollte Froggy aus irgendeinem Grund nicht.

Während er auf der Couch herumlungerte und weiter über Hamster redete (offenbar kam es darauf an, die korrekte Anzahl von Hamstern am Gürtel hängen zu haben), sah ich mir mein Essen genauer an. Es war für PISS-Verhältnisse relativ schlichte Kost: in der Pfanne gebratene Scholle mit cremiger Weißweinsoße und einem frischen Rucola-Salat. Ich schaute die winzige Portion an und sehnte mich verzweifelt nach mehr Essen. Die Schule servierte wahnsinnig winzige Mengen, im Vergleich dazu, was ich von zu Hause her gewohnt war.

Dieses bizarre Gefühl von *die Welt erobern* in meinem Bauch machte sich wieder bemerkbar. Plötzlich (und aus unerfindlichen Gründen) wusste ich, dass ich mehr zu essen haben könnte, wenn ich nur wollte. Ich wusste nicht, woher dieser Gedanke kam, aber ich war einfach davon überzeugt.

Und dann passierte etwas durch und durch Unmögliches.

Eine grüne Pflanze wuchs unter meinen Füßen heran.

Kleine Ranken lugten aus den Rissen im Marmorboden. Sie wuchsen langsam in die Höhe, alle paar Sekunden einen Fingerbreit. Und dann keimten Blätter hervor. Und nach einigen weiteren Sekunden starrte ich zwei wunderschöne und vollkommene Rucola-Pflanzen an, die in der Mensa aus dem Fußboden sprossen.

»Froggy, sieh dir das mal an«, sagte ich.

Er schaute sich um, aber entweder sah er die Pflanzen nicht oder fand sie nicht weiter bemerkenswert. Er kehrte in seine eigene Welt zurück, starrte mit leerem Blick zur Decke hoch und kaute langsam auf einem von zu Hause mitgebrachten Brot mit Sardinen und Vegemite herum.

Ich streckte die Hand nach unten aus und griff vorsichtig eins der zwischen meinen Füßen emporwachsenden Blätter, zog es heraus und legte es mir langsam auf die Zunge, ohne nachzudenken. Ich musste einfach sicher sein, dass das hier wirklich passierte, ehe ich zur kompletten Kernschmelze überging.

Das Rucola-Blatt schmeckte frisch und ein bisschen nach Pfeffer.

Und sehr echt.

Mir fiel das Essenstablett aus den Händen und kippte falsch herum auf den Boden. Froggy schaute es kurz an, ehe er sich wieder hinter seinen eigenen Gedanken auflöste. Ich stürzte um die Ecke in den normalen Teil der Schulmensa.

Edwin saß an seinem üblichen Tisch, umringt von Horden von Freunden. Sie giggelten, als ich auf sie zukam, aber Edwin brachte sie zum Schweigen.

»Kann ich kurz mit dir reden?«, fragte ich.

»Sicher, Greg, was ist denn los?«

»Nicht hier«, sagte ich. »Es ist wichtig.«

Edwin stand auf und machte einen Witz darüber, dass wir beide uns auf einer Blumenwiese tummeln gehen wollten. Der ganze Tisch lachte. Wenn ich diesen Witz gebracht hätte, wäre er mit peinlichem Schweigen aufgenommen worden. Aber Edwin besaß tatsächlich eine Begabung, alles witzig erscheinen zu lassen. Er könnte dir erzählen, dass deine Oma soeben gestorben ist, und du würdest dir aus irgendeinem Grund vor Lachen den Bauch halten.

Er ging mit mir in einen leeren Gang, der an die Mensa angrenzte, und machte ein ehrlich besorgtes Gesicht.

»Was ist denn los, Kumpel?«, fragte er. »Ich weiß, die anderen waren heute echt fies zu dir. Ich hab eigenhändig alle Fotos von der Wand gerissen, die ich überhaupt nur finden konnte ...«

»Darum geht es nicht«, unterbrach ich ihn. »Mit mir passiert gerade etwas ganz Komisches. Es ist schon passiert. Ich komme mir ... anders vor, als ob, ich weiß auch nicht ... als ob ich ausnahmsweise mal alles toll mache. Ich weiß, das klingt albern, aber es ist, als ob ich ... besondere Kräfte hätte oder so.«

»Ohhhh ...«, sagte Edwin langsam. »Greg, das nennt man *Selbstvertrauen*. Das ist etwas, das du in deinem tiefsten Inneren immer schon gehabt hast.«

Er streckte die Hand aus, um mich zum Scherz mit einem Finger anzustupsen. Ich schlug seine Hand weg.

»Das ist mein Ernst, das sollte kein Witz sein«, sagte ich.

»Okay, beruhig dich«, sagte Edwin und sein Grinsen verschwand. »Vielleicht kommt das vom Adrenalin, weil dir aufgegangen ist, dass du gestern eine Nahtod-Erfahrung überlebt hast? Im Stil von *Wenn ich einen Bärenangriff überleben kann, dann kann ich alles schaffen*? Etwas in dieser Art?«

»Ja, vielleicht«, gab ich zu. »Aber ... ich bin doch ein Belmont!«

»Und?«

»Und du weißt, das bedeutet, dass ich schon eine Menge Nahtod-Erfahrungen überlebt habe«, sagte ich. »Wie vorigen Sommer, als mein Dad und ich in diesen Autounfall mit der explodierenden Kuh verwickelt waren.« (Echt. Lange Geschichte.) »Oder vor drei Jahren, als mein Dad fast unseren Wohnblock abgefackelt hätte, als er zum Mittagessen eine Gans kochen wollte. Oder als ...«

»Okay, ja, hab schon verstanden«, sagte Edwin.

Es passte ihm nicht, wenn ich über die Belmont'sche Neigung zu katastrophalem Versagen sprach. Er glaubte, dass unser

Aberglauben das ganze Pech überhaupt erst verursachte – er nannte das eine *sich selbst erfüllende Prophezeiung*.

»Lass uns doch eine schnelle Partie Schach spielen«, schlug Edwin vor und zog sein Telefon aus der Tasche. »Wenn du wirklich neue Kräfte entwickelst, dann müsstest du eine Chance haben, mich zu besiegen. Nur so wäre das nämlich überhaupt jemals möglich.«

»Mann, das ist nicht komisch.«

»Sollte auch kein Witz sein«, sagte Edwin.

Ich nickte, aber dann fiel mir ein, dass überhaupt kein Test mehr nötig war.

»Eigentlich habe ich schon einen Beweis dafür, dass mit mir etwas Seltsames passiert«, sagte ich. »Komm mit.«

Ich führte Edwin auf die andere Seite der Mensa. Froggy saß noch immer dort und verzehrte sein Butterbrot, aber er ignorierte uns beide. Ich zeigte auf die Rucola-Pflanzen, die aus den Fliesen neben dem Sofa wuchsen.

»Ich hab die hier wachsen lassen, eben gerade«, sagte ich. »*Durch meine Gedanken.* Ich weiß nicht, wie ich das gemacht habe, aber ich habe es gemacht, da bin ich mir sicher.«

Und dann passierte etwas ungeheuer Seltsames. Edwins Gesichtsausdruck war total verändert. Aber er sah nicht verwirrt oder geschockt oder ungläubig aus. Oder auch nur belustigt. Er sah plötzlich besorgt aus. Als ob der Anblick dieser Pflanzen für ihn beängstigender war als die Nachricht, dass seine Eltern das gesamte Vermögen der Familie durch eine Footballwette verloren hätten.

»Wow«, sagte Edwin endlich. »Du hast mir tatsächlich keinen *Bären* aufgebunden, was?«

»Ehrlich, ist das jetzt der Moment für Wortspiele?«, fragte ich, konnte ein Grinsen aber nicht unterdrücken.

»Nein«, sagte er. »Das hier ist nicht der richtige Augenblick für Wortspiele. Das würde uns nur einen Bärendienst erweisen.«

Ich lachte, trotz meiner wachsenden Besorgnis um meine geistige Gesundheit – und vermutlich machte Edwin die Scherze auch nur zu meiner Beruhigung. Ich war froh, dass er nicht auch noch den Schulpsychiater gerufen hatte.

»Was soll ich denn jetzt machen?«, fragte ich.

»Ich weiß nicht, Greg«, sagte Edwin. »Vielleicht dein Bestes tun, um *nichts in der Art mehr zu veranstalten*? Versuch einfach, dieses komische Gefühl zu unterdrücken und keine Aufmerksamkeit zu erregen.«

»Warum? Weißt du irgendwas?«

»Nein, natürlich nicht!«, sagte er. »Ich bin genauso verblüfft wie du. Aber ich weiß, dass die meisten Lehrer das hier für einen ausgeklügelten Streich oder so was halten würden. Also versuch, ganz ruhig zu bleiben und nach der letzten Stunde so schnell wie möglich von hier wegzukommen. Wir reden später darüber, okay?«

»Okay ... okay, ja«, sagte ich, dankbar, weil er so ruhig blieb.

»Alles klar«, sagte er und wandte sich ab. »Halt dich bedeckt, was das hier angeht ... ehrlich.«

Ich nickte, als er ging, und fand seine Reaktion weiterhin tröstlich und seltsam zugleich. Er schien wirklich mehr zu wissen als ich. Aber so war Edwin eben – deshalb spielte er so gut Schach und fand so viele Freunde. Er wusste immer etwas, das man selbst nicht wusste. Er war einfach schlau.

Als ich noch neben den Rucola-Pflanzen stand, die ich auf irgendeine Weise telepathisch hatte wachsen lassen, bemerkte ich, dass Froggy mich anstarrte. Er war aufgestanden und sah mich an.

»Du bist mehr, als du glaubst«, sagte er.
»Was?«
Er gab keine Antwort, sondern hob eilig seinen Rucksack auf und ging davon, ehe ich ihn noch einmal fragen konnte, wie er das gemeint hatte.

6

Ich entdecke ein neues Talent:
Mit meinem Gesicht Knochen brechen

Den Rest des Schultages passierte nichts Seltsames mehr.

Zum Teil lag das daran, dass ich auf Edwins Rat hin wild entschlossen war, das zu verhindern. Nach der achten Stunde wollte ich einfach nur schnell das Gebäude verlassen, ehe noch was passieren konnte – ehe ich aus Versehen in der Eingangshalle ein Maisfeld wachsen ließ oder in der Turnhalle einen Regenguss verursachte oder so.

Aber als ich die hintere Treppe hinunterstieg, stieß ich auf einen Haufen von anderen PISS-Leuten, die sich auf dem überfüllten Treppenabsatz im zweiten Stock drängten. Vom dritten Absatz konnte ich mit Leichtigkeit erkennen, was sie da ansahen:

Perry und Froggy.

Und die beiden schüttelten einander nicht gerade in aller Freundschaft die Hände.

Perry hielt Froggy an den Fußknöcheln in die Luft. Dem armen Jungen fielen die langen fettigen Haare über das Gesicht.

»Mach schon«, sagte Perry lachend, während er Froggy mehrere Male hob und senkte, wobei Froggys Kopf jedes Mal

dem Marmorboden so nahe kam, dass mir fast schlecht wurde.
»Ich will dich wie eine kleine Kröte hüpfen sehen.«

Erstaunlicherweise kicherten die Umstehenden, als ob das witzig wäre und nicht grauenhaft sadistisch. Ich hätte gern geglaubt, dass sie nur Angst vor der Strafe hatten, die sie erwartete, wenn sie nicht lachten – aber mindestens die Hälfte der Zuschauermenge bestand aus Perrys ebenso verblödeten Freunden. Wahrscheinlich genossen sie das Spektakel tatsächlich, aus Gründen, die nur ein ebenso gestörter Geist nachvollziehen konnte.

An jedem anderen Tag hätte ich genau gewusst, was ich zu tun hatte. Ich wünschte, ich könnte euch erzählen, ich hätte mich eingeschaltet und die Situation gerettet und dann die unvermeidlichen Prügel eingesteckt. Aber die Wahrheit war, dass ich wie ein Feigling die Flucht ergriffen hätte. Denn ich wusste aus Erfahrung, dass es die Sache meistens nur noch schlimmer machte, wenn ich mich in einer Krise zur Wehr setzte – vor allem bei meinem üblichen Pech. Es war besser, den Schaden so gering wie möglich zu halten und nur eine Person den Prügeln auszuliefern und nicht zwei.

Aber es war eben kein normaler Tag.

Ich brauchte nicht lange, vielleicht eine oder zwei Sekunden, um zu beschließen, dass ich Perry das hier nicht durchgehen lassen wollte. Die Entscheidung, *etwas zu unternehmen*, kam mir so fremd vor, dass ich ernsthaft vermutete, es könnten doch einfach Verdauungsstörungen sein. Also riss ich schnell den Mund auf, ehe ich mich doch noch verdrücken konnte.

»He, Immergrün!«, brüllte ich.

Alle fuhren herum.

Niemand kam ungeschoren davon, der Perry so nannte.

»Bloß, weil du neidisch bist, dass Froggys Mom nicht abgehauen ist, hast du noch lange nicht das Recht, den armen Jungen zu quälen«, sagte ich.

Die anderen schnappten allesamt nach Luft. Alle wussten, dass Perrys Mutter ihn verlassen hatte, als er zwei Jahre alt gewesen war. Und er hatte noch immer daran zu knapsen, das bewiesen die sechs Mami-Tattoos, die sein Dad, ein UFC-Profi, ihm erlaubt hatte.

Ich bereute sofort, dass ich das gesagt hatte. Nicht, dass ich mich eingeschaltet hatte, sondern, dass ich es auf eine so waghalsige Weise versucht hatte. Ich hätte ihn vermutlich auch höflich auffordern können, damit aufzuhören, dann hätte die Sache möglicherweise ein besseres Ende genommen.

»Roly-McBowly Fettmont«, sagte Perry langsam und betonte gewissenhaft jede Silbe.

Er ließ Froggy fallen und der sackte auf dem Boden in sich zusammen.

Inzwischen war ich die letzten drei Stufen bis zum Treppenabsatz hinuntergestiegen. Die anderen drängten sich um mich zusammen und versperrten mir damit jeden Fluchtweg. Froggy kam mühsam auf die Beine und nahm seine Schultasche. Er warf mir einen dankbaren Blick zu, dann quetschte er sich durch die Menge und rannte die letzte Treppe hinunter.

Perry war jetzt nur noch wenige Zentimeter von meinem Gesicht entfernt. Er war mir so nah, dass sein heißer Atem meine Augenbrauen fast zum Schmelzen brachte.

»Du musst echt ein Masochist oder so was sein«, sagte Perry (das ist das Komische an Tyrannen, die teure Privatschulen besuchen – sie verfügen über einen gewaltigen Wortschatz). »Zuerst provozierst du einen armen Eisbären und dann beleidigst du meine Mom. Das ist einfach ... na ja, es ist *unhöflich*.

Für einen kleinen Fettsack bist du ganz schön gemein, weißt du das? Also entschuldige dich wenigstens, ehe ich dir die Fresse poliere. Vielleicht mache ich es dann kurz, wenn du dich ehrlich anhörst.«

»Äh, tut mir leid«, sagte ich und merkte selbst, wie leer sich diese Worte anhörten, als sie meinen Mund verließen.

»Ja, es wird dir bestimmt gleich leidtun«, sagte Perry langsam, fast bedauernd – als ob er im Grunde keine Lust hätte, mein Gesicht zu Staub zu zermatschen, und nur aufgrund irgendeines uralten Machismo-Gesetzes dazu verpflichtet wäre.

All mein Mut war verschwunden. Das Supermachtgefühl, das ich den ganzen Tag verspürt hatte, kam mir plötzlich vor wie pure Einbildung. Ich zog mich tiefer in die Ecke zurück, wie ein erschöpfter Boxer, der in den Seilen hängt und um das Ende der Runde betet.

Perry hatte genug geredet.

Er beschloss, unser Gespräch mit seinen zementblockgroßen Fäusten fortzusetzen. Er packte mit der linken Hand mein Hemd und holte quälend langsam mit der rechten aus.

Ich schloss die Augen und wartete auf den wangenzerschmetternden Schlag.

Für einen Moment spürte ich einen Windhauch im Gesicht, als seine Faust mit unglaublicher Schnelligkeit nach vorn schoss. Ich registrierte vage, dass gleich darauf ein Aufprall folgte, aber es war seltsam – ich *spürte* nichts. Es gab keinen Schmerz, mein Kopf kippte nicht nach hinten, es war nicht einmal ein Druck auf meinem Gesicht zu merken – es war fast, als ob seine Faust wie Gummi von mir abgeprallt wäre.

Perrys Schrei hätte Blut zum Gerinnen bringen können und ließ mich die Augen endlich wieder aufmachen. Er krümmte sich und hielt sich den Arm. Sein Gesicht verzog sich vor Schmerz, als er seine abgeknickten und geschwollenen Finger berührte, die von der rechten Hand herabhingen. Er sah mich an und trat einen Schritt zurück.

»Missgeburt«, fauchte er.

Die auf dem Treppenabsatz versammelten Schüler starrten mich in verdutztem Schweigen an. Ich hatte keine Ahnung, was hier gerade passiert war, aber zwei Dinge wusste ich:

- Mein Gesicht fühlte sich ganz normal an.
- Ich hatte auf irgendeine Weise Perry die Hand gebrochen.

Die anderen tuschelten, als ich mich vorbeidrängte. Als ich näher kam, wichen sie von selbst auseinander, wie zwei automatische Türen oder dieses magische Meer in der alten Sage.

Dann hörte ich Geflüster, von dem ich wusste, dass es nicht stimmen konnte:

»Hab ich mir das eingebildet, oder hat sich Greg Fettmont eben in Stein verwandelt?«

7

Wie man richtig starke Rückenmuskeln kriegt

Mein Dad stand in seiner EGOHS-Schürze hinter dem Tresen, als ich den Laden betrat.

Er schaute mich kurz an, dann erklärte er einem Kunden weiter, warum seine handgemachten Seifen so etwas Besonderes waren. *Das liegt an der Qualität und harmonischen, synergischen Integrität unserer seltenen Rohstoffe. Und an dem Verfahren selbst, das auf den alten, überlieferten Methoden einer Zeit beruht, als die Vorstellung von »organisch« noch gar nicht entwickelt worden war. Diese holistischen Eigenschaften von handgeschöpften ... bla, bla, bla, usw. usf.*

Ich hatte ihn schon Hunderte von Malen diese leidenschaftlichen Ansprachen halten hören. Aber es ging ihm nicht nur darum, etwas zu verkaufen. Er glaubte wirklich, dass seine Produkte Menschen besser mit Erde und Natur verbinden konnten.

Ich band meine Schürze um und trat zu Dad hinter den Tresen. Er kassierte und wandte sich dann endlich mir zu.

»Wie wars in der Schule?«, fragte er.

»Äh ...«, sagte ich, denn ich wusste nicht so recht, wo ich anfangen sollte.

Wie konnte ich all das, was passiert war, vernünftig erklären (z.B., dass ich mich offenbar in Stein verwandelt hatte und durch die Kraft meiner Gedanken Pflanzen aus dem Boden gewachsen waren), ohne dass er mich gleich zum Psychiater schleifte?

»Na ja«, fügte ich schließlich hinzu. »Es ist wirklich etwas total Seltsames passiert.«

Er hob ein wenig die Augenbrauen.

»Ich meine ... ich habe nur ...«

»Greg, du kannst mir *alles* sagen, das weißt du«, sagte mein Dad.

»Es ist bloß – ich bin nicht sicher, ob du mir glauben wirst«, sagte ich.

»Gib mir doch eine Chance.«

»Okay, na ja, ich ... äh, Dad, ich glaube, ich habe telepathisch Pflanzen aus dem Marmorboden im ersten Stock wachsen lassen. Werde ich jetzt verrückt?«

Ich rechnete damit, dass mein Dad lachen würde. Ich rechnete damit, dass er schnauben und mir erzählen würde, dass ich mir alles nur einbildete. Ich rechnete mit einer Mischung aus Unglauben und Besorgnis. Ich rechnete jedenfalls nicht damit, dass seine Augen aufleuchten würden wie unter Starkstrom gesetzte Weihnachtskerzen. Er beugte sich vor, als ob er soeben im Lotto gewonnen hätte, ich ihm aber noch sagen müsste, wo ich das Gewinnerlos versteckt hatte.

»Greg, du musst jetzt ehrlich zu mir sein«, sagte mein Dad. »Es ist sehr wichtig, dass du mir die Wahrheit sagst. Ich werde nicht böse sein ...«

»Okay ...«

»Hast du heute Morgen heimlich von meinem Tee getrunken?«

Ich seufzte und nickte und rechnete damit, dass seine seltsame Erregung in Zorn umschlagen würde. Oder zumindest in Enttäuschung. Aber stattdessen wäre er vor Begeisterung fast in die Luft gesprungen. Er grinste und hob sogar die Faust.

»Ich hab es gewusst!«, sagte er selbstzufrieden zu niemand Besonderem.

»Dad, was ist hier los?«, fragte ich. »*Was* hast du gewusst?«

»Hat dich irgendwer dabei gesehen?«, fragte er und ignorierte meine Fragen.

»Dad, was passiert mit mir? Was war in dem Tee?«

»Greg, das hier ist wichtig«, sagte er mit entschiedener Stimme. »Hat irgendwer gesehen, was heute passiert ist?«

In diesem Moment fielen mir Edwin und Froggy ein. Sie hatten die Rucola-Pflanzen gesehen. Dann wanderten meine Gedanken weiter zu den zwanzig oder dreißig Leuten, die miterlebt hatten, wie ich mich in Stein verwandelte. Die klare Antwort war also: Ja. Jede Menge Leute hatte gesehen, was passiert war.

Aber in dem Moment klickte endgültig irgendetwas in mir. Mein Dad wusste, was los war. Es hatte offenbar mit seinem seltsamen nebligen lila Tee zu tun. Und mit dem komischen Gegenstand in der Reisetasche. Und all den anderen Geheimnissen, die er offenbar sein ganzes Leben lang vor mir gehabt hatte. Es hatte mir in der Vergangenheit nichts ausgemacht, nicht so genau hinzuschauen, als ich noch dachte, es ginge vor allem darum, dass ich frittiertes Vogelgehirn oder gepökelte Entenzungen oder pürierte Würmerdärme aß. Aber jetzt, wo ich von Bären und Vögeln angegriffen wurde und mich in Stein verwandelte, hatte ich ein *Recht* darauf, die Wahrheit zu erfahren.

»Ich sag dir nichts mehr, solange du mir nicht sagst, was hier los ist«, sagte ich. »Was war in deinem Tee? Was ist das für ein komisches Ding in deiner Reisetasche? Warum hat mich gestern ein Bär überfallen? *Was geht hier eigentlich vor sich, Dad?* Bitte.«

Mein Dad wich zurück, als ob ich ihn geschlagen hätte. Das hatte er nicht erwartet. Ich glaube, er hatte angenommen, ich würde diese seltsamen Ereignisse gelassen hinnehmen wie immer. Dann schüttelte er den Kopf, und ich wusste, dass er mir rein gar nichts verraten würde.

»Wir können später über alles reden«, sagte er. »Versprochen. Aber das hier ist ungeheuer wichtig. Mein ganzes Lebenswerk hängt davon ab. Was ist in der Schule sonst noch passiert? Hat irgendwer etwas gesehen?«

»Dein Lebenswerk?« Ich brüllte fast. »Hör mal, Dad. Ich hab es wirklich satt, mir von deinem Lebenswerk erzählen zu lassen. Vor allem, da du das nie mit mir teilst. Meinst du nicht, ich hätte dich ab und zu mal gern zu einer deiner Expeditionen begleitet? Wir hätten das zusammen machen können. Stattdessen hast du Geheimnisse vor mir. Und jetzt hat dein Sohn eine Krise, er wird entweder verrückt oder noch Schlimmeres, und du machst dir nur Sorgen über dein Lebenswerk! Danke für deine Fürsorge, Dad.«

Jetzt bemerkte ich in Dads Gesicht einen Ausdruck, den ich noch nie zuvor gesehen hatte. Ich hatte ihn zutiefst verletzt. In vieler Hinsicht war er wie ein Hundebaby – immer glücklich, unmöglich zu entmutigen. Aber nun sah ich in seinen Augen echten Schmerz. Das übliche fröhliche Funkeln war verschwunden.

»Ich weiß, du meinst, ich interessiere mich nur für meine Arbeit und mache Jagd auf Zutaten und habe Geheimnisse vor dir«, sagte mein Dad mit ein wenig zitternder Stimme. »Aber das ist nicht alles. Ich meine … es ist schwer, das jetzt zu erklären, aber …«

Er konnte mir nicht ins Gesicht sehen und starrte nur die Kasse an.

Mein Blick wanderte zu den Fenstern. Für halb fünf Uhr nachmittags war es ungewöhnlich dunkel und ich fragte mich, ob wir wohl Sturm bekommen würden. Das Wetter erschien mir als das einzig Vernünftige, worüber ich noch nachdenken konnte an einem Tag, an dem ich mich möglicherweise in Stein verwandelt und die Gefühle meines Dad verletzt hatte – beides hätte ich bisher für unmöglich gehalten. Wie zur Antwort prasselte jetzt Regen draußen auf den Bürgersteig. Passanten liefen an unserer Tür vorbei und spannten Schirme auf. Ein Teil von mir wollte gern eine halbherzige Entschuldigung stammeln, vor allem, weil mein Dad so elend aussah. So sah ich ihn sonst nur einmal im Jahr, am Todestag meiner Mom.

Aber ich sagte nichts, denn er hatte es verdient, sich so elend zu fühlen. Selbst nach meinem Ausbruch saß er einfach nur da. Er schien noch immer nicht sonderlich besorgt um mich, eher darum, wer was gesehen hatte. Wenn er stur sein wollte, dann konnte ich das auch. Auch wenn ich jetzt anfing, mich ein bisschen schuldig zu fühlen.

»Dad, kannst du nicht einfach …«

»Vergiss es, Greg«, sagte mein Dad, ohne aufzublicken. »Wir können später darüber reden. Ich muss telefonieren. Was heute passiert ist … na ja, es ist von weiter reichender Bedeutung, als du jemals erfassen wirst.«

»Ich würde es erfassen, wenn du es mir erzählen …«, begann ich, aber er ließ mich nicht ausreden.

»Greg, für mich ist dieses Gespräch beendet, ich hab keine

Zeit«, sagte er mit fester Stimme. »Jetzt geh zu den Kunden, die gerade hereingekommen sind, und frag, ob sie Hilfe brauchen. Wir reden später weiter.«

Ich wartete, ich wollte jetzt nicht wieder lockerlassen wie sonst immer. Aber er hielt schon das uralte Ladentelefon an sein Ohr und wählte eine Nummer. Also riss ich mich vom Tresen los, um die Kunden zu begrüßen, die vermutlich nur Schutz vor dem Regen suchen wollten.

Die Ersten, auf die ich zuging, waren ein seltsames Paar.

Zwei Männer. Einer war massig und stark, er musste sich alle Mühe geben, sich durch die engen Gänge zu zwängen. Er trug einen Trenchcoat und eine graue Jogginghose und hatte die Haare kurz geschoren wie ein Soldat. Er war mindestens zwei Meter zehn groß und brachte locker an die hundertfünfzig Kilo solide Muskelmasse auf die Waage. Seine Ärmel spannten über seinen voluminösen Armen, als ob sie aus Elasthan wären statt aus Mantelstoff. Sein Kumpel war fast so klein wie ich, aber viel dünner, er war wirklich weniger als die Hälfte seines Gegenübers. Er hatte sandfarbene Haare, die ihm über die Ohren hingen, und ein hageres Gesicht.

»Kann ich irgendwie behilflich sein?«, fragte ich.

Sie fuhren herum, verwirrt von meiner Stimme.

»Oh, he, Bro«, sagte der Große. »Ist das hier ... äh ... dieser Irdenwarenladen ... äh ... von Trevor Belmont?«

Er hatte einen leichten Akzent, den ich nicht unterbringen konnte, vielleicht kam er aus Kanada oder Kalifornien.

»Ja«, sagte ich. Nach dem Gespräch mit meinem Dad war ich noch immer angespannt. »Das stand jedenfalls an der Ladentür, als ich zuletzt dort nachgesehen habe.«

»He, Kleiner, hüte deine Zunge«, sagte der Kleinere, aber es klang nicht wie ein Vorwurf, sondern eher wie ein Insidertipp.

»Glaub mir, du willst meinen Freund auf keinen Fall sauer machen, Bro.«

»Wer ist er denn, der unglaubliche Hulk oder so?«, fragte ich.

Der größere Typ legte den Kopf schräg und schien die Anspielung nicht zu begreifen. Der kleinere lachte, aber es klang nervös. Beunruhigt. Fast, als ob er sagen wollte: *Ja, genau so ist es.*

»Na ja, war nicht böse gemeint«, sagte ich. »Trevor ist mein Dad. Suchen Sie irgendwas Besonderes?«

Der kleine Bro warf einen Blick zur Tür, als ob er den nächstgelegenen Ausgang suchte. Die (reichlich vorhandenen) Haare auf meinen Armen sträubten sich und ich hatte plötzlich ein schlechtes Gefühl, was diese Jungs anging. Aber dann grinste er plötzlich wieder. Der große Bro folgte seinem Beispiel, und obwohl sein Lächeln eher ein fieses Grinsen und seine Zähne bräunlich und ungleichmäßig waren, hatte es doch eine Art dümmlichen Charme, der mich beruhigte.

»Ja, das tun wir allerdings«, sagte der kleine Bro. »Unser Kumpel vom Gewichtheben sagt, dass er hier in diesem Laden so ein paar total ökomäßige Nahrungsmittelzusätze gekriegt hat, die total legal sind!«

»Und das hat ja so was von gewirkt, Bro!«, stimmte der große Bro ein. »Unser Kumpel, Marlon, ist besser in Form, als ich je erlebt habe. Er ist einfach der totale Hammer, ich meine, sein Latissimus ist so was von saftig! Unser Kumpel stemmt glatt drei Hundis.«

Ich fand die Beschreibung des Latissimus seines Kumpels total peinlich, egal, wovon er da überhaupt redete.

»Da sind Sie hier richtig«, sagte ich. »Nahrungsmittelzusätze für Körper und Geist sind da drüben, zwei Gänge weiter, ziemlich weit hinten, geradeaus. Allesamt natürlich total bio, also sind sie sicher auch legal bei, äh, Wettbewerben oder was weiß ich.«

»Cool, Bro, danke«, sagte der kleine Bro.

Ich wich rückwärts aus dem Gang zurück und stellte mich neben die Kasse, um den großen Bro vorbeizulassen. Er musterte mich im Vorübergehen kurz von Kopf bis Fuß.

»Hau mich ruhig an, wenn du ein paar Workout-Tipps willst«, fügte er hinzu. »So wie du aussiehst, könnte es dir guttun, mal 'ne Runde Eisen zu pumpen. Weißt du, was ich meine?«

»Ja, klar, und du siehst aus, als könnte es dir guttun, mal 'ne Runde *kein* Eisen zu pumpen, Bro«, murmelte ich. »Weißt du, was ich meine?«

Der große Bro runzelte die Stirn und sein Gesicht lief rot an. Ich lief eilig in den nächsten Gang, wo ich eine andere Kundin sah, eine ältere Dame, die vorsichtig unsere Auswahl an biologisch-dynamischen Baumölen durchsah.

Ich war gerade bei ihr angekommen, als der Strom ausfiel.

Die Lichter erloschen mit einem elektrischen Knistern und der ganze Laden versank in Dunkelheit. Ich war höchstens einen Meter von der Frau entfernt, aber ich konnte jetzt nur noch ihre zierliche Silhouette sehen.

Sie schnappte nach Luft.

»Das ist nicht so schlimm«, sagte ich. »Das liegt sicher am Sturm. Und Sie wissen ja, unsere Elektrizitätswerke …«

Dann keuchte die Dame so heftig auf, als ob sie gleich losschreien wollte.

»Das wird schon, und wir haben Taschenlampen …«

Aber als sich meine Augen an die Dunkelheit gewöhnten, sah ich endlich ihr Gesicht. Der Stromausfall war nicht ihr größtes

Problem. Sie starrte aus weit aufgerissenen Augen etwas hinter mir an.

»Ich hab dir doch gesagt, mach ihn nicht sauer, Bro!«, brüllte der kleine Bro.

Ich fuhr herum. Und dann stieß ich den Schrei aus, den die alte Dame auf irgendeine Weise unterdrückt hatte.

8

Dads rein biologische Nahrungsmittelzusätze zum Muskelaufbau sind offenbar ungeheuer wirksam

Der große Bro ragte vor der Kasse auf.

Ich konnte in der Dunkelheit nur seine riesige Silhouette, seinen Quadratschädel und seinen wogenden Trenchcoat erahnen. Aber was da im Dunklen stand, war nicht einfach der große Bro.

Er wuchs nämlich!

Wie der unglaubliche Hulk wurde er vor meinen Augen von einer Sekunde zur anderen größer. Sein Kopf dehnte sich aus und schob sich mindestens einen Meter in die Höhe, worauf er fast die Decke berührte. Seine Schultern blähten sich auf und der Trenchcoat platzte über seinen unmenschlich breiten Schultern. Seine ohnehin schon auf obszöne Weise muskulösen Arme waren jetzt so massiv, dass ich in seinem Bizeps Platz genug für eine kleine Teegesellschaft gehabt hätte. Seine geballte Faust erreichte fast den Umfang eines kleinen Volvo.

Der kleine Bro war eilig in Deckung gegangen.

Ich merkte, dass ich noch immer schrie, deshalb machte ich den Mund zu. Für einen wunderbaren Augenblick gab es im Laden nur dunkle Stille. Draußen knisterten die Blitze, als Monster-Bro einen Schritt auf mich zu machte. Seine braunen, schief stehenden Zähne sahen im Schein der Blitze fast aus, als leuchteten sie.

Er machte noch einige dröhnende Schritte und zerschlug dabei mit Leichtigkeit zwei Regale. Ich schaute mich um, um der alten Dame zu versichern, dass ich sie beschützen würde, aber sie war nicht mehr da. Sie war gescheit genug gewesen, die Flucht zu ergreifen, während ich geschrien hatte wie ein verängstigter Dreijähriger.

Monster-Bro ragte über mir auf.

Endlich sah ich mehr als nur seine Silhouette und seine schleimigen Zähne. Er war nicht nur gewachsen, sondern hatte sich offenbar gleichzeitig in etwas ganz anderes verwandelt. Nicht ganz in den unglaublichen Hulk, wie ich gescherzt hatte, sondern in etwas noch weniger Menschliches.

Seine Haut war bleichgrau und grob, wie die eines Hais. Sein Kopf war knubbelig und verformt, und seine restlichen Züge, vor allem seine Nase, schienen hervorgeschossen zu sein, um zu seinem viereckigen Kiefer zu passen. Seine Augen waren leuchtend goldene Ringe, wie die eines wilden Tieres, und sie lagen tief eingesunken unter einer Klippe von Stirn.

Monster-Bro knurrte.

Seine Zähne kamen mir jetzt noch spitzer vor.

»Wow, ihr habt garantiert nicht erwartet, dass unsere Nahrungszusätze so schnell wirken«, sagte ich, vor allem, weil mir einfach keine andere passende Bemerkung einfiel.

Da brüllte das Monster los. Sein Atem stank wie chinesisches Essen vom Imbiss, das zu lange in der Sonne gelegen hat. Er hob eine Hand über den Kopf und schlug einen Krater in die alte Decke. Gipsplatten und uralter Putz rieselten auf seine

Schultern wie Schuppen. Sein Gebrüll wurde noch lauter, als er die Faust senkte, mit der klaren Absicht, mich zu zerschmettern wie eine Wanze.

Ich duckte mich und meine Knie gaben nach.

Selbst wenn ich mich auf irgendeine Weise in Stein verwandeln könnte, wie ich das vor einigen Stunden in der Schule gemacht hatte, wäre es wohl kaum eine Hilfe gewesen. Monster-Bro schien absolut imstande zu sein, einen kleinen dicklichen Felsbrocken zu Krümeln zu zerschlagen.

Aber unmittelbar, ehe seine Faust mich traf, kam mein Dad hinter dem Monster aus der Dunkelheit gestürzt. Er schwenkte wütend einen riesigen Gegenstand in Richtung Monsterfaust. Was immer es sein mochte, es berührte das Handgelenk des Monsters und brachte dessen Hand ein wenig aus der Bahn. Die riesige Faust traf wenige Fingerbreit links von mir auf den Boden auf und zerschlug die alten Bodenfliesen wie Reisig.

Ich taumelte in den Krater, als er die Faust zum nächsten Schlag hob.

Mein Dad sprang vor ihn. Und nun sah ich, dass es sich bei dem Gegenstand in seiner Hand um eine riesige Streitaxt handelte. Er schwang sie wie der Held in einem Actionfilm – nur sah es nicht ganz so aus wie ein Actionfilm, sondern eher wie eine Slapstick-Komödie, wenn ich ganz ehrlich sein soll. Mein Dad hieb total unbeholfen mit der Axt in alle Richtungen, ohne Eleganz und mit sehr wenig Koordination oder Planung. Aber was ihm an Geschicklichkeit fehlte, glich er durch panische Anstrengung wieder aus.

Die Axt erwischte zufällig das Knie des Monsters.

Monster-Bro brüllte vor Schmerz auf, ehe er rückwärtstaumelte, gegen unseren Tresen knallte und ihn zunichtemachte. Danach kam das Monster rasch wieder auf die Füße, doch sein

Sturz hatte meinem Dad genug Zeit erkauft, um meinen Arm zu packen und mich um die Ecke zu ziehen.

»Greg, lauf weg!«, schrie er. »Weg hier! Ich lenk ihn ab ...«

»Dad, nein«, protestierte ich, aber es war so oder so zu spät.

Das Monster hatte sich viel schneller von dem Sturz erholt, als ich erwartet hatte. Es kam angetrampelt und wischte meinen Dad mit einer Rückhand zur Seite, als ob er aus Küchenkrepp wäre.

Mein Dad knallte gegen die riesigen Plastikbehälter voller Biogetreide, die hinten im Laden an der Wand hingen. Haferschrot ergoss sich über ihn, als er zu Boden ging.

Ich tauchte eilig ab, als die andere Faust des Monsters auf mich herunterkrachte.

Der Laden sah jetzt weniger aus wie ein Laden und mehr wie etwas, durch das gerade ein Tornado hindurchgetobt war. Mein Dad hatte gesagt, ich sollte weglaufen, aber ich konnte ihn doch nicht einfach hierlassen, um von dem Monster zu nichts zerquetscht zu werden. Ich verspürte etwas, das ich nie zuvor verspürt hatte – es war ein bisschen wie heute in der Schule, als ich mich gegen Perry gewehrt hatte, aber auch anders. Jetzt kam es mir wirklicher vor. Mehr wie ich selbst.

Plötzlich wollte ich gegen dieses Ding kämpfen. Ich hatte das Gefühl, ich sollte mir die Axt schnappen und hätte dann tatsächlich eine Chance, das Biest abzuwehren. Die seltsame Stimme in meinem Kopf, die ich am Morgen gehört hatte, war nun auch wieder da und sagte so deutlich, als ob auf meiner Schulter ein kleiner Mensch mit einem Megafon säße: *Du kannst das, Greg. Du kannst diesem Überfall ein Ende machen. Nicht weglaufen!*

Ich stürzte hinüber zu der Stelle, wo mein Dad zusammengebrochen und unter Vollkornhafer begraben war. Er stöhnte verzweifelt und tastete nach der Axt. Endlich fand er den Griff und stemmte sich damit auf die Füße.

»Greg, ich hab dir doch gesagt, mach, dass du wegkommst.«

»Ich gehe nicht ohne ...«, fing ich an, konnte den Satz aber nicht beenden.

Mein Dad schob mich zur Seite, als das Monster abermals angriff. Bro bretterte zwischen uns durch und knallte mit dem Kopf gegen die Backsteinmauer. Die stürzte teilweise ein und das Monster wimmerte vor Schmerz.

Meine Innereien verknoteten sich vor Panik. Die innere Stärke, die ich vor wenigen Sekunden gespürt hatte, war spurlos verschwunden. Ich war jetzt wieder Greg Belmont, Superfeigling, der größte Drückeberger der Welt, der rückgratlose Fettsack. Außerdem hatte ich es bisher nur geschafft, meinen Dad zweimal so abzulenken, dass er fast umgebracht worden wäre. Ohne mich hätte er bei diesem Kampf viel bessere Aussichten.

Mein Dad schwang die Axt in wilden Kreisbewegungen, während er auf das riesige Monster zustürzte.

Ich machte kehrt und rannte auf den Schutthaufen zu, der bisher der Tresen mit der Kasse gewesen war. Ich riss die Tür zu unserem Büro auf, stürzte hinein und warf einen letzten Blick in den Laden.

Das Monster wirbelte zu meinem Dad herum und riss ihm mit Leichtigkeit die Axt aus der Hand. Als mein Dad mit verdutztem Gesicht rückwärtsstolperte, brüllte das Monster wütend auf und hob seine beiden gewaltigen Fäuste, um sie mit panzerzerschmetternder Wucht wieder zu senken.

Ich wich weiter zurück und knallte die Bürotür zu.

9

Ein Bauarbeiter der Zukunft wird in einer Mauer ein Skelett mit riesigen Knochen finden

Ich begriff sofort, dass ich einen schwerwiegenden Fehler gemacht hatte.

Ich hatte meinen Dad im Stich gelassen. Hatte ihm den Rücken zugekehrt, als er versuchte, eine grauenhafte Kreatur abzuwehren – den groteskesten Muskelprotz aller Zeiten. Ich packte den Türgriff und rüttelte. Aber die Tür regte sich nicht. Entweder war das Schloss zugeschnappt oder sie klemmte – vielleicht aufgrund irgendwelcher Schäden, die sie während des Angriffs erlitten hatte.

Panik schwappte wie eine Welle über mich. Ich hatte möglicherweise gerade den Tod meines Vaters miterlebt und nichts unternommen, um ihm zu helfen. Aber es gab noch eine andere Möglichkeit, in den Laden zu gelangen. Vielleicht war es noch nicht zu spät.

Ich rannte in die Gasse hinter dem Laden und wollte um den Block herum zum Haupteingang laufen.

Aber sowie ich die nasse Gasse betrat, versperrte ein Mann mir den Weg. Es regnete jetzt nicht mehr, aber in der Luft hing eine beißende Kälte und ich konnte meinen Atem vor mir aufsteigen sehen, der in kurzen Stößen aus meinem Mund quoll.

»Mr Olsen?«, fragte ich unsicher. »Sie haben heute Abend doch frei. Der Laden ... es ... es hat einen Überfall gegeben ...«

»Ich weiß, Greg«, sagte Mr Olsen gelassen. »Aber du kannst nicht zurück. Du musst mit mir kommen. Und wir müssen uns beeilen, vielleicht liegen noch mehr von ihnen auf der Lauer ...«

Sein Blick irrte ängstlich hin und her. Er machte keine Witze, das hier war kein seltsamer, ausgefeilter und teurer Streich, den uns jemand spielte. Das hier passierte wirklich, und Mr Olsen machte es furchtbare Angst, hier in der finsteren Gasse zu stehen.

»Aber mein Dad ...«, sagte ich.

»Es ist zu spät, Greg«, sagte er. »Mach dir keine Sorgen, dein Vater ist stärker, als er aussieht. Wir müssen weg hier. Wir dürfen nicht riskieren, euch beide zu verlieren.«

»Was ... was passiert hier eigentlich, Mr Olsen?«, fragte ich.

»Ich heiße nicht Mr Olsen«, sagte er. »Ich heiße Fynric Grobspur.«

»Aber ...«

»Wir haben keine Zeit«, sagte er, packte meinen Arm und zerrte mich durch die Gasse. »Ich erklär das später. Jetzt müssen wir machen, dass wir hier wegkommen. Der Rat tritt bald zusammen.«

»Der Rat ...?«, brachte ich heraus, während ich hinter ihm herstolperte.

»Ja«, sagte Fynric. »Der Rat hat viel zu besprechen. Seit fast fünftausend Jahren hat es keine dokumentierte Begegnung mit einem Bergtroll mehr gegeben.«

Mir war vage bewusst, dass Fynric mir gerade erzählt hatte,

dass es sich bei dem Wesen, das da unseren Laden zerlegte, um einen Bergtroll handelte. Aber ich konnte mich kaum auf den Beinen halten, als er mich weiterzog, geschweige denn überlegen, ob es wirklich Trolle gab. Ich konnte nur daran denken, wie mein Dad ausgesehen hatte, ehe ... na ja, ehe ich wie ein Feigling abgehauen war.

»Hier lang, beeil dich«, sagte Fynric. »Wir sind gleich da.«

Offensichtlich war Mr Olsen alias Fynric Grobspur nicht einfach ein Freund der Familie, der im EGOHS arbeitete. Er schien in alle Geheimnisse eingeweiht, die mein Dad mir vorenthalten hatte. Und auf irgendeine Weise tat das fast genauso weh wie das Wissen, dass ich meinen Dad soeben im Stich gelassen hatte. Was seine seltsamen Geheimnisse anging, hatte er einem Freund mehr vertraut als seinem eigenen Sohn.

Fynric blieb am Ende einer ganz besonders finsteren Gasse stehen und nickte zu einem schmalen Spalt zwischen zwei nebeneinanderstehenden Gebäuden hinüber.

»Nach dir«, sagte er.

Ich blinzelte. Der Typ hatte offenbar vergessen, wie ich bei Licht aussah – nie im Leben würde ich mich durch die paar Zentimeter zwischen den Häusern quetschen können.

»Wir haben nicht die ganze Nacht, also mach schon«, drängte Fynric.

Bei der Arbeit im EGOHS war Mr Olsen immer ruhig, wenn auch ein bisschen mürrisch. Aber jetzt wirkte er total hektisch. Seine Augen flackerten vor Angst, und das war ungefähr so beruhigend, wie auf einem Mundvoll rostiger Nägel herumzukauen.

»Ich kann nicht ... ich meine, da pass ich doch nie im Leben durch«, sagte ich. »Ich heiße in der Schule ja nicht umsonst Fettmont ...«

»Versuch es einfach!«, fiel er mir irritiert ins Wort. »Los! Wir müssen uns beeilen!«

Ich beschloss, ihm den Gefallen zu tun. Wenn Fynric erst sah, dass ich nicht durchpasste, würde er aufhören, mich zu nerven, und wir würden uns eine Tür suchen wie normale Menschen. Ich presste mich gegen den Spalt zwischen den beiden Gebäuden. Die Backsteinkanten bohrten sich in meinen Bauch.

»Himmel, um Landrick des Wanderers willen, dreh dich zur Seite, Junge«, sagte Fynric ungeduldig.

Ich drehte mich um und presste meine Hüfte gegen die Mauer. Zuerst brachte das gar nichts, wie ich vermutet hatte, da mein Bauch noch immer fast doppelt so dick war wie der winzige Spalt. Aber dann passierte etwas Erstaunliches. Ich spürte, wie ich mich langsam in den Spalt presste.

Ich passte durch!

Wenn auch nur haarscharf.

Die raue Oberfläche der alten Backsteine zerkratzte meine Haut und Kleider, als ich mich immer weiterquetschte. Fynric versetzte mir einen Stoß und ich steckte ganz im Spalt. Es war so eng, dass meine Brust sich nicht mehr heben konnte, als ich in wachsender Panik um Atem rang. Warum um alles in der Welt hatte ich mich soeben von einem Blödmann namens Fynric Grobspur zwischen zwei soliden Backsteinmauern festsetzen lassen?

War ich verrückt oder einfach nur dumm?

»Mach schon, immer weiter«, sagte Fynric.

Er steckte jetzt hinter mir im Spalt und drückte mich vorwärts. Ich schob mich weiter, mit steifen Seitwärtsschritten, die Füße unnatürlich zur Seite gedreht wie die einer Ballerina. Der Spalt wurde immer enger und nach einigen weiteren Schritten ging es endgültig nicht mehr weiter.

»Ich stecke fest«, sagte ich. »Wir müssen umkehren.«
Es kam keine Antwort.

In meiner Kehle stieg Panik auf. Auf irgendeine Weise schaffte ich es, den Kopf zu drehen, und schrammte dabei mit Nase und Stirn an den groben Backsteinen entlang.

Fynric war verschwunden, als ob er sich einfach in Luft aufgelöst hätte.

Ich fing an, mich zurückzuschieben, aber der Spalt kam mir jetzt auch in dieser Richtung zu eng vor. Ich kam nicht näher an die Gasse heran. Was unmöglich war. Backsteinmauern dehnen sich nicht aus und ziehen sich zusammen wie Lebewesen.

Und doch schienen die Mauern immer enger zusammenzurücken, während ich dort feststeckte. Ich sah schon vor mir, wie in Jahrzehnten irgendein Bauarbeiter mit einem blau karierten Hemd und einem tadellosen grauen Schnurrbart inmitten eines Schutthaufens meine Knochen finden würde.

»Mann«, würde der Typ mit perfektem Chicagoer Akzent sagen und sich mit dem Finger seinen Schnurrbart entlangfahren. »Der Junge hatte aber gewaltig dicke Knochen.«

Ich betete, dass keine Ratten an meinen Knöcheln herumnagen würden, und dann hörte ich endlich wieder Fynrics Stimme.

Sie klang dumpf und schien von irgendwo unter mir zu kommen.

»*Los, weiter!*«

Ich begriff nicht, wie, da meine Arme und Beine zwischen den Mauern eingeklemmt waren wie Brät in einer Wurstpelle. Aber ich tat ihm den Gefallen und versuchte wieder, mich langsam weiterzuschieben.

Diesmal trat mein Fuß ins Leere – als ob das schmutzige Straßenpflaster unter mir verschwunden wäre. Ich versuchte, mich an den Mauern festzuhalten, aber es war zu spät. Ich stürzte vornüber (besser gesagt, seitwärts) ins Leere.

Ich hätte auf den Boden aufprallen müssen, verschlungen wie eine Brezel, aber ich fiel immer nur weiter. Die Mauern waren verschwunden und ich jagte durch eine dunkle Höhle oder einen Schacht. Ich war zu geschockt, um auch nur zu schreien. Aber ich war dankbar für die Dunkelheit; so würde die eklige Masse, in die ich mich zweifellos auf dem Boden der Grube verwandeln würde, wenigstens niemand sehen.

Aber meine Landung fiel weicher aus als erwartet. Ich knallte auf feuchte und matschige Bretter, worauf mir die Luft wegblieb. Nach einigen Sekunden gab das Holz langsam unter mir nach; ich fiel durch eine Art Falltür und landete mit lautem TUMP auf hartem, feuchtem Beton.

Ich lag auf der kalten Oberfläche und starrte benommen zu einer Steindecke hoch. Das trübe Leuchten der Chicagoer Straßenlaternen war unvorstellbar hoch über mir immer noch zu sehen. Nun schloss sich der Schacht langsam und es war so dunkel, dass ich sehr gut hätte tot sein können. Vor Schmerzen in Hintern, Kopf und Rücken sah ich nichts als Sterne, bis neben mir ein kleines Licht tanzend zum Leben erwachte.

Es war Fynric mit einem Feuerzeug in der Hand.

Er lächelte.

Das flackernde orange Licht ließ sein Gesicht gespenstisch aussehen.

»War doch gar nicht so schlimm«, sagte Fynric. »Oder?«

Er half mir auf die Füße. Eigentlich hätte ich mir bei diesem Sturz ein oder zwei Knochen brechen müssen, aber ich war bis auf einige Schrammen und Prellungen unversehrt. Fynric wirkte total unbesorgt – als ob nicht einmal die Möglichkeit einer ernsthaften Verletzung bestanden hätte.

Wir standen in einer kleinen Betonkammer, aus der dunkle Tunnel in verschiedene Richtungen führten. Boden und Mauern schienen von Menschenhand zu stammen – gegossener Beton oder geglättete Zementblöcke. Wasser tröpfelte und gluckste träge irgendwo in der Nähe, ansonsten gab es nur Stille.

»Wo sind wir?«

»Tief unter der Stadt«, sagte Fynric.

»In so einem alten Prohibitionstunnel?«, fragte ich.

Jedes Kind, das in der Nähe von Chicago aufwächst, weiß von dem geheimen Netzwerk aus Tunneln, durch das zur Prohibitionszeit Alkohol geschmuggelt wurde.

»Nein, nein.« Fynric lachte. »Obwohl wir natürlich geholfen haben, die zu bauen.«

»Was? Du hast Al Capone gekannt?«

»Na ja, nicht ich persönlich«, sagte Fynric. »Aber mein Opa. Al Capone war schließlich einer von uns.«

»Was soll das heißen?«

Fynric ging auf diese Frage nicht ein. Er grinste nur und beantwortete stattdessen meine erste Frage.

»Wir sind *tief unter* den Prohibitionstunneln«, sagte er. »Wir nennen das hier den *Untergrund*. Jetzt komm, wir müssen weiter.«

»Wie ist das überhaupt möglich?«, fragte ich. Ich hoffte wirklich, dass das hier ein Traum war, denn dann würde ich aufwachen und unseren Laden unversehrt vorfinden, und mein Dad wäre noch am Leben. »Wir haben uns doch nur durchgequetscht ... ich meine, der Spalt in der Gasse ... der Sturz allein hätte uns beide umbringen müssen!«

Fynric sagte zu alledem nichts.

»Hier lang«, sagte er nur und winkte mir, ihm zu folgen.

Fynric führte mich durch ein Netzwerk aus engen Betongängen, die an den Seiten viele hölzerne Türen aufwiesen. Kleine, trübe Glühbirnen hingen vor den Mauern und zogen sich scheinbar unendlich weit in die Tunnel hinein. Sie knisterten und flackerten, als ob sie jeden Augenblick erlöschen könnten.

»Woher wusstest du das?«, fragte ich.

»Was soll ich gewusst haben?«

»Dass es einen Überfall auf das EGOHS gab.«

Fynric blieb vor einer großen Holztür auf der rechten Seite stehen. Er drehte sich stirnrunzelnd zu mir um, als ob er nach einer Möglichkeit suchte, mir etwas zu erklären, das ich ohnehin nicht begreifen würde.

»Dein Dad hat immer gewusst, dass so etwas passieren könnte«, sagte er. »Vor allem, wenn er es jemals fand ... und damit beweisen könnte, dass es *existiert*. Ich kann noch immer nicht fassen, dass er das geschafft hat, dieses verrückte Genie ... Jedenfalls sind wir natürlich doch überrascht, weil der Überfall so schnell kam, nachdem ... und wie es passiert ist ...« Fynric unterbrach sein unzusammenhängendes Gestammel und schüttelte traurig den Kopf. »Dunmor wird das alles besser erklären als ich.«

Ohne weitere Erklärungen öffnete er die Tür und winkte mich hindurch.

Drinnen saß ein älterer Mann in einem Raum von der Größe des Schulleiterbüros an der PISS an einem großen Holztisch. Die Mauern waren aus riesigen Steinen, wie in einer alten Burg. Der Mann hatte einen langen roten Bart, buschige Augenbrauen und dicke Haarbüschel, die aus seinen Ohren ragten. Er war klein und dick. Nicht fett. Nur ... *dick*. Fast, als wäre er aus einem riesigen Baum geschnitzt worden.

Rotbart deutete auf einen Stuhl ihm gegenüber.

Ich rutschte nervös auf dem harten Holzstuhl hin und her. Fynric Grobspur verließ den Raum und zog die Tür hinter sich zu. Ich starrte sie ängstlich an.

»Greg, mein Name ist Ben«, sagte Rotbart. »Oder eigentlich war das mein *gemeiner* Name, vor langer Zeit. Mein echter Name ist Dunmor Bartbrecher.«

»Äh ... okay«, sagte ich, unsicher, was er meinte oder wie ich reagieren sollte (oder woher er überhaupt meinen Namen wusste). »Wo ... wo sind wir hier?«

»Später«, sagte Dunmor mit einer abschätzigen Handbewegung. »Zuerst müssen wir wichtigere Dinge besprechen. Ich muss mich kurzfassen, weil ich vor der Ratssitzung noch viel zu erledigen habe. Die letzten Tage waren ... na ja, ziemlich hektisch.«

Ich wartete darauf, dass er mir erzählte, was in aller Welt hier eigentlich vor sich ging.

»Es gibt keine einfache Möglichkeit, es dir zu sagen«, setzte Dunmor an und strich sich seinen obszön riesigen und verfilzten roten Bart. »Also raus damit. Greg ... du bist ein Zwerg!«

10

Der Herr der Ringe ist eine fette Beleidigung

»Na gut«, sagte ich ruhig. »Aber es ist nicht nett, das zu sagen. Ich glaube, sie möchten *kleinwüchsig* genannt werden. Und außerdem finde ich eigentlich nicht, dass ich *so* klein bin ...«

»Nein, nein, nein«, sagte Dunmor. »Du hast mich falsch verstanden. Du bist ein *Zwerg. Zwerg.* Wie bei *Herr der Ringe.*«

»Aber ich habe diese Filme nie gesehen«, sagte ich und meine Gedanken überschlugen sich. »Fantasy ist total lahm. Die Leute haben allesamt blöde Namen wie Aragrood der Tadellose oder Gandorff der Große. Sogar die Waffen haben blöde Namen, das Schwert der Sieben Galaxiensteine und so ... und Schmuck spielt immer eine absurde Rolle in der Handlung, und es gibt in regelmäßigen Abständen lahme Weissagungen ...«

»Woher weißt du von Gandorff dem Großen?«, fiel Dunmor mir ins Wort und sah verwirrt und verärgert zugleich aus.

»Ich ... ich weiß nichts von ihm«, sagte ich langsam. »Ich habe das eben einfach erfunden, aber ... äh, ich ... Hören Sie, ich muss los ...« Ich wollte so schnell wie möglich fort von diesem behaarten Irren.

»Sitzen bleiben«, sagte Dunmor in einem Tonfall, der mich sofort wieder auf meinen Stuhl sinken ließ. »Umso besser, dass der *Herr der Ringe* dir nicht vertraut ist. Obwohl die Bücher auf schlechten Übersetzungen alter historischer Texte aus Ur-Erde beruhen, stecken sie voller Ungenauigkeiten und irreführender Details. Und sie sind ziemlich beleidigend, finde ich. Allein diese unverschämte Unterstellung, dass Zwerge Gold lieben. Überaus beleidigend! Oder bestenfalls auf belustigende Weise irregeleitet.«

»Ja, sicher«, stimmte ich blindlings zu, denn ich hatte plötzlich Angst, dass dieser Irre aus meiner Haut eine Brieftasche oder so etwas machen würde, wenn ich seinen Zorn erregte. »Aber was hat das mit mir zu tun?«

Dunmor Bartbrecher rieb sich die Augen, als ob er versuchen müsste, einem Pferd die Grundlagen der Quantenmechanik zu erklären.

»Das habe ich dir doch schon erzählt«, sagte er. »Du. Bist. Ein. Zwerg.«

»Ich weiß, aber …«

»Wir sind ein uraltes Volk, Greg«, fiel er mir ins Wort. »Geboren aus der Erde selbst in der Morgendämmerung ihres Werdens, geschaffen aus Steinen und Lehm und Pflanzen und Wasser. Unter uns leben viele andere Zwerge. Sie könnten dein Nachbar oder dein Postbote sein, oder dein Lieblingssportler oder -musiker. Und sehr bald – das haben wir deinem Vater zu verdanken – werden wir unser Erbe neu entdecken. Wir werden für die Welt wieder sichtbar werden. Du bist der Sohn eines Ratsältesten, Greg. Eines Ratsältesten, der … na ja, wir haben Trevor immer für leicht durchgeknallt gehalten, mit seinen ganzen Verschwörungstheorien. Einige hielten ihn sogar für einen Witzbold, aber dann haben wir den Witz wohl nicht verstanden, ha, ha! Aber ich greife ein bisschen vor.«

Ich saß wie betäubt da.

Ich fand das alles schwer zu verdauen. Sicher, es schockt mich nicht, wenn irgendwer meinen Dad als verrückt bezeichnet. Aber ein *Ratsältester*? Ich wusste nicht, was das bedeutete, aber es klang wichtig, und das ist das Gegenteil von allem, womit mein Dad normalerweise etwas zu tun haben wollte. Alles, was dieser Typ sagte, war fast so unmöglich wie die wahnsinnigen Dinge, die ich seit dem Eisbärüberfall erlebt hatte.

Dunmor verschränkte nachdenklich die Hände unter seinem roten Bart. Ich entdeckte in der verfilzten Haarmasse unter seinem Kinn ein Stück Truthahn, sagte aber nichts. Zu erfahren, dass man einem (wie ich dachte) mythologischen Volk angehört, lässt solche Dinge unwesentlich erscheinen.

»Vielleicht sollte ich ganz vorne beginnen«, sagte endlich Dunmor in beruhigendem Tonfall. »Das ist sicher alles ein bisschen verwirrend. Lass mich erklären: Vor langer Zeit, als es keine Computer oder Wolkenkratzer oder Autos und nicht mal die Pyramiden gab, existierte eine Ur-Erde. Sie befand sich auf demselben Planeten wie unsere, aber es war nicht dieselbe Welt. Ur-Erde ist nun verschwunden, ist tief unter den Ruinen anderer verlorener, ›antiker‹ Zivilisationen begraben, unter Schichten von Bodenverschiebungen und Vulkanausbrüchen und Meteoreinschlägen.

Ur-Erde war der Schauplatz ununterbrochener Wirren. Es herrschte ein niemals endender Machtkampf zwischen den beiden ursprünglichen Bevölkerungsgruppen, Zwergen und Elfen, die gegeneinander um die Herrschaft kämpften. Durch viele Generationen hindurch wurde der Krieg immer zerstörerischer. Schließlich setzten beide Seiten so mächtige Zauber ein, dass die totale Vernichtung des Planeten unvermeidlich erschien. Weshalb sich endlich die Feen einschalteten.«

»Die Feen?«, fragte ich.

»Na ja, du darfst vor lauter Selbstüberschätzung nicht annehmen, Zwerge und Elfen seien auf Dauer die einzigen Völker gewesen«, sagte Dunmor. »Irgendwann tauchten auch andere auf. Es gab damals Tausende von Wesen, die heute nicht mehr existieren.«

Ich nickte, obwohl ich ziemlich sicher war, dass ich ihm kein Wort glaubte. Weder, dass ich ein Zwerg war, noch, dass mein Dad verloren war oder dass vorhin ein Troll unseren Laden überfallen hatte. Mir kam das alles wie ein seltsamer Traum vor. Ich hoffte verzweifelt, dass es einer war.

»Jedenfalls«, fuhr Dunmor fort, »angesichts der bevorstehenden Zerstörung des Planeten ersannen die Feen eine Möglichkeit, das eigentliche Wesen aller Magie tief in der Erde zu vergraben – wo es für keines der alten Völker von Ur-Erde mehr zugänglich war, auch nicht für die Feen selbst. So beängstigend war die Gefahr des immer schlimmer werdenden Krieges, dass sie auch ihre eigene Zauberkraft aufgaben, obwohl sie wussten, dass das irgendwann zum Ende ihrer eigenen Existenz führen würde. Aber ihr Opfer hatte Erfolg und plötzlich war die gesamte Welt aller Magie beraubt. Ohne sie verloren beide Seiten nach und nach ihre Blutrunst, und viele Völker und Wesen, die auf Magie angewiesen waren (wie eben die Feen) verschwanden, als ob sie niemals existiert hätten. Die Gewalt ging zurück und ein unruhiger Friede zwischen Zwergen und Elfen wurde geschmiedet. Dieser Friedensvertrag gilt bis heute.

Ohne die Magie, die einst ihre einzigartigen Fähigkeiten und Eigenschaften verstärkt hatte, gingen Elfen, Zwerge, Trolle, Kobolde und andere überlebende mystische Völker langsam in einer sich verändernden Welt auf – einer Welt, die nun erlebte, wie eine neue Spezies sich in raschem Tempo vermehrte und die Herrschaft an sich riss: die Menschen. In einem Zeitraum von Tausenden von Generationen gingen die typischen körperlichen Merkmale unserer Völker langsam zurück, und zu Beginn des Römischen Reichs waren die meisten Individuen mit ›mythischem‹ Stammbaum optisch kaum mehr von den Menschen zu unterscheiden. Aber der wahre Geist von Elfen und Zwergen hat in allerlei separatistischen Gruppen überall auf der Welt überlebt – in einem verborgenen Reich unterhalb der Oberfläche, hinter den Mauern, Böden und geheimen Türen der modernen Welt.«

»Äh, okay ...«, sagte ich vorsichtig.

Dunmor strich sich abermals den Bart und fand endlich im roten Gewirr das Stück Truthahn. Er fischte es heraus, zupfte die Fussel herunter und ließ es in seinen Mund fallen. Ich konnte meinen Brechreiz gerade noch unterdrücken.

Ich war überzeugt, dass nichts von alldem wahr sein konnte, trotz aller Unmöglichkeiten, die ich an diesem Tag schon erlebt hatte. Ich wollte ihm das gerade sagen, als die Tür aufgerissen und unser Gespräch unterbrochen wurde.

Es war Fynric Grobspur/Mr Olsen, der eine riesige Streitaxt in der Hand hielt. Er stürzte zu Dunmor und flüsterte ihm etwas ins Ohr. Dunmor nickte düster und warf mir nervöse Blicke zu.

Ich erkannte die Axt. Es war die, mit der mein Dad versucht hatte, den Troll abzuwehren. Als ich sie nun unter etwas weniger stressigen Umständen wiedersah, erkannte ich in ihr den geheimnisvollen Gegenstand, den ich morgens in Dads Reisetasche gesehen hatte. Der Gegenstand, von dem ich hätte schwören können, dass er auf irgendeine Weise zu mir sprach.

»Was ist passiert?«, fragte ich, und Panik schnürte mir die Kehle zusammen. »Ist mein Dad heil davongekommen?«

Sie achteten nicht auf mich und Fynric redete weiter. Endlich nickte Dunmor ein letztes Mal und drehte sich dann zu mir um.

»Er lebt noch«, sagte Dunmor.

Erleichterung durchströmte mich und ließ mich wieder atmen.

»Er lebte jedenfalls noch, als der Troll ihn weggetragen hat«, fügte Fynric hinzu. »Mehrere Zeugen haben gesehen, wie er von dem Troll und dem kleineren Mann aus dem Laden geschleift wurde. Er war schwer verletzt, aber am Leben.«

Dunmor schüttelte langsam den Kopf und ließ sich auf seinem Stuhl zurücksinken, verzweifelt, gequält und hoffnungslos.

»Was können Sie tun, um meinen Dad zu finden?«, fragte ich. »Sie versuchen doch, ihn zu retten, oder?«

»Ja, natürlich«, sagte Dunmor. »Aber zuerst müssen wir herausfinden, wer die Verantwortung für diesen brutalen und grundlosen Überfall trägt.«

»Die Elfen natürlich«, sagte Fynric.

»Können wir da wirklich sicher sein?«, gab Dunmor zurück. »Würden sie wirklich den Friedensvertrag brechen und damit einen neuen Krieg riskieren? Sie sind es doch, die dabei alles verlieren könnten.«

Fynric zögerte und war sichtlich gar kein bisschen sicher.

»Vielleicht ist das jetzt eine übereilte Schlussfolgerung«, gab er zu.

»Aber dein Verdacht ist nicht vollkommen grundlos«, sagte Dunmor. »Wer könnte es sonst sein? Die Kobolde sind so gut wie ausgerottet. Und die meisten anderen noch existierenden alten Völker haben niemals irgendein Interesse an unserem

Krieg gezeigt. Die Angelegenheit erfordert also eine gründliche Untersuchung.«

Fynric nickte feierlich. Keiner von beiden sah mich an, und ich saß da und wurde immer frustrierter. Was würden sie unternehmen, um meinen Dad vor dem Troll zu retten? Es war mir egal, wer dahintersteckte, und ihr uralter Krieg war mir auch egal, ich wollte nur, dass sie etwas unternahmen, egal was, und sich auf die Suche nach ihm machten.

»Wenigstens hast du Aderlass an dich gebracht«, sagte Dunmor nach einem Augenblick düstersten Schweigens und streckte die Hand nach der riesigen Streitaxt aus. »Den Angreifern war seine Bedeutung vermutlich nicht bekannt, sonst hätten sie ihn zweifellos ebenfalls mitgenommen.«

Ich wollte mich einschalten und ihm sagen, wie beleidigend es war, dass er eine blöde Axt wichtiger fand als meinen Dad. Aber ich schwieg, denn ich wurde wieder von diesem seltsamen Gefühl abgelenkt – dass die Axt sich an mich richtete, mich rief.

Dann sagte eine Stimme:

Ich rufe dich ja auch, Greg. Diesmal darfst du mich nicht ignorieren.

Ich schaute mich verwirrt um. Die Stimme hatte wirklich geklungen, als ob ein Mann mit einem vollen Bariton mir direkt ins Ohr gesprochen hätte. Aber die beiden anderen hatten nicht reagiert. Ich hatte es als Einziger gehört.

Konnte wirklich eine Axt mit mir reden? Ich schüttelte den Kopf.

Fynric reichte sie an Dunmor weiter.

»Können wir Trevor damit rächen?«, fragte Fynric. »Ist das nicht der Zweck dieser Waffe?«

»Das muss der Rat entscheiden«, sagte Dunmor düster, während er die Axt untersuchte.

Fynric nickte.

»Und wo schon vom Rat die Rede ist, ich fürchte, wir müssen angesichts dieser Neuigkeiten unser Treffen beenden«, sagte Dunmor. »Es tut mir leid, Greg, ich hatte dir noch so viel zu erzählen, aber das muss leider warten. Wir haben jetzt dringendere Sorgen, unter anderem, wie wir deinen Dad finden können.«

Dabei hatte ich noch so viele Fragen.

Warum und wie hatte ich mich in Stein verwandelt?

Warum hatte mich ein Bär angegriffen und hatte das mit den anderen Dingen zu tun?

Wieso fiel ein Troll über meine Familie her?

Was war das hier für ein Ort?

Wie hatte ich den Sturz überlebt?

Gab es wirklich Zwerge und Elfen?

Waren die Feen wirklich eine ausgestorbene Gruppe von selbstmörderischen Märtyrern?

Aber Dunmor hatte etwas gesagt, das wichtiger war als alle diese Fragen: ... *wie wir deinen Dad finden können.* Deshalb nickte ich nur, damit er und dieser Rat sich überlegen konnten, was meinem Dad passiert war und wie wir ihn zurückholen würden.

»Wir treffen uns morgen wieder«, sagte Dunmor und erhob sich, die Axt, die sie Aderlass genannt hatten, noch immer in der Hand. »Bis dahin wird sich Fynric um dich kümmern. Bitte, gehorche ihm, egal, was er sagt ... zu deiner eigenen Sicherheit.«

Ich nickte noch einmal, als Dunmor die Tür ansteuerte, während ich die Axt nicht aus den Augen ließ.

Wir sehen uns wieder, Greg, sagte die seltsame Stimme in meinem Ohr.

Ich schüttelte den Kopf. Das konnte doch nicht wahr sein!

Natürlich ist es wahr! Wenn nicht, dann verlierst du gerade den Verstand. Welche der beiden Möglichkeiten wäre dir lieber?

Dunmor stürzte davon, den redseligen Aderlass nervös unter den Arm geklemmt, und sah um einiges hektischer und zerzauster aus als vorhin, als ich den Raum betreten hatte.

Fynric starrte mich mitleidig an. Ich schaute zu Boden und gab mir alle Mühe, das Ganze hier komplett als Unsinn abzutun. Ich, ein Zwerg? Redende Äxte? Uralte Kriege mit Elfen und verlorener Magie? Bergtrolle? Das war alles so absurd!

Aber ich glaube, ich wusste wohl schon in diesem Moment, dass ich verzweifelt versuchte, die Wahrheit zu ignorieren. Einer Sache war ich mir jedoch sicher: Ich musste herausfinden, was mit meinem Dad passiert war, und ihn zurückholen.

Ob ich das hier alles nun glaubte oder nicht.

11

In meinem Gedärm braut sich schlechtes Wetter zusammen

Während Fynric mich durch noch mehr enge und dunkle Tunnel unter der Stadt führte, konnte ich nur an meinen Dad denken.

Dass ich nicht um Entschuldigung für unser letztes Gespräch gebeten hatte. Dass er vielleicht gerade in diesem Moment von Trollen gefoltert wurde. Und dass er dabei bestimmt daran dachte, wie verletzend die letzten an ihn gerichteten Worte seines Sohnes gewesen waren. Na ja, außerdem dachte ich daran, was ich für schrecklichen Hunger hatte. Ich hatte seit dem Imbiss in der Pause nach der fünften Stunde vor fast sieben Stunden nichts mehr gegessen. Was für einen Belmont so ungefähr dasselbe war wie für andere drei Tage Fasten.

Wir bogen um eine Ecke und betraten eine gewaltige unterirdische Halle, wie ein alter U-Bahn-Tunnel ohne Gleise. Es gab immer noch Türen auf beiden Seiten, aber nicht mehr ganz so viele. Der Tunnel schien endlos vor uns weiterzugehen und der Boden unter unseren Füßen wurde rauer, wie ein natürlich entstandener Höhlenboden.

Endlich blieb Fynric vor einer großen hölzernen Doppeltür stehen. Die Türflügel waren dick und feucht und sehr alt und kreuz und quer überzogen von gusseisernen Stützstreben. Fynric grunzte, als er eine Tür aufzog. Die Angeln kreischten laut, aber das war kaum zu hören durch den gewaltigen Lärm, der uns auf der anderen Seite empfing.

Die Tür führte in eine riesige Höhle, größer als das Chicagoer Baseballstadion. Der gewaltige Raum hatte mehrere kleine Seitenschiffe, die von der zentralen großen Halle abgingen. An den Außenwänden waren Fackeln befestigt, deren trüber Schein tanzende Schatten an die hohen, unebenen Steingewölbe warf.

Die Halle summte nur so von den Aktivitäten Hunderter Kinder in allen Altersstufen. Ihre erregten Stimmen hallten von den dicken, verwitterten Wänden des Saals wider wie in einer Konzerthalle.

Das der Tür am nächsten gelegene Seitenschiff war mit modernen Möbeln vollgestellt. Stühle und Ledersofas umstanden einen riesigen hölzernen Couchtisch. Pingpong-, Billard- und Kickertische nahmen die hintere Hälfte ein. Jugendliche drängten sich um die Spieltische und feuerten einander lautstark an. Andere saßen in lebhafte Gespräche vertieft auf den Sofas.

Die anderen Teile der Halle waren alles andere als ein moderner Partykeller. In einer hinteren Ecke klaffte die weite Öffnung zu einer echten Berghöhle, die teilweise mit klarem Quellwasser gefüllt war und in der sich Gruppen von Jugendlichen mit Seilen, Spitzhacken und Helmen versammelt hatten. Sie lachten, als wäre Höhlenforschung ein cooles Gesellschaftsspiel.

Ein anderer Teil der Halle enthielt eine kleine Metallwerkstatt – mit Steinwannen auf Rollen voller glänzender geschmolzener Metalle und mehreren steinernen Ambossen mit Hämmern und anderem Werkzeug. Ein Junge, der nicht älter sein konnte als zehn, ließ Funken auf den Boden regnen, als er mit einem Hammer auf einen glühenden Metallstreifen einhieb. Ich begriff mit einer Mischung aus Erstaunen und überraschenderweise auch Neid, dass er ein Schwert schmiedete.

In einer Ecke der Halle sah ich alchemistische Geräte – Becher und Phiolen und Dutzende von Flaschen und Beuteln, die bunte Chemikalien und Pulver enthielten – und eine kleine Abteilung, in der einige Kinder Glas in verschiedensten Formen bliesen.

Alle schienen sich zu amüsieren und keine Ahnung davon zu haben, dass vor weniger als einer Stunde ein Troll einen anderen Zwerg überfallen hatte.

»Was ist das hier?«, fragte ich Fynric.

»Hier verbringen viele Zwergenkinder einen Großteil ihrer Freizeit«, sagte er. »Ich glaube, heutzutage nennen sie den Raum hier die Arena. Es ist ein Ort, wo sich seit vielen Generationen die Zwergenjugend damit vertraut macht, was es wirklich bedeutet, ein Zwerg zu sein. Hierher kommen sie, wenn sie von der modernen Welt enttäuscht sind, was immer wieder der Fall ist. Ich komme dann gleich nach der Ratssitzung zu dir zurück.«

Fynric zog die Tür hinter sich zu, als er davonlief.

Die meisten dieser Jugendlichen hier hatten mein Kommen nicht bemerkt – die Höhle war so riesig, dass ich damit auch nicht gerechnet hatte. Aber drei junge Leute, die auf einem abgenutzten Ledersofa bei der Tür saßen, lächelten und winkten mir zu wie alte Freunde.

Ich zögerte, weil ich dachte, dass sie mich mit jemand anderem verwechselten. Aber sie winkten immer weiter, deshalb ging ich unsicher hinüber und wischte mir meine schweißnassen Handflächen an der Hose ab. Es war mindestens zwei Jahre her, dass jemand anderes als Edwin ohne Grund nett zu mir gewesen war. Es kam mir total seltsam vor.

Es waren ein Mädchen und zwei Jungen, alle ungefähr in meinem Alter. Sie sahen aus wie normale Kinder, und das waren sie wahrscheinlich auch – obwohl sie (angeblich) Zwerge waren.

»Du hast es offenbar gerade erst erfahren«, sagte das Mädchen. »Du machst dieses typische Gesicht ...«

»Man kann leichter damit umgehen, wenn man achtzehn ist«, fügte einer der Jungen hinzu. »So sagt man jedenfalls – und deshalb warten einige Eltern so lange. Aber wir haben es schon von klein auf gewusst.«

Ich ließ mich ihnen gegenüber auf die Couch fallen und war noch immer zu verwirrt und zu erschöpft, um viel zu sagen. Sie schienen das zu verstehen und ließen mich in Ruhe dasitzen und alles in mich aufnehmen.

Das Mädchen hatte silbrig-lila Haare, die auf der einen Seite ganz kurz geschoren waren und auf der anderen Seite stachelig hochstanden. Sie sah eher aus, als gehörte sie in eine coole Punkband als in eine Zwergenbande, die in einer feuchten Höhle abhing. Einer der Jungen sah ihr sehr ähnlich, deshalb hielt ich die beiden für Zwillinge. Ihm standen die Haare in langen wirren Strähnen vom Kopf ab wie bei einem wahnsinnigen Wissenschaftler, und er trug einen selbst gemacht aussehenden Kittel mit ausgefransten Säumen, einen Strick als Gürtel, eine dicke Wollhose und weiche, abgenutzte Lederstiefel. Der andere Junge war der Größte und Schmalste von uns – dabei war er trotzdem nur durchschnittlich groß. Er hatte kurze schwarze Haare und scharfe Züge, die ihn ernst und intelligent aussehen ließen. Er sah eher aus wie ein in sich gekehrter jugendlicher Filmstar als wie ein Zwerg.

»Von wannen stammen Ursprünge deinige, frisch geschlupfener Gemeiner?«, fragte der Junge mit der irren Frisur und der rustikalen Tracht. »Sprich, welch Sippenkennung hat Blutlinie deinige befallen?«

Ich starrte den Jungen mit offenem Mund an und versuchte zu entscheiden, ob er sich auf irgendeine seltsame Zwergenart über mich lustig machte.

»Achte nicht auf meinen Bruder«, sagte das Mädchen eilig. »Er will wissen, woher du kommst und wer deine Familie ist.«

»Warum hat er das nicht gleich gesagt?«

»'s ist die ein und alleine Mundart, widrigenfalls sie getilget aus unsrer Erinn'rung«, sagte der Junge und schob die Brust vor.

»Die alte Zwergensprache«, erklärte das Mädchen. »Oder jedenfalls so eine Art wörtliche Übersetzung, soweit das überhaupt möglich ist. Es gibt nur sehr wenige Aufzeichnungen in unserer ursprünglichen Sprache – und die meisten sind zwei oder drei Schritte von den Originalquellen entfernt.«

»Warum sollte man eine vergessene Sprache benutzen?«, fragte ich.

»Unsere Familie ist ... na ja ...«, sagte sie und verstummte dann verlegen. »Mein Dad ist ein *traditioneller* Zwerg, und das bedeutet im Grunde, dass er findet, wir sollten alles möglichst so machen wie die Zwerge zur Zeit von Ur-Erde. Er will, dass wir Zwerge unter uns bleiben und auf unsere eigene Weise leben.«

»Aber du bist ...«, sagte ich und unterbrach mich mit Blick auf ihre moderne Frisur und ihre Kleider.

Sie lachte. Es war das bezauberndste Lachen, das ich jemals gehört hatte. Es lag irgendwo zwischen einem Kichern und einem hemmungslosen Röhren, und sofort hatte ich Lust, mit ihr zusammen zu lachen.

»Na ja, ich bin auf den Kram, den mein Dad uns eintrichtern wollte, nicht so total eingestiegen wie mein Bruder«, sagte sie. »Deshalb weigere ich mich auch, Fleisch oder tierische Produkte zu essen – was meinem Vater unbeschreiblich peinlich ist und was er für eine Schande hält ...«

»Um fair zu sein, wer hat je von einem veganen Zwerg gehört?«, fragte der Junge mit den dunklen Haaren lachend. »Ich meine, wie viele Pflanzen sollen denn noch sinnlos für deine Überzeugungen leiden und sterben ...«

Das Mädchen grinste trotzig und verdrehte die Augen. Sie hatte offenbar nicht vor, sich für ihre Haltung zu rechtfertigen.

»Was ist nun?«, fragte der Junge mit den dunklen Haaren. »Woher kommst du, und aus welcher Familie?«

»Ich wohne hier ... na ja, äh, in Bridgeport, meine ich«, sagte ich mit zitternder Stimme. Ich war überrascht darüber, wie sehr ich wollte, dass die anderen mich mochten. »Mein Dad ... mein Dad ist Trevor Belmont.«

»Oh ...«

Ihre Gesichter verrieten mir, dass sie auf irgendeine Weise bereits von dem Überfall auf unseren Laden erfahren hatten.

»Das tut mir so leid«, sagte das Mädchen. »Dein Dad ist wirklich ein erstaunlicher Zwerg.«

Ich gab keine Antwort, weil es so bizarr war, jemanden so über meinen Dad reden zu hören. Nicht wegen der Sache mit dem Zwerg, sondern, weil sie ihn mit solcher Ehrfurcht als *erstaunlich* bezeichnete. Sogar Edwin, der definitiv der größte Fan meines Dad war, betrachtete ihn eher als komischen und liebenswerten Sonderling und nicht als bemerkenswerte oder Respekt gebietende Person. Ihre Worte machten seine plötzliche Abwesenheit noch schmerzlicher – meine Innereien krampften sich dermaßen zusammen, dass ich Angst hatte, mein Herz werde stehen bleiben.

»Also, ich habe keinen *gemeinen* Namen«, sagte das Mädchen. »Du weißt schon, weil mein Dad diese Ansichten vertritt und überhaupt ...«

»*Gemeiner Name?*«, fiel ich ihr ins Wort.

»Ach ja, entschuldige«, sagte sie. »Ich vergesse dauernd, dass du es gerade erst erfahren hast. Viele Zwerge haben zwei Namen, einen echten zwergischen Familiennamen und dazu einen *gemeinen* Namen, den ihre Familie benutzt, seit sie sich unter die moderne Gesellschaft mischt.«

»Wir haben alle keinen *gemeinen* Namen«, fügte der Junge mit den dunklen Haaren hinzu. »Meine Eltern sind ebenfalls traditionelle Zwerge – sie haben es nie für erstrebenswert gehalten, sich in die moderne Gesellschaft einzugliedern. Deshalb haben wir von Geburt an gewusst, dass wir Zwerge sind, anders als die anderen, die es erst mit achtzehn erfahren, zu dem Zeitpunkt, an dem auch du es erfahren hättest, wenn nicht ... na ja ...«

Ich wartete, während er versuchte, auf nette Weise zu sagen: *Wenn dein Dad nicht vorhin überfallen und von einer grauenhaften, für ausgestorben gehaltenen Kreatur als Geisel genommen worden wäre.*

»Wir drei haben nie eine *gemeine* Schule besucht, so wie du«, sagte das Mädchen. »Und auch kaum mit menschlichen Kindern zu tun gehabt. Wir haben den größten Teil unseres Lebens hier im Untergrund verbracht und die alte Lebensweise der Zwerge erlernt. Wir werden zu Hause unterrichtet, wenn man das so sagen will.«

»Greg Belmont ist also gar nicht mein richtiger Name?«, fragte ich und merkte, wie sich mir der Magen umdrehte.

Das schien die Tatsache zu besiegeln, dass mein bisheriges Leben eine Lüge gewesen war.

»Genau«, sagte das Mädchen. »Der zwergische Nachname deines Vaters ist Sturmbauch. Du bist Greggdroule Sturmbauch. Und du stammst aus einer der mutigsten Zwergenfamilien aller Zeiten.«

12

Lichtschläger, Mondzauber und Sturmbäuche

Nachdem ich einen Moment lang gebraucht hatte, um zu verdauen (ha, ha!), dass ich ein Sturmbauch war (und dann auch noch mit dem echten Vornamen Greggdroule), ging die Vorstellungsrunde weiter.

Das Mädchen hieß Ariyna (Ari) Lichtschläger. Ihr seltsamer Bruder war Lakeland (Lake) Lichtschläger. Der große dunkelhaarige Junge war Eagan Mondzauber. Sie erzählten mir, die traditionellen Zwergennamen stünden für die uralten Fähigkeiten oder Berufe einer Familie. Ari und Lake Lichtschläger gehörten einer Zwergensippe an, die als die besten Waffenschmiede von Ur-Erde gegolten hatte.

»Der Name Lichtschläger entstammt dem reinen, hellen Licht, das meine Familie aus dem Stein hervorlockte, wenn sie die feinsten Waffen schmiedete, die irgendein Mensch, Zwerg oder Gott jemals in Händen halten könnte«, erklärte Ari. »Angeblich konnten die Lichtschläger so strahlende Funken produzieren, als ob sie die Sonne selbst zurechthämmerten. Unser Vorfahr Caiseal Lichtschläger hat aus einem einzigen Stück Eisenerz mit natürlichen Goldadern Poseidons Dreizack geschmiedet.«

»Und was bedeutet Mondzauber?«, fragte ich Eagan.

»Meine Vorfahren gehörten zu den besten zwergischen Vermittlern«, sagte Eagan in einem ganz neuen Tonfall, eher wie ein professioneller Erzähler als wie ein Junge. »Wir sind politische Anführer. Meine Familie hat früher die höchsten Posten in den uralten zwergischen Regierungen bekleidet. Charisma und Charme sind für die meisten Zwerge Fremdwörter. So sehr, dass es in Ur-Erde oft hieß, nicht einmal der überzeugungsfähigste Zwerg könnte einem Reichen, den in der Wüste dürstet, eine Flasche voll Wasser andrehen. Unser Name stammt aus einer Fabel, die über Tausende von Generationen hinweg den Kindern erzählt wurde. Einst, vor langer Zeit, hatte mein Ahne Makgrumlin eine Besprechung mit einem schüchternen Mond; einem Mond, der nur zweimal pro Jahr sein helles Silberlicht in der Dunkelheit leuchten ließ. Makgrumlin überredete den Mond, von nun an zwölf Mal pro Jahr in Erscheinung zu treten, im Austausch gegen die Köpfe von zwölf Bergziegen, zwei gekochte Gänse und eine Hackfleischpastete ... und seither hält sich der Mond an diese Abmachung.«

Ich nickte nachdenklich und versuchte, nicht darüber nachzudenken, wie durchgeknallt das war, was sie mir hier erzählten. Schließlich saß ich in einer Höhle tief in der Erde, wo Kinder Waffen schmiedeten, Tränke brauten und einfach zum Spaß auf Höhlenexpeditionen auszogen. Das machte es leichter, einfach zu nicken und allem zuzustimmen. Ich war noch immer nicht sicher, wie viel von alldem ich wirklich glaubte, doch es überraschte mich, wie gern ich es glauben *wollte*. Plötzlich fand ich es irgendwie aufregend, ein Teil von etwas Riesigem und Coolem zu sein – zu wissen, dass ich nicht einfach nur ein Junge aus einer Familie von Losern war, einer Familie, die dazu verdammt schien, ihr Dauerpech mit einem breiten Grinsen zu akzeptieren. Hier gab es eine ganze neue Welt zu entdecken, eine Welt, in der ich endlich zu Hause sein würde und die offenbar gleich mit eingebauten (möglichen) Freunden geliefert wurde.

»Was ist mit meinem Familiennamen?«, fragte ich. Ich hätte gern gewusst, wie um alles in der Welt ich an den uncoolsten Zwergennamen geraten war, den ich mir überhaupt nur vorstellen konnte. »Äh ... Donnergedärm, oder?«

»Sturmbauch«, korrigierte Lake.

»Es gibt eine Sage, die seit Beginn der Zeitrechnung den Kindern von Ur-Erde erzählt wurde«, sagte Ari. »Die Sage über deinen ersten namentlich bekannten Vorfahren, Maddog Sturmbauch.«

Sie drehte sich zu Eagan um, der einwandfrei der beste Geschichtenerzähler in der Runde war.

»Es hieß«, begann Eagan mit routiniertem Lächeln, »dass Maddog Sturmbauch im Kampf ein solcher Wüterich war, dass er voller Mut Armeen gegenübertrat, die viel größer und stärker waren als seine eigenen, und dass er in den Bäuchen seiner Feinde Feuer entfachte. Und Stürme in denen seiner Verbündeten. Sie konnten einfach nicht tatenlos zusehen, wie er es eigenhändig mit ganzen Armeen aufnahm, ohne an seine eigene Sicherheit zu denken – als ob Donner in ihren Innereien sie zur Tat drängte. Er führte Dutzende von Bataillonen in Schlachten, in denen sie hoffnungslos in der Unterzahl waren, und doch errangen sie den Sieg.«

Die Vorstellung, dass ich von einer langen Reihe tapferer Krieger abstammte, kam mir einfach lächerlich vor. Ich hatte am heutigen Abend meinen Dad mit einer Axt in der Hand gesehen und er hatte alles andere als siegreich gewirkt. Eher so, als ob er versuchte, mit einem alten Autoreifen eine Fliege zu erschlagen. Er konnte vermutlich von Glück sagen, dass er sich nicht aus Versehen den Kopf abgehackt hatte.

»Und dann gibt es noch das Gerücht«, fuhr Eagan fort, »dass der Name von der ... äh ... Wucht von Maddogs vernichtenden Blähungen herstammte. Angeblich braute sich in seinem Bauch immer wieder ein giftiger Sturm zusammen. Eine Sage behauptet, er sei so stark gewesen, dass Maddog einmal nach einer Mahlzeit von gekochtem Schinken mit Bohnen ein ganzes Haferfeld habe welken lassen, als er ...«

Ari schlug ihm auf den Arm.

»Egal, woher genau der Name nun kam«, fügte Eagan eilig hinzu, »es gibt keinerlei Zweifel an Maddogs kriegerischen Leistungen.«

»Wisst ihr denn auch, wie meine Mom hieß, als sie noch keine Sturmbauch war?«, fragte ich.

»*Was?*«, fauchte Ari. »Betrachtest du sie als ein Besitztum, das dein Vater gekauft hat?«

»Hä?«, fragte ich, verdutzt und verwirrt.

Eagan grinste mich an und erklärte: »Zwerginnen nehmen keinen anderen Namen an, wenn sie heiraten. Unter Zwergen wird schon seit ewigen Zeiten Stärke und Individualität einer Frau wertgeschätzt. Wir haben niemals, niemals, bis zurück in die Zeiten von Ur-Erde, Frauen als Besitztümer betrachtet, die erobert, gewonnen, verkauft oder irgendwie *bezeichnet* werden müssen, wie das bei den Menschen üblich ist. Den Namen zu ändern, wenn du einen Lebenspartner findest, ist eine vulgäre, primitive Tradition. Denn natürlich sind auch bei Zwerginnen Ehre und Selbstachtung mit ihrer Identität und ihrem Namen verknüpft.«

»Dein Name ist ein Teil deiner Identität«, fügte Ari hinzu. »Er gehört zu den wenigen Dingen, die dir niemand je wegnehmen kann. Natürlich haben wir deine Mom nie kennengelernt, aber wir haben Geschichten über sie gehört.«

»Mein Dad hat erzählt, dass deine Mom einer alten Sippe von Waffenbesprechern entstammte«, sagte Eagan. »Das waren Zwerge, die Zaubertränke zusammenbrauten und Waffen und Krieger besprachen, um unter anderem ihre Fähigkeiten im Kampf zu vergrößern. Ihr Zwerginnenname war Danaerra Axtbräu.«

Ich nickte und versuchte, mich mit der Tatsache abzufinden, dass es in meiner Familie überhaupt keine Belmonts gab – ein Name, den ich lange für verflucht gehalten hatte.

Plötzlich gab es eine kleine Explosion im hinteren Teil der Höhle, in der Alchemie-Nische. Ich befürchtete einen weiteren Überfall, aber als ich aufschaute, sah ich nur einen verlegenen, von schwarzem Ruß überzogenen Jungen, der einen zertrümmerten Becher hochhielt und von seinen Freunden ausgelacht wurde.

»Mein Dad hat mir immer erzählt, die Belmonts seien verflucht«, sagte ich. »Hat er das alles erfunden?«

Das brachte die drei zum Lachen. Es überraschte mich, was es für ein schönes Gefühl war, dass sie mit mir lachten und nicht über mich. Eine (scheinbar) unwissende Bemerkung an der PISS wäre mit spöttischem Kichern und Häme erwidert worden.

»Nicht unbedingt«, sagte Eagan. »Deine Familie ist in gewisser Hinsicht wirklich verflucht.«

»Hä?«

»Das sind wir alle«, sagte Ari grinsend.

»Aha!«, brüllte Lake und hob dramatisch einen Finger. »Volk euriges schmiedete der Bündnisse gar viele mit dem Schmerze, rührend von Schmach und Niederlagen bitterlichen.«

»Zwerge verlieren oft«, übersetzte Eagan. »Das ist nun mal so. Als Volk neigen wir zu unbeschreiblichen Anfällen von ... na ja, um es mal so zu sagen: Pech.«

Ich dachte an die pessimistischen Dinge, die Dunmor vorhin zu mir gesagt hatte, und wie mutlos er gewirkt hatte, als er erfuhr, dass mein Dad als Geisel genommen worden war. Es hätte mir eigentlich Angst machen müssen, dass ich jetzt zu einer großen Gruppe von Leuten gehörte, denen alles misslang und die immer mit einer Niederlage rechneten. Stattdessen fand ich es auf eine bizarre Weise tröstlich.

»Aber in letzter Zeit scheint sich das Blatt zu unseren Gunsten zu wenden«, fügte Ari aufgeregt hinzu.

»Wie meinst du das?«, fragte ich, ohne sie darauf hinzuweisen, dass mein Dad eine Geisel von Trollen war oder vielleicht sogar tot – was mir noch immer sehr wahrscheinlich schien, bei dem Pech, das mich mein Leben lang verfolgt hatte.

»Die glorreiche Schlachtwaffe, auch Aderlass geheißen, ist nunmalen aufgetochen aus Ruinen vergangener Zeiten ihrige«, sagte Lake. »Selbige ward gefunden fünf Nachtdutzende zurück in den Nederlanden – verborgen, so gehet der Älteren Wort, unter Staub und Gebein verblichener Gebrüder unsriger.«

Ich hob die Augenbrauen.

»Zwergische Bergleute haben kürzlich den lange verlorenen Aderlass entdeckt«, übersetzte Eagan. »Das ist eine der mächtigsten zwergischen Äxte, die jemals geschmiedet wurden. Angeblich ist sie unbesiegbar, obwohl auch sie verflucht ist. Die Sage behauptet, sie ruft den, den sie als neuen Besitzer ausersehen hat, zu sich ...«

»Aderlass«, sagte ich langsam, während ich den Namen endlich zuordnete – so hatte Dunmor die Axt genannt, mit der mein Dad gegen den Troll gekämpft hatte. »Mein Dad hat die gestern mit nach Hause gebracht.«

»Du hast Aderlass gesehen?«, fragte Eagan. »Mit eigenen Augen? Ganz echt?«

Sie beugten sich erwartungsvoll vor.

»Ja, sogar mehrmals, glaube ich«, sagte ich.

Sie schnappten aufgeregt nach Luft und tuschelten untereinander. Ich saß da und dachte an die Axt. Daran, wie sie telepathisch mit mir gesprochen hatte. Mehrmals. So, wie die Sage es berichtete, wenn Eagan recht hatte.

Plötzlich hatte ich das Gefühl, keine Luft mehr zu bekommen.

Erst jetzt ging mir auf, wie sehr ich mir irgendwie doch gewünscht hatte, dass das hier alles überhaupt nicht stimmte. Und bis zu diesem Moment hatte ich ziemlich sicher auch nichts davon geglaubt. Ich hatte mich treiben lassen, hatte allen zugehört, hatte genickt, als ob ich nur in einem Traum mitspielte. Ich hatte mich auf die interessanten Dinge konzentriert, und auf die Möglichkeit, neue Freunde zu finden, nicht darauf, was es wirklich bedeutete: dass mein Dad von einem riesigen Troll entführt worden war.

Und in diesem Moment wusste ich plötzlich ganz sicher, dass ich nicht träumte.

Das hier war wirklich! So wirklich wie die Stimme von Aderlass in meinem Kopf. So wirklich wie die Tatsache, dass ich mich heute schon auf irgendeine Weise in Stein verwandelt hatte. So wirklich wie der Troll, der das EGOHS verwüstet hatte. Was bedeutete, dass ich so bald nicht »aufwachen« würde, und der einzige Ausweg aus diesem Wahnsinn war die Flucht.

»Gibt es hier, äh, einen Ausgang?«, fragte ich.

Ari zeigte auf die Tür.

»Nein, ich meine, von hier ... aus dem Untergrund«, sagte ich. »Ich brauche frische Luft.«

Eagan nickte.

»Geh nach rechts und dann bis zum Ende des Tunnels«, sagte er. »Da findest du eine alte steinerne Treppe. Von da an müsstest du den Weg eigentlich schon sehen.«

»Okay, danke«, sagte ich und stand auf. »Danke, dass ihr, ihr wisst schon, mit mir geredet habt und alles. Ich, äh, bin gleich wieder da.«

Natürlich hatte ich kein bisschen vor, zurückzukommen. Selbst wenn ich wirklich ein Zwerg war, konnte ich nicht im Untergrund herumsitzen und von sprechenden Äxten schwärmen, während mein Dad irgendwo dort draußen war und in diesem Moment möglicherweise von einem Bergtroll gefoltert wurde.

Irgendwie würde ich es schaffen, ihn zu befreien.

13

Mir misslingt ein Auftritt als komisches Genie

Es gab auf der ganzen Welt in einem solchen Augenblick nur einen einzigen Zufluchtsort: Edwins Haus.

Oder, wie ich es gern nannte, das Château Aldaron, denn es wirkte eher wie ein königlicher Palast, der zufällig zwei Grundstücke an einem von Chicagos vornehmsten Boulevards einnahm, als wie ein normales Wohnhaus. Unsere ganze Wohnung hätte in Edwins turnhallengroßem Zimmer Platz gehabt.

Es ging sicher auf Mitternacht zu, als ich das gewaltige Eichenportal am Ende der Vordertreppe erreichte. Deshalb war ich erleichtert, als Edwin die Tür aufmachte, und nicht seine Eltern oder die im Haus wohnenden Bediensteten.

»Greg ...«, sagte Edwin sichtlich überrascht. »Ich habe immer wieder versucht, im Laden und bei euch zu Hause anzurufen, aber es ist keiner drangegangen. Was ist passiert?«

Ich versuchte, eine Art zusammenhängende Antwort zu formulieren, aber ich brachte nur einen zitternden Seufzer heraus. Edwin schüttelte den Kopf und trat zurück.

»Komm mit, wir gehen in mein Zimmer«, sagte er.

»Sind deine Eltern zu Hause?«, flüsterte ich und folgte ihm ins Haus.

»Nein«, sagte er. »Die waren gestern Abend nur für eine Stunde hier, um Caterer und DJ für meine Party zu bezahlen. Ansonsten waren sie in der letzten Zeit vor allem im Penthouse und haben Überstunden gemacht.«

Edwins Eltern besaßen drei Wohnsitze in Chicago: diesen Palast auf der Northwest Side, ein riesiges Penthouse in Gold Coast und ein riesiges Haus am Seeufer in Evanston. Aber Edwin behauptete immer, dass sie mehr Zeit bei der Arbeit verbrachten als in allen drei Häusern zusammen.

Ich ging hinter Edwin her in sein Zimmer, das fast den gesamten dritten Stock von Château Aldaron einnahm. Seine Katze machte einen Buckel und fauchte mich an, als wir auf der Treppe an ihr vorbeigingen. Edwins Zimmer hatte Schränke, in denen tausend Menschen Platz gehabt hätten, und nicht weniger als zwei Treppen. Die erste führte zu einer Art Zwischenboden mit einem Gästezimmer, wo ich schlief, wenn ich über Nacht blieb. Die andere führte zu einer Dachterrasse mit Swimmingpool.

»Tut mir leid, wenn ich dich geweckt habe«, sagte ich.

»Ich hab noch nicht geschlafen«, sagte er. »Ich war wach und hab mir Sorgen um dich gemacht. Nach dem, was in der Schule passiert war, und weil ich dich heute Abend nicht erreichen konnte ...«

Ich schüttelte den Kopf und wusste nicht so recht, wie viel ich ihm erzählen sollte. Ich hatte nur diesen einen Freund und befürchtete, es wäre die perfekte Methode, keinen mehr zu haben, wenn ich dafür sorgte, dass er mich für verrückt hielt. Dazu kam, dass ich, je länger ich aus dem Untergrund weg war, immer weniger glauben mochte, dass das alles real war. Obwohl ich es besser wusste.

Plötzlich ging mir auf, dass ich die ganze Zeit geredet hatte.

Mit echten Wörtern. Aber ich hatte keine Ahnung, was ich gesagt hatte.

»Greg, beruhige dich erst mal«, sagte Edwin. »Ich verstehe kein Wort. Was ist im Laden passiert? Es hat einen Überfall gegeben? Wurde das EGOHS ausgeraubt? Hast du da etwas über einen ... einen Troll gesagt?«

Seine besorgte Miene beruhigte mich. Edwin und ich konnten einander alles sagen. Das war einer der Gründe, warum unsere Freundschaft so gut funktionierte. Und deshalb beschloss ich, gleich zur Sache zu kommen.

»Edwin, ich bin ein Zwerg«, sagte ich.

Er blinzelte einige Male.

Ich erwartete, dass er sagen würde: *Hör auf, so klein bist du doch auch wieder nicht, Greg!*

Oder dass er lachen würde, weil ich spätnachts total aufgelöst und verstört bei ihm aufkreuzte und dann in einem überaus ernsthaften Moment mit todernster Miene einen dermaßen hirnrissigen Witz brachte, dass ich echt ein komisches Genie sein musste.

Aber Edwin sagte einfach:

»Greg, ich weiß, dass du ein Zwerg bist. Das habe ich immer schon gewusst.«

»Was?«, brachte ich mit Mühe heraus. Was alles andere als eine angemessene Entgegnung war. Und deshalb machte ich noch einen Versuch: »Moment, was ... ich meine ... hä?«

»Greg«, sagte Edwin gelassen. »Ich bin ein Elf. Deshalb weiß ich das.«

Das stand nun wirklich nicht auf der Liste der Antworten, mit denen ich gerechnet hatte.

»Warum hast du mir das nie gesagt?«, fragte ich wütend. »Wie konntest du mir so etwas verschweigen? Die ganze

Zeit hast du die Wahrheit gewusst und ich hatte keine Ahnung.«

»Ich dachte, das sei nicht meine Aufgabe«, sagte Edwin. »Bei Elfen und Zwergen ist es üblich, erst später im Leben von unserer wahren Identität zu erfahren, mit sechzehn oder achtzehn in den meisten Fällen. Und jede Familie geht damit anders um. Ich musste die Wünsche deines Dad respektieren, verstehst du? Ich wollte zwischen euch nichts kaputtmachen.«

»Nichts kaputtmachen?«, fragte ich außer mir. »Ich meine ... ich ... er ist mein Dad und du bist mein bester Freund, warum hast du dich auf seine Seite gestellt?«

»Ich habe mich auf gar keine Seite gestellt«, erklärte Edwin. Er blieb ruhig, aber voller Leidenschaft. »Es gibt keine Seiten. Tonnenweise Kinder finden das alles erst raus, wenn sie älter sind. So wichtig ist das nun auch wieder nicht. Das wäre so gewesen, wie einem kleinen Kind zu erzählen, dass es gar keinen Weihnachtsmann gibt, weißt du?«

»Nein«, sagte ich. »Ich weiß es nicht, weil niemand es mir gesagt hat.«

Edwin zuckte nur hilflos mit den Schultern. Aus seiner Sicht hatte er offenbar nichts falsch gemacht. Und vielleicht hatte er das ja auch nicht. Vielleicht reagierte ich viel zu heftig. Schließlich hatte auch mein eigener Vater mir die Wahrheit vorenthalten. Außerdem ließ eine neue Erkenntnis das plötzlich unwichtig wirken.

»Edwin ... du kannst doch kein Elf sein«, sagte ich leise.

»Doch, das kann ich«, sagte Edwin. »Du kannst hier nicht ankommen und sagen, du bist ein Zwerg, und dann behaupten, ich könnte kein Elf sein. So läuft das nicht.«

»Nein, ich meine«, sagte ich und versuchte, das Entsetzen zu unterdrücken, das in meinen Innereien wütete (in meinem

Sturmbauch). »Wenn du ein Elf bist und ich ein Zwerg ... dann können wir keine Freunde sein.«

»Wer behauptet das?«, fragte Edwin trotzig.

Ich erinnerte ihn daran, dass Elfen und Zwerge offenbar in einen uralten Krieg verwickelt waren, der nur gerade auf Pause gestellt war. Und dass am heutigen Abend ein Troll meinen Dad entführt hatte und einige Zwerge glaubten, die Elfen könnten dahinterstecken. Wenn Edwin also ein Elf war, dann hatten *seine Leute* unseren Laden verwüstet und meinen Dad als Geisel genommen.

»Das ist unmöglich«, sagte Edwin gelassen. »Trolle sind ausgestorben. Das ist doch allgemein bekannt.«

»Edwin, ich habe ihn mit eigenen Augen gesehen.«

Er schüttelte den Kopf. Aber zum ersten Mal, seit ich ihn kannte, schien er seiner Sache nicht ganz sicher. Es war seltsam, diese Miene bei ihm zu sehen, sie passte überhaupt nicht zu dem Edwin, den ich kannte.

»Alle glauben, dass Elfen hinter dem Überfall stecken«, sagte ich noch einmal, da er offenbar die wichtigste Stelle in meinem Bericht überhört hatte. »Es spielt also keine Rolle, ob sie einen Troll oder eine Raketenabschussrampe benutzt haben. Die Elfen ... *ihr* habt uns überfallen.«

Ich merkte, wie meine Wut wieder hochkochte, obwohl ich davon überzeugt war, dass Edwin mit dem Überfall nichts zu tun hatte. Das war unmöglich. Ich hätte mein Leben darauf verwettet, sogar an einem Donnerstag.

»Nein«, sagte Edwin schließlich. »Nie im Leben. Das würden wir niemals tun. Elfen hatten nichts damit zu tun, was im EGOHS passiert ist.«

»Woher willst du das wissen?«

»Weil ich nicht irgendein Feld-Wald-und-Wiesen-Elf bin,

Greg«, sagte Edwin. »Mein Vater ist der Elfenlord. Was bedeutet, dass ich irgendwann der nächste Elfenlord sein werde. Das ist mein Geburtsrecht. Das bedeutet, dass ich Elfen besser kenne als irgendjemand sonst, und wir würden das einfach nicht tun.«

Ich hatte plötzlich das Gefühl, als ob mir jeder Zufluchtsort, den ich je gehabt hatte, unter den Füßen weggerissen würde. Mein Dad war verschwunden, das EGOHS war zerstört, mein Familienfluch war nicht nur real, sondern auch ein Teil von etwas Größerem, und mein einziger Freund war der Thronfolger eines ganzen mystischen Volkes. Ein Volk, das angeblich in ewiger Fehde mit den Zwergen lag – mit mir! Aber er war noch immer mein bester Freund und ich vertraute ihm noch immer mehr als irgendjemandem sonst.

Edwin hatte mein kurzes verdutztes Schweigen offenbar für Ungläubigkeit gehalten, denn er setzte sein leidenschaftliches Plädoyer fort. »Ich meine, warum sollten wir so etwas tun wollen?«, fragte er. »Die Elfen wünschen sich nichts dringlicher, als den Frieden zu bewahren. Wir haben so viel zu verlieren, wenn der Konflikt zwischen uns sich verschärft. Aber für den unwahrscheinlichen Fall, dass wir doch etwas mit dem Überfall auf das EGOHS und deinen Dad zu tun gehabt haben sollten, werde ich das herausfinden. Ich werde dir helfen, die Schuldigen zu suchen. Ich finde deinen Dad großartig, das weißt du. Ich bin von diesen Ereignissen fast ebenso erschüttert wie du. Lass mich dir helfen, ich habe Mittel, die du nicht hast.«

Er hatte recht. Und nicht nur, weil er sich schon lange in den mythologischen Kreisen von wichtigen mythologischen Wesen bewegte, die die Sache bestimmt leichter klären konnten als ich. Denn da war auch noch die Sache mit dem Geld.

Geld konnte so ungefähr alles beschaffen, auch Informationen. Edwin könnte mir wahrscheinlich wirklich helfen, dahinterzukommen, was meinem Dad passiert war.

»Okay, na gut«, sagte ich endlich. »Danke.«

Edwin nickte und seine Augen füllten sich mit Tränen.

Ich musste mich abwenden, um nicht gegen Dads einzige Regel zu verstoßen: *Ein Belmont / Sturmbauch weint nicht. Niemals.*

»Keine Sorge, Greg, wir werden ihn finden«, sagte Edwin. »Das verspreche ich dir.«

14

Cronenbergs Kuttel-Imbiss und Wählscheibentelefon-Reparaturladen

Es war schon fast ein Uhr morgens, als ich nach Hause kam und Fynric Grobspur an unserem Küchentisch vorfand.

In Gedanken kramte ich sofort Entschuldigungen dafür zusammen, dass ich aus dem Untergrund weggelaufen war, aber nach dem Tag, der hinter mir lag, brachte ich nur einen müden Seufzer zustande.

»Pack deine Tasche«, sagte Fynric. »Du ziehst in den Untergrund um.«

»Warum?«, fragte ich, war aber nicht ganz sicher, ob ich überhaupt hier in dieser Wohnung bleiben und immer daran erinnert werden wollte, was ich verloren hatte. »Ich bin doch hier zu Hause.«

»Hier ist es zu gefährlich«, sagte Fynric. »Du hast dich schon genug in Gefahr gebracht, als du einfach so abgehauen bist. Wer immer hinter dem Überfall steckt, hatte es eindeutig auf deinen Vater abgesehen. Wir können also mit gutem Grund annehmen, dass du als Nächster auf der Liste stehst. Es war verantwortungslos, überhaupt hierher zurückzukommen.«

Ich nickte. Das schien mir ein so guter Grund zu sein, in ein Tunnelsystem tief unter Chicagos Kanalisation überzusiedeln.

»Außerdem gehörst du dorthin«, fügte Fynric hinzu, »wo du immer schon hingehört hast. Du hast da Verwandtschaft.«

Ich legte den Kopf schräg und sah ihn fragend an.

»Alle Zwerge sind eine Familie«, erklärte er. »Vielleicht nicht in der üblichen Bedeutung, aber die Bindungen zwischen uns sind so stark wie Blutsverwandtschaft, wenn nicht stärker.«

Ich nickte, dann ging ich in mein Zimmer, um Kleider und ein paar andere Dinge zusammenzupacken. Während ich das alles in meinen kleinen Koffer stopfte, dachte ich daran, was Fynric da gerade über Zwerge und Verwandtschaft gesagt hatte. Ich hatte nie besonders viel Verwandtschaft gehabt, abgesehen von einem Dad, der ständig auf Reisen war, und einigen Tanten, Onkeln, Vettern und Cousinen, die ich ein- oder zweimal pro Jahr sah. So traurig es war, die Wohnung zu verlassen, die ich fast mein ganzes Leben lang als mein Zuhause betrachtet hatte, so fand ich es doch auch irgendwie spannend, an einen Ort zu ziehen, wo ich eine direkte Verbindung oder Gemeinsamkeit mit absolut allen haben würde. Ich hatte bei Ari, Lake und Eagan in der Arena eine erste Vorahnung davon bekommen, was das für ein Gefühl war. Ich war zwar voller Panik geflohen, aber mein Gespräch mit Edwin hatte mich wieder ruhiger werden lassen – wie es meistens der Fall war.

Das Einzige, was noch fehlte, war natürlich mein Dad. Das Allergrößte, was fehlte. Und deshalb kam es mir trotz allem nicht ganz richtig vor wegzugehen. Was, wenn er entkommen konnte und hierher zurückkam, um mich zu suchen? Und was sollte aus meiner Freundschaft mit Edwin werden, wenn ich in eine geheime Untergrundsiedlung umzog? Ich hatte schon meinen Dad verloren, ich war sicher, dass ich es nicht ertragen könnte, auch noch meinen besten Freund zu verlieren. Ganz zu schweigen davon, dass die anderen Zwerge die Tatsache, dass Edwin ein Elf war, sicher mit äußerstem Misstrauen betrachten würden. Aber ich verdrängte meine Zweifel.

Kurz darauf saßen Fynric und ich in einem leeren U-Bahn-Wagen auf dem Weg in die Nordstadt. Die Lampen flackerten, während der Zug über die Schienen donnerte und an fast leeren Straßen vorbeiraste.

»Greg, wo warst du heute Abend?«, fragte Fynric mit tiefer gerunzelter Stirn als sonst.

»Bei Edwin«, sagte ich.

»Greg, er ist ...«

»Ein Elf«, fiel ich ihm ins Wort. »Ja, das weiß ich inzwischen. Er hat mir übrigens versichert, dass Elfen mit dem Überfall nichts zu tun haben.«

»Du darfst ihm kein Wort glauben, Greg«, sagte Fynric mit scharfer Stimme. »Es ist sowieso am besten für dich, wenn du dich von jetzt an vollständig von ihm fernhältst.«

»Das kann ich nicht«, sagte ich. »Er ist mein einziger Freund.«

»Das musst du«, sagte Fynric entschieden. »Mach dir keine Sorgen, du wirst neue Freunde finden. Ich kann noch immer nicht fassen, dass dein Vater dir diesen Umgang überhaupt erlaubt hat. Ich war immer gegen deine Freundschaft mit Edwin. Das war verantwortungslos ... und sogar gefährlich. Aber dein Vater kann so stur sein.«

»Du kennst Edwin eben nicht«, sagte ich. »Er ist der Einzige an der PISS, der je nett zu mir war. Was soll ich denn jetzt machen?«

Fynrics Stirnrunzeln verstärkte sich noch, sodass es fast wie ein Schmollen aussah. »Das wird kein Problem sein«, sagte er. »Du wirst ohnehin nicht an diese Schule zurückkehren.«

»Aber es sind nur noch drei Monate bis zu den Prüfungen!«

»Spielt keine Rolle, fürchte ich«, sagte Fynric mitleidslos. »Es ist einfach zu gefährlich.«

»Gefährlich? Fynric, das ist eine Schule!«

»Aber nicht irgendeine Schule«, sagte er. »Die Pädagogische Isaacson-Spezial-Schule ist eine Elfenschule. Na ja, nicht ausschließlich für Elfen – einige Schüler sind einfach reiche Menschen. Aber Elfen hatten immer schon genug Geld und Macht, um sicherzustellen, dass ihre Kinder die besten Schulen besuchen und von Anfang an eine vorteilhafte Startposition im Leben innehaben. Dein Vater hat mir erzählt, dass du als erster Zwerg bei der Aufnahmeprüfung genügend Punkte geholt hast, um dort zugelassen zu werden. Er hat es als Chance betrachtet – als Chance, mit deiner Hilfe den Abgrund zwischen Elfen und Zwergen zu überbrücken. Er dachte, wenn er dich auf eine Elfenschule schickt, kann er zeigen, dass die von dem uralten Krieg übrig gebliebenen Spannungen töricht sind, dass für Elfen und Zwerge und Menschen eine friedliche Koexistenz möglich ist. Ich glaube, das war auch ein Grund dafür, dass er sich so über deine und Edwins Freundschaft gefreut hat.«

Ich wäre gern wütend auf meinen Dad gewesen, weil er mich auf eine Schule geschickt hatte, von der er wusste, dass ich dort nicht hinpassen würde. Weil er mich für seine eigenen Experimente und politischen Ziele benutzt hatte. Weil er mir die Wahrheit vorenthalten hatte, und die Möglichkeit, mich mit anderen Zwergen wie Ari, Lake und Eagan anzufreunden. Und doch, ohne die PISS hätte ich meinen besten Freund nicht kennengelernt. Es war also schwer, allzu wütend zu sein – vor allem, wenn ich daran dachte, was meinem Dad gerade passiert war.

»Also, ich bin froh, dass Dad mich dort hingeschickt hat«, sagte ich. »Denn der nächste Elfenlord ist mein bester Freund, und das ...«

»Was hast du da gesagt?«, fauchte Fynric und seine dunklen Augen leuchteten stärker, als ich das je gesehen hatte. »Edwin ist der nächste Elfenlord?«

»Wusstest du das nicht?«, fragte ich überrascht.

»Wir haben uns lange den Kopf über die wahre Identität des Lords zerbrochen«, gab Fynric zu. »Es gab viele Theorien, viele Gerüchte. Diese hier kann sich als Irrtum erweisen, aber wir müssen der Sache natürlich dringend nachgehen.«

»Ja, von mir aus«, sagte ich. »Aber worauf ich eigentlich hinauswollte: Was, wenn diese Freundschaft uns eine Möglichkeit gibt, herauszufinden, was mit Dad passiert ist?«

»Klär mich auf«, sagte Fynric.

»Edwin kann die Elfen zur Unterstützung heranziehen, um herauszufinden, was im Laden passiert ist«, sagte ich. »Er will uns doch helfen.«

Ich hatte erwartet, dass Fynric diese Auskunft voller Hoffnung entgegennehmen würde. Obwohl ich nicht so recht wusste, warum, nach allem, was ich inzwischen über Zwerge in Erfahrung gebracht hatte (und was ich ohnehin schon über Fynric / Mr Olsen als mürrischere, zynischere Version meines Dad wusste). Und wie es sich für einen wie ihn gehörte, runzelte er wieder skeptisch die Stirn.

»Ich bezweifle, dass der Rat diesen Glauben an deinen Freund teilen wird«, sagte er.

»Wir müssen es zumindest versuchen«, sagte ich. »Das ist besser, als das Angebot zu ignorieren.«

»Vielleicht«, sagte Fynric. »Ich werde morgen früh mit Dunmor sprechen. Wenn er Interesse hat, wird er eine Sitzung einberufen, und dann kannst du dem Rat bei dem kommenden Globalen Konzil deinen Fall vortragen. Ich hoffe wirklich, dass du recht hast ... um deines Vaters willen.«

Der Zug kam schlingernd an der Station Addison zum Stehen.

Fynric stand auf und schob mich hinaus. Nach einigen Minuten bogen wir in eine von Chicagos Seitengassen ein – eine, die aussah wie eine normale Gasse (vollgestopft mit Mülltonnen und Ratten), die aber einen echten Straßennamen hatte und in der auf beiden Seiten Häuser standen. Wir blieben vor einem kleinen Haus stehen, das in einen Laden umgewandelt worden war. Das Haus war auf dem Grundstück etwas zurückgesetzt, fast, als ob es nicht gesehen werden wollte. Ein handgemaltes Schild hing unter dem spitzen Dach über der Eingangstür:

CRONENBERGS KUTTEL-IMBISS UND WÄHL-SCHEIBENTELEFON-REPARATURLADEN

»Was ist das hier?«, fragte ich.

»Der Vordereingang zum Untergrund«, sagte Fynric und führte mich zur Tür des dunklen Ladens. »Du hast doch wohl nicht im Ernst geglaubt, dass alle Zwerge sich durch diese verdreckte Gasse quetschen, oder? Das war nur einer der vielen verborgenen Noteingänge.«

Er fischte einen riesigen Schlüssel aus der Tasche.

»Was sind Kuttel?«, fragte ich.

»Das ist ein Name, den die Menschen Tierinnereien und anderen ... unkonventionellen Fleischsorten gegeben haben«, sagte er. »Die meisten trauen sich nicht, Kutteln zu essen, auch wenn ich keine Ahnung habe, warum. Es ist genau dasselbe wie die überteuerten Muskelstücke, für sie sie bezahlen. Alles auf dieser Erde besteht aus denselben Grundstoffen ...«

»Das ist also ein Innereien-Imbiss und gleichzeitig ein Telefonreparaturladen?«, fragte ich ungläubig. »Was ist denn übrigens ein Wählscheibentelefon?«

»Das ist jetzt egal, Greg«, sagte Fynric ungeduldig, während er die Tür aufschloss. »Wichtig ist nur, dass keine Nicht-Zwerge herkommen.«

In dem Laden roch es nach einer seltsamen Mischung aus verschimmeltem Kunststoff und gekochten Würstchen. Er war klein und enthielt nur einen klassischen Glastresen und auf der anderen Seite des Raumes einen Holztisch, um den sich alte Telefone mit verdrehten Schnüren und runden Ziffernscheiben stapelten.

Wir gingen hinter den Tresen und in eine Küche. Ein trübes Notlicht über der Hintertür tauchte den Raum in ein warmes gelbes Licht. Fynric blieb vor einer Kühlkammer stehen.

»Mach auf«, sagte er mit vielsagendem Grinsen.

Ich packte die schmale Metallklinke und zog. Das Schloss klickte, und die Tür schwang auf und gab den Blick frei auf Regale voller in Plastikfolie gewickelter Fleischstücke. Es war die seltsamste Auswahl, die ich je gesehen hatte: Töpfe mit schleimigen Augäpfeln, ein Haufen kleiner Herzen, lange und magere Vogelzungen, etliche undefinierbare Organe und ein ganzes Tablett voller kleiner Gehirne. Natürlich war ich daran gewöhnt, solche Dinge zu essen. Eins meiner Lieblingsgerichte war ein Eintopf aus Rinderlunge und Leber, den es jeden Sonntagabend gab. Mein Dad kochte einen umwerfenden Lungeneintopf.

Ich begriff allerdings noch immer nicht, warum wir hier eine Kühlkammer besichtigten.

»Jetzt mach die Tür wieder zu«, sagte Fynric.

Das tat ich, verwirrter denn je.

»Mach wieder auf«, sagte er. »Aber schieb die Klinke diesmal erst an der Tür nach unten und dreh sie dann nach rechts.«

Ich gehorchte, und als ich nun an der Klinke zog, rutschte sie mehrere Daumenbreit an der Tür nach unten. Als ich sie drehte, rotierte das gesamte versteckte Riegelsystem und nahm dann eine seitliche Position ein. Ich zog abermals an der Klinke und wieder öffnete sich die Tür mit einem Klicken. Jetzt sahen wir keine Regale voller Innereien mehr. Sondern einen kleinen, wackligen hölzernen Fahrstuhl.

Fynric trat hinein und winkte mich hinterher.

»Aber wie...?«

»Noch ein Beispiel für zwergischen Erfindungsreichtum«, sagte Fynric mit einem seltenen Lächeln.

Der Fahrstuhl bewegte sich langsam abwärts. Irgendwann blieb er stehen und die alten Holztüren öffneten sich quietschend. In den Gängen des zwergischen Untergrunds leuchteten noch immer matte elektrische Wandlampen, aber ansonsten war alles verlassen. Was ich naheliegend fand, es war ja schon fast drei Uhr nachts.

Ich folgte Fynric durch ein Labyrinth aus Tunneln.

»Keine Sorge«, flüsterte er nach der mindestens dritten Abzweigung. »Zwerge verfügen über einen großartigen angeborenen Orientierungssinn. Du wirst dich hier schneller zurechtfinden, als du jetzt glaubst.«

»Wie viele Zwerge leben hier unten?«, fragte ich.

»Knapp über fünftausend«, sagte er. »Es gibt aber noch viel mehr in Chicago, die oben wohnen, wie du und dein Vater.«

Ich war geschockt. Die ganze Zeit hatte es eine ganze Gemeinschaft von Zwergen gegeben, gleich hier unter der Erde, unter einer der größten Städte des Landes.

Endlich blieben wir vor einer Holztür stehen, die genauso aussah wie Hunderte andere, an denen wir vorbeigekommen waren. Aber statt Fynric zu fragen, wie ich jemals meine neue Wohnungstür wiederfinden sollte, verließ ich mich darauf, dass das mit unserem angeborenen Orientierungssinn stimmte. Jetzt, wo ich es mir genauer überlegte, ging mir auf, dass ich mich noch nie verlaufen hatte. Und das in einer Stadt wie Chicago, und ganz ohne Smartphone, Google Maps oder GPS.

Fynric öffnete die Tür und betätigte einen Lichtschalter. Das Zimmer war winzig. Es enthielt nur ein Doppelbett, einen kleinen Holztisch mit zwei Stühlen und eine notdürftig eingerichtete Kochnische in der Ecke. Eine schmale Tür neben einem Minikühlschrank führte in ein enges Badezimmer.

»Willkommen daheim«, sagte Fynric trocken. »Wir werden Zimmergenossen sein … bis auf Weiteres. Jedenfalls, bis du dich an das Leben hier gewöhnt hast.«

Ich nickte und ließ meinen Koffer auf ein Bett fallen. Das hier kam mir gar nicht so schlecht vor.

»Noch eins«, sagte Fynric mit sanfter Stimme und hielt mir mehrere dicke Pergamentbogen hin. »Dein Vater … na ja, ich sollte dir das geben, falls ihm jemals etwas passiert.«

Mit zitternder Hand packte ich die Pergamentbogen und erkannte sofort die eilig hingeworfene Schrift auf den Seiten. Ich hatte mein ganzes Leben in seinem Laden verbracht, wo jeder Gegenstand in derselben achtlosen und doch immer leserlichen Schrift bezeichnet war. Ich holte mehrmals tief Luft, drängte meine Tränen zurück (ein Belmont-Sturmbauch weint nie, niemals – das war das Letzte, was mein Dad in diesem Moment gewollt hätte) und fing an zu lesen:

Für meinen Sohn Greg, für den Fall, dass ich zu früh sterbe – ehe ich Dir von der Welt und wie sie wirklich ist, erzählen kann:
Es gibt eine Menge Sachen, die Du über die wahre Geschichte der Erde nicht weißt. Ich habe beschlossen, Dir das alles zu verheimlichen, um Dich zu beschützen. Falls meine Theorie sich als falsch erweisen sollte, wollte ich, dass Du ein gutes Leben in der modernen Welt hast, in glücklicher Unwissenheit über Dein kompliziertes Erbe. Ich bitte Dich um Verzeihung für die vielen Jahre der Heimlichkeiten – es war nie meine Absicht, Dich zu verletzen.
Ich wollte nur Dein Bestes.
Aber nicht einmal ich begreife unsere Geschichte voll und ganz. Unsere wahre Vergangenheit, was uns einzigartig macht, ist seit Tausenden und Abertausenden von Jahren verloren gegangen. Doch wir finden jeden Tag mehr heraus, und ich fürchte, dass ich vielleicht nicht mehr lange genug leben werde, um Dir alles zu erzählen, was ich entdeckt habe. Ich weiß, was Du jetzt denkst: Das sagst du immer, Dad. Dass du zu früh sterben wirst. Das stimmt, ich habe mein frühes Dahinscheiden häufiger erfolglos angekündigt, als ich überhaupt zählen kann – zuletzt im vorigen Jahr zu Weihnachten, als ich davon überzeugt war, dass ich beim Anbringen von Adventsschmuck auf unserem Balkon den Tod finden würde (warum ich das an einem Donnerstag versucht habe, ist mir noch immer ein Rätsel).
Ich habe mein Leben einer ganz besonderen Aufgabe gewidmet: meiner Suche. Dabei geht es in Wahrheit darum, die seit langer Zeit verschollene Essenz der Magie zu finden, die die Zwerge früher einmal vor allen anderen Wesen ausgezeichnet hat. Viele – die MEISTEN – haben meine Unternehmungen als töricht, unmög-

lich und als Zeitverschwendung bezeichnet. Diese Magie sei für immer verschwunden und werde niemals zurückkehren. Und es sei Wahnsinn, wenn ich mir einbildete, sie finden zu können. Ich hoffe jedoch von ganzem Herzen, dass das nicht der Fall ist. Denn dann hätte ich so viel verlorene Zeit mit Dir ganz umsonst geopfert.

Aber wenn ich recht habe, wenn ich die verlorene Magie von Ur-Erde finden kann, wird sich die Mühe gelohnt haben. Denn nur so kann unser Volk wieder das werden, was wir einst waren. Und es geht nicht nur um uns: Wir können die ganze Welt in diesen magischen Ort zurückverwandeln. Das Wichtigste ist jedoch, dass ich glaube, dass dieser Zauber der Welt endlich einen dauerhaften Frieden bringen kann. Diese Magie kann auf bisher niemals erprobte Weise genutzt werden, um alle Lebewesen in einer Art mystischer symbiotischer Harmonie zu vereinen. Sie kann den Krieg zwischen Zwergen und Elfen ein für alle Mal beenden – wie übrigens JEDEN Krieg. Es wird hart sein, es wird gefährlich sein, aber gemeinsam können wir allen Wesen auf dieser Erde dabei helfen, sich der neuen Welt anzupassen.

Und wenn ich tot bin, dann sollst Du wissen, dass ich für eine Sache gestorben bin, die größer ist als ich. Größer als wir alle. Und ich habe es für Dich getan. Ich habe es getan, um die Welt zu einem besseren Ort zu machen. Und bitte, verzeih mir, dass ich Dir das alles nicht schon früher erzählt habe.

Ich liebe Dich, Greg.

Ich weiß, Du wirst dafür sorgen, dass ich stolz auf Dich sein kann, und Du wirst das Richtige tun, auch wenn ich nicht mehr da bin, um Dich zu leiten. (Und bitte, nicht weinen. Zwerge weinen nicht. Niemals.)

15

Das grandiose Schauspiel von Borin Holzfällers dickem Zeh

In dieser Nacht schlief ich wie ein Granitblock.

Wofür ich überaus dankbar war, nach all diesen Ereignissen. Ich hatte fest mit Albträumen gerechnet, in denen eine riesige Trollfamilie an meinem Dad herumknabberte wie an Dörrfleisch. Aber es kamen keine Träume, nur ein Schlaf, der wahrscheinlich dem Tod unangenehm ähnlich war. Das war vor allem deswegen überraschend, weil ich doch Dads Brief unmittelbar vor dem Schlafengehen gelesen hatte – mit der Erkenntnis, dass es bei der »Suche« meines Dad nie um Tee und organische Seifen gegangen war. Sondern um die verschollene Magie von Ur-Erde. Außerdem hatte er diesen Brief als seine Abschiedsworte an mich betrachtet, was bedeutete, dass ich die Möglichkeit akzeptieren musste, dass sie das vielleicht auch waren. Und dazu war ich nicht bereit.

Das konnte ich nicht.

Fynrics Bett war schon gemacht, als ich aufwachte. Er hatte auf dem kleinen Tisch ein leichtes Frühstück hinterlassen: fünf Ringe Blutwurst, sechs Streifen Speck, eine Scheibe Toast und eine kleine Kanne Tee.

Kurz nachdem ich mit Essen fertig war, wurde an der Tür geklopft.

»Ah, junger Sturmbauch«, sagte Dunmor grinsend und quetschte sich an mir vorbei durch die schmale Tür. »Ich gehe davon aus, dass du mit deiner Unterbringung hier zufrieden bist.«

Ich nickte.

»Gut. Na dann«, sagte er. »Ich hoffe, mein unangemeldeter Besuch kommt nicht ungelegen. Aber unser Treffen gestern Abend war arg kurz und ...«

»Gibts irgendwas Neues von meinem Dad?«, fiel ich ihm ins Wort.

Dunmor schnappte nach Luft und schüttelte dann langsam den Kopf.

»Ich fürchte, nein«, sagte er. »Aber Fynric hat mir von deinem kleinen Freund erzählt. Von dem angeblichen elfischen Kronprinzen. Und seinem *Angebot*. Der Rat hat die Angelegenheit heute Nacht diskutiert und mit überwältigender Mehrheit dagegen gestimmt, es anzunehmen. Und ich muss dir noch etwas sagen, Greg: Du wirst nie wieder mit Edwin Aldaron sprechen. Selbst, wenn du glaubst, ihm vertrauen zu können, wir können uns da einfach nicht sicher sein. Wir werden das Verschwinden deines Vaters selbst untersuchen – wir sind durchaus dazu in der Lage, das kannst du mir glauben.«

Ich wollte widersprechen, wollte ihn anschreien, dass wir jede Möglichkeit nutzen mussten, um herauszufinden, was mit meinem Dad passiert war. Aber ich wusste, dass das hier uns jetzt nichts nützen würde. Außerdem – nur weil Dunmor sagte, ich dürfe nicht mit Edwin reden und Edwin könne mir nicht helfen, meinen Dad zu finden, brauchte ich ja noch lange nicht zu gehorchen. Es bedeutete auch nicht, dass Edwin zu gehorchen hatte. Er konnte mir trotzdem dabei helfen, meinen Dad zu finden, ob nun mit Zustimmung des Rates oder ohne.

Deshalb nickte ich.

»Gut, gut«, sagte Dunmor. »Der eigentliche Grund meines Kommens ist allerdings, dass ich unser gestern Abend begonnenes Gespräch zu Ende führen möchte. Also komm bitte mit, ich habe dir ziemlich viel zu zeigen.«

Ich folgte Dunmor hinaus auf den Gang. Er nickte mehreren vorübereilenden Zwergen zu und sie glotzten, als ob sie einem Promi begegnet wären. Während wir durch das Untergrundlabyrinth wanderten, registrierte ich, dass die Gänge vor chaotischen Aktivitäten zu bersten drohten. Zwerge eilten hin und her, als ob sie Angst hätten, ungeheuer dringende Termine zu versäumen. Dunmor wurde mehrmals angehalten, um ein Pergament zu unterzeichnen oder zu irgendetwas seine Zustimmung zu geben.

»Bitte, entschuldige diese Unterbrechungen«, sagte Dunmor nach einer weiteren Störung dieser Art. »Die Entdeckung, die dein Dad gemacht hat, hat die Gemüter hier ziemlich bewegt, wie du sicher bemerkt hast. Das hat wirklich unsere ganze Welt auf den Kopf gestellt.«

»Welche Entdeckung?«

»Das wirst du gleich sehen, mein Junge«, sagte Dunmor und grinste. »Das wirst du sehen. Wir sind jetzt fast da.«

»Wo denn?«

»Am Tor zu unserer wahren Vergangenheit«, sagte er.

Ich warf ihm einen Blick zu, der ihm hoffentlich sagte: *Jetzt hör auf, so vage und rätselhaft zu sein.* Er schien verstanden zu haben, denn er lächelte mich nachsichtig an.

»Ich vergesse immer wieder, wie wenig ich dir gestern Abend

mitteilen konnte«, sagte er. »Greg, die gesamte Geschichte von Elfen und Zwergen ist im Laufe der Zeit verloren gegangen. Aber das bedeutet nicht, dass wir auch unseren machtvollen Einfluss in der Welt eingebüßt haben. Elfen und Zwerge haben viele wichtige historische Entwicklungen in die Wege geleitet. Bill Gates, beide Präsidenten Roosevelt, Alexander der Große, Dschingis Khan, Picasso, Elisabeth II., Mark Zuckerberg, Jeanne d'Arc und Tom Brady sind nur einige wenige Beispiele der einflussreichsten Zwerge und Elfen – obwohl einige von ihnen sich über ihre wahre Identität nicht einmal im Klaren waren.«

»Tom Brady?«, fragte ich skeptisch.

»Ja, na ja, er ist natürlich ein Elf«, sagte Dunmor, als wir endlich vor einer riesigen hölzernen Doppeltür stehen blieben. »Erkennbar an Reichtum und Macht ... und Körpergröße.«

»Wieso soll Reichtum automatisch bedeuten, dass er ein Elf ist?«

»Elfen sind von Natur aus listig und charismatisch – sie können den Geist minderer Wesen mit Leichtigkeit manipulieren und kontrollieren, auch den der Menschen«, erklärte Dunmor, als er einen alten Schlüssel in das riesige Türschloss schob. »Im Laufe der Geschichte waren das oft viel wichtigere Eigenschaften, als zu wissen, wie man ein Haus baut oder Wasserleitungen legt. Elfen sind auch technologiefreundlicher als Zwerge. Zusammen mit ihrer angeborenen Gier nach Besitz und Status haben ihnen diese Eigenschaften dabei geholfen, die Mehrheit des Geldes, das es auf der Welt gibt, an sich zu reißen. Während wir Zwerge dazu neigen, andere Prioritäten zu setzen ... wie physische Stärke, Geschicklichkeit, Ernsthaftigkeit, handwerkliche Fähigkeiten und eine enge Verbindung zur Erde. Eigenschaften, die keinen großen Wert mehr haben in einer modernen Welt, die dominiert wird von technologischer Entwicklung, Ruhm und Geld. Wir sind zu einer bloßen Fußnote geworden, Greg.«

Dunmor runzelte die Stirn und murmelte vor sich hin, während er mit den riesigen Griffen an den gewaltigen Holztüren kämpfte.

»Wie viele Zwerge gibt es denn noch auf der Welt?«, fragte ich.

»Schwer zu sagen«, antwortete Dunmor. »Es gibt neun amtlich anerkannte Gruppen von Zwergen. Die größte und mächtigste, die im Zwergenrat das Sagen hat, lebt hier, in Chicago. Unser Rat entscheidet allein über die organisierten Aktivitäten der gesamten Spezies.«

»Soll das heißen, Chicago ist … sozusagen die Welthauptstadt aller Zwerge?«

»Ja, natürlich«, sagte Dunmor. »Jedenfalls für die unter uns, die sich dafür entschieden haben, als Zwerge zu leben, so weit wie möglich außerhalb der modernen Welt. Statt unsere Kultur sterben zu lassen, wollen wir alte zwergische Handwerksstücke, Texte und Sitten hochhalten. Aber es gibt viele Zwerge auf der Welt, die entweder nichts über ihr Erbe wissen oder damit nichts zu tun haben wollen und wie Menschen leben.«

Endlich konnte Dunmor die uralten Holztüren aufziehen. Sie quietschten laut. Der Raum dahinter lag in tiefer Dunkelheit.

»Es gibt natürlich viele andere Gruppen von Zwergen und eine ganze Wissenschaft, wie wir entstanden sind und wo wir wohnen und überhaupt«, fuhr Dunmor fort. »Aber das alles ist moderne Geschichte, darüber können wir später sprechen. Was uns wirklich wichtig ist, das ist, wie wir damals in Ur-Erde gelebt haben. Und deshalb will ich dich voller Stolz in unserer *Großhalle der Zwergischen Produkte* willkommen heißen.«

Dunmor legte einen alten Stromschalter um und an den Wänden erwachten mehrere Lampen flackernd zum Leben. Der Raum war viel größer, als ich erwartet hatte, fast so groß wie eine Turnhalle. Was ziemlich übertrieben wirkte, denn er war vor allem leer. Einige große, mit altem Schrott überhäufte Tische standen herum. Auf ungefähr einem Dutzend Sockeln thronten Stücke zerfallender Statuen. Die zumeist leeren Wände wiesen einige verschossene Banner und Reste alter Schriftrollen auf. Trotz der beeindruckenden Ausmaße des Raums hätte ich dessen mageren und ungeordneten Inhalt eher nicht als »groß« bezeichnet.

Aber Dunmor strahlte vor Stolz, als wir hineingingen.

»Dein Vater war ... dein Vater *ist* ein amtierender Ratsältester«, sagte er. »Und zudem der Direktor der Bergwerksunternehmen. Auf seinen jüngsten Reisen hat er unsere Suchaktionen nach verschollenen zwergischen Waffen, Texten und Handwerksstücken geleitet. Den Dingen eben, die unserer Kultur einst wahres Leben eingehaucht haben. Komm jetzt, sieh dir ein bisschen davon an, was wir bisher gefunden haben.«

»Ist das hier alles?«, fragte ich, und meine Stimme hallte in dem riesigen Saal wider, als ich Dunmor zur Mitte des Raumes folgte. »Das soll die gesamte Geschichte der Zwerge sein?«

»Na ja, das meiste ist im Laufe der Zeit zerstört worden«, sagte Dunmor abwehrend. »Tief in der Erde vergraben, zusammen mit unseren uralten Städten. Einige wenige Schriftstücke sind noch erhalten, dazu einige schlecht übersetzte neuere Ausgaben, aber in den meisten Fällen haben wir nur die mündlichen Überlieferungen, die von einer Generation an die andere weitergereicht worden sind. Deshalb suchen wir nach Originalquellen. Ganz zu schweigen von alten Waffen und anderen Handwerksprodukten. Wir graben uns immer weiter in die Erde hinein und finden jeden Tag mehr.« Er sah offenbar, wie wenig überzeugt ich war, und fügte eilig hinzu: »Wir sind noch längst nicht fertig, musst du wissen ... und wir haben auch noch viel mehr, aber das ist noch nicht katalogisiert worden.«

Wir gingen an einigen mit alten Töpfen und Metallstücken übersäten Tischen vorbei. Dunmor zeigte auf ein zerfetztes und verdrecktes Buch. Es war handgebunden und mit dicken Lederriemen umwickelt, die aussahen, als ob sie durch ein Niesen zu Staub zerfallen würden.

»Das ist ein altes Kochbuch!«, sagte er glücklich. »Endlich haben wir das Originalrezept für traditionellen Pferdeeintopf wiedergefunden. Wir wissen jetzt, dass man für die Brühe halbe Hufe kochen muss.«

Ich versuchte, mir mein Entsetzen nicht ansehen zu lassen.

»Ihr ... ihr esst Pferde?«, fragte ich.

»Natürlich nicht«, sagte Dunmor. »Aber unsere Vorfahren schon. Zwerge sind Wesen der Erde. Wir nutzen alles, was die Erde anzubieten hat. Sie hat schließlich Leben geschaffen, um Leben zu erhalten. Einige wollen uns wegen unserer fleischlastigen Ernährungsweise ein schlechtes Gewissen einreden, aber warum sollten wir das haben? Es ist ja nicht so, dass die Tiere je besonders nett zu uns gewesen wären.«

»Wie meinst du das?«, fragte ich.

»Na ja, ich habe von dem Zwischenfall im Zoo gehört«, sagte Dunmor und grinste wieder. »Der Hass der Tiere auf die Zwerge reicht sehr weit zurück, musst du wissen. Viele von unseren alten zwergischen Fabeln beruhen auf diesem unerklärlichen und verblüffenden Hass und den zahllosen grundlosen Überfällen, die wir von Tieren aller Art erleiden mussten. Viele Zwergenhistoriker haben versucht, dieses Phänomen zu erklären. Vielleicht liegt es an unserem angeborenen Geruch? Weshalb auch immer, jedenfalls scheint sich diese natürliche Abscheu seit Neuestem verstärkt zu haben. Überall auf dem Erdball berichten Zwerge von ähnlichen Zwischenfällen wie deiner Begegnung mit dem Eisbären. Wir vermuten, dass es auf irgendeine Weise mit der neuen Entdeckung deines Vaters zusammenhängt ... aber ich schweife ab. Komm, gehen wir weiter.«

Ich seufzte unhörbar, obwohl ich endlich eine Antwort auf meine Frage erhalten hatte, warum Wilbur versucht hatte, mich zu fressen (zumindest so ungefähr). Aber hieß das, dass ich für den Rest meines Lebens überall plötzliche Angriffe von hergelaufenen Tieren erwarten musste, nur weil ich als Zwerg geboren worden war? Das Frustrierendste an der ganzen Sache war, dass das Ganze überhaupt keine Logik hatte.

»Und das hier«, Dunmor strahlte, als er vor einem kleinen Sockel stehen blieb, »ist eine Statue des größten Zwergenanführers aller Zeiten: Borin Holzfäller. Angeblich hat er eine ganz Armee von Orks mit einem Löffel besiegt – da sie ihn in der Mittagspause überfallen hatten, weshalb er seine Waffen nicht zur Hand hatte.«

»Okay ...«, sagte ich und musterte den fast leeren Sockel.

»Na?«, fragte Dunmor und wartete offenbar auf irgendeine Reaktion.

Auf dem Podest lag nur ein kleiner Stein von ungefähr der Größe einer Erdnuss. Ich erkannte darin endlich einen Zeh. Keinen echten Zeh, natürlich, sondern einen aus Stein gehauenen.

»Ist das nicht wunderbar?«, fragte Dunmor. »So heroisch wie die Geschichten, über die wir hier sprechen.«

»Äh, ist das, hm, sein kleiner Zeh?«, fragte ich und sah den kleinen Steinklumpen an.

»Nein, sein großer«, sagte Dunmor.

»Woher wisst ihr, dass der von einer Statue von Bo Holzfäller, oder wie immer der hieß, stammt?«, fragte ich.

Dunmor seufzte gereizt.

»Weil ein Zeh, der eine solche Überlegenheit ausstrahlt, ganz einfach nicht von der Statue irgendeines normalen Zwerges stammen kann!«, rief er. »Und jetzt komm, ich muss dir etwas noch Wichtigeres zeigen!«

»Tatsächlich …«, murmelte ich, als ich ihm folgte.

»Endlich: die letzte Entdeckung deines Vaters, die hier unten alles in solche Aufregung versetzt hat«, sagte Dunmor, als wir am anderen Ende der riesigen Halle ankamen. »Weißt du, Greg, manchmal ist es schwer, zuzugeben, dass man sich gründlich geirrt hat, wie ich. Jahrelang wurde dein Vater von sehr vielen Zwergen für einen Narren gehalten, einen Quacksalber, der in seiner Freizeit einen Aluhut aufsetzte und wilde Theorien über die Rückkehr des verlorenen Wesens der Magie verbreitete, einer Substanz, die er *Galdervatn* nannte. Die meisten Zwerge hielten ihn natürlich für verrückt, da alle Magie längst verflogen sei und niemals zurückkehren werde. Aber dein Vater ließ sich nicht beirren. Er sagte immer, Galdervatn sei das fehlende Element, das uns Zwergen unser wahres Wesen und Erbe zurückgeben könnte. Das in der Welt ein neues Gleichgewicht herstellen könnte. Und, na ja, zu unser aller Überraschung hat sich herausgestellt, dass er die ganze Zeit recht hatte.«

Dunmor zeigte auf sechs mit Schwertern und Äxten bewaffnete Zwerge hinten im Raum. Sie bewachten einen Glaskasten, in dem mehrere kleine Gefäße ausgestellt waren, insgesamt fünf, die alle eine leuchtende, wirbelnde nebelähnliche Substanz enthielten, die dauernd ihre Farbe änderte, während sie wie ein rauchiger flüssiger Regenbogen in den kleinen Glasphiolen wogte.

Galdervatn.

»Dein Dad hatte recht!«, rief Dunmor aufgeregt. Aber es war nicht nur Aufregung, in seinen Augen sah ich auch Unsicherheit und Angst. »Es gibt noch immer Magie. Und wir vermuten, dass sie sich der Erdoberfläche immer weiter annähert. Wir haben noch nicht so ganz erfasst, was das bedeutet, da so viele es bis vor Kurzem für unmöglich gehalten haben. Aber wir vermuten, dass die Morgendämmerung eines neuen Magischen Zeitalters heraufzieht. Dass schon bald, vielleicht in wenigen Monaten, vielleicht in Jahren, die Welt, wie du, wie wir alle sie kennen, ein Ende finden wird.«

16

**Pfeil im Auge, Kugel im Kopf oder
Schwert im Rücken: eine kleine Auswahl
meiner möglichen Todesarten**

»Warte«, sagte ich und versuchte verzweifelt zu entscheiden, welche meiner tausend Fragen ich zuerst stellen sollte. »Wie soll eine Rückkehr der Magie die Welt dermaßen verändern? Ich meine, auch das Internet wäre den Menschen vor nur fünfzig Jahren als ungeheuer mächtiger Zauber erschienen. Und Autos, Smartphones, Flugzeuge ...«

»Na ja, teilweise, weil wir vermuten, dass die Rückkehr der Magie dem Zeitalter der Technologie ein Ende setzen würde«, sagte Dunmor nachdenklich. »Vermutlich würde es dann kein Internet mehr geben. Und kein Fernsehen, keine Flugzeuge ... oder überhaupt Strom. Alles, wovon du hier redest, würde dann zu einem unbrauchbaren Überbleibsel aus der Vergangenheit.«

»Wie – wie ist das möglich?«, fragte ich.

»Ich kann dir etwas zeigen, was wir gerade erst entdeckt haben«, sagte Dunmor. »Hat hier jemand eins von diesen intelligenten funkgesteuerten Fernsprechgeräten, über die ich so viel gehört habe?«

Die Wachen wechselten einen Blick und zuckten mit den Schultern. Dunmor runzelte die Stirn.

»Kommt schon, ich bin ja nicht ganz naiv, was eure Schwäche für Schmuggelware angeht«, drängte er.

Endlich zog eine der Wachen widerstrebend ein iPhone aus der Tasche.

Dunmor untersuchte das Handy unbeholfen. Das Display leuchtete auf und verlangte einen Zugangscode. Dunmor ging hinüber zu den Behältern mit dem kürzlich aufgefundenen Galdervatn – der mutmaßlichen Essenz der Magie. Er hielt das leuchtende Telefon hoch, sodass ich das Display sehen konnte, dann hielt er es vor die Phiolen. Als es einen knappen Meter vom Galdervatn entfernt war, erlosch das Display. Dunmor drückte auf die Einschalttaste, aber nichts passierte.

Das iPhone war mausetot.

»Magie ist auch *physisch* zugegen, Greg!«, sagte Dunmor atemlos und kam zu mir zurück. »Sie manifestiert sich in dieser Welt in materieller Form und beeinflusst die Regeln der Quantenphysik, die unsere Existenz bestimmen. Magie würde Stromkreise kurzschließen, Funkwellen und Satellitensignale umlenken und moderne Elektronik nutzlos machen. Und dann sind da natürlich auch noch die Werwölfe ...«

»*Werwölfe?*«

»Ja, natürlich«, sagte Dunmor. »Die sind absolut real und leben noch immer unter uns. Aber mit ihrer Magie haben sie auch die Fähigkeit zum Gestaltwandel verloren. Vermutlich wissen die meisten von ihnen noch nicht einmal, dass sie Werwölfe sind. Aber wenn Galdervatn die Erdoberfläche erreicht, fürchten wir, dass sie sich wie früher wieder mit den Mondphasen verwandeln werden. Und dann ... na ja, du stimmst mir sicher zu, es ist besser, sich nicht vorzustellen, wie unsere

Nächte aussehen würden, wenn unzählige Bestien frei herumliefen und alle auffräßen, die ihnen über den Weg liefen. Das neue Magische Zeitalter könnte eine überaus unterhaltsame und beängstigende Zeit werden ...«

»Könnte?«, fragte ich und hatte fast Angst, noch weitere Fragen zu stellen.

»Nun ja, wir wissen ja nicht genau, was passieren wird«, sagte Dunmor. »Wir können nur Theorien aufstellen, die auf alten Geschichten und auf unseren wenigen bisherigen Entdeckungen aufbauen. Zum Beispiel glauben wir, dass die bevorstehende Rückkehr der Magie für die neuerdings beobachteten Überfälle durch Tiere verantwortlich sein könnte. Die Rückkehr von Galdervatn scheint einen seit Langem brachgelegenen sechsten Sinn in Tieren zu erwecken: ihren angeborenen Hass auf unsere Spezies. Aber auch das ist nur eine Theorie.«

»Es hat seit Jahrtausenden keine Magie mehr gegeben?«, fragte ich.

»So ist es«, erwiderte Dunmor und nickte langsam. »Seit Tausenden und Abertausenden von Jahren.«

»Und wieso habe ich dann gestern Abend gesehen, wie sich ein Mensch in einen gewaltigen Bergtroll verwandelt hat?«, fragte ich.

»Obwohl es so ausgesehen haben mag, besitzen Trolle keine Fähigkeit zur Magie«, sagte Dunmor. »Ihre Transformation ist eine einzigartige genetische Fähigkeit, die aber ausschließlich biologisch ist. Darin unterscheiden sie sich nicht sonderlich von diversen heute existierenden Tierarten: Kugelfisch, Regenfrosch oder Mimik-Oktopus – alles Wesen, die im Handumdrehen ihr Aussehen verändern können, wie durch Zauber. Die eigentliche Frage ist: Wieso gibt es noch immer reinblütige

Trolle unter uns und wieso haben wir das nicht gewusst? Sie gelten schließlich als ausgestorben!«

»Okay, aber was ist damit, wie ich gestern nach hier unten gekommen bin?«, fragte ich. »Ich meine, die Falltür ... dass ich so tief gestürzt bin, ohne mich zu verletzen? Da muss doch Magie im Spiel gewesen sein!«

»Nein, keine Magie«, sagte Dunmor mit stolzem Grinsen. »Das waren einfach nur optische Tricks – ein Produkt zwergischer Findigkeit. Wir sind Meister der Konstruktion, des Designs und der Ingenieurskunst. Wir waren früher die Schmiede der Götter! Niemand kann uns das Wasser reichen, wenn es darum geht, die Elemente der Erde unserem Willen zu unterwerfen, sodass sie uns auf eine Weise gehorchen, die vielleicht übernatürlich wirkt, die aber kein bisschen magischer ist als die Wunder des Pyramidenbaus zu einer Zeit, als es noch keine modernen Maschinen gab – wobei die Zwerge übrigens keine geringe Rolle gespielt haben.«

»Aber dieser Sturz hätte mein Tod sein müssen ...«, sagte ich mit schwacher Stimme.

»Lass mich dir eine Frage stellen, Greg«, sagte Dunmor mit selbstzufriedener Miene. »Hast du dir je auch nur einen einzigen Knochen in deinem Leib gebrochen? Einen Ellbogen ausgekugelt? Hattest du schon mal eine Gehirnerschütterung?«

»Na ja, das nicht, aber ...«

»Das nicht«, wiederholte Dunmor. »Nein, das hast du nicht. Und ich auch nicht, und meine Kinder oder dein Vater auch nicht. Und zwar, weil Zwergenknochen viel stärker sind als die brüchigen Zweige, die die Menschen als Knochen bezeichnen. Wir kommen aus der Erde selber, die Götter selbst haben uns aus Stein geformt. Die frühesten Zwerge hatten Skelette aus Granit, Eisenerz und Diamanten. Sie waren für sterbliche Waffen fast unbezwingbar. Noch heute haben die unter uns, die überwiegend von Zwergen abstammen, viel stärkere Knochen als ein Mensch ... oder sogar als ein Elf.«

»Also ... bin ich *unbezwingbar*?«

»Wohl kaum«, sagte Dunmor und konnte ein Lachen nicht unterdrücken. »Unsere Knochen sind stark, aber unser Fleisch und unsere Organe sind trotzdem weich und verletzlich. Ein Pfeil, der deinen Augapfel durchbohrt, würde dich augenblicklich töten. Ein ausreichend geschliffenes Elfenschwert könnte deinen Bauch aufschlitzen oder problemlos dein Herz durchbohren. Selbst Kugeln aus den primitiven Feuerwaffen der Menschen könnten deine inneren Organe tödlich verletzen, und außerdem ...«

»Okay«, unterbrach ich ihn. »Ich hab schon verstanden, glaube ich. Aber wie kannst du die Magie erklären, die ich gestern gewirkt habe?«

Alle Farbe strömte aus Dunmors rötlichem Gesicht.

»Wo...worüber redest du da?«, fragte er leise.

Ich erzählte ihm, dass ich auf irgendeine Weise aus einem Marmorboden im ersten Stock eine Pflanze hatte sprießen lassen und dass ich mich dann später für einige Sekunden in Stein verwandelt hatte. Während ich erzählte, sah er immer besorgter und dann sogar wütender aus. Meine Innereien krampften sich in einer scheußlichen Vorahnung zusammen.

»Ich hatte Trevor doch verboten, dir Galdervatn zu geben!«, brüllte Dunmor. »Und wie immer hat er nicht auf mich gehört, der Idiot!«

Es fiel mir schwer, einfach sitzen zu bleiben, während er meinen Dad beschimpfte. Aber ich blieb sitzen, weil ich so verwirrt und verängstigt war, dass ich einfach nicht wusste, was ich sonst tun sollte.

»Dein Vater«, kläffte Dunmor und hielt mir einen Finger ins Gesicht. »Er hat uns angefleht, ein wenig von dem gerade ausgegrabenen Galdervatn mit nach Hause nehmen zu dürfen. Und ich habe ihm gesagt, dass nicht ein Tropfen den Untergrund verlassen dürfte. Zwergische Magie ist ein Relikt – fast alles Wissen darüber, wie sie funktioniert, ist verloren gegangen. Wir brauchen weitere Experimente, hier, in einer sicheren Umgebung. Aber dein Vater ist einfach so ... so ...«

»Rücksichtslos und impulsiv?«, schlug ich vor.

»Ja«, schrie Dunmor fast und lief dabei wütend hin und her. »Offenbar hat er dir heimlich ein paar Tropfen ...«

»Nein!«, sagte ich eilig. »Das hat er nicht ... Ich meine, ich war das selbst.«

Dunmor fuhr auf dem Absatz herum und starrte mich wütend an. »Wie meinst du das?«

»Ich ... ich wusste nicht, dass ich es getrunken habe ...«, stammelte ich. »Er hatte mir verboten, von seinem Tee zu trinken. Aber ich ... ich meine, wenn ich gewusst hätte, was das war, hätte ich doch nicht ... aber ich habe einen Schluck genommen, als Dad gerade nicht hinschaute.«

Dunmor seufzte laut hörbar.

»Genau deshalb hätte er das gar nicht mit nach Hause nehmen dürfen«, sagte er. »Es ist sehr wahrscheinlich, dass mehrere Elfen dein magisches Wirken beobachtet haben. Was durchaus den Überfall auf den Laden erklären kann. Wenn sie wissen, dass wir Galdervatn gefunden haben, dann wollen sie auch herausfinden, wie und wo. Jetzt ergibt alles einen Sinn ...«

In diesem Moment überkam mich eine entsetzliche Erkenntnis: *Das war alles meine Schuld!*

Der Überfall auf den Laden war meine Schuld. Wenn ich einfach vorübergegangen wäre, als Perry Froggy piesackte, oder wenn ich auf meinen Dad gehört und nicht seinen Tee getrunken hätte, dann hätte ich keine Magie wirken können. Und das alles wäre nicht passiert – kein Troll hätte abends den Laden überfallen und mein Dad wäre noch immer ...

Ich konnte diesen Gedanken nicht zu Ende denken.

»Na ja, immerhin wissen wir jetzt, dass du die Fähigkeit besitzt«, sagte Dunmor stirnrunzelnd.

»Die Fähigkeit?«, fragte ich.

»Ja«, sagte Dunmor. »Die Fähigkeit, Magie anzuwenden. Nicht alle Zwerge können das. Selbst damals in Ur-Erde besaßen nur wenige Zwerge diese Fähigkeit. Wir wissen noch immer nicht, wieso oder auf welche Weise die, die sie besitzen, sie erwerben – jedenfalls bist du offenbar einer von ihnen. Und jetzt muss ich mich ein weiteres Mal empfehlen. Dass du ausgerechnet an einer Elfenschule Magie wirkst ... Das ist gelinde gesagt beunruhigend, und der Rat muss über diese Entwicklung unverzüglich informiert werden. Ich gehe davon aus, du findest allein zurück?«

Ich nickte.

Aber die Wahrheit war, es war mir total egal. Während ich dort stand und zusah, wie Dunmor raschen Schrittes den Saal verließ, konnte ich nur an meine eigene Rolle in der brutalen Entführung meines Dad denken. Ich hatte soeben erfahren, dass ich eine seltene und ganz besondere Begabung besaß – ich konnte Magie wirken! –, aber diese Begabung hatte mir bisher nur schreckliches Unglück und ein gebrochenes Herz beschert.

Ganz schön typisch für einen Belmont.

Besser gesagt, für einen Sturmbauch.

17

Mrs O'Learys Kuh ist nun doch nachweislich unschuldig

Die junge Zwergin mit den kurzen lila Haaren, die ich am Vorabend schon kennengelernt hatte, stand vor meiner Tür, als ich dort ankam.

»He, Greg«, sagte Ari Lichtschläger. »Willkommen bei uns!«

»Ähhh … hallo«, sagte ich. Ich war überrascht, weil sie schon wusste, wo ich wohnte, und dass sie überhaupt hier vorbeischaute, wo ich mich doch so feige davongeschlichen hatte. »Äh, danke. Es tut mir wirklich leid, dass ich gestern Abend einfach so abgehauen bin.«

Ari lächelte und zuckte mit den Schultern.

»Ist nicht so wichtig«, sagte sie. »Ich kann das sehr gut verstehen. Ich meine, dass ist alles sehr aufregend, die Rückkehr von Galdervatn, die Neuentdeckung von Aderlass und überhaupt. Dass wir Zwerge unsere Vergangenheit wiederfinden. Aber es muss für dich doppelt überwältigend sein, stell ich mir vor.«

Ich nickte.

»Also, ich bin vorbeigekommen, um zu fragen, ob du mit

uns in die Arena kommen willst«, fragte Ari. »Mit mir, Lake und Eagan, meine ich.«

Zuerst war ich zu verblüfft, um überhaupt etwas zu sagen. War es wirklich so einfach, außerhalb der PISS Freunde zu finden? Oder hing das hier mehr mit unserer angeborenen Verbindung zusammen, dass wir Zwerge im Untergrund waren, und all diesen Dingen? Egal, hier waren Leute, die etwas mit mir unternehmen wollten, obwohl ich sie gerade erst kennengelernt hatte.

»Ja, klingt gut«, sagte ich.

»Super!«, sagte Ari mit strahlendem Lächeln. »Hier lang.«

Ich folgte ihr durch den langen Gang und versuchte, mir alle Biegungen und Abzweigungen zu merken. Ich besaß zwar wirklich einen ausgezeichneten Orientierungssinn, aber der Untergrund war einfach riesig und alle Gänge ähnelten sich wie ein Ei dem anderen.

»Du hast also bei den Elfen einen möglichen Verbündeten gefunden, habe ich gehört?«, fragte Ari nach einigen Minuten. »Und sie wollen dabei helfen, herauszufinden, was deinem Dad passiert ist?«

Im Untergrund gab es offenbar keine Geheimnisse. Aber ich hatte keine Möglichkeit, sie zu fragen, woher sie das wusste, denn sie redete einfach immer weiter. Sie redete auch ziemlich schnell, vor Aufregung sprudelte sie fast über.

»Ich meine, ich hoffe, dein Elf ist ein echter Verbündeter«, sagte Ari. »Der Rat wird seine Zweifel haben, aber die haben dauernd ihre Zweifel. Sie sind eben Zwerge. Vielleicht wäre eine neue Perspektive genau das Richtige, oder? Ich meine, frisches Blut und überhaupt. Zu viele von uns rechnen damit, dass die Entdeckung von Galdervatn zu einem neuen Krieg gegen die Elfen führen wird. Das will niemand, glaube ich.

Aber sie denken, dass wir es eben nicht verhindern können. Sie finden alle, wir sollten uns auf den Krieg vorbereiten – und wenn nicht auf einen Krieg gegen die Elfen, dann eben auf einen gegen Monster und so was. Ich glaube, wir sollten uns eher auf die Menschen konzentrieren. Ihnen helfen, in einer total neuen verrückten Welt zu überleben, von der sie nichts begreifen werden. Das ist das neue Schisma. Ich mache mir nur Sorgen, dass die anderen Zwerge das nicht kapieren. Verstehst du?«

Ari blieb stehen und holte einige Male tief Luft.

»Was ist ein Schisma?«, fragte ich, um den Moment zu nutzen und ein Wort dazwischenzuwerfen.

»Das ist der uralte Zwist zwischen den Zwergen«, sagte Ari. »Der ändert sich ab und zu, es kommt darauf an, was gerade unser wichtigstes Thema ist. In den letzten vierzig oder fünfzig Jahren ging es beim Schisma um Isolationismus – ob wir uns mehr in die moderne Gesellschaft mischen oder ob wir im Untergrund bleiben und uns immer weiter davon entfernen sollten. Aber jetzt, wo Galdervatn offenbar wieder da ist, hat sich das Schisma geändert. Jetzt geht es darum, wie wir uns zu Beginn des neuen Magischen Zeitalters Menschen und Elfen gegenüber verhalten sollen.«

»Wie meinst du das?«, fragte ich. »Was hat das alles denn mit den Menschen zu tun?«

»Also, einige Zwerge möchten die Magie einsetzen, um uns auf das bevorstehende Chaos vorzubereiten«, sagte Ari. »Das ist ja auch keine ganz schlechte Idee: alle unsere Energie einzusetzen, um uns auf die Abwehr von Monstern vorzubereiten und zu lernen, wie wir den Elfenangriff zurückschlagen können, den sie für unvermeidlich halten. Aber sie denken nur an die Zwerge. Sie finden, es reicht, wenn wir uns um unsere eigene

Spezies kümmern und alle anderen ihrem Schicksal überlassen. Sie rechnen in den ersten Stadien des neuen Magischen Zeitalters mit Gewalttätigkeit und Aggression, und sie meinen, wir sollten uns entsprechend vorbereiten und trainieren. Jeder und jede für sich eben. Aber was wird dann aus den Menschen?«

Ich nickte, denn ich begriff, worauf sie hinauswollte.

Das alles war ja für mich schon so völlig neu und schockierend. Ich konnte mir kaum vorstellen, wie es sein würde, wenn ich kein Zwerg wäre und nicht diese plötzlich aufgetauchte Gemeinschaft hier unten hätte, wo alle mich augenblicklich akzeptierten. Wenn die Welt tatsächlich im Chaos versänke, dann würden die Menschen total hilflos sein und garantiert nicht glimpflich davonkommen.

»Und auf dieser Seite stehst du?«, fragte ich.

»Die meisten Traditionalisten, auch meine Eltern, stehen auf dieser Seite des Schismas«, sagte Ari. »Ich aber nicht. Ich und dein Dad und viele andere sind vom Gegenteil überzeugt. Natürlich wollen wir die Zwergenkultur hochhalten und so. Aber wir halten es auch für verantwortungslos, die Menschen einfach ihrem Schicksal zu überlassen. Wir wollen Galdervatn einsetzen, um bei dem, was vor uns liegt, allen zu helfen, auch den Menschen. Und wir halten das alles auch für keinen Grund, den Elfenkrieg wieder aufzunehmen, sondern sind vom Gegenteil überzeugt. Wir sehen es als eine Möglichkeit, den Frieden zu stärken. Können wir die neue Welt nicht nutzen, um Menschen, Elfen und Zwerge zu vereinen? Und dafür sorgen, dass Chaos und Gewalt nicht den Sieg davontragen?«

Ihre grünen Augen leuchteten wie ein Topf voller geschmolzener Edelsteine. Sie erinnerte mich so sehr an meinen Dad – so, wie sie sich für ein hirnrissiges Unternehmen begeisterte, einfach weil sie es für richtig hielt.

»Alle Zwerge stehen also auf der einen oder der anderen Seite?«, fragte ich.

»Nein, natürlich nicht«, sagte Ari lachend. »Viele Zwerge sind unentschieden oder schwanken irgendwo zwischen den Extremen. Die Situation ist ja noch ziemlich neu. Aber damit wir irgendeinen Weg einschlagen können, muss der Rat zu einem Mehrheitsbeschluss gelangen. Das ist noch nicht passiert. Deshalb sitzen wir im Moment wie üblich fest. Aber bald werden sie eine Entscheidung fällen *müssen*, schließlich steht das Globale Konzil unmittelbar bevor.«

Ich nickte und versuchte, das alles zu verdauen.

»Wer ist denn dieser elfische Verbündete, den du angeblich an Land gezogen hast?«, fragte sie nun.

»Mein bester Freund ist der Thronfolger und wird der nächste Elfenlord sein«, sagte ich.

Ari kippte das Kinn herunter. Ihre ohnehin schon leuchtenden Augen strahlten auf eine unwirklich gleißende Weise. Sie starrte mich einige unangenehme Augenblicke lang an.

»Bis gestern Abend hatte ich keine Ahnung, wer er ist«, erklärte ich. »Aber die gute Nachricht ist, dass er auf eurer ... äh, auf *unserer* Seite steht. Er will uns helfen, meinen Dad zu suchen. Und da er der nächste Elfenlord ist, will das ganz schön was heißen.«

Ari nickte nachdenklich.

»Na ja, du könntest recht haben«, sagte sie. »Aber leider ist er noch nicht der Elfenlord. Wichtig ist allein, wie der Dad deines Kumpels das sieht.«

»Richtig, und ich vermute, dass es ohnehin keine Rolle mehr spielt«, sagte ich.

»Wieso nicht?«

»Dunmor hat mir gesagt, dass der Rat bereits abgestimmt

hat«, sagte ich. »Sie haben beschlossen, sein Hilfsangebot abzulehnen.«

Ich rechnete damit, dass Ari erstaunt oder enttäuscht sein würde, aber sie nickte nur und grinste.

»Natürlich haben sie das«, sagte ich. »Das ist keine Überraschung.«

»Warum sagst du das?«

Ari lachte.

»Du musst noch eine Menge über Zwerge lernen, Greg«, sagte sie, als wir endlich den breiten Eingang zur Arena erreichten. »Komm schon, drinnen erklär ich dir mehr.«

Die Arena wimmelte nur so von Jugendlichen, die aufgeregt über das Training am nächsten Tag redeten und darüber, was für einen Spaß das alles machen würde.

Lake und Eagan begrüßten mich mit strahlendem Lächeln – was ich nicht erwartet hatte und was ich, wie ich zugeben muss, ziemlich tröstlich fand, so alles in allem. Hier unten fühlte ich mich unendlich viel wohler als jemals unter Menschen- und Elfenkindern an der PISS (abgesehen von Edwin) oder vorher an der Grundschule.

Aber ein Teil von mir fragte sich, wie viel es damit zu tun hatte, dass ich ein Zwerg unter Zwergen war, und wie viel einfach daran lag, dass ich mich hier wohlfühlte und auf andere Gedanken kam. Und daran, dass ich nicht das Gefühl hatte, etwas Besonderes zu sein und als Einziger zu seltsamen Anfällen von furchtbarem Pech und Familienflüchen verdammt zu sein. Hier betraf das uns alle.

»Der angeborene Pessimismus im Rat führt fast immer zur

Untätigkeit«, sagte Ari, als wir vier mit einer Partie Billard anfingen. »Möchtest du wissen, wie viele Beschlüsse sie in den vergangenen zehn Jahren gefasst haben?«

»Fünfundzwanzig?«, tippte ich.

»Nein«, Ari lachte. »Nur zwei. Und da ist der von gestern Abend schon mitgerechnet.«

»Beim ersten ging es darum, den zwergischen Bergbau zu verdreifachen«, sagte Eagan. »Das ist ungefähr zehn Jahre her.«

Ari traf die weiße Kugel und sie knallte mit einem lauten KLACK gegen die anderen Billardkugeln, die daraufhin überall auf dem Tisch herumschossen. Die drei anderen verbrachten offenbar viel Zeit hier unten mit solchen Spielen – ich würde total plattgemacht werden. Ich hatte nur einige Male in Edwins Villa am See Billard gespielt. Aber da hatten wir vor allem herumgejuxt und versucht, hirnrissige Trickstöße hinzulegen.

»Deshalb mache ich mir auch Sorgen wegen des Schismas«, sagte Ari. »Selbst, wenn der Rat irgendwann beschließt, den Menschen zu helfen, wird die Umsetzung so lange dauern, dass es vermutlich zu spät sein wird. Immerhin halten sie in den kommenden Wochen ein außerordentliches Globales Konzil ab, um eine endgültige Entscheidung zu treffen.«

»Ein Globales Konzil?«, fragte ich und mir fiel ein, dass Fynric das ebenfalls erwähnt hatte.

»Ja, das bedeutet, dass Zwerge aus den kleineren Gemeinschaften überall auf der Welt teilnehmen werden. Das ist ganz schön aufregend, es hat seit Jahrzehnten kein Globales Konzil mehr gegeben.«

»Thuet Kunde, denn Dämmerung Magie ihrige ziehet herauf«, sagte Lake aufgeregt.

Er versetzte der Zweierkugel einen Stoß und traf meilenweit daneben, was mir eine schwache Hoffnung gab, dass ich doch nicht der schlechteste Spieler sein würde.

»Aber das wird das Wesen der Zwerge nicht verändern«, sagte Ari. »Es gibt immer etwas, das sie zu Maßnahmen drängt, die sie dann niemals ergreifen. Genau wie beim Kobold-Aufstand von 67. Und dann gab es die Große Gespensterangst von 1991. Und vergesst den Großen Brand von Chicago 1871 nicht. Und jetzt ist es eben die Rückkehr der Magie. Es wird sein wie immer: Die Zwerge werden keinen Finger rühren. Jahre des Pechs haben uns in einen Nebel aus apathischem Pessimismus gehüllt.«

»Wie meinst du das?«, fragte ich.

»Lass mich raten, Greg«, sagte Ari. »Scheust du vielleicht schon dein ganzes Leben lang davor zurück, richtig aktiv zu werden, aus Angst, alles noch schlimmer zu machen?«

Ich starrte sie geschockt an.

»Na ja, schon, aber ... ich meine, mein Dad ist nicht so«, sagte ich. »Er wird gerade wegen des Pechs aktiv.«

»Dein Dad ist auch etwas Besonderes«, sagte Ari und lächelte jetzt nicht mehr. »Es gibt einen Grund, warum er schon so jung zum Ratsältesten ernannt worden ist. Als einer der Jüngsten in der Geschichte der Neuzeit sogar.«

Ein drückendes Schweigen senkte sich über den Tisch. Es wurde nur von den Geräuschen der anderen Zwergenkinder unterbrochen, die überall in der Arena mit Spielen und Arbeiten beschäftigt waren. Ich hätte nie gedacht, dass mein Dad etwas Besonderes sein könnte. Ich hatte ihn immer bewundert, aber ich hatte nicht gewusst, dass ich ihn aus gerade dem Grund bewunderte, der ihn von allen anderen Zwergen unterschied. Und von mir übrigens auch.

»Du hast den Großen Brand von Chicago erwähnt«, fragte

ich, um das Thema zu wechseln. »Dabei haben Zwerge auch eine Rolle gespielt?«

»Nein, Zwerge nicht, Elfen!«, sagte Eagan verächtlich.

»Angeblich haben Elfen den Brand gelegt«, sagte Ari. »Sie wussten, dass wir Chicago zu unserer inoffiziellen modernen Hauptstadt gemacht hatten. Als Chicago boomte, fühlten sie sich bedroht von unserer wachsenden Macht und unserem Einfluss. Und deshalb versuchten sie, die Stadt zu zerstören und es wie einen Unfall aussehen zu lassen. Nicht, dass wir ihnen das jemals nachweisen konnten.«

»Himmel«, sagte ich.

Bei den Menschen gab es jede Menge Spekulationen über die Ursache des Brandes, der die Stadt fast zerstört hätte – von einer Kuh, die in einem Stall eine Petroleumlampe umgestoßen hatte, bis zu einem außer Kontrolle geratenen Grasbrand. Aber die Stadt hatte überlebt und war besser denn je wieder aufgebaut worden. Was ein Grundmotiv in der Geschichte der Zwerge zu sein schien: sich zu ducken, wenn furchtbare Dinge geschahen, und dann einfach das Verlorene neu aufzubauen.

»Chicago wurde also von Zwergen gegründet?«, fragte ich.

Alle lachten.

»Ist das nicht offensichtlich?«, fragte Eagan.

»Wesen der Stadt ihriges kleidet kein ander Geschöpf denn Zwerge!«, sagte Lake.

»Wieso soll das offensichtlich sein?«, fragte ich. Offenbar hatte ich da etwas nicht begriffen.

»Weil es eine Arbeiterstadt ist, die industrielle Zentrale des gesamten Mittleren Westens«, sagte Ari. »Diese Stadt hat immer von harter Arbeit gelebt. Nicht von Glamour und Status wie Los Angeles und New York, zwei seichte, leere, vor allem elfische Städte.«

»Denk nur an die fleischlastigen Speisekarten der Restaurants von Chicago«, fügte Eagan hinzu. »Die gigantischen Portionen. Die gierige Erfindung der Deep-Dish-Pizza. Der übermäßige, gefräßige Konsum von Hotdogs und Bratwürsten.«

»Und die viele Gesichtsbehaarung in Chicago!«, sagte Ari mit breitem Grinsen.

»Die geniale, umwerfende Ingenieursleistung, die darin lag, einen ganzen Fluss umzuleiten!«, sagte Eagan. »Nimm das, St. Louis.«

»Und bis vor Kurzem der umwerfende, tief verwurzelte Pessimismus der Cubs-Fans«, sagte Ari. »Ich meine, eine ganze Stadt voller Fans hat an einen Fluch geglaubt, der ziemliche Ähnlichkeit mit eurem angeblichen *Familienfluch* aufweist!«

»Und nimmermehr vergäßet ihr ...«, begann Lake, aber ich fiel ihm ins Wort.

»Okay, okay«, sagte ich lachend. »Ich glaube, ich hab verstanden. Ihr habt recht. Alles, wofür Chicago bekannt ist, scheint perfekt zu dem zu passen, was ich bisher über Zwerge erfahren habe.«

Wir spielten noch ein bisschen Billard, was mir die perfekte Beschäftigung schien, während wir über die Geschichte der Zwerge in der modernen Welt sprachen. Sie erzählten mir von allen möglichen Dingen im Laufe der Geschichte, die mit Elfen und Zwergen zu tun hatten (wovon Menschen nicht einmal eine Ahnung hatten), wie von der NASA (eine Elfensache), der übermäßigen Jagd auf Dinosaurier (eine alte zwergische Delikatesse), von Napoleon Bonaparte (überraschenderweise ein Elf, kein Zwerg) und vielem anderen.

Gegen Ende der letzten Partie kam wieder das Schisma zur Sprache. Ari war leidenschaftlich bei der Sache, und das erinnerte mich wieder an meinen Dad. Wenn ich ihr zuhörte, kam es mir noch überzeugender vor, dass sie und mein Dad auf derselben Seite waren.

»Und die Menschen!«, sagte Ari. »Wir müssen bereit sein, um sie zu beschützen. Sie werden verwirrt und verängstigt sein, wenn die Welt kippt ... wenn die Magie zurückkehrt. Sie werden nicht wissen, wie sie sich gegen einen Werwolf oder einen Aufhocker oder auch nur gegen einen simplen Waldschrat verteidigen sollen. Und wenn zum ersten Mal ein Schreckgespenst in ihrer Mansarde auftaucht, werden sie es für einen harmlosen Spuk halten.«

»Na, wir werden ja sehen«, sagte Eagan. »Ich habe noch immer den Verdacht, dass die Elfen die Rückkehr der Magie nutzen werden, um uns ein für alle Mal zu besiegen. Und wenn das passiert, wird der Schutz der Menschen unsere geringste Sorge sein.«

»Tjoste entscheidendster ruhet als Kron mit güldnen Zacken hinfort an der Morgenröte Saum!«, sagte Lake.

Ari verdrehte die Augen und schüttelte den Kopf.

»Die beiden lieben das Drama«, sagte sie zu mir. »Wir haben noch immer keine Ahnung, was passieren wird.«

»Natürlich haben wir das«, widersprach Eagan. »Glaubst du wirklich, die Elfen würden die Rückkehr der Magie nicht zu ihrem eigenen Vorteil nutzen? Die nehmen sich doch, was sie können und wann sie können. So sind sie nun mal. Kennst du irgendwelche Zwergenfamilien, die in Villen von zweitausend Quadratmetern leben, während es so viele Obdachlose gibt, oder die sechstausend Dollar in einem eleganten Restaurant hinblättern, während so viele hungern müssen? Die Elfen werden die Magie für ihre eigenen und möglicherweise gemeinen Zwecke nutzen. Du wirst schon sehen.«

»Na ja, auf eins können wir uns sicher einigen: Die Elfen werden den Menschen nicht helfen«, sagte Ari.

»Moment mal«, schaltete ich mich ein. »Ich begreife noch immer nicht, warum wir den Menschen helfen müssen. Ich meine, sie haben Armeen und Flugzeuge und Panzer, um gegen Monster zu kämpfen ...«

Die einzige Art von Krieg, die ich mir vorstellen konnte (ob gegen Monster oder Elfen oder was weiß ich), war eine mit Maschinengewehren und Drohnen.

»Nein!«, sagte Eagan, als hätte er noch nie einen solchen Unsinn gehört. »Magie wird diese Dinge unbrauchbar machen. Darum geht es doch gerade. Wir werden uns mit Äxten und Schwertern und Pfeilen und Magie verteidigen müssen, den Waffen von Ur-Erde, den wahren Waffen unseres Volkes. Außerdem besitzen zwergische Waffen Kräfte, die alles übersteigen, was die moderne Welt zustande bringen kann. Wie Aderlass, eine der mächtigsten zwergischen Äxte aller Zeiten.«

»Ich versteh noch immer nicht, wieso eine Axt, von mir aus auch eine *magische*, besser sein sollte als eine Drohne oder ein Panzer«, sagte ich.

»Das ist kompliziert«, sagte Eagan.

»Nachzehrer!«, rief Lake theatralisch. »Nachtmahre, Schreckgespenster, Aufhocker, Orks, Einhörner, Dämonen, Bergtrolle ...«

»Unvorstellbare Bestien, die vielleicht zusammen mit der Magie zurückkehren«, sagte Eagan. »Und einige von ihnen können nur durch magische Waffen aufgehalten werden.«

»Und wir können nichts tun, um die Rückkehr der Magie zu verhindern?«, fragte ich.

»Nicht, wenn dein Dad mit seiner Theorie recht hat«, sagte Ari.

»Und jeden Tag sieht es mehr danach aus«, fügte Eagan hinzu. »Die plötzlichen Angriffe von Tieren auf Zwerge sind der Beweis. Ich meine, seht euch doch mal an, was gestern im Park ein winziger Shih Tzu mit mir gemacht hat.«

Er schob sein Hosenbein hoch und zeigte eine hässliche Wunde, die eher nach einem ausgewachsenen Dobermann aussah als nach einem kleinen Fellwuschel.

»Hüte dich, Gemeiner!«, sagte Lake theatralisch. »Nie schauen Augen deinige die Kreaturen des Zaubers – es seien denn längst vergangene Widersacher!«

Ich war nicht sicher, was Lake meinte, ob er mich trösten oder mir noch größere Angst machen wollte. Die Vorstellung von zahllosen gewalttätigen Monstern und magischen Wesen, die durch die Welt streiften, war mehr, als ich ertragen konnte.

»Na, egal, was passiert«, sagte Eagan, »das alles ändert nichts an dem Beschluss, den der Rat gestern Abend getroffen hat.«

»Was genau wurde denn gestern Abend beschlossen?«, fragte ich.

Ich wusste von dieser Sitzung nur, was Dunmor mir erzählt hatte: dass mein Vorschlag, bei der Suche nach meinem Dad auf Edwins Hilfe zurückzugreifen, abgelehnt worden war.

»Training«, sagte Eagan mit breitem Grinsen.

Ich hob die Augenbrauen.

»Der Rat hat beschlossen, dass es sofort losgehen soll«, sagte Ari. »Morgen werden wir alle, auch du, ganz offiziell mit dem zwergischen Kampftraining beginnen.«

18

Die Zwergische
Anti-Mungo-und-Ameisengrütze-Einheit

Der nächste Tag begann mit dem totalen Chaos.

Und ich meine jetzt nicht den aktuellen Zustand meines Lebens: meinen Dad zu verlieren, plötzlich in den Untergrund verschleppt zu werden, um mit einem mürrischen alten Mann namens Fynric Grobspur zusammenzuwohnen, und mir anhören zu müssen, dass ich ein seltener Zwerg mit magischen Fähigkeiten sei. Nein, ich meine, im ganzen Untergrund herrschte das Chaos.

Hunderte von jungen und erwachsenen Zwergen rannten in den Tunneln hin und her. Irgendwo im wilden Gewühl schob mich Fynric in eine Warteschlange, und als ich an die Reihe kam, wurde mir ein kleines Stück Papier überreicht, das so dick war, dass es sich fast anfühlte wie Jeansstoff.

Der Text auf diesem Stück Papier war in kaum leserlicher Schreibschrift hingekritzelt worden:

Greggdroule Sturmbauch, die Dir zugewiesenen Klassen-
kameradinnen und Kameraden sind:
Ariyna Lichtschläger

Lakeland Lichtschläger
Eagan Mondzauber
Glamenhilda Schattenspieß
Melde Dich bitte zur Zuteilung eines Lehrers um 1:12 im BLAMAGE-Büro

Ich konnte mir ein Lächeln nicht verkneifen, weil ich in dieselbe Klasse kam wie meine neuen zwergischen Freunde (sowie eine gewisse Glamenhilda Schattenspieß). Ich nahm an, dass es sich um keinen Zufall handelte.

Einige Minuten später begrüßten sie mich mit einem breiten Grinsen in der Arena.

»Getaufen wardst du für Gemeinschaft des Lehrtums deiniger«, sagte Lake aufgeregt.

»Ja, das habe ich gesehen«, sagte ich und hielt das kleine Pergamentstück hoch. »Wer hat das denn arrangiert?«

»Mein Dad kann ziemlich überzeugend sein, wenn es nötig ist«, sagte Eagan mit selbstzufriedenem Lächeln. »Für einen Zwerg.«

»Und er sitzt im KFZ«, sagte Ari.

»Im was?«, fragte ich.

»Im Komitee für Zwergenbildung«, erklärte Ari, als wäre das selbsterklärend.

Dutzende von anderen Kindern strömten in die Halle und hielten ihre kleinen Pergamentstreifen hoch. Sie schlossen sich jeweils ihren Gruppen an, einige aufgeregt, andere enttäuscht und nervös. Wir schnappten das Gerücht auf, dass die erwachsenen Zwerge ebenfalls heute ihr Training aufnehmen würden, in einer geheimen Katakombe unter dem Stadion Soldier Field. Die Vorstellung von einem Haufen kleiner und dicker Erwachsener, die gemeinsam Zauberkurse besuchten, hätte mich zum Lachen gebracht, wenn ich nicht mit allem anderen so beschäftigt gewesen wäre.

»Kennt ihr diese, äh, Glamenhilda Schattenspieß persönlich?«, fragte ich.

»Ja, leider«, sagte Ari. »Die Schattenspieße sind so eine ungehobelte Familie. Die essen Ratten.«

»Die essen Ratten?!«, fragte ich.

»He, besser, als so viele wehrlose Pflanzen zu vernichten, wie Ari das macht«, sagte Eagan.

Ich hatte vergessen, dass Ari vermutlich die einzige vegane Zwergin der Welt war. An der PISS hatte es viele Veganer gegeben, für mich war das also nichts Neues. Aber bisher waren alle Zwerge, die mir über den Weg gelaufen waren (wie ja auch mein Dad und ich), gefräßige Fleischesser gewesen.

»Und dabei haben wir die Fähigkeit der Schattenspieße, einmal pro Stunde etwas kaputt zu machen, noch gar nicht erwähnt«, fügte Ari hinzu.

»Du bist nur neidisch auf ihren tollen Schnurrbart«, sagte Eagan.

»'s ist edler Schönheiten ihrige die seltenste, die auf Lippen oberen blüht, nein, kaum je mit vierzig Lenzen, und nur ein selten Mal mit minder«, erklärte Lake.

»Ihr habt doch von *ihr* gesprochen?«, fragte ich sicherheitshalber.

»Aber ja doch«, sagte Eagan. »Du wirst mir noch dankbar dafür sein, dass ich sie in unsere Gruppe geholt habe. Sie ist die heißeste Zwergin im ganzen Untergrund. Und Lake hat recht, sie ist vielleicht die erste Zwergin seit Jahrhunderten, die schon vor ihrem achtzehnten Geburtstag einen richtigen Schnurrbart hat. Außerdem ist sie jetzt schon stark wie ein Stier. Warte nur, bis du sie siehst – sie ist umwerfend.«

»He, bei einer Zwergin kommt es ja wohl nicht nur auf die Gesichtsbehaarung an«, wies Ari Eagan und Lake zurecht. »Aber ... ich kann nicht leugnen, dass ich sie um ihren Schnurrbart beneide. Der ist *unbestreitbar* hinreißend.«

Sie berührte sehnsüchtig ihre Oberlippe.

»Ich finde, du bist in Ordnung, so, wie du aussiehst«, sagte ich und hielt das für ein Kompliment. (Mir ging erst später auf, dass es vielleicht eine nicht ganz ideale Wortwahl gewesen war.)

»Na, tausend Dank«, sagte Ari trocken. »Na los, gehen wir zur Lehrerverteilung.«

»Apropos«, sagte ich. »Was bedeutet Blamage?«

»Soll das heißen, dass du noch nicht erraten hast, dass es sich um noch ein Akronym handelt?«, fragte Eagan neckend.

»Oh, äh ... ist das die Blöde Anti-Mungo-und-Ameisengrütze-Einheit?«

Die drei lachten, als wir auf die Tür zugingen.

»Nicht ganz«, sagte Ari. »Komm schon, wir erklären es dir unterwegs.«

BLAMAGE: Bewaffnungs-, Leibesübungs-, Alchemie-, Magie- und Ausrüstungs-Gesamt-Erziehungsanstalt.

Und deshalb war ich vermutlich verwirrter denn je, als wir mit der U-Bahn ins Ukrainian Village fuhren und schließlich vor einer winzigen Ladenfront mit der Aufschrift

HANDELSBERGERS VCR / DVD-REPARATORIUM

standen.

Aber ich wusste, dass wir hier richtig waren, denn ein stetiger Strom aus kleinen, stämmigen Jugendlichen ging in dem winzigen Laden aus und ein. Und auch Glamenhilda Schattenspieß wartete schon auf uns. Sie schaute wütend auf eine Armbanduhr, die eigentlich nur eine kleine, mit einem groben Lederriemen an ihrem umfangreichen Handgelenk befestigte steinerne Sonnenuhr war.

»Ihr wärt fast zu spät gekommen«, sagte sie. »Wo habt ihr euch denn rumgetrieben?«

Glamenhilda hatte eine tiefe Stimme, als ob ihre Kehle mit Kaffeesatz gefüllt wäre. Aber ich musste zugeben, dass ihre Stimme auch ganz schön sinnlich klang. Danach, wie Eagan, Lake und so ungefähr jeder andere Zwerg in der Nähe sie anglotzten und versuchten (meistens vergeblich), sich nichts anmerken zu lassen, wurde klar, dass sie wirklich eine von den »heißeren« Zwerginnen hier unten sein musste.

Sie war nur ein bisschen größer als ich, aber fast doppelt so breit. Nicht fett, nur ... umfangreich. Ihre Arme waren muskulös, ihr Oberkörper war wie ein Betonblock, und ihre Beine hätten einem Rennpferd gehören können – ich konnte sogar durch ihre einwandfrei selbst genähte Lederhose scharf gezeichnete Muskeln sehen. Sie hatte sich die braunen Haare zu mehreren Dutzend Zöpfen geflochten, die ihren riesigen Schädel umstanden wie die Schlangen den der Medusa. Und auf ihrer Oberlippe sah ich die Anfänge eines überaus feinen, fedrigen Schnurrbartes.

»Aber wir *sind* nicht zu spät gekommen«, sagte Ari. »Also reg dich ab.«

»Ich kann es nur nicht erwarten, ein paar Elfenschädel einzuschlagen«, sagte Glamenhilda und hieb sich mit der Faust in die offene Handfläche.

Lake lachte nervös. Ihre Schönheit schüchterte ihn ganz offenbar ein. Und es war kaum zu leugnen, dass ihr brutales Selbstvertrauen und ihr dominantes Auftreten eine seltsame Anziehungskraft hatten.

»Na ja, ich glaube nicht, dass so was gleich am ersten Tag auf dem Programm steht«, sagte Eagan.

»Warum nicht?«, wollte Glamenhilda wissen. »Was gibt es denn sonst noch zu lernen? Elf sehen, Elf plattmachen. Monster sehen, Monster plattmachen. Sehen, plattmachen, sehen, plattmachen.«

»Ich glaube, es wird schon ein paar mehr Zwischentöne geben«, sagte Ari.

»Pfft«, machte Glamenhilda und richtete dann ihren starrenden Blick in meine Richtung. »Wer ist der schnuckelige Neue?«

Ich fiel aus allen Wolken und für den Moment verschlug es mir die Sprache.

»Das ist Greg«, sagte Ari. »Der Sohn von Ratsmann Sturmbauch.«

»Oh«, sagte Glamenhilda. »Na, da hoffe ich doch, dass du mehr Mumm in den Knochen hast als dein Dad. Du kannst mich Glam nennen. Und jetzt los, wir sind gleich dran.«

Ohne zu warten, machte sie auf dem Absatz kehrt und betrat den Laden. Was sie über meinen Dad gesagt hatte, hätte mich glatt wütend gemacht, wenn sie mich nicht so schrecklich eingeschüchtert hätte.

Als wir hinter Glam in den Laden gingen, versetzte Eagan mir einen Rippenstoß.

»Sie findet dich schnuckelig«, flüsterte er. »Du Glückspilz.«

Er meinte das wirklich ehrlich. Aber ich kam mir nicht vor

wie ein Glückspilz, ich war total besorgt. In der dritten Klasse hatte sich ein Mädchen für ein paar Wochen in mich verknallt und hatte mich immer gekniffen, wenn ich nicht hinschaute. Ich hoffte wirklich, dass Glam ihre Gefühle auf andere Weise zum Ausdruck brachte, denn ich konnte mir nicht einmal vorstellen, wie es wäre, von ihr gekniffen zu werden.

Von innen war der Laden noch kleiner, als er von außen wirkte. Es wurde auch nicht besser dadurch, dass sich Dutzende von Zwergenkids hineinquetschten und ängstlich darauf warteten, dass ein Mann mit den behaartesten Ohren und den buschigsten Augenbrauen, die ich je gesehen hatte, ihre Zuteilung ausrief.

Immer wenn sich die Tür öffnete und neue Kinder hereinkamen, rief er hinter dem Tresen das Gleiche, ohne auch nur aufzuschauen:

»Willkommen, ich bin Schulleiter Fozin Buchbrücker, bitte, wartet, bis eure Zuteilung ausgerufen wird.«

»Was ist das denn eigentlich für eine Zuteilung?«, flüsterte ich.

»Meine Fresse, ist der Schnucki blöd«, sagte Glam laut. Vielleicht konnte sie gar nicht flüstern.

Mehrere in der Nähe stehende Zwerge schauten zu uns herüber und kicherten.

»Er ist nicht blöd«, sagte Ari zu meiner Verteidigung. »Er hat es erst vor ein paar Tagen erfahren. Und *du* weißt schließlich auch nicht, was genau hier passiert …«

»Also, na ja …«, sagte Glam und verstummte dann, als ihr aufging, dass Ari recht hatte. »Immerhin stehe ich nicht als schwach da, weil ich so viele Fragen stelle.«

»Wir wissen alle nicht genau, was hier vor sich geht, Greg«, erklärte Eagan. »Wir haben das doch auch noch nie gemacht.

Wir haben immer gewusst, dass die BLAMAGE existiert und dass wir eines Tages vielleicht hier trainieren würden, aber das war alles theoretisch. Bis jetzt.«

»Von wannen Träume deinige nun doch erfüllt werden«, fügte Lake aufgeregt hinzu.

»Kaum je ward trefflicher Erklärung gekunden«, sagte Glam zu Lake und Lake lächelte noch strahlender.

Wir verbrachten einige Minuten in relativem Schweigen, abgesehen von Glam und Lake, die eine vollständige Unterhaltung auf Altzwergisch führten.

Endlich waren wir an der Reihe. Wir drängten uns durch die anderen wartenden Zwerge und traten vor. Schulleiter Buchbrücker schaute auf und sah uns der Reihe nach ins Gesicht, während er auf seinem hölzernen Tresen irgendeine unsichtbare Liste abhakte.

»Willkommen zur Zwergischen Trainingsakademie«, sagte er endlich. »Ich bin Schulleiter Buchbrücker. Der euch zugeteilte Lehrer ist Thufir Steinbruch Edelbart. Ihr findet ihn hier.«

Er reichte Ari ein kleines viereckiges Stück Pergament, auf dem eine Adresse stand. Sie sah die Adresse unsicher an.

»Äh, Entschuldigung, Sir«, sagte sie. »Aber warum müssen wir woanders hingehen? Ist das hier denn nicht die Schule?«

Schulleiter Buchbrücker schaute auf sie herunter und kratzte sich an den üppigen grauen Haarbüscheln, die aus seinen Ohren quollen. Er blickte sich mit theatralischer Miene in dem winzigen Laden um, als ob er etwas anderes zu sehen erwartete als niedrige kahle Wände. Dann schaute er wieder Ari an und grinste schief.

»Du meinst wirklich, ich könnte in diesem kleinen Laden Tausende von Zwergen trainieren?«

»Na ja, wir, äh, hatten uns irgendwie vorgestellt, dass es einen Geheimgang zu den Tunneln und Kammern im Untergrund gibt ... wie immer«, sagte Eagan, ehe Ari antworten konnte.

»Ah, verstehe«, sagte Schulleiter Buchbrücker noch immer lächelnd. »Unsere Schulen sind nicht wie die der Menschen, die ihr vielleicht in Filmen gesehen habt. Wir halten nichts von großen Klassen, die von einem überarbeiteten, unterbezahlten und demoralisierten Lehrer unterrichtet werden. Zwerge glauben eher an eine konkretere, persönliche und realistische Herangehensweise. Das hier ist nur das Verwaltungsbüro der Schule. Euer Klassenzimmer ist die ganze Stadt Chicago, nein, die ganze Welt. Ihr werdet das schon noch verstehen.«

»Ah, okay«, sagte Ari und schaute noch einmal das Pergamentstück an. »Danke.«

Wir wollten schon kehrtmachen, aber Schulleiter Buchbrücker hielt uns zurück.

»Noch etwas«, sagte er. »Ein guter Rat mit auf den Weg: Euer Lehrer ist einer der besten auf der Welt ... Aber er ist, äh, ziemlich exzentrisch und muss vielleicht ein wenig überredet werden.«

»Überredet?«, fragte Eagan.

»Ihr werdet schon sehen«, sagte Schulleiter Buchbrücker mit einem Grinsen, als ob er sich gerade einen besonders gemeinen Witz erlaubte. »Ihr wärt ihm nicht zugeteilt worden, wenn wir nicht glaubten, dass ihr der Sache gewachsen seid. Ich wünsche euch viel Glück!«

19

Es beeindruckt mich kein bisschen, wenn jemand mit dem Gesicht eine Parkbank zertrümmert

Der Zustand von Thufir Steinbruch Edelbarts Wohnung war nicht gerade aufmunternd.

Er wohnte in einem ganz besonders heruntergekommen aussehenden Backsteinblock in der Nähe des Humboldt Park im Westen von Chicago. Unsere Sorgen hatten nichts mit dem Zustand zu tun, aber in einer winzigen Wohnung fünf Zwerge in uralter Magie und Kriegskunst zu trainieren, schien unmöglich. Bestenfalls würde es wohl Klagen aus der Nachbarschaft hageln.

Vor allem, nachdem Glam uns mit ihren Geschichten darüber unterhalten hatte, was sie im Laufe der Jahre schon alles mit ihrem Kopf zerschmettert hatte. Sie hatte eindeutig erwartet, ich würde beeindruckt sein, weil sie einmal mit ihrem Gesicht eine Parkbank in zwei Hälften geschlagen hatte. *Zurückhaltend beeindruckt* wäre schon eine großzügige Beschreibung meiner Empfindungen, aber Lake und Eagan waren begeistert von jedem Detail der kopfzerschmetternden Geschichten.

»Haben wir denn eine Wahl?«, fragte Ari nach einem

unheilschwangeren Schweigen vor dem Haupteingang zu dem riesigen gelben Backsteinkomplex.

Sie drückte auf die Türklingel. Keine Reaktion. Sie drückte noch einmal. Und ein weiteres Mal. Wir warteten wieder einige Minuten. Dann holte Glam aus, knallte ihren dicken Finger auf den Knopf und hielt ihn dreißig lange Sekunden fest. Mehrere jüngere Typen starrten uns an, als sie vorübergingen.

Endlich summte die Tür und das Schloss öffnete sich mit einem Klicken.

Wir kämpften uns vier Treppen hoch und durch einen verdreckten Flur, der wie ein stehender Tümpel roch. Wir fanden Wohnung 412 und Eagan klopfte einige Male. Es gab keine Reaktion. Glam schob ihn zur Seite.

»Weg da«, sagte sie.

Sie hämmerte mit ihrer backsteingroßen Faust los und brachte die billige, dünne Tür (eindeutig ein menschliches Produkt) zum Klappern. Aber niemand kam.

»Na, irgendwer hat uns aber reingelassen«, sagte Eagan.

»Ich schlag sie einfach ein«, sagte Glam. »Geht mal auf die Seite.«

Sie umschloss eine Faust mit der anderen und bildete dadurch am Ende ihrer Arme eine winzige Abrissbirne. Dann holte sie aus und ich war sicher, dass die Tür in Fetzen geflogen wäre, wenn Ari Glam nicht zurückgehalten hätte.

»Warte«, sagte Ari. »Vielleicht ist ja nicht abgeschlossen.« Sie griff nach der Klinke und drückte die unverschlossene Tür auf. »Seht ihr?«

»Einschlagen macht aber mehr Spaß«, sagte Glam frustriert.

Dann standen wir fünf an der Schwelle zu der scheußlichen Wohnung und wussten nicht, was wir jetzt machen sollten.

Was, wenn die Adresse nicht stimmte? Sollten wir einfach unaufgefordert eine fremde Wohnung betreten? Aber Glam zögerte nicht lange. Sie stürzte los und brüllte, als sie in der Dunkelheit verschwand.

»Trainer, bring mir bei, wie man Monsterschädel und Elfenrippen zerschlägt! Das verlange ich von dir!«

Eagan, Ari und Lake schauten mich an, dann grinsten wir alle und folgten Glam in die Wohnung.

Das winzige Apartment war das totale Chaos.

Es brannte keine Lampe, nur ein alter Röhrenfernseher sandte ein trübes Leuchten aus. Überall lagen Verpackungen aus irgendwelchen Imbissbuden herum, halb voll mit fast verrottetem Essen. Auf dem Tisch und in den Ecken waren leere Coladosen zu komplizierten Türmen aufgestapelt wie moderne Kunstwerke. Es stank nach einem Körpergeruch, der unverkennbar zwergisch war (ich hatte nur zwei Tage im Untergrund wohnen müssen, um das sofort zu erkennen). Ein schmuddeliger Mann, der nur mit einer Trainingshose bekleidet war, lag auf der Couch. Sein Oberkörper war so behaart, dass er auch ein Halbbär hätte sein können. Zumindest hätte er in einer Episode von *Auf Bigfoots Spuren* auftreten können, wenn er je beschlossen hätte, einsam und ohne Hemd durch die Wälder zu streifen. Er starrte mit leerem Blick den Fernseher an und seine Finger tanzten über die Fernbedienung des Videospiels.

Das konnte doch nie im Leben unser neuer Lehrer sein.

»Äh, hallo?«, fragte Ari vorsichtig.

Der Mann schaute nicht auf.

»Seyd Ihr jener Lehrmeister der zwergischen Künste einstiger Zeiten ihriger?«, fragte Lake.

Keine Reaktion. Wir wussten noch immer nicht, ob ihm

unsere Anwesenheit überhaupt bewusst war. Eagan hob eine Fliegenklatsche auf, die dringend eine Reinigung brauchte, und schlug den Mann einige Male kurz auf die Schulter. Dieser schnaubte, sah uns aber immer noch nicht an, sondern machte wie in Trance weiter mit seinem Videospiel. Eagan schlug noch einmal mit der Fliegenklatsche zu, diesmal ins Gesicht des Mannes.

»Uäähh, da kleben ja überall tote Fliegen dran«, sagte Ari.

»Ich kann mir nicht vorstellen, dass ihm das etwas ausmacht«, sagte Eagan. »Seht euch doch hier mal um.«

Es machte keinen Unterschied. Der Mann spielte immer weiter, während ein mit Fliegeninnereien verkrustetes Gummiteil immer wieder seine Wange, seine Augenlider und seine Nasenflügel traf.

»Ich vermute, das hat Schulleiter Buchbrücker damit gemeint, dass er vielleicht überredet werden muss«, sagte Ari.

Eagan bearbeitete das Gesicht des Alten immer weiter mit der Fliegenklatsche. Dann versetzte Glam Eagan einen solchen Stoß, dass er rückwärtskippte und in einem verdreckten, zerfetzten Sessel zum Sitzen kam.

»Der alte Trottel wird mich schon bemerken«, sagte sie.

Wir traten instinktiv einen Schritt zurück, als Glam Thufir Steinbruch Edelbarts Schultern packte und anfing, ihn dermaßen wütend zu schütteln, dass ich fast damit rechnete, dass sein Kopf herunterfallen und über den zerschrammten Parkettboden kullern würde.

»Bring uns was bei, Alter!«, schrie Glam in das hin und her wackelnde Gesicht. »Ich will lernen, wie man Elfen mit ihren eigenen Körperteilen zu Brei schlägt!«

Endlich drückte der Mann auf Pause und schaute auf. Glam ließ ihn los.

»Warum um alles in der Welt willst du das denn, du widerliche Bestie?«, fragte er.

»Die Elfen verdienen das«, sagte Glam, die ihm die Beleidigung offenbar nicht übel nahm.

»Da will ich nicht widersprechen«, sagte der Mann. »Wir *alle* verdienen ein solches Schicksal. Aber warum die Energie dafür vergeuden?«

Seine behaarten Arme tasteten um die Couch herum und fanden endlich eine fast leere Coladose. Er leerte sie mit lautem Gurgeln und warf sie zur Seite, wo sie gegen einen beeindruckenden Stapel von leeren Dosen knallte. Der Stapel wurde durch den Neuzugang ins Schwanken gebracht und das Klappern der Aludosen war für einige Augenblicke das einzige Geräusch im Raum.

»Wie kannst du so was sagen?«, fragte Eagan vom Sessel her. »Sich gegen Elfen zu wehren ist niemals verschwendete Energie.«

»Was spielt das denn für eine Rolle?«, fragte Thufir Steinbruch Edelbart. »Soll die Welt doch zum Teufel gehen – wenn ich nur meine Nudeln, meine Videospiele und meine Cola habe!«

»Guter Mann, Sie sollen uns unterrichten«, sagte Ari. »Sie sollen uns beibringen, wieder zu Zwergen zu werden. Zu kämpfen wie Zwerge. Damit wir der neuen Welt gegenübertreten können.«

»Könnt ihr diesen Unsinn fassen?«, fragte Thufir, zeigte auf den Fernseher und achtete nicht weiter auf Ari. »Klischeebehafteter Blödsinn, dieses Spiel! Ich begreife nicht, wie das jemals hergestellt werden konnte!«

Das auf Pause gestellte Spiel zeigte einen erstarrten Kampf zwischen Menschen, Elfen, Zwergen und einem riesigen Drachen. Der Alte griff zur Fernbedienung und schleuderte sie gegen den Bildschirm. Sie prallte ab, ohne weiteren Schaden anzurichten, und fiel zu Boden, worauf die Batterien in entgegengesetzte Richtungen davonsprangen. Offenbar zufrieden, weil er immerhin einen Versuch gemacht hatte, sah Thufir uns wieder an.

»Es gehört sich nicht, bei anderen Leuten einzubrechen«, sagt er. »Also zieht Leine.«

»Na ja, wir dachten, Sie seien unser Lehrer, aber vielleicht haben wir einen Fehler gemacht«, sagte Eagan hoffnungsvoll. »Sie sind nicht Thufir Steinbruch Edelbart, oder?«

»Nein ...«, sagte der Mann und rieb sich die Stirn. Als wir alle gerade erleichtert aufseufzen wollten, fuhr er fort: »Nur meine Mutter nennt mich noch so. Na ja, sie und der alberne Zwergenrat. Alle anderen nennen mich Buck.«

Unser erleichtertes Aufseufzen wurde zu einem geschockten Luftschnappen. Es stimmte also. Das war wirklich der uns zugewiesene Lehrer. Enttäuschung sprach aus unseren Gesichtern, aber vielleicht aus unterschiedlichen Gründen. Ich zum Beispiel wollte einfach meinen Dad finden, und so ein Training hätte alles nur verzögert.

»Sind Sie denn nicht darüber informiert worden, dass unser Training heute losgeht?«, fragte Eagan.

Buck zuckte mit den Schultern und ließ sich auf der Couch zurücksinken.

»Sonst hätten sie uns doch nicht hergeschickt«, beharrte Ari.

»Vielleicht gibt es eine Benachrichtigung«, sagte Buck. »Ihr könnt ja mal meine Post durchsehen.«

Er zeigte über seine Schulter auf einen kleinen Tisch in der dunklen Küche. Auf dem Tisch und auf dem Boden lag jede

Menge ungeöffneter Briefe. Die Briefe ganz unten waren vergilbt und zerknittert und stammten vielleicht nicht einmal aus diesem Jahrzehnt.

»Aber wir müssen mit dem Training anfangen!«, sagte Eagan. »Galdervatn kommt zurück – etwas davon ist schon gefunden worden!«

Buck zeigte zum ersten Mal ein vages Interesse.

»Ach wirklich?«, fragte er. »Da hatte Trevor ja die ganze Zeit recht, dieser ansteckende Wahnsinnige!«

Mein Herz machte einen Sprung, als er meinen Dad erwähnte.

»Ja!«, riefen Ari und Eagan gleichzeitig.

»Die Unterweisung duldet Aufschub nimmermehrigen«, sagte Lake. »Die Waffenkund muss sporns als wie streichs anheben!«

Buck seufzte, zuckte mit nur einer Schulter und las die Fernbedienung vom Boden auf.

»Das ist nicht mehr mein Problem«, sagte er. »Es wird sich ja doch nichts ändern.«

»Wie können Sie das sagen?«, fragte Ari.

»Irgendwann wirst du das begreifen«, sagte Buck träge, während er sein Spiel wieder aufnahm. »Es ist besser, unglücklich zu sein und das Schlimmste zu wissen, als in einem Wolkenkuckucksheim glücklich zu sein.«

Wir wussten alle nicht, wie wir darauf reagieren sollten. Wir sahen zu, wie er wieder in seine Starre verfiel, seine Augen auf den Bildschirm gerichtet, seine Finger in eigenständiger Bewegung auf den Tasten der Fernbedienung.

»Ich schlag seine Glotze zu Klump«, sagte Glam.

Ihre Fingerknöchel knackten laut, als sie die Fäuste ballte.

»Nein, lass ihn in Ruhe«, sagte Eagan. »Kommt mit,

ich gehe kurz zu meinem Dad und besorge uns einen neuen Lehrer.«

Glam nickte, rammte aber sicherheitshalber doch eine Faust in die Wand, schlug ein gewaltiges Loch in die Gipsplatten und ließ eine hölzerne Strebe dahinter zerspringen. Eagan und Lake stürzten hinüber, um sie zu beruhigen, ehe sie noch mehr zerschlug. Buck bemerkte das Loch in der Wand nicht mal, oder es war ihm egal.

Er kam uns vor wie ein hoffnungsloser Fall. Deshalb verließen wir ihn widerstrebend und machten uns auf den Weg zurück in den Untergrund, besiegt und niedergeschlagen.

Sogar für zwergische Verhältnisse.

20

Meine erste Zwergenwaffe

Im Untergrund machten sich Eagan, Lake und Glam auf den Weg zu Eagans Dad, um ihm von Buck zu erzählen.

Übrig blieben Ari und ich. Wir standen unsicher in einem dunklen Tunnel.

»Lust, ein bisschen in der Arena abzuhängen?«, fragte Ari, als deutlich wurde, dass ich nur weiter stumm und wie ein Idiot dort herumstehen würde.

»Äh, klar«, sagte ich.

Zum ersten Mal hatte mich ein Mädchen zu etwas anderem aufgefordert als *Bitte, geh mir aus dem Weg* oder *Lass mich in Ruhe, Fettmont.* Es hätte mich noch nervöser gemacht, wenn es nicht so leicht gewesen wäre, mit Ari zusammen zu sein. Aber auch so wurden meine Handflächen schweißnass und meine Achselhöhlen feucht, als wir weiter durch die Tunnel gingen.

Die Arena war fast zwergenleer, da die meisten anderen bei ihren kompetenten Lehrern waren und richtig trainierten. Aber einige Zwergenkinder waren doch noch hier und da in der Höhle zu sehen, sie rührten Tränke an oder spielten Spiele.

Wir standen am Eingang und wechselten verlegene Blicke. Um ehrlich zu sein, wusste ich nicht, was »abhängen«

mit einem Mädchen wirklich bedeutete, da ich das noch nie gemacht hatte.

»Spielst du Schach?«, fragte ich.

»Äh, nein, aber ich wollte das immer schon lernen«, sagte Ari.

»Oh«, sagte ich. »Okay.«

Ich hätte ihre Antwort natürlich als das auffassen sollen, was sie war: eine Aufforderung, es ihr beizubringen. Aber das kapierte ich damals nicht und starrte einfach weiter einen Jungen an, der in der Alchemie-Nische irgendeinen Trank zusammenrührte.

»Äh, möchtest du mal sehen, wie ich etwas herstelle?«, fragte Ari und nickte in Richtung der Schmiede.

»Ja, klar«, sagte ich. »Ich würde dir zu gern zusehen ... wie du etwas machst, meine ich. Aber natürlich nur, wenn du Lust hast.«

Ich versuchte, keine Grimasse zu schneiden, während ich alle Pluspunkte verlor, die ich in ihrem Kopf vielleicht angehäuft hatte. Aber Ari lachte nur, und nicht auf gemeine Weise.

»Ich hätte dich nicht gefragt, wenn ich keine Lust hätte«, sagte sie. »Komm mit nach drüben.«

Ich folgte ihr in den Teil der Höhle, wo neben rot glühenden Schmiedeöfen Wannen voller geschmolzenem Metall, Ambosse, Reihen von Werkzeugen, Lederschürzen und weitere Ausrüstungsgegenstände auf uns warteten.

»Ich bin allerdings nicht ganz so gut wie mein Bruder«, sagte sie. »Ich bin wahrscheinlich zu viel bei Shows.«

»Shows?«

»Ja, du weißt schon, Konzerte und so?«

»Du meinst, traditionelle zwergische Folkfestivals oder so?«

Ari lachte, während sie eine lederne Schmiedeschürze umband.

»Nein, eher Rockkonzerte!«, sagte sie. »So eine Band mit Gitarren und einem Schlagzeug in einem Club auf der Bühne?«

»Ach so, tut mir leid«, sagte ich und wurde rot. »Wie ist das passiert, dass du auf *Gemeinen*-Musik stehst?«

»He, ich bin eine Zwergin, kein Höhlenmensch!«, sagte sie.

»Äh, na ja …«

Sie erstarrte, machte ein verwirrtes Gesicht, dann lachte sie ihr lautes, bezauberndes Lachen.

»Okay, schlechter Vergleich«, sagte sie. »Jedenfalls, bin ich wirklich gern Zwergin, aber das bedeutet nicht, dass ich an der modernen Welt der *Gemeinen* alles hassen muss. In vieler Hinsicht ist das vielleicht sogar der Grund, warum ich die *Gemeinen*-Musik inzwischen so toll finde. Sie ist so anders und so interessant im Vergleich zu dem, womit ich hier unten aufgewachsen bin. Sie kommt mir exotisch vor. Ein bisschen wie du.«

»Wie ich?«

»Ja, du bist wirklich mein erster Freund, der als *Gemeiner* aufgewachsen ist.«

Als ich hörte, dass sie mich als Freund bezeichnete, wurden meine Handflächen wieder schweißnass. Ich hatte schon angefangen, sie und die anderen als Freunde zu betrachten, aber ich hatte gedacht, ich wäre für sie *der Neue mit dem verschwundenen Dad, zu dem wir deshalb nett sein müssen*.

»Oh, äh, mache ich einen guten Eindruck?«, fragte ich. »Bin ich ein würdiger Vertreter für die *Gemeinen*-Kinder?«

Ari lachte wieder. Ich wünschte, ich wäre witzig genug, um sie dermaßen mit Witzen zu überschütten, dass sie nie wieder mit Lachen aufhörte.

»Du bist schon in Ordnung«, sagte sie grinsend und machte sich an die Arbeit.

»Also, ich war noch nie in einem Konzert«, sagte ich. »Sind die anderen Zwerge damit denn einverstanden?«

»Tust du nur das, womit dein Dad einverstanden ist?«, fragte sie herausfordernd. Sie musste brüllen, um Dampf und Feuer zu übertönen.

»Na ja, meistens ...«, sagte ich.

Ich fügte nicht hinzu, dass ich seinen Tee getrunken hatte, obwohl mein Dad das verboten hatte, und dass ich mir genau dadurch diese ganze Notlage eingebrockt hatte.

»Wirklich?« Sie schien überrascht zu sein. »Na, vielleicht bin ich zu aufsässig, aber ich schleiche mich immer wieder hier raus, um auf ein Konzert zu gehen. Wir können irgendwann mal zusammen losziehen. Du weißt schon, ehe die moderne Welt ein Ende nimmt und so.«

»Ja, äh, das wäre nett«, sagte ich.

Sie lächelte und ich spürte, wie mein Gesicht sich in der Hitze der geschmolzenen Metalle rot färbte.

Ehe die moderne Welt ein Ende nimmt ...

Ari schien damit kein Problem zu haben. Wahrscheinlich war das nur logisch; sie wusste schließlich seit ihrer Geburt, dass die Welt nicht so war, wie sie für Menschen und Leute wie mich aussah.

Ich schaute ihr eine Weile schweigend zu. Es war umwerfend, wie mühelos und elegant sie sich in der Schmiede bewegte. Ich hatte beobachtet, dass sie außerhalb der Werkstatt ein bisschen unbeholfen war, als ob sie sich jeden Schritt überlegen musste, ehe sie ihn machte. Aber hier war sie ganz anders. Jede Bewegung war fließend und durch und durch zielgerichtet. Schon bald hämmerte sie auf etwas Rotglühendem herum. Sie schlug und schlug immer wieder zu, sie schien einfach nicht müde zu werden und traf nie daneben. Endlich ließ sie den Gegenstand in eine Wanne voller Wasser fallen.

Dampf jagte zischend hoch und verbarg Ari hinter einer Dunstwolke. Als die sich auflöste, hielt Ari mit einer eisernen Zange eine glatte, elegante Dolchklinge hoch. In der Oberfläche sah ich mein verzerrtes Spiegelbild.

»Die muss jetzt abkühlen, und dann werde ich sie polieren und schleifen«, sagte Ari. »Es ist noch eine Menge zu tun, aber irgendwann hast du dann einen netten Dolch.«

»Ich?«

»Natürlich«, sagte Ari. »Ich habe schon ungefähr zwanzig. Jeder Zwerg braucht einen Dolch. Das ist wie ein Übergangsritus. Du weißt schon, wie *Gemeinen*-Kinder, die ihr erstes Fahrrad bekommen. Ich nehme an, du bist noch ohne?«

»Ohne Fahrrad?«

»Nein, ohne Dolch!«, sagte sie lachend.

»Ja«, gab ich zu. »Das ist echt cool … ich meine, danke.«

»Gerne doch«, sagte Ari, als sei das nicht der Rede wert.

Sie grinste und wandte sich dann kurz ab. Für eine Sekunde saßen wir beide nur da und starrten den steinernen Höhlenboden an. Dann fing Ari an, ihr Werkzeug zu reinigen, und füllte die Stille mit Klirren.

»Kriegen Elfen so was auch, einen Dolch, meine ich?«, fragte ich und überlegte, wie viele coole Waffen Edwin wohl in seinem riesigen Zimmer aufbewahrte.

»Ich habe keine Ahnung«, sagte Ari. »Das sind ziemliche Heimlichtuer. Wie ist es eigentlich, mit einem Elfen befreundet zu sein?«

»Na ja«, sagte ich und musste erst einmal gründlich nachdenken. »Das weiß ich eigentlich gar nicht so genau. Ich meine, ich wusste ja bis vor ein paar Tagen nicht, dass er ein Elf ist. Aber er ist ein wunderbarer Freund. Ich will mir gar nicht ausmalen, wie die letzten drei Jahre ohne ihn gewesen wären.«

Von allen meinen neuen zwergischen Freunden hatte ich von Ari am ehesten Verständnis erwartet. Deshalb war ich geschockt, als ich ihre skeptische Miene sah.

»Wirklich?«

»Ja, wirklich«, sagte ich. »Er hat sein Leben riskiert, um meins zu retten. Hat mich vor einem Eisbären gerettet.«

»Na, ist doch allgemein bekannt, dass Elfen Tiere lenken können«, sagte Ari. »So, wie sie auch willensschwache Menschen lenken können. Also hat er eigentlich nicht besonders viel riskiert ...«

Nun wusste ich immerhin, wie er es geschafft hatte, den Bären mit Blicken zurückzudrängen. Trotzdem, er hatte im Laufe der Jahre zahllose Male seinen Kopf für mich hingehalten. Dennoch würde ich Ari nicht klarmachen können, wie nah er und ich einander standen. Meine Freundschaft zu Edwin ließ sich kaum in Worte fassen.

»Ich dachte, ihr wollt mit den Elfen zusammenarbeiten, um den Menschen zu helfen?«, fragte ich und wurde nun defensiv. »Um einen dauerhaften Frieden zu schaffen?«

»Schon, aber bloß weil ich keine weiteren Konflikte will und glaube, dass die sich durch Zusammenarbeit verhindern lassen, brauche ich die Elfen doch nicht zu lieben!«, sagte Ari. »Oder jemals einem von ihnen vollständig zu vertrauen ...«

Wir standen da und starrten einander an. Plötzlich kam mir die heiße Schmiede so eisig vor wie die arktische Tundra. Die Feindschaft zwischen den beiden Völkern war offenbar tiefer, als ich begreifen konnte.

»Warum hassen eigentlich alle die Elfen so sehr?«, fragte ich schließlich. »Niemand von euch kennt irgendwelche Elfen. Was haben sie euch denn getan? Oder was haben sie *dir* getan? Ich kapier das einfach nicht, ihr alle misstraut einem ganzen Volk, nur weil euch das so gesagt worden ist.«

Ari schüttelte langsam den Kopf und dann schnaubte sie sogar, was bei ihr total unnatürlich wirkte.

»Du hast doch keine Ahnung davon, was sie alles getan haben, Greg«, sagte sie.

»Dann hilf mir«, sagte ich. »Erzähl mir davon.«

»Die Zeit reicht nicht mal, um damit anzufangen …«

»Natürlich tut sie das«, sagte ich. »Du musst doch irgendwo anfangen, sonst werde ich das niemals richtig kapieren, oder?«

Ari nickte widerstrebend, band die Schürze ab und hängte sie neben das Werkzeugregal. Sie winkte mir, ihr zu folgen. Wir gingen in eine andere Nische hinten in der Höhle. Die enthielt eine mit Hunderten, vielleicht Tausenden von alten Büchern vollgestopfte Bibliothek.

»Es gibt einige neuere Ausgaben von zwergischen Texten, die den Zusammenbruch von Ur-Erde überlebt haben«, sagte Ari. »Wir suchen noch immer nach vielen Originalen, aber trotz alldem, was bei der Übersetzung verloren gegangen ist, werden die Ungerechtigkeiten und Grausamkeiten, die die Elfen begangen haben, mehr als deutlich. In dieser Bibliothek gibt es mehr Beispiele dafür, als du dir überhaupt nur vorstellen kannst. Und es gibt noch zahllose weitere Geschichten, die von einer Generation zur anderen weitererzählt worden sind.«

»Erzähl mir ein paar«, sagte ich.

Und das tat sie.

Was ich an diesem Nachmittag hörte, änderte meine ganze

Einschätzung der Lage. Und überzeugte mich davon, dass das Misstrauen des Rates berechtigt war: Die Elfen könnten durchaus hinter dem Überfall auf das EGOHS stecken. Nach allem, was Ari mir an schrecklichen Dingen erzählt hatte, wäre das noch gar nichts gegen ihre grauenhaftesten Schandtaten.

21

Ein Zwerg zu sein ist keine Entschuldigung dafür, beim Schach zu verlieren

Dunmor und Fynric hatten mir jeglichen Kontakt zu Edwin verboten.

Weshalb ich mich später am Abend aus dem Untergrund schleichen musste, um ihn zu treffen. Obwohl ich ihn nur zwei Tage nicht gesprochen hatte, kam es mir vor wie ein ganzes Leben.

»Sie haben gesagt, ich dürfte mich nie wieder mit dir treffen«, sagte ich, als Edwin mir gegenüber in der Ecke des kleinen Cafés Platz nahm. »Und ich dürfte dir auf keinen Fall vertrauen.«

Sein Lächeln verflog.

»So sehr verabscheuen sie uns immer noch?«, fragte er.

»Ja«, sagte ich. »Sie weigern sich zu glauben, dass man irgendeinem Elfen vertrauen kann. Und eure Hilfe bei den Untersuchungen wegen des Überfalls wollen sie schon gar nicht.«

Edwin nickte, als ob er mit so etwas gerechnet hätte. Dann runzelte er die Stirn und seufzte tief.

»Der Elfenmagistrat hat mir dasselbe gesagt«, sagte er. »Ich trotze gerade einem direkten Befehl des Elfenlords, meines Vaters, nur weil ich hier jetzt mit dir sitze. Worauf normalerweise Todesstrafe steht. Früher jedenfalls, ich glaube, heute muss man ein Bußgeld zahlen oder so ...«

»Wir dürfen uns also nicht sehen und uns auch nicht gegenseitig vertrauen«, sagte ich.

Edwin nickte, noch immer stirnrunzelnd, und nippte an seinem Milchkaffee. Es wirkt vielleicht seltsam, dass ein Dreizehnjähriger Milchkaffee trank wie Wasser, aber für die Leute von der PISS war das anders. Ich persönlich hasste Kaffee, aber das hing wohl mehr damit zusammen, dass ich mit den Tees meines Vaters groß geworden war.

»Die gute Nachricht ist«, sagte Edwin langsam, »dass ihr keine Elfenhilfe mehr braucht, um den Überfall zu untersuchen.«

»Wie meinst du das?«, fragte ich und mein Bauch brannte.

»Na ja ... ehe du jetzt durchdrehst, hör dir bitte die ganze Geschichte an.«

»Erzähl einfach, Edwin«, sagte ich.

»Es waren wirklich Elfen«, sagte er. Er brachte es kaum über die Lippen. »Wir ... oder genauer gesagt, *sie* haben deinen Dad entführt.«

Seine Augen waren rot und er nagte am Inneren seiner Wange herum. Es musste schrecklich für ihn gewesen sein, das zu erfahren, fast so schrecklich wie für mich. Deshalb zögerte ich, ehe ich Edwin anbrüllte und ihm Schimpfwörter verpasste, bei denen sogar ein Pirat errötet wäre. Aber obwohl ich so wütend war, dass ich den Pulsschlag in meinem rechten Augapfel spüren konnte, war das brennende Gefühl von Verrat in meinem Bauch noch viel schlimmer. Als ob jemand in meinem Gedärm Chinaböller angezündet hätte.

Doch er ließ mich gar nicht erst zu Wort kommen.

»Aber ich oder meine Eltern waren das nicht!«, sagte er. »Es war keine offizielle Elfenaktion. Es war eine abtrünnige Elfengruppe, die sich Verumque Genus nennt. Sie sind eine Elfenfraktion, die sich seit Jahrzehnten gegen das offizielle, organisierte Elfenestablishment wehrt. Sie finden uns schon seit Langem zu nachgiebig im Umgang mit Zwergen und anderen Überlebenden von Ur-Erde, und auch mit den Menschen. *Sie* sind verantwortlich – nicht wir.«

»Woher wollt ihr wissen, dass die es waren?«, fragte ich, und meine Hände zitterten noch immer vor Wut.

»Weil wir einen von ihnen festgenommen haben«, sagte Edwin. »Und er hat gestanden.«

»Und wieso habt ihr meinen Dad dann noch nicht gefunden?«, wollte ich wissen. »Warum hat dieser Gefangene euch nicht gesagt, wo er ist?«

»Hör mal«, sagte Edwin müde. »Ich wünschte, ich wüsste das. Ich gebe mir wirklich alle Mühe, mehr herauszufinden, aber es ist nicht so, dass meine Eltern Zeit hätten, mich jeden Tag auf den neuesten Stand zu bringen. Mich macht das alles genauso fertig wie dich – vor allem jetzt, wo ich weiß, dass vermutlich Elfen damit zu tun hatten. Auch wenn es keine Freunde von uns sind.«

Ich konnte in seinen Augen sehen, dass er die Wahrheit sagte. Nicht, weil seine Augen das Fenster zu seiner Seele waren oder irgend so ein Kitschkram, sondern, weil sie rot und wund waren, umgeben von dunklen, aufgedunsenen Lidern. Edwin schien seit Tagen nicht mehr richtig geschlafen zu haben.

»Na gut«, sagte ich und nickte.

»Offenbar behauptet er, nicht zu wissen, wo dein Dad ist,

sonst würde er es uns erzählen«, sagte Edwin. »Er behauptet, dass es nicht so geplant war. Sie hatten den Troll und einen ihrer Spione einfach als Vorsichtsmaßnahme geschickt, da Elfen den Zwergen auch nicht so richtig vertrauen. Sie sollten sich nur *ein Bild davon machen*, wie ihr Magie anwendet und ob dein Vater wirklich Galdervatn hat. Aber dann hat irgendetwas den Troll wütend gemacht und er hat seine wahre Gestalt angenommen und … na ja, die Sache lief aus dem Ruder.«

Irgendetwas hatte den Zorn des Trolls erregt. Und ich wusste jetzt, dass *ich* dieses Irgendetwas gewesen war. Ich hatte den Troll beleidigt – obwohl mir eingeschärft worden war, das nicht zu tun. *Ich* hatte ihn dazu gebracht, seine wahre Gestalt anzunehmen. Was diese Darstellung der Ereignisse nur zu bekräftigen schien.

Aber diese neue Schicht von Schuldgefühlen konnte meine Frustration nicht ganz überdecken.

»Es muss doch eine Möglichkeit geben, festzustellen, wo er ist, jetzt, wo wir wissen, wer für alles verantwortlich ist«, sagte ich.

»So einfach ist das nicht«, erwiderte Edwin. »Meine Eltern versuchen seit Jahrzehnten, dem Verumque Genus das Handwerk zu legen. Aber es gelingt diesen Typen immer wieder, ihre Aktivitäten zu tarnen. Wenn wir wüssten, wo sie sich aufhalten, würde es sie nicht mehr geben.«

»Na, immerhin weiß ich jetzt, dass einige Elfen wirklich so sind, wie die Zwerge behaupten.«

»Wie meinst du das?«, fragte Edwin. »Was haben sie dir über uns erzählt?«

»Ich habe nur so ein paar Geschichten gehört«, sagte ich.

»Was denn für Geschichten?«

»Ach, du weißt schon, zum Beispiel, dass fast alle grausamen Persönlichkeiten in der gesamten Geschichte und auch die meisten Diktatoren Elfen waren.«

»Das stimmt nicht«, sagte Edwin. »In der Geschichte gibt es ebenso viele schreckliche Zwerge. Lee Harvey Oswald zum Beispiel.«

»Den haben die Elfen vermutlich vorgeschoben«, sagte ich. »Der zweite Schütze war ein Elf.«

»Ach, hör doch auf«, sagte Edwin. »Komm mir bloß nicht mit deinen Verschwörungstheorien. Außerdem sind Einzelbeispiele sinnlos. Es hat immer gute und schlechte Elfen und Zwerge gegeben und es gibt sie noch. Du redest wieder am Kern der Sache vorbei, Greg. Elfen und Zwerge haben jeder für sich genauso viele Fehler wie Menschen. Einige sind gut, andere sind schlecht. Vorzurechnen, wer was getan hat, bringt nichts. Das ist ignorant und rassistisch. Ich meine, Miley Cyrus ist Zwergin und Justin Bieber ist ein Elf. Aber was sagt uns das jetzt?«

Er klang absolut überzeugend. Wir könnten den ganzen Tag hin und her reden, und einzelne Beispiele bewiesen wirklich nichts, da alle, Elfen, Zwerge und Menschen, individuelle Wesen waren und kein Teil von, zum Beispiel, einer Insektenkolonie oder etwas mit Schwarmmentalität.

»Na gut, moderne Promis und historische Gestalten sind kein Argument«, gab ich zu. »Aber was ist mit Ur-Erde? Was hast du zu einem Elfen namens Vulmer Chaemaris zu sagen?«

Edwin erstarrte mit halb zum Mund erhobener Tasse und stellte sie dann wieder hin. Er hob die Augenbrauen, dann grinste er.

»Du hast dich also informiert«, sagte er.

»Ja, und wie kannst du seine Taten erklären?«

»Das kann ich nicht, Greg, aber glaub mir, du willst dieses Thema gar nicht weiter verfolgen.«

»Nein? Also sollte ich auch nicht Elyon Liaris und ihre brutale Schreckensherrschaft in Ven Faldhir erwähnen?«, fragte ich und dachte an einige der grauenhaften Geschichten, die Ari mir heute erzählt hatte. »Sie waren Kinder, Edwin. Allesamt, einfach unschuldige Zwergenkinder. Es wäre schlimm genug, wenn sie erwachsen gewesen wären, aber ... Kinder?«

Edwin schüttelte immer weiter seinen Kopf. Etwas schien ihm leidzutun – nicht, was seine Vorfahren meinen angetan hatten, sondern etwas ganz anderes. Und ich sollte sehr bald erfahren, was.

»Du hast nur eine Seite gehört, Greg«, sagte Edwin. »Ur-Erde war eine andere Zeit. Die Welt damals war ... brutal, in jeder Hinsicht weniger zivilisiert. Alle haben damals Gräueltaten begangen. Ich bin sicher, deine zwergischen Freunde haben die Tatsache höflich verschwiegen, dass Zwerge ihren Wein damals aus dem Blut von unschuldigen Feen gemacht haben? Oder dass sie Tiere zum Vergnügen gequält haben? Ja, es gab sogar einen Zwergensport, bei dem es einfach darum ging, wer der beste Tierquäler war. Das nannte sich Blutpreis. Sieger war, wer ein Tier am längsten am Leben und Leiden erhalten konnte. Davon hast du nichts gehört, was?«

Ich schüttelte den Kopf und konnte ihm nicht mehr in die durchdringenden blauen Augen schauen. Ich wollte mir verzweifelt einreden, dass er log, aber ich wusste, dass das nicht der Fall war.

»Ich habe dir doch geraten, dieses Thema nicht weiter zu verfolgen, Greg«, sagte Edwin. »Es gibt auch die Geschichte von Jog Münzfuß und Huk Schmiedebieger, zwei zwergischen Unternehmern. Der eine war Kaufmann, der andere Schmied.

Hast du auch was über sie gelesen? Darüber, was sie getan haben?«

Ich schüttelte wieder den Kopf. »Vergiss es. Ich will das gar nicht wissen«, sagte ich.

»Zu spät, Greg«, sagte Edwin. »Du musst wissen, in welchem Zusammenhang unsere Vergangenheit steht. Jog und Huk waren zwei listenreiche Zwerge, immer auf der Suche nach reichen Menschen, die sie betrügen könnten. Einmal stellten sie ein Paar Kelche von feinster Handwerkskunst her und verkauften sie – für einen wahren Wucherpreis – an eine gierige menschliche Königsfamilie. Aber sie sagten dem ahnungslosen Königspaar nicht, dass sie die Kelche aus den Schädeln ihrer beiden Söhne hergestellt hatten, aus den Schädeln der Prinzen. Und deshalb tranken die königlichen Eltern, ohne es zu wissen, Met und Wein aus den ausgehöhlten Hirnschalen ihrer toten Kinder – die von Huk und Jog ermordet worden waren! Nur zum Spaß! Als Witz!«

Ich konnte kein Wort herausbringen. Es war zu entsetzlich, um es in meinen Kopf zu lassen.

»Ich weiß, dass du mir noch allerlei Geschichten über Elfen erzählen kannst«, sagte Edwin nun. »Aber erspar dir das. Ur-Erde war ein grauenhafter Ort, voller Gewalt. Doch unsere Vergangenheit macht uns nicht zu denen, die wir sind, wir machen uns selbst zu denen, die wir in der Gegenwart sind. Ich *weiß*, dass du ein guter Zwerg bist, Greg, so wie du *weißt*, dass ich ein guter Elf bin. Oder?«

Ich schaute auf und nickte.

»Und deshalb können wir das nicht so weitergehen lassen«, sagte Edwin. »Auch ohne die Rückkehr der Magie wird genug Schreckliches wiederauftauchen. Wir müssen da nicht auch noch einen weiteren Elfen-Zwergen-Krieg mit reinrühren.

Wir können miteinander leben, du und ich sind der Beweis dafür. Wir können einen dauerhaften Frieden schaffen. Deshalb tun wir auch, was wir können, um dir bei der Suche nach deinem Dad zu helfen – abgesehen davon, dass wir das natürlich auch tun, weil ich dein Freund bin und deinen Dad liebe wie einen Onkel. Deshalb helfe *ich* dir, aber meine Eltern helfen, weil sie einen Krieg um jeden Preis vermeiden wollen. Wir sind nicht die Monster, als die die Zwerge uns darstellen.«

Ich nickte langsam. Er hatte recht. Ohne die Elfen hätte ich noch immer keine Anhaltspunkte. Und wenn Edwin auch damit recht hatte, was die Aktivitäten dieser Spalterfraktion anging, dann konnten seine Eltern mir wirklich helfen, meinen Dad zu finden. Ich glaubte nicht, dass die Zwerge überhaupt von irgendwelchen Auseinandersetzungen zwischen unterschiedlichen Elfengruppen wussten, ganz zu schweigen davon, wie sie so eine Gruppe finden sollten.

»Versuch, sooft du kannst, deine E-Mails zu lesen«, sagte Edwin. »Ich melde mich bald – hoffentlich mit Neuigkeiten.«

»Ja, werde ich«, sagte ich. Natürlich gab es offiziell im Untergrund kein Internet (obwohl einige Zwerge Mobiltelefone eingeschmuggelt hatten), aber überall in der Stadt gab es Bibliotheken mit freiem Zugang zum Netz.

Edwin schaute einen Moment lang seine leere Kaffeetasse an. Dann grinste er und schaute auf.

»*The Rock*«, sagte er.

»Was?«

»Dwayne ›the Rock‹ Johnson, der Ringer«, erklärte er. »Der ist unbegreiflicherweise ein Zwerg. Komisch, was?«

Ich grinste, obwohl ich mich so elend fühlte. So war Edwin eben – im Notfall hätte er noch einen Sterbenden zum Lachen bringen können.

»Und stell dir mal vor, Kanye West ...«

»Lass mich raten«, sagte ich. »Elf?«

»Nein, Mensch«, sagte Edwin.

Ich lachte.

»Übrigens«, fügte Edwin im Aufstehen hinzu. »Schachmatt.«

Die Endgültigkeit dieses Wortes machte mich nervös. Wie meinte er das? Hatte er mich gerade gelinkt und ich hatte es nicht einmal bemerkt? Würden jetzt elfische Spione hereinstürzen, um mich festzunehmen?

»Warum machst du so ein verwirrtes Gesicht?«, fragte er. »Damit musstest du doch rechnen.«

»Was – was meinst du?«, fragte ich endlich.

»Das Spiel, du Dussel«, sagte er. »Schachmatt. Dein letzter Zug war *unterirdisch*. Aber ich lass das jetzt mal durchgehen, weil du mit deinen Gedanken offenbar ganz woanders bist. Neues Spiel, neues Glück, okay?«

»Ja, nächstes Mal versuche ich, nicht so ein *Bauer* zu sein.«

Edwin grinste über meinen grottenschlechten Witz, ehe er ging.

Er hatte nur unsere Schachpartie gemeint. Ich hätte erleichtert sein müssen, aber aus irgendeinem Grund war ich plötzlich besorgter denn je. Hatten die anderen Zwerge mich vielleicht schon angesteckt? Vielleicht vertraute ich meinem besten Freund tatsächlich nicht mehr voll und ganz?

Bei dieser Vorstellung wurde mir schlecht – denn dann wäre mein Dad vermutlich für immer verloren. Aber ich vertraute Edwin weiterhin – das wusste ich, weil ich schon beschlossen hatte, den Zwergen nicht zu erzählen, was ich erfahren hatte (dass eine radikale Abspaltergruppe von Elfen hinter dem Überfall steckte). Jedenfalls noch nicht. Die Zwerge standen ja ohnehin schon unmittelbar vor einem Konflikt mit den Elfen, und wenn ich ihren Verdacht bestätigte (auch wenn nicht die offizielle Elfenführung verantwortlich war), dann würde sich ein neuer Krieg bestimmt nicht vermeiden lassen.

Stattdessen musste ich mich einfach darauf verlassen, dass Edwin und ich dieses Problem auf irgendeine Weise allein lösen konnten.

22

Das mächtigste Relikt der alten Welt erweist sich als fantastischer Rückenkratzer

Ihr bekommt keinen neuen Lehrer zugeteilt«, sagte Dunmor einfach.

Da sein Vater Leiter des Ausbildungskomitees war, hatte Eagan uns für den nächsten Morgen einen Termin bei Dunmor und Borazz Rotumhang – dem Bildungsplaner des KFZ – besorgen können.

»Thufir Steinbruch – äh, Buck – ist der beste Trainer, den wir haben, das müsst ihr mir glauben«, erklärte Borazz, während wir verzweifelt aufstöhnten. »Lasst einfach nicht locker, irgendwann gibt er nach ... das tut er immer.«

»Was meinst du mit *immer*?«, fragte Eagan. »Ich dachte, das ist das erste Mal, dass Zwergenkinder in den alten Kampfkünsten trainiert werden.«

Borazz blickte Dunmor Hilfe suchend an. Dunmor wägte seine Worte sorgfältig ab, ehe er sagte: »Wir trainieren zum ersten Mal in einem solchen Ausmaß. Aber ungefähr einmal in jedem Jahrzehnt, und das seit Jahrtausenden, sucht jede regionale Zwergenvertretung eine Handvoll Kandidaten fürs Training aus. Sie werden zu einer Art Zwergischer Nationalgarde;

Krieger, die im Falle einer unvorhergesehenen Katastrophe kampfbereit sind. Wir nennen sie die *Wache*. Deshalb sind uns Bucks Fähigkeiten als Trainer bekannt. Wir dürften euch das eigentlich gar nicht sagen, denn die Zuteilung der Trainer soll per Zufall entschieden werden, aber: Er ist der beste Trainer, den wir haben. Ihr müsst euch mit ihm abfinden. Am Ende wird es die Mühe wert sein. Und jetzt los mit euch.«

Also mussten wir uns mit Buck abfinden, und er sich mit uns.

An diesem Morgen fanden wir Buck abermals auf seiner Couch vor seinem Videospiel vor – als ob er sich die ganze Zeit nicht von der Stelle gerührt hätte.

Es war stickig im Zimmer; zum Teil kam das von dem keuchenden, überhitzten Videospielsystem, das vielleicht niemals ausgeschaltet wurde. Wenn es hätte reden können wie eine magische Axt, dann hätte es mich bestimmt angefleht, es aus seinem Elend zu erlösen.

»Wieso seid ihr schon wieder da?«, fragte Buck, ohne aufzuschauen. »Hab ich euch nicht gesagt, dass Training nichts bringen würde?«

»Na ja, das KFZ sieht das anders«, sagte Eagan. »Und das KFZ hat uns wieder hergeschickt. Um ehrlich zu sein, haben wir um einen neuen Trainer gebeten.«

»Und es war blödsinnig von ihnen, euch den Gefallen nicht zu tun«, sagte Buck, dann trank er einen Schluck aus einer Coladose, ohne seine Augen vom Bildschirm loszureißen.

Er warf die leere Dose über seine Schulter nach hinten, griff neben die Couch und packte etwas, das auf der anderen Seite daran lehnte. Es war eine riesige Streitaxt mit einer funkelnden, schwarzen, doppelseitigen Schneide. Der Griff war mit prachtvollen Verzierungen ausgelegt. Es war Aderlass – die Axt, mit der mein Dad mir während des Trollüberfalls das Leben gerettet hatte.

Und jetzt rief mich die Axt, wie schon einige Male zuvor.

Greg.

Nett, dich wiederzusehen.

Bitte, rette mich vor diesem Mann.

Ich möchte endlich etwas vernichten.

Ich versuchte, die seltsame Stimme in meinem Kopf zu ignorieren, während ich voller Entsetzen zusah, wie Buck sich mit der Axt den behaarten Rücken kratzte. Dann warf er sie zur Seite wie ein Stück Müll statt wie ein Relikt aus uralten Zeiten, das angeblich magische Kräfte besaß. Die Axt krachte mit einem beeindruckenden TUNKUGAGONG auf den Boden.

»*Dir* haben sie Aderlass gegeben?«, flüsterte Eagan entsetzt.

Wenn etwas die Behauptung von Dunmor und Borazz stützen konnte, dass Buck der Beste sei, dann das hier.

»*Wen?*«, fragte Buck und warf einen Blick auf die Axt. »Ach, das da? Ja, irgendwer hat das Teil da hergebracht und irgendeinen Unsinn geredet, dass es ein wichtiges Sonstwas in einer Prophezeiung oder so ist. Ich hab keine Ahnung davon, aber als Rückenkratzer ist es hervorragend geeignet.«

Eagan und Lake schüttelten sich vor Ekel. Glam schlug noch ein Loch in die Wand, gleich neben das vom Vortag. Buck sah sie an und grinste.

»Ich geb dir einen guten Rat, Mädchen«, sagte er. »Geh sparsam mit deiner Kraft um. Verschwende sie nicht an Mauern, du bekommst in diesem Leben nur eine bestimmte Menge an Energie. Betrachte das als Gratis-Ratschlag zum Abschied.«

»Wow, sogar für einen Zwerg bist du ganz schön negativ«, sagte Eagan.

»Ein kluger Mann hat einmal gesagt: *Der Weiseste von allen ist der, der sich mindestens einmal im Monat einen Narren heißt*«, sagte Buck. »Wenn ich das einmal pro Tag mache, was bin ich dann?«

Er ließ dieser Frage ein Kichern folgen und fischte dann irgendwo aus seiner Couch eine neue Coladose. Er riss sie auf und kippte den gesamten Inhalt in einem einzigen langen Zug hinunter, dann stieß er ein beeindruckendes Rülpsen aus und warf die Dose zur Seite.

Die prallte von Aderlass ab und kullerte unter die Couch.

Siehst du nicht, dass er wahnsinnig ist?

Rette mich!

Ich zwang mich zu der Überzeugung, dass die Axt nicht telepathisch zu mir sprach, verschluckte jegliche Antwort und konzentrierte mich stattdessen auf Buck. Mein Vater war noch immer verschwunden, und das hier war Zeitverschwendung.

»Wie bist du bloß so geworden?«, fragte Ari. »Du kannst doch nicht immer schon so ein griesgrämiger alter Gwint gewesen sein.«

Alle im Raum außer Buck schnappten entsetzt nach Luft. Ich tat das nur, weil »Gwint« ein Wort war, das Edwin zu mir sagte, wenn er mich zu negativ fand. Woher konnte Ari das wissen? Und warum regte es alle anderen dermaßen auf?

»Benutz dieses Wort nicht, Ari!«, sagte Eagan.

»Das ist so unzivilisiert«, sagte Glam vorwurfsvoll.

»Vater deiniger versog dich mit Vorbildspflichten seinigen, indessen du solche Schandmären aussprichst«, sagte Lake.

»Ich kapier das nicht«, sagte ich. »Was ist ein Gwint?«

Abermals fuhren alle zusammen.

»Das ist ein Schimpfwort für Zwerge«, sagte Eagan. »So haben die Elfen uns schon immer genannt. Denk an das schlimmste Wort in der englischen Sprache, mit dem du jemanden bezeichnen könntest. Dieses hier ist so ungefähr zehnmal schlimmer, deshalb ist es eine solche Beleidigung.«

»Hundertmal schlimmer«, sagte Glam streng und starrte Ari wütend an.

Ich konnte es nicht fassen. Seit Jahren hatte Edwin mich also mit einem rassistischen Schimpfwort für Zwerge angeredet. Und er hatte es immer so lässig gemacht. Mal wieder ertappte ich mich bei der Frage, was ich eigentlich über Edwin und die Elfen wusste. Wenn sie wirklich andere Wesen so geschickt manipulieren konnten, dann war es absolut möglich, dass er mich total eingewickelt hatte. Ich hatte ja nicht gerade haufenweise frühere Freundschaften, mit denen ich unsere hätte vergleichen können.

»Ich war immer schon so«, sagte Buck. »Und ich habe nie behauptet, irgendetwas gut zu können oder irgendwem zu nutzen. Und wenn ihr mich jetzt entschuldigt, ich habe online eine Spielverabredung mit einem gewissen Booger Goblin in Omaha.«

Er zeigte auf den Bildschirm. Der Benutzername seines Kumpels schrieb sich so: BooG3RGoBLiN.

»Wir gehen erst, wenn unser Training angefangen hat«, sagte Glam und stellte sich vor den Fernseher.

»Na, dann macht es euch besser gemütlich«, sagte Buck.

Glam bewegte sich nicht, als Buck versuchte, um ihre umfangreiche Gestalt herumzuschauen. Er seufzte, gab aber nicht nach. Stattdessen spielte er immer weiter, als ob er durch einen zwergischen Teenager vom Umfang eines Footballverteidigers hindurchblicken könnte.

Frag nach dem Foto.

Wieder hatte ich im Kopf die Stimme von Aderlass gehört. Ich schaute mich um und entdeckte an der Wand das Foto einer Frau und eines Jungen.

»Ist das deine Frau da auf dem Foto?«, fragte ich.

»Was stellst du bloß für neugierige Fragen, Junge?«, fragte Buck und bohrte seinen Wurstfinger in meine Richtung in die Luft. »*Lieben heißt Leiden und eine andere Liebe kann es nicht geben.*«

Ach, ich hab seine Dostojewski-Zitate so satt. Das ist unerträglich. Manchmal macht er das sogar, wenn er ganz allein hier ist.

Ich achtete nicht auf Aderlass, vor allem, weil ich keine Ahnung hatte, wovon er da redete.

»Du hast sie also geliebt ... sie beide?«, fragte ich Buck.

»Natürlich hab ich das, du haarloser Blödian«, sagte Buck und riss sich endlich von seinem Spiel los, um mich wütend anstarren zu können. »Ich würde doch sonst nicht so leiden ... *hörst du nicht zu*?«

»Was ist passiert, sind sie gestorben?«, fragte ich.

Ari versetzte mir einen Rippenstoß, als ob sie mich für zu aufdringlich hielt. Ich achtete aber nicht auf sie und ließ Buck nicht aus den Augen. Der schnitt eine Grimasse und schüttelte den Kopf.

»Nein, aber das wäre fast besser gewesen«, sagte er. »Sie hat mich verlassen und meinen Sohn mitgenommen! Er war gerade erst sechs – wahrscheinlich erinnert er sich nicht einmal an mich. Elfen taugen einfach nichts.«

»Elfen?«, fragte Eagan.

»Ja, Elfen«, schrie Buck ihn an. »Bist du taub, du magere Raupe?«

»Was hatten denn Elfen damit zu tun, dass sie dich verlassen hat?«, fragte Ari, die jetzt offenbar begriffen hatte, worauf ich hinauswollte.

»So einiges«, sagte Buck. »Sie war ja schließlich eine Elfe.«

Wir starrten ihn alle fünf geschockt an. Buck war mit einer Elfe verheiratet gewesen und hatte ein Kind mit ihr? Ich hätte das ja nicht weiter schockierend oder ungewöhnlich gefunden, wenn ich nicht gewusst hätte, was Elfen und Zwerge voneinander hielten.

»Ja, sie war eine verkommene, verlogene Elfe«, sagte Buck jetzt. »Sie hat einen anderen Elfen kennengelernt, einen reichen und berühmten Computerspieldesigner. Er hat irgendein Spiel über den Wilden Westen entwickelt und damit einen Haufen Kohle gemacht. Sie hat sich in diesen miesen Pointer verliebt, ist mit ihm durchgebrannt und hat meinen Sohn mitgenommen. Sie hat ihn an so einer hochgestochenen Elfenschule angemeldet und ich hab ihn seit fast zehn Jahren nicht mehr gesehen. Ich schreibe ihm Briefe, aber ich glaube nicht, dass er auch nur einen bekommen hat. Wenn ich nur rausfinde, wie diese Spiele funktionieren, dann kann ich eines Tages vielleicht selbst eins entwickeln … und sie beide zurückholen.«

Mich traf eine umwerfende Erkenntnis wie ein alter Dampfgüterzug aus den 1880er-Jahren.

»Ich kann dir deinen Sohn zurückholen«, sagte ich.

Alle im Raum starrten mich geschockt an.

»Wie das?«, fragte Buck.

»Schwer zu erklären«, sagte ich. »Aber wenn ich dir ein Treffen mit deinem Sohn verschaffen kann, trainierst du uns dann endlich?«

»Greg, was soll das?«, fragte Ari verzweifelt.

»Glaub mir einfach«, sagte ich.

»Ein Treffen«, sagte Buck und klang tatsächlich hoffnungsvoll. »Mit meinem Sohn?«

Ich nickte. Ich war nicht sicher, ob ich das wirklich schaffen konnte, aber ich musste es versuchen. Sonst würde ich niemals das Training erhalten, das ich brauchte, um meinen Vater zurückzuholen. Wenn er in irgendeiner verborgenen Festung gefangen gehalten wurde, konnte ich ja nicht einfach dort hineinspazieren, ohne die geringste Ahnung, wie man mit Elfen kämpft – vor allem, da ich ja schon wusste, dass sie mindestens einen Troll im Team hatten. Ich brauchte dieses Training dringender, als es den anderen Zwergen bewusst war.

»Mehr will ich gar nicht«, sagte Buck. »Er soll nur wissen, dass ich ihn nicht im Stich gelassen habe und dass ich ihn noch immer liebe. Es ist mir egal, was er nach unserer Begegnung dann macht, aber er muss wissen, wie sehr ich mir immer noch Mühe gebe, wie wichtig er mir noch immer ist ...«

»Das wird er«, sagte ich.

Nein! Bitte, lass mich nicht hier bei diesem Kerl! Der frisst seine Zehennägel. Ich kann das nicht mehr mit ansehen!

Ich versuchte, dem Flehen des Aderlass gegenüber taub zu bleiben. Was hätte ich zu diesem Zeitpunkt schließlich machen können?

»Ist das also abgemacht?«, fragte Eagan.

Buck sah mich an und suchte in meinen Augen irgendetwas. Ich wusste nicht, was er dort fand, aber offenbar war er damit zufrieden.

»Abgemacht«, sagte er. »Verschafft mir ein Treffen mit meinem Sohn und ich werde euch trainieren. Braucht ihr seinen Namen?«

»Nein«, sagte ich. »Den weiß ich schon.«

23

Glam droht, mir meine schnuckelige Fresse zu polieren

Was um alles in der Welt war das denn?«, fragte Ari, als wir zur Bushaltestelle ein Stück die Straße hinunter gingen.

»Ich hoffe wirklich, dass du weißt, was du tust, Greg«, sagte Eagan.

»Woher kömmt dir die Kunde um Bucks Erstgeborenen?«, fragte Lake.

»Ich bin mit ihm zur Schule gegangen«, sagte ich. »Das glaube ich wenigstens.«

»Das glaubst du ...?«, fragte Ari.

Ich blieb stehen und nickte. »Na ja, doch, ich bin ziemlich sicher«, sagte ich. »An meiner alten Schule war ein Junge, dessen Geschichte perfekt zu der hier passt – ich meine, wie groß ist die Wahrscheinlichkeit, dass das ein Zufall sein kann?«

»Vermutlich ziemlich groß, Greg!«, sagte Eagan. »Hier in dieser Stadt leben ungefähr drei Millionen – zehn, wenn du die Vorstädte mitrechnest.«

»Wenn du dich irrst, dann polier ich dir deine hübsche Fresse«, drohte Glam. »Oder vielleicht nicht die Fresse, das wäre zu schade. Aber mindestens deine Arme und Beine.«

Ich trat einen Schritt zurück und hob die Hände.

»Gebt mir doch wenigstens eine Chance«, sagte ich. »*Wir müssen es versuchen!*«

Lake und Ari nickten.

»Okay«, sagte Eagan. »Das ist vermutlich unsere einzige Chance, endlich mit dem Training anfangen zu können.«

»Und wo wohnt dieser Knabe?«, fragte Ari.

»Na ja, äh, ich bin nicht ganz sicher«, gab ich zu. »Aber ich weiß, wo wir ihn finden können.«

»Super, dann los«, sagte Eagan. »Wo steckt er?«

»In der Pädagogischen Isaacson-Spezial-Schule«, sagte ich.

Alle ließen einen frustrierten Seufzer hören.

»Du meinst, in der größten Elfenschule in der ganzen Stadt?«, fragte Ari.

»Na ja, äh, ja«, sagte ich. »Aber ich habe einen Plan. Wir haben etwas, das sie nicht haben. Etwas, das uns helfen kann, dort ein und aus zu gehen und jeder echten Gefahr auszuweichen.«

»Und was ist das?«, fragte Eagan.

»Für wie schwer haltet ihr es, einen Schluck Galdervatn aus der Großhalle der Zwergischen Produkte zu stehlen?«, fragte ich.

Und der Reihe nach wandelte sich ihre Skepsis in boshaftes Grinsen.

Auf dem Heimweg, im leeren Bus, plauderten sie eifrig darüber, bei Buck mit eigenen Augen Aderlass gesehen zu haben.

»Ich kann es nicht fassen, dass diese Augen wirklich Aderlass erspäht haben ... der stand da einfach vor mir!«

»Allein ihn zu sehen war unglaublich ...«

»Sey es doch Hand deinige, die den geheiligten Griff erfösse, und sey es nur für aller Ougenblicke fliehendsten ...«

»Ich würde damit etwas zerschlagen. Ich würde alles zerschlagen!«

»Ich kann es nicht fassen, dass sie ihn Buck gegeben haben. Hat Dunmor den Verstand verloren?«

»Er hat sich damit den Rücken gekratzt!«

»Weiß er denn überhaupt, was er da vor sich hat?«

»Offenbar nicht ...«

»Leute, Moment mal«, sagte ich laut genug, um ihre aufgeregten Stimmen zu übertönen. »Ihr müsst mir mal erklären, warum diese Axt so besonders ist!«

Die anderen sahen Eagan an. Er grinste und räusperte sich. Dann legte er los:

»Es gibt zwar viele Geschichten über einzigartig mächtige zwergische Waffen, aber keine ist aufregender und wichtiger als die von Aderlass«, sagte Eagan routiniert und mit einer Stimme wie der Typ, der die Kommentare in allen Filmtrailern spricht. »Aderlass ist eine Waffe, die jedem ihrer Besitzer große Macht und später dann noch größeres Leid gebracht hat. Sie wurde kurz vor dem Untergang von Ur-Erde für einen sterblichen Adelsmann geschmiedet. Dieser Mann hatte bei einem jungen zwergischen Schmied namens Lorcan Messingkranz eine Axt bestellt, die mit ihrer erbarmungslosen Schneide und tödlichen Wucht die Herzen der größten Feinde mit Entsetzen erfüllen würde. Lorcan schmiedete diese Axt mit großer Sorgfalt und tiefer Glut, angetrieben von seiner Gier nach dem Reichtum dieses Adelsmannes. Als Anzahlung erhielt er einen mit Diamanten besetzten Schlüssel, der an sich schon ein kleines Vermögen wert war – und bei Lieferung der Axt sollte er die Schatzkiste erhalten, die durch den Schlüssel geöffnet wurde, und dazu alle Schätze, mit denen diese Kiste gefüllt war.

Aderlass war ein Wunderwerk zwergischer Schmiedekunst. Seine Schneide war schwärzer als eine leere Seele und schärfer als alles, was vorher oder nachher jemals geschmiedet wurde. Er besaß aber auch einen mächtigen eigenen Willen – das Verlangen, das Blut der Feinde seines Besitzers fließen zu lassen. Nicht einmal die besten zwergischen Schmiede können die Kräfte lenken, die ihre Waffen besitzen. Und so entwickelte Aderlass seine eigenen einzigartigen Fähigkeiten. Die Axt schenkt dem Besitzer, den sie sich ausgesucht hat, die Erfüllung seiner dringendsten persönlichen Rachegelüste. Aber eine solche Rache bringt nur vorübergehenden Triumph, auf den am Ende immer tiefes Leid folgt.

Lorcan Messingkranz lieferte die Axt bei dem Adelsmann ab und wartete ungeduldig auf den Rest des versprochenen Lohns. Der Adelsmann ließ die Schatzkiste, die in der Tat riesig war und aus Gold, Platin und vielen kostbaren Edelsteinen gemacht war, zu Lorcans Füßen absetzen. Als der gierige Zwerg sich darüberbeugte, um sie zu öffnen, erschlug ihn der Adelsmann mit der tückischen, vom Feuer geschwärzten Klinge von Aderlass. Dann ließ er Kiste und Schlüssel in seine eigene Schatzkammer zurückbringen.

Der Adelige benutzte Aderlass viele Jahre lang. Aderlass half ihm, sich bei allen, die ihm unrecht getan hatten, Gerechtigkeit zu verschaffen. Aber wie vorhergesagt brachte die Axt ihrem ersten Besitzer am Ende tiefes Leid. Nachdem er sich im Laufe der Jahre an vielen Feinden gerächt hatte, fürchtete sich der Adelsmann immer mehr vor möglichen Vergeltungsschlägen durch die Angehörigen der vielen Opfer von Aderlass. Und deshalb hatte er nachts die Axt immer neben seinem Bett liegen, um sich jederzeit damit verteidigen zu können.

Eines Nachts, nachdem er sich an der neuesten Schiffsladung Wein von seinen Weinbergen betrunken hatte, sank er auf sein Bett und vergaß, die Zimmertür abzuschließen. Seine Tochter kam herein, um ihren Vater zu wecken und ihm mitzuteilen, dass vor dem Burgtor ein Besucher wartete. Der Adelsmann, voller Verfolgungswahn, im Halbschlaf und noch immer betrunken, hielt sie für einen Eindringling und erschlug sie mit Aderlass, ehe er begriff, was hier vor sich ging. In seiner Verzweiflung stolperte er die Treppe hinunter und nahm sich selbst das Leben. Aderlass lag zu Füßen des Leichnams.

Der Besucher in dieser Nacht war ironischerweise wirklich ein Verwandter von einem der vielen Feinde des Adelsmannes: Kynwyl Braunblei war ein Vetter des Zwerges, der Aderlass geschmiedet hatte und dann von dem Adelsmann ermordet worden war. Er stolperte über den Leichnam des Adelsmannes, ein wenig enttäuscht, weil er nicht mit eigener Hand die Rache vollzogen hatte, aber zufrieden, dass der Mörder seines Vetters nun ebenfalls tot war. Kynwyl nahm die Axt an sich und sie wurde über viele Generationen hinweg unter den Zwergen einer Familie, einer Sippe und eines Dorfes weitergereicht.

Soweit wir wissen, hatte Aderlass weiterhin einen starken, aber auch düsteren Einfluss auf seine Besitzer, er schenkte ihnen große Siege und dann noch größere Tragödien. Vor langer Zeit jedoch, vor dem Untergang von Ur-Erde, verschwand er aus der Geschichtsschreibung und ist seit Jahrtausenden verschollen. In den wiedergefundenen Texten der *Waffengeschichte der Zwerge, Band II*, steht zu lesen, dass Aderlass sich eines Tages einen neuen Besitzer erwählen wird, einen Zwerg, der unserem großen Volk den ihm gebührenden Ruhm bringen wird – und der allen Zwergen die endgültige Rache sichert.«

Eagan war mit seiner Geschichte fertig und machte ein reichlich zufriedenes Gesicht.

»Wow«, sagte ich und meinte es auch.

»Ja, und jetzt ist Aderlass bei Buck gelandet«, sagte Ari trocken.

Schon legten sie wieder los – aufgeregt diskutierten sie über die Möglichkeiten und die Schrecken, die die Axt mit sich bringen konnte. Irgendwann ging das in noch wilderes Gerede über, wie wir am nächsten Morgen das Galdervatn an uns bringen sollten, ehe wir versuchten, uns in die Elfenschule einzuschleichen. Als ich ihnen an der Bushaltestelle gesagt hatte, dass ich schon einmal Galdervatn probiert und danach Magie gewirkt hatte, waren sie für volle dreißig Sekunden in tödliche Stille verfallen, ehe sie wie die Bomben hochgingen. Ich ließ mich von ihnen mit Fragen löchern, wie das gewesen war, während wir an der Bushaltestelle warteten. Ich gab mir alle Mühe, ihre Fragen zu beantworten, aber die anderen schienen meine Darstellungen eher enttäuschend zu finden. Schließlich konnte ich sie damit beruhigen, dass sie das ja bald genug selbst in Erfahrung bringen könnten.

Aber diesmal hörte ich kaum zu, während sie über Galdervatn plapperten. Ich musste nämlich immer wieder an einen bestimmten Satz in Eagans Geschichte denken:

Die Axt schenkt dem Besitzer, den sie sich ausgesucht hat, die Erfüllung seiner dringendsten persönlichen Rachegelüste.

Das war meine Antwort! Aderlass konnte mir helfen, meinen Dad zu befreien! Ich war so glücklich, dass ich mich zusammenreißen musste, um in dem fast leeren Bus nicht wie ein Irrer zu grinsen. Die Axt hatte bereits zu mir gesprochen, ein deutlicher Hinweis darauf, dass sie irgendeine Kraft besitzen musste. Ich hatte jetzt also einen richtigen Plan, um meinen Dad zu retten. Ich würde in die PISS einbrechen, mit Bucks Sohn sprechen und mit seiner Hilfe Buck dazu bringen, uns zu trainieren. Dann würde ich nur so lange beim Training bleiben, bis ich gelernt hätte, wie ich die Axt benutzen und sie an mich bringen konnte.

Von wannen ich mir Aderlass schnappen und damit meinen Dad befreien würde.

24

Jetzt ist bewiesen, dass niemand den Tod einer Schildkröte auf dem Gewissen haben will

Ist alles in Ordnung bei dir, Greg?«, fragte Ari, als wir mit der U-Bahn weiter zur PISS fuhren. »Du siehst ein bisschen orkisch aus.«

Das war ein zwergischer Vergleich, der im Grunde bedeutete, dass ich aussah wie kurz vor dem Kotzen. Die anderen versuchten schon die ganze Zeit, mir die üblichen Zwergismen beizubringen, die mir in meinem Leben als Gemeiner entgangen waren.

Und ich war wirklich nervös – so nervös, dass ich mein Mittagessen nur zur Hälfte verzehrt hatte: vier Schinkenbrote (mit wenig Brot ... na ja, eigentlich ohne Brot, es waren nur vier kleine Schinkenstapel gewesen), zusammen mit einem Teller Trockenfleisch, vier hart gekochten Eiern, Senf, Pommes und einer Erdbeere.

»Mir gehts gut«, sagte ich. »Nur ein bisschen nervös ...«

»Hast du nicht gesagt, das hier wird leicht?«, fragte Eagan.

»Ich hoffe es«, sagte ich. »Aber ich habe die Leute von der PISS nicht mehr gesehen, seit ich erfahren habe, dass sie Elfen sind, und überhaupt.«

Das schien ihnen als Erklärung zu genügen, und sie widmeten sich wieder ihrer Diskussion darüber, ob die Wandergeister zurückkehren würden, wenn Galdervatn erst wieder da wäre und das neue Magische Zeitalter offiziell anfing. Eagan hatte in einer der wiederaufgefundenen Schriftrollen von Azac Dämmerungsgranits Kriegstagebüchern gelesen, dass beim Untergang von Ur-Erde Dutzende von magischen Wesen entweder verschwunden oder ins Exil gegangen waren.

Als wir ausgestiegen waren, bogen wir in eine Gasse um die Ecke von der PISS ein. Eagan zog die kleine Phiole mit Galdervatn hervor.

Es war erschreckend einfach gewesen, sie zu stehlen.

Wir hatten ein paar Snabbsomn-Bomben hergestellt, mithilfe von einer gewissen Flüssigkeit namens Snabbsomn-Elixier natürlich, die Aris Freund Alfy Silberbräu ihr im Austausch gegen ein Schwert und einige andere im vergangenen Sommer geschmiedete Sachen gegeben hatte. Dann hatten wir einige Rauchbomben in die Großhalle der Zwergischen Produkte geworfen und dem lila Gas den Rest überlassen. Wir waren um die bewusstlosen Wachen herumgestiegen, hatten die Truhe mit Galdervatn aufgebrochen, wobei wir auf Aris und Lakes überlegene metallurgische Kenntnisse zurückgriffen, hatten uns eine Phiole voll Galdervatn geholt und sie durch eine Phiole mit etwas ersetzt, das Ragnbage-Nebel enthielt und überraschend ähnlich aussah.

Die Wachen würden nicht einmal bemerken, dass etwas verschwunden war. Wahrscheinlich würde ihnen das Ganze viel zu peinlich sein, um den Zwischenfall überhaupt zu melden. Und wirklich waren an diesem Morgen bisher noch keine Zwischenfälle bekannt geworden.

Wir betrachteten voller Staunen die Phiole mit dem wirbelnden Galdervatn. Der Nebel in der Phiole bewegte sich und änderte seine Farben wie ein Regenbogen.

»Also ... wir trinken das einfach?«, fragte Eagan.

»Wie viel?«, fragte Ari.

»Ich weiß es wirklich nicht«, sagte ich und schüttelte den Kopf. »Vielleicht sollten wir nur jeweils einen oder zwei Tropfen trinken, bis alles aufgebraucht ist? Und dann, äh, ihr wisst schon, dann wird die Magie einfach passieren, wenn wir sie brauchen. Falls ihr die Fähigkeit besitzt ... nehme ich an.«

Eagan hielt noch immer die kleine Phiole in der zitternden Hand und sah uns der Reihe nach an. Lake nickte aufgeregt. Ari wirkte ein wenig vorsichtiger. Glam runzelte wütend die Stirn und riss Eagan die Phiole aus der Hand. Dann trank sie die Hälfte mit einem einzigen Zug.

»Glam, lass uns auch noch was übrig«, sagte Ari und griff nach der Phiole.

»Es ist ja nicht so, dass du überhaupt die Fähigkeit hättest«, sagte Glam.

Ari verdrehte die Augen und trank einen winzigen Schluck, ehe sie die Phiole an Lake weiterreichte. Er grinste und seine Augen loderten fast vor Aufregung. Er trank einen kleinen Schluck und reichte die Phiole an Eagan weiter.

»Vielleicht sollten wir nicht alle davon trinken«, schlug Eagan vor und sah die Phiole unsicher an. »Ihr wisst schon, sicherheitshalber. Damit hier wenigstens einer oder eine einen klaren Kopf behält.«

»Ich habe euch doch schon gesagt, dass es wirklich ein ganz schwaches Gefühl ist«, sagte ich. »Es ist nicht so, dass ...«

Ich unterbrach mich, denn mir fiel plötzlich ein, dass das Galdervatn mich ja vermutlich dazu angestachelt hatte, mit

Perry Streit zu suchen, und damit die Entdeckung meines Dad den Elfen verraten hatte. Dann hatte ich die Spalterfraktion zu unserem Laden gelockt, einen Troll verärgert und die noch immer ungeklärte Entführung meines Dad verursacht.

»Vielleicht hast du nicht ganz unrecht«, sagte ich und nahm ihm die Phiole ab.

Eagan wirkte für einen kurzen Moment enttäuscht, aber dann nickte er, sichtlich erleichtert.

Ich trank die letzten beiden Tropfen Galdervatn. Die wirbelnde, neblige Flüssigkeit war so leicht, dass ich das Gefühl hatte, Dampf zu trinken. Sie schmeckte eigentlich nach nichts, aber sie ließ ein kaltes Gefühl durch meine Speiseröhre jagen – als ob ich winzige Eisstückchen geschluckt hätte. Das Gefühl verflog schnell wieder.

»Ist das alles?«, fragte Glam und schien enttäuscht zu sein.

»Na ja, wie gesagt, die Wirkung ist eher schwach ... und kommt so nach und nach. Und vielleicht hast du ja nicht einmal ...«

Ich verstummte, als ich sah, wie sich ihre Augen in Vorschlaghämmer verwandelten, die drohten, mir den Schädel einzuschlagen. Ich war nicht sicher, ob ich (um unseretwillen) hoffen sollte, dass Glam die Fähigkeit am Ende doch besaß, oder ob ich hoffen sollte (für den Rest der Welt), dass das nicht der Fall war.

»Okay, gut, dann los«, sagte ich.

Wir gingen einfach durch das Eingangstor auf das Schulgelände. Ich hatte dafür gesorgt, dass wir am Ende der fünften Stunde dort eintrafen, wenn alle noch in den Klassenzimmern saßen. Aber auch gleich vor der Mittagspause, denn dann wusste ich genau, wo ich Bucks Sohn finden würde.

Mrs Enlen, die Schulsekretärin, musterte uns stirnrunzelnd.

»Was willst du denn hier, Greg?«, fragte sie mit kalter Stimme.

»Wie meinen Sie das?«, fragte ich. »Ich gehe hier zur Schule.«

»Nein, du bist von der Schule verwiesen worden, Greg«, sagte Mrs Enlen schadenfroh. »Dein Schließfach wird in zwei bis sechs Wochen geleert und der Inhalt wird dir per Post zugestellt.«

»Oh, na ja, äh, aber es ist Folgendes«, sagte ich und versuchte zu verbergen, wie geschockt ich über meinen Schulverweis war. Lag es an dem Zwischenfall im Treppenhaus oder einfach daran, dass ich ein Zwerg war? »Eins von den Dingen in meinem Schließfach ist lebendig und muss gefüttert werden! Es wird sonst keine zwei Wochen überleben. Wollen Sie wirklich ein Leben auf dem Gewissen haben, Mrs Enlen?«

»Ein Leben!« Sie schnappte überaus missbilligend nach Luft. »Meine Güte, Greg!«

»Ich weiß«, sagte ich kleinlaut. »Kann ich mir nicht einfach meinen Kram holen und dadurch verhindern, dass die Schule die Schildkröte eines kleinen Jungen umbringt? Es würde dann ja auch nach totem Tier riechen und überhaupt ...«

Sie starrte mich wütend an. »Wer sind diese ... anderen *Kinder*?«

»Nur Verwandte, die mir beim Tragen helfen wollen«, sagte ich. »Mein Schließfach ist sehr voll.«

»Ihr müsst euch alle in die Besucherliste eintragen.« Sie legte einen Kugelschreiber auf einen Klemmblock.

»Vielen Dank, Mrs Enlen«, sagte ich und schrieb meinen Namen und die Uhrzeit auf das Blatt. »Entschuldigen Sie die Umstände.«

Sie runzelte wieder die Stirn und schüttelte langsam den Kopf.

Lake, Ari, Eagan und Glam trugen sich ebenfalls in die Besucherliste ein. Mrs Enlen konnte nicht verbergen, wie fasziniert sie von dem muskulösen, schnurrbärtigen Mädchen war, das noch nicht einmal das Teenageralter erreicht hatte und mit riesigen, krummen Kugelschreiberstrichen *Glamenhilda* auf das Blatt schrieb (Glam hielt den Kugelschreiber wie einen Tennisschläger).

»Gut, und jetzt wartet hier bitte auf Mr Phiro«, sagte Mrs Enlen lächelnd. »Er kommt gleich, um euch zu deinem Schließfach zu bringen.«

»Uns zu bringen ...«, wiederholte ich mit schwacher Stimme.

»Ja, na ja, wir können hier ja nicht fünf Fremde einfach so durch die Gänge stromern lassen, oder?«, sagte Mrs Enlen ungeheuer zufrieden. »Wie du sehr wohl weißt, Greg, dürfen hier nicht einmal registrierte Schüler während der Unterrichtszeit ohne Passierschein herumlaufen.«

Plötzlich hätte ich mich wegen meiner Blödheit in den Hintern beißen können. Wie hatte ich nur auf die Idee kommen können, sie würde uns einfach unbeaufsichtigt zu meinem Schließfach spazieren lassen? Wie hatte ein Zwerg jemals so optimistisch sein können? Vielleicht war in der ganzen Zeit, die ich mit Edwin verbracht hatte, ein wenig von seinem elfischen Überoptimismus in meine Psyche gesickert?

Ich rang mir ein Lachen ab – es klang furchtbar falsch.

»Ja, natürlich«, sagte ich und nickte. »Mr Phiro.«

»Bitte, wartet auf dem Gang auf ihn«, befahl Mrs Enlen und versuchte höflich, sich angesichts von Glams Körpergeruch die Nase zu bedecken.

Wir verließen ihr Büro und standen möglichst lässig da, um nicht auszusehen, als ob wir einen Plan aushecken.

»Was passiert jetzt?«, fragte Eagan. »Wer ist Mr Phiro?«

»Das ist ein Elfenname, ist doch klar«, sagte Glam. »Kann ich ihm die Knie zertrümmern?«

»Ganz locker bleiben«, sagte ich und schaute auf die Uhr. »Und hier werden keine Knie eingeschlagen. Er soll uns zu meinem Schließfach bringen. Und wenn wir dann da sind, werden wir ihn schon irgendwie abschütteln.«

»Einfach so ... irgendwie?«, fragte Ari skeptisch.

»Na ja, ich glaube, ungefähr so funktioniert das Galdervatn«, sagte ich. »Das hilft irgendwie dann, wenn man es am meisten braucht ...«

Sie sahen mich skeptisch an.

»Insofern möchte jene brutale Schmetterey, die Glamenhilda anrag, doch wohl eine sinnreiche Lösung seyn«, sagte Lake.

Ich hatte keine Zeit mehr, um noch einmal zu betonen, dass wir hier gar nichts zerschmettern würden. Mr Phiro, der Chef des Schulsicherheitsdienstes, war plötzlich da und stand direkt hinter uns.

»Okay, Greg, los gehts«, sagte er.

Meine zwergische Begleitung begriff jetzt sicher, weshalb es sich nicht empfahl, Mr Phiro mit Gewalt ausschalten zu wollen. Der Sicherheitschef der PISS ragte über uns auf wie ein Denkmal. Er war fast zwei Meter groß und hatte Arme wie ein Footballprofi. An seinem Gürtel waren ein Walkie-Talkie und ein Taser befestigt.

»Zack, zack, ich hab nicht den ganzen Tag Zeit«, dröhnte er.

Ich nickte und wir fünf gingen hinter ihm her zu meinem

Schließfach. Mr Phiros Absätze knallten laut auf dem polierten Boden. Als wir mein Schließfach erreicht hatten, drehte er sich um und zeigte mit seinem Walkie-Talkie darauf, das in seinem riesigen Wurfhandschuh aussah wie ein Plastikspielzeug.

»Na los, hol deinen Kram«, befahl er.

Ich gab meinen Code ein und öffnete die Tür meines Schließfachs. Es war fast leer und verriet meine Notlüge.

Mr Phiro runzelte verärgert die Stirn und hob das Walkie-Talkie.

Aber Aris Hand schoss blitzschnell hervor und packte das Gerät, ehe Mr Phiro es höher als seine Hüfte heben konnte. Selbst Ari schien von ihrer Geschwindigkeit und Geschicklichkeit schockiert zu sein, und nun wusste ich, dass das Galdervatn seine Wirkung tat.

Was als Nächstes passierte, bestätigte meine Vermutung.

Aus dem Walkie-Talkie strömte Wasser, als ob das Gerät an einen Schlauch angeschlossen wäre. Ari ließ los und trat verdutzt einen Schritt zurück. Mr Phiro war noch immer verwirrt und hielt das triefende elektrische Gerät weiter fest, während es einen Kurzschluss erlitt und Funken aufstoben.

Ein knisterndes *krack* zerfetzte die Luft.

Mr Phiro brach zusammen und sank zu Boden.

»Ist er ... ist er tot?«, fragte Ari mit entsetztem Flüstern. »Ich wollte doch nicht ... das war nur ...«

Eagan bückte sich rasch und legte die Hand auf die sich hebende Brust des Sicherheitsmannes.

»Er atmet noch«, sagte er, richtete sich dann auf und versetzte dem in einer Pfütze liegenden Walkie-Talkie einen Tritt. »Ich glaube nicht, dass das Teil da genug Volt hat, um so einen Brocken von Kerl umzubringen. Was bedeutet, dass er vermutlich bald zu sich kommen wird.«

»Heißt das, dass sie die Fähigkeit besitzt?«, fragte Glam, sichtlich neidisch.

»Sieht so aus«, sagte ich und grinste Ari an.

Die sonst unerschütterliche Ari wurde rot und dadurch glänzten ihre silberlila Haare noch mehr.

»Wir müssen weg hier«, sagte ich. »Gleich klingelt es und dann werden sich die Gänge mit Elfen füllen.«

»Wir können ihn nicht einfach so hier liegen lassen«, sagte Eagan und zeigte hinunter auf Mr Phiro, der jetzt anfing, sich zu bewegen. »Wenn er erst zu sich kommt, lässt er das ganze Gelände absperren.«

Voller Panik starrten wir Mr Phiro an. Es würde schon schwer genug sein, den Mann hochzuheben, ganz zu schweigen davon, für ihn ein Versteck zu suchen. Aber ehe wir auch nur begriffen, was vor sich ging, schoss aus meinem offenen Schließfach ungefähr ein Dutzend dicker grüner Schlingpflanzen und wickelte sich um Mr Phiros Beine.

Wir sahen sprachlos zu, wie die Ranken ihn mit den Füßen zuerst in mein enges Schließfach zogen. Während seine Knie im Schließfach verschwanden, wurde uns klar, dass ein Elf von seiner Größe dort niemals genug Platz haben würde. Ich trat näher heran und sah nun, dass die Rückwand des Schließfachs verschwunden war. Dahinter befand sich eine kleine Höhle von der Größe eines geräumigen Schrankes, mit tropfendem Granit und Stalaktiten und allem, was dazugehörte.

»Wie ist das möglich?«, flüsterte Eagan ehrfürchtig.

»Galdervatn«, sagte Ari leise.

Die Schlingpflanzen zogen Mr Phiro nun endgültig in die kleine Höhle hinter meinem Schließfach. Eine letzte Ranke schoss hervor, packte die Schließfachtür und knallte sie zu.

»Wer von euch hat das geschafft?«, fragte Eagan.

»Ich habe keine Ahnung«, sagte ich langsam.

»Ich war das!«, sagte Glam, obwohl die Verwirrung in ihren Augen ihre Unsicherheit verriet. »Natürlich war ich das!«

»Woher ist die Höhle gekommen?«, fragte Ari. »Und was ist mit Mr Phiro? Was ist mit ihm passiert?«

»Das weiß ich nicht«, sagte ich. »Aber wir können uns jetzt nicht den Kopf darüber zerbrechen. Gleich klingelt es zum Ende der Stunde, also müssen wir in die Mensa.«

Die anderen liefen hinter mir her durch den Flur und wir überließen mein Schließfach, die seltsame Höhle und die intelligenten Ranken, die einen Elfen gefangen hielten und die jemand von uns durch zwergische Magie herbeigerufen hatte, ihrem Schicksal.

25

Ich kündige hiermit ein Wortspiel an: Tja, Perry, da haste den Salat!

Wir schafften es unbemerkt zu meinem alten Pausenplatz.

Als wir uns hinter der Couch versteckten, sah ich zu meiner Enttäuschung, dass offenbar irgendwer meine Rucola-Pflanze ausgerissen und entsorgt hatte. Gleich darauf klingelte es zum ersten Mal. Ari, Lake, Eagan und Glam sahen wie benommen aus, als wir die ersten kreischenden Kinder in die Mensa strömen hörten.

»Das ist echt«, flüsterte Eagan. »Galdervatn ist echt. Die zwergische Magie kehrt wirklich zurück …«

»Zauber alter Zeiten deriger ziehet herauf«, sagte Lake zustimmend und mit verzücktem Grinsen. »Wie in alten Mären wunders viel gepriesen vollzieht es sich nunmehr.«

Wir ließen diese schicksalsschweren Worte in der Luft hängen. Es stimmte wirklich. Von nun an würden die Zwerge mit der Fähigkeit endlich ihre volle magische Kraft zurückgewinnen. Und die Elfen auch.

Durch das ehrfürchtige Schweigen hindurch hören wir leise Schritte über den Marmorboden näher kommen. Die Schritte hielten vor der Couch inne. Ein leises *Kriek* verriet uns, dass sich der Verursacher der Schritte uns gegenüber auf den Stuhl gesetzt hatte. Auf seinen festen Platz.

Dann kam das leise Murmeln von Froggys Stimme.

»He, wisst ihr noch, wie wir Kätzchen aus Bäumen retten konnten«, sagte er auf diese seltsame Weise, in der er immer seine unsinnigen Selbstgespräche führte. »Oder auf Wolkenkratzern picknicken und die Schurken in die Knie zwingen ...«

Ich signalisierte den anderen, sitzen zu bleiben, während Froggy weiterhin von Zeitmaschinen oder so etwas faselte, dann schlich ich mich langsam auf die andere Seite der Couch und kletterte auf meinen üblichen Platz.

Froggy verstummte und sah mich an.

Er verzog keine Miene, während er das von zu Hause mitgebrachte Butterbrot auswickelte. Dann nickte er mir einmal kurz zu.

»Froggy ...«, fing ich an, »äh, ich weiß nicht so recht, wie ich das sagen soll ... oder ob du überhaupt der Richtige bist ... äh ...«

Er wartete geduldig darauf, dass ich dieses Problem löste.

»Dein Dad ...«, sagte ich. »Ich meine, nicht dein Stiefvater, sondern dein echter Vater ... ich weiß nicht, ob du dich richtig an ihn erinnern kannst oder ob du weißt, was aus ihm geworden ist, aber du fehlst ihm. Ich habe ... Na ja, eine Serie von seltsamen Ereignissen hat mich zu ihm geführt. Ich kann das jetzt nicht alles erklären, aber du fehlst ihm und er möchte dich sehen. Ich kann dich zu ihm bringen.«

Froggy verzog weiterhin keine Miene. Ich war nicht sicher, ob er damit beschäftigt war, zu verarbeiten, was ich gesagt hatte, oder ob er keine Ahnung hatte, wovon ich redete, oder ob es ihm total egal war.

Aber dann grinste er schließlich und nickte.

»Wirklich?«, fragte ich.

Wieder nickte Froggy. »Ja«, sagte er. »Ich möchte ihn gern wiedersehen. Meine Mutter will mir nicht verraten, wo er wohnt.«

»Super, dann los«, sagte ich und stand auf. »Ich weiß zufällig genau, wo er anzutreffen ist.«

Eine Sekunde lang glaubte ich, dass er doch nicht mitkommen würde. Aber dann legte er sein Pausenbrot hin und stand auf.

»Froggy, ich bin mit ein paar Freunden hier«, sagte ich, als die anderen hinter der Couch auftauchten.

»Sind das auch Zwerge?«, fragte er.

Aus irgendeinem Grund überraschte es mich, dass er die Wahrheit wusste. Aber schließlich war sein Dad ein Zwerg und seine Mom eine Elfe und er besuchte eine Elfenschule. Ich hätte also eigentlich nicht so geschockt sein dürfen.

»Das sind sie«, sagte ich. »Aber ich stelle euch später vor. Wir müssen jetzt weg hier.«

Froggy nickte und wir liefen zu einem Ausgang auf der anderen Seite des Raumes.

»Das war alles?«, fragte Glam.

»Das war alles«, sagte ich und war selbst überrascht. »Diese Tür führt uns zu einer Hintertreppe und dann nach draußen.«

»Ich kann also gar keine Magie anwenden?«, fragte Glam wütend und ballte die Fäuste. »Ich kann mit keinem Elfen kämpfen?«

Wir blieben ungefähr einen Meter vor dem Ausgang stehen. Auf der anderen Seite der riesigen Mensa leerten die anderen ihre Tabletts. Wenn wir innerhalb der nächsten zehn Sekunden kein Aufsehen erregten, würden sie uns nicht bemerken.

»Glam, du kannst dich nachher noch aufregen«, sagte Ari, die die Gefahr ebenfalls bemerkt hatte. »Wir müssen jetzt weg hier ... leise!«

»Du konntest ja auch coole Magie wirken«, sagte Glam laut und hob eine Hand, als ob sie anklagend auf Ari zeigen wollte.

Wir starrten sie schockiert an. Ihre Hand war nämlich gar keine Hand mehr. Stattdessen hatten sich Glams Fäuste in basketballgroße Granitbrocken verwandelt.

Sie riss die Augen auf.

Dann lächelte sie.

»Zum Zuschlagen«, sagte sie.

»Glam, nein!«, sagten Eagan, Lake und ich wie aus einem Munde.

Aber es war zu spät.

Der Aussicht, mit magischen Granitfäusten etwas zerschlagen zu können, konnte Glam einfach nicht widerstehen. Sie war schließlich eine Schattenspieß, also konnte man ihr da keine allzu großen Vorwürfe machen. Sie holte mit einem Granitbrocken aus und knallte ihn gegen die Backsteinmauer neben dem Ausgang. Ein riesiger Krater tat sich auf und Mörtel und Backsteinstücke stoben nach allen Seiten.

Sie traf die Mauer ein weiteres Mal. Die ganze Mensa schaute zu uns herüber. In der Mauer waren jetzt zwei große Löcher und überall lag Mauerschutt herum. Glams Fäuste verwandelten sich so plötzlich, wie sie zu Stein geworden waren, wieder in Hände. Es schien Glam zu enttäuschen, dass sie nicht noch mehr zerschlagen konnte, aber sie grinste noch immer und ihr Schnurrbart wurde dadurch ganz dünn gedehnt.

Dann hörte ich eine Stimme, von der ich gehofft hatte, sie niemals wieder hören zu müssen.

»Ist das nicht Greg Fettmont?«

Ich schaute auf. Perry und sechs seiner Kumpels kamen wütend auf uns zu.

»Ist das Roly-McBowly?«, brüllte Perry. »Ich wusste doch, dass es hier nach Gwint stinkt.«

Ehe ich michs versah, hatten sie uns umzingelt. Perry trat vor, packte mein Hemd und hob mich mühelos hoch.

»Bist wohl zurückgekommen, damit ich mein Werk vollenden kann«, spottete er. »Und diesmal werden deine miesen Zwergentricks dich nicht retten!«

Da irrte er sich natürlich. Wir hatten offenbar allesamt mehr Galdervatn getrunken als ich am vergangenen Freitag, deshalb blieb uns noch jede Menge Magie. In einem Punkt hatte er allerdings recht: Diesmal wurde ich nicht durch *meinen* magischen Trick gerettet.

Sondern durch Glams.

Sie schob mich aus Perrys Zugriff und trat zwischen uns. Dann öffnete sie den Mund, um ihn anzubrüllen, brachte aber kein Wort heraus. Ihre Augen weiteten sich und nun fing sie an, Perry dicke, schwarze Erde ins Gesicht zu kotzen.

Die Erde war dunkel und feucht und roch fruchtbar, als sie aus Glams Mund in sein Gesicht gespien wurde. Er stieß einen verwirrten Schrei aus, wich einige Schritte zurück und versuchte, Erdbrocken auszuspucken, während Glam immer noch weiterspie.

Zuerst wussten Perrys Kumpel nicht, was sie machen sollten. Sie standen nur geschockt da und sahen zu, wie dieses Mädchen Erde auskotzte. Aber dann wurden sie endlich aktiv. Zwei rangen Glam zu Boden. Erde spritzte zur Decke auf wie eine Lehmfontäne.

Zwei weitere von Perrys Freunden schlangen die Arme um

Ari und Lake und hielten die beiden mühelos fest. Ein weiterer stieß Eagan zu Boden. Er knallte auf die Marmorplatten und schnappte nach Atem, weil der Sturz ihm die Luft aus der Lunge geschlagen hatte. Froggy kauerte vor der Mauer.

Glam wehrte sich wütend gegen Perrys zwei Kumpel. Die beiden riesigen Teenager hatten große Mühe, die muskulöse, um sich schlagende Zwergin festzuhalten. Aber so stark Glam auch war, sie würde die beiden nicht mehr lange abwehren können.

Perry wischte sich Erde aus den Augen, grinste mich an und seine Zähne waren schwarz vor Mulch.

»Netter Trick, aber diesmal kommst du damit nicht durch«, sagte er. »Jungs, haltet sie fest. Wir warten auf die Sicherheitsleute. Ich bin sicher, der Elfenlord würde gern mit diesen Gwints sprechen und sie fragen, was sie hier eigentlich vorhatten.«

Ich hätte Froggy packen und mit ihm wegrennen können – wir hätten es geschafft. Aber Lake, Ari und Glam eben nicht. Auch wenn ich das hier für meinen Dad tat, konnte ich doch meine Freunde nicht im Stich lassen. Wenn ich nur gewusst hätte, wie man bewusst allerlei Zauber bewirkt, hätte ich uns hier vielleicht herausholen können. Aber mich in Stein zu verwandeln oder Rucola wachsen zu lassen, kam mir in diesem Moment nicht gerade wie eine große Hilfe vor.

Ich versuchte, Steine aus meinen Augen schießen zu lassen. Ich versuchte, Feuer zu speien. Ich stand da und versuchte verzweifelt, etwas zu unternehmen, irgendetwas Magisches. Aber nichts passierte.

Plötzlich, wie aus dem Nirgendwo, stieß jemand mit Perry zusammen und der fiel mit ausgestreckten Armen und Beinen zu Boden. Mit unheimlicher Eleganz und Geschwindigkeit sprang der Angreifer zu den beiden Jungen hinüber, die Ari und Lake festhielten, und warf beide mit blitzschnellen Hieben gegen ihre Schläfen um.

Und dann erkannte ich ihn endlich.

»Greg, schnapp dir deine Freunde und haut ab«, sagte Edwin schon auf dem Weg zu Glam, um sie ebenfalls zu befreien. »Ich kann die anderen nicht in alle Ewigkeit in Schach halten, und die Sicherheitsleute sind schon unterwegs. Macht, dass ihr wegkommt!«

Ich packte Froggy und rannte zu Eagan hinüber, um ihm auf die Beine zu helfen. Er war noch immer nicht wieder zu Atem gekommen. Ari, Lake und Glam kamen uns nach, während Perry und seine Kumpels sich um Edwin zusammendrängten. Es stand sechs zu eins. Wir mussten ihm helfen.

»Darauf warte ich schon seit Jahren, Edwin Aldaron«, sagte Perry feixend. »Dein Dad wird dich jetzt nicht beschützen, schon gar nicht, wenn du unbefugt eingedrungenen Gwints hilfst.«

»Greg, hau ab!«, schrie Edwin hinter der Mauer aus Elfenrüpeln, die jetzt auf ihn einschlugen.

Ich wollte unbedingt bleiben und ihm helfen – ich konnte meinen besten Freund doch nicht im Stich lassen. Aber etwas in seiner Stimme machte mir klar, dass wir wegmussten. Und zwar sofort.

Wir steuerten den nächstgelegenen Flur an, da der eigentliche Ausgang von sieben kämpfenden Elfen verstopft war. Theoretisch hatte soeben die sechste Stunde begonnen, deshalb sprinteten wir durch leere Gänge. Jedenfalls, bis wir um eine Ecke bogen und Mr Phiro, Scharfe Soße und vier Schulsicherheitsleuten ins Gesicht starrten.

»Da seid ihr also«, sagte Mr Phiro grinsend.

Noch immer hingen ihm Reste von toten gelben Ranken um die Beine.

»Diese *Zwerge* haben den Friedensvertrag gebrochen«, sagte Scharfe Soße zufrieden. »Sie haben gegen uralte Gesetze verstoßen und müssen unverzüglich festgenommen werden.«

Die Sicherheitsleute kamen auf uns zu.

Wir rannten.

Aber sie waren nicht weit hinter uns und würden uns mit Leichtigkeit einholen, ehe wir die Tür am Ende des langen Ganges erreichten. Ich geriet in Panik, als ihre Schritte hinter uns immer näher kamen. Und dann hörte ich überraschte Ausrufe. Unter meinen Füßen spross Gras, mitten durch die Fußbodenplatten.

Ich schaute mich um.

Hinter uns wuchs noch mehr als nur Gras. Ein ganzer Urwald aus Pflanzen und Ranken breitete sich plötzlich im Gang aus. Gewaltige Bäume brachen durch den Boden und ließen die Marmorplatten in winzige Scherben zerspringen. Pflanzen wuchsen aus Schließfächern und Rissen in der Wand, wickelten sich um die Füße der Sicherheitsleute und brachten mindestens zwei von ihnen zu Fall.

Mr Phiros leiser werdender Angstschrei bestätigte, dass das Dschungeldickicht im Gang nun undurchdringlich war. Wir rannten immer weiter, bis wir die Tür erreicht hatten, dann stürzten wir ins Freie. Ich schaute mich ein letztes Mal um. Der gesamte Gang war eine braungrüne Mauer aus wild überwucherten Baumstämmen, Blumen und Pflanzen, ein Vorhang aus Sträuchern und Gräsern. Alles, was von Mr Phiro, Scharfe Soße und den Sicherheitsleuten, die noch immer auf halber Strecke feststeckten, zu sehen war, waren verzweifelt fuchtelnde, zappelnde Arme und Beine, die aus dem dichten Blattwerk herausragten.

Ich wusste nicht, wer die magische Höhle hinter meinem Schließfach gemacht hatte, aber ich wusste genau, dass das hier mein Werk war. Und zum ersten Mal freute ich mich auf das Training, ohne nur an die Rettung meines Vaters zu denken.

Wenn ein paar Zwergenkinder »aus Versehen« so etwas fertigbrachten, was konnten wir dann erst mit richtiger Unterweisung erreichen?

Auf dem Weg zurück zu Buck sagten wir sechs kaum ein Wort.

Was war aus meinem Instinkt geworden, der mir riet, mich aus allem herauszuhalten? Hatte ich wirklich aus der Großhalle der Zwergischen Produkte Galdervatn gestohlen? Hatte ich es wirklich benutzt, um mich in die PISS einzuschleichen und dabei einen Krieg mit den Elfen auszulösen? Noch vor einer Woche wäre ich nicht im Traum auf die Idee gekommen, so etwas zu tun. Aber vor einer Woche war mein Dad ja auch unversehrt gewesen. Ich hatte damals noch keinen Grund für kühne Taten gehabt, dafür, Regeln zu brechen und mein Leben aufs Spiel zu setzen, obwohl ein ganzes Leben voller Pech mich normalerweise davor zurückhielt.

»Also, der Typ, der uns gerettet hat«, sagte Ari auf dem Sitz hinter mir, »war das dieser Elf, mit dem du befreundet bist?«

»Ja«, sagte ich und drehte mich zu ihr um. »Verstehst du jetzt, warum ich so sicher bin, dass wir ihm vertrauen können? Er ist ganz anders als die Elfen, die ihr mir beschrieben habt.«

»Das war nur ein Trick«, meinte Glam. »Ich glaube, sie

haben uns mit Absicht entkommen lassen. Das ging alles viel zu leicht.«

»Zu leicht?«, fragte Eagan. »Irgendwer von uns hat den Gang in einen Regenwald verwandelt. Sonst wären wir auf jeden Fall festgenommen worden.«

»Vergiss nicht, dass wir viel leichter da weggekommen wären, wenn du nicht diese Mauer eingeschlagen hättest«, sagte Ari.

»Glam-Schlag«, sagte Glam mit dämlichem Grinsen. »Ich konnte nicht dagegen an …«

»Lass sie doch in Ruhe«, sagte Eagan, »wir machen alle mal einen Fehler.«

»Glamenhilda wurf beim Angriff auf Greg Leib und Leben ihrige in die Bresche«, fügte Lake hinzu.

Ich merkte, dass Ari es satthatte, dass die beiden Glam immer wieder verteidigten, nur weil sie Glam attraktiv fanden und für ihren Schnurrbart schwärmten.

Aber zugleich konnte sie nicht abstreiten, dass Glam sich voll ins Gefecht geworfen hatte, um mich gegen Perry zu verteidigen.

»Danke, dass ihr mich da rausgeholt habt«, sagte Froggy. »Ich wollte nie auf diese Schule gehen. Aber mein Stiefvater hat mich dazu gezwungen.«

Das war vielleicht mehr, als er in den letzten drei Jahren insgesamt zu mir gesagt hatte.

»Wolltest du deshalb mit niemandem was zu tun haben?«, fragte ich.

»Unter anderem«, sagte er. »Und viele von denen … na ja, ich bin ein Halbzwerg. Das kommt da nicht gerade gut an. Verstehst du?«

Ich nickte in dem Gefühl, es sehr gut zu verstehen.

»Kannst du mir jetzt endlich erzählen, was hinter deinem komischen Gemurmel steckt?«

Froggy grinste zufrieden.

»Das sind nur Songtexte«, sagte er. »Ich höre viel Musik. Verstehst du, das hilft, wenn man ganz allein ist. Und absurde Texte find ich toll.«

»Warum hast du mir das nie gesagt, wenn ich dich gefragt habe?«, wollte ich wissen. »Statt mir immer so komische Antworten zu geben.«

»Hab ich doch«, sagte Froggy. »Ich hab dir immer die Namen der Bands genannt.«

Ich grinste und schüttelte den Kopf, während Froggy Ohrstöpsel hervorzog und sich in die Ohren steckte. Mir wurde klar, dass ich längst nicht so oft mit ihm gesprochen hatte, wie ich mir eingebildet hatte.

Froggys Wiedersehen mit seinem Dad dreißig Minuten später war ein wenig rührend und ein wenig peinlich. Eigentlich hätten wir die beiden allein lassen sollen. Es half auch nicht gerade, dass Froggy ohnehin ein Sonderling war und sein Dad ein mürrischer, schimpfender Computerspieljunkie. Aber die beiden hatten ganz offenbar Sehnsucht nacheinander gehabt.

Die Begegnung verlief ungefähr so:

Froggy: (starrt seinen Dad aus roten Augen an und sagt nichts)
Buck: (starrt seinen Sohn aus roten Augen an und sagt nichts)
Froggy: »…«

Buck: »Hast du meine Briefe bekommen?«

Froggy: (schüttelt den Kopf)

Buck: »Ich wusste ja, den Elfen ist nicht zu trauen.«

Froggy: »…«

Buck: »Na ja, du bist auch ein halber Elf, also meine ich wohl eher, dass deiner Mom nicht zu trauen ist. Ich habe jede Menge Briefe geschickt. Du hast mir gefehlt. Sie hat dich mir weggenommen.«

Froggy: (bringt eine Andeutung eines Lächelns zustande)

Buck: »Möchtest du bei mir bleiben und mit den anderen Zwergen zusammen trainieren? Das ist alles sinnlos und und totale Zeitverschwendung, aber die haben irgendeinen komischen Einsatz vor. Möchtest du bei mir einziehen? Hier ist es verdreckt und chaotisch, aber das ist alles, was ich dir anbieten kann.«

Froggy: (nickt)

Buck: (nickt)

(*Ein langes Schweigen folgt – wir anderen starren verlegen unsere Füße an.*)

Buck: »Brauchst du irgendwas aus dem Haus deiner Mom?«

Froggy: »Nein, ich hab alles bei mir.« (Hält einen iPod und seine Ohrstöpsel hoch)

Buck: »Na gut. Wir können dir heute Abend ein paar neue Klamotten und so was besorgen. Muss nur die Autoschlüssel finden.«

(*Er fängt an, in den Stapeln aus leeren Coladosen und Imbissverpackungen zu wühlen – wobei er bemerkt, dass wir anderen auch noch da sind.*)

Buck: »Wieso steht ihr denn noch hier herum? Kommt morgen wieder, dann fangen wir mit dem Training an.«

(*Wir trotten zur Tür, denn wir wollen ihn nicht verärgern oder auf irgendeine Weise dazu bringen, dass er sich die Sache anders überlegt – schon gar nicht nach allem, was wir getan hatten, um so weit zu kommen.)*

Buck: »Greg, eins noch – danke!«

26

Edwin bekommt Hausverbot für das Qitris-Festival

Ich erfand einen Vorwand, um die anderen allein zum Bus zurückgehen zu lassen, und ging in die nächstgelegene öffentliche Bibliothek.

Dort erwartete mich eine Mail, die Edwin kurz nach dem Zwischenfall in der PISS geschickt hatte – was bedeutete, dass er unversehrt war. Jedenfalls unversehrt genug, um eine sehr kurze Nachricht zu schreiben:

> Greg, wir müssen uns treffen. Das heute war nicht lustig.

Als ich eine Antwort schrieb, tauchte meine Messenger-Box auf.

Edwin Aldaron: Greg?

Ich: Ja ... ich bin in der Bibliothek unten in der Fullerton in Logan.

Edwin Aldaron: Bleib da, ich komme sofort.

Fünfzehn Minuten darauf saßen wir einander an einem Tisch hinten in der Bibliothek gegenüber. Edwin starrte mich mit einem Auge wütend an – das andere war schwarz und lila und dick geschwollen.

»Danke ...«, fing ich an.

Er schüttelte nur den Kopf.

»Ich weiß«, sagte ich. »Es tut mir leid. Ich musste ... na ja, es ist kompliziert. Aber du hast uns gerettet, Edwin.«

»Ich weiß«, sagte auch er dann endlich. »Und das hat mir einen Haufen Ärger verschafft. Einen Riesenhaufen Ärger.«

Ich wollte zustimmen, aber er unterbrach mich.

»Nein«, sagte er. »Du hast keine Ahnung. Ich könnte deshalb mein Geburtsrecht verlieren. Mein Dad redet nicht mal mehr mit mir. Meine Mom hat mich geschlagen, nicht hart, aber trotzdem ... so was hat sie noch nie getan. Ich habe heute alles für dich aufs Spiel gesetzt. Und das hat jegliche Aussicht ruiniert, herauszufinden, was mit deinem Dad passiert ist. Das ist dir doch klar, oder? Ich finde, ich habe es verdient, den Grund zu erfahren.«

»Das macht nichts«, sagte ich. »Ich glaube nämlich, ich habe einen Plan zu seiner Befreiung. Aber das erzähle ich dir später. Denn du hast recht – zuerst hast du es verdient zu erfahren, warum wir in der PISS waren.«

Ich erklärte ihm die ganze Geschichte. Na ja, fast die ganze Geschichte. Vom Zwergentraining erzählte ich ihm dann doch lieber nichts. Keine Ahnung, warum ich ihm das verschwieg. Vielleicht dachte ich im tiefsten Herzen, wenn er vom Zwergentraining erfuhr, würde er glauben, dass wir uns auf eine Art Krieg vorbereiteten – was ja gar nicht der Fall war. Es war eher eine Art Katastrophenschutz, für den Fall, dass die Monster zurückkehrten oder die Elfen uns angriffen. Aber Edwin würde das vielleicht anders sehen. Jedenfalls erzählte ich ihm, dass Buck ein Zwerg war, der mir bei der Suche nach meinem Dad half (was im Prinzip ja nicht gelogen war), den Rest schilderte ich aber genauso, wie er passiert war: Bucks Depression, die ihn daran hinderte, mir zu helfen; Froggy, der Bucks verlorener Sohn war, und meine Abmachung mit Buck, die beiden wieder zusammenzubringen.

Edwin hörte zu und nickte dabei nachdenklich. Als ich fertig war, seufzte er.

»Greg«, sagte er und beugte sich vor. »Warum bist du nicht einfach zu mir gekommen? Ich hätte Froggy Bescheid sagen können. Warum nimmst du so viel Mühe und Gefahr auf dich?«

»Ich ...«

Tatsache war, dass das sehr viel mit meiner Entdeckung zusammenhing, was *Gwint* bedeutete. Konnte ich wirklich volles Vertrauen zu jemandem haben, der seinen ahnungslosen besten Freund mit einem so üblen Schimpfwort anredete? Andererseits hatte er gerade in der PISS wieder seinen Hintern riskiert, um uns zu retten. Die Sache war also weiterhin komplizierter, als sie aussah.

»Hast du kein Vertrauen zu mir?«, fragte Edwin, als ob zu seinen Elfenkräften auch Gedankenlesen gehörte. »Nicht einmal nach dem, was heute passiert ist?«

»Nein, das ist es nicht. Ich habe Vertrauen zu dir«, sagte ich, was stimmte – sonst wäre ich schließlich gar nicht hier.

»Na, spielt eh keine Rolle«, sagte Edwin. »Ihr habt getan, was ihr getan habt, und jetzt haben wir eine noch größere Sorge als die um das Schicksal deines Dad. Die Elfen sind total außer sich. Sie betrachten das heute als einen Akt der Aggression, Greg. Das vermute ich zumindest, denn, wie gesagt, meine Eltern erzählen mir ja nichts mehr.«

»Ich weiß, wir haben Mist gebaut«, sagte ich. »Das machen wir doch immer. Wir sind schließlich Gwints, oder?«

Edwin grinste. »Du hast endlich rausgefunden, was das bedeutet, oder?«

»Ja, und was gibt es da zu grinsen?«

»Wie meinst du das?«, fragte er unschuldig.

»Ed, das ist das gemeinste Wort für einen Zwerg, das man sich überhaupt nur vorstellen kann. Ehrlich, das ist einer der Gründe, weshalb ich plötzlich keine so wahnsinnig große Lust mehr hatte, mich bei dir zu melden.«

»Was? Nie im Leben«, sagte er. »Das ist doch bloß, na ja, ein dummer Spruch. Alle Elfen nennen Zwerge Gwints. Das ist doch nicht der Rede wert.«

»Na, für die anderen Zwerge offenbar doch«, sagte ich. »Du solltest mal sehen, wie sie reagieren, wenn jemand dieses Wort ausspricht. Willst du mir etwa erzählen, dass du keine Ahnung hattest, wie beleidigend es ist?«

Edwin kippte das Kinn herunter, aber er sagte nichts. Sein Lächeln war verschwunden und ich sah die Besorgnis in seinen Augen.

»Na ja, mir war schon klar, dass es nicht gerade ein Kompliment ist, aber ich hatte keine Ahnung, dass es so schlimm ist«, sagte er.

»Na, jetzt weißt du es«, sagte ich. »Und, hörst du auf, es zu benutzen?«

»Äh, na ja, ich finde noch immer nicht, dass es …«

»Versprich mir, nie wieder mich oder einen anderen Zwerg so zu nennen«, sagte ich. »Als Freund bist du mir das schuldig.«

Edwin nickte endlich und stieß etwas aus, das fast wie ein Seufzer klang.

»Und wie sieht dieser neue Plan aus?«, fragte er dann.

»Na ja ... also ...«

Wieder ertappte ich mich dabei, dass ich Edwin nur ungern die Einzelheiten verraten wollte. Vielleicht bedeutete das, dass die Zwerge Erfolg gehabt hatten und dass ich Edwin wirklich nicht mehr so ganz vertraute. Oder ihm schon, aber nicht den Elfen im Allgemeinen. Und wenn ich ihm etwas sagte, das ich besser verschwiegen hätte, dann könnte er es aus Versehen doch anderen Elfen weitererzählen, oder nicht?

»Das ist schwer zu erklären«, sagte ich endlich.

Edwin runzelte die Stirn. Er war jetzt sichtlich irritiert. Und als ich das blaue Auge ansah, das er sich bei meiner Rettung eingehandelt hatte, bekam ich ein ganz schön schlechtes Gewissen.

»Hör mal, ich weiß wirklich selbst noch nicht so ganz, wie dieser Plan aussieht«, sagte ich, und das stimmte ja auch. Ich hatte vor allem noch immer keine Ahnung, wie Aderlass mir bei der Suche nach meinem Dad helfen sollte. Ich hatte nur ein Gefühl, eine Ahnung, dass mir die Axt helfen konnte. »Es geht dabei um Magie. Und um ein altes zwergisches Werkzeug, das ich auf irgendeine Weise an mich bringen will. Wenn ich das geschafft habe, werde ich mehr wissen.«

Edwins Haltung lockerte sich endlich und er nickte.

»Vielleicht ist es ohnehin besser, wenn ich nicht zu viel weiß«, sagte er. »Der Elfenmagistrat hält mich seit heute plötzlich für einen Spion der Zwerge oder so was. Ich kann von Glück sagen, wenn ich überhaupt noch zum nächsten Qitris-Festival eingeladen werde. Je weniger ich also weiß, desto besser. Umso überzeugender kann ich alles abstreiten.«

»Das Qitris-Festival?«

»Ja, das ist ein blöder elfischer Feiertag«, sagte Edwin. »Die

Antwort der Elfen auf den 4. Juli oder so. Ich nehme an, früher war das mal richtig traditionell, mit Bogenschießen und Wettzaubern und anderen coolen Sachen. Aber jetzt bedeutet es eigentlich nur, dass ein Haufen wichtigtuerischer reicher Elfen eine Woche lang Luxuspartys veranstaltet, teuren Whiskey trinkt und vorgibt, sich nicht gegenseitig übers Ohr hauen zu wollen, obwohl sie das natürlich doch versuchen. Vermutlich bin ich jetzt ohnehin ausgeschlossen ...«

»Tut mir leid«, sagte ich.

Edwin zuckte mit den Schultern. »Es war ja meine Entscheidung, vorhin einzugreifen«, sagte er. »Aber ich wünschte noch immer, du hättest es mir einfach gesagt. Du hättest das alles verhindern können.«

Ich nickte. Er hatte recht. Ich kam mir vor wie ein Idiot.

»Also, es tut mir wirklich leid«, sagte ich. »Ich schlage vor, wir treffen uns in vier Tagen wieder, selbe Zeit, selber Ort. Vielleicht hilft es uns beiden, wenn wir uns ein paar Tage nicht sehen – das kann dir die Elfen vom Hals schaffen und ich kann mir überlegen, wie ich meinen neuen Plan in die Tat umsetze.«

»In Ordnung«, sagte Edwin zustimmend. »Dann sehen wir uns in vier Tagen.«

Er stand auf und ging.

Es hatte keine lahmen Wortspiele gegeben, keine Schachpartie und nur sehr wenig Lächeln.

27

Wir werden wie die Helden gefeiert, weil wir einen Krieg vom Zaun gebrochen haben

Du sollst zu Dunmor kommen, um darüber zu sprechen, was du und deine Freunde heute getan habt.«

So begrüßte mich Fynric, als ich an diesem Abend unsere winzige unterirdische Wohnung betrat. Tatsache war, dass wir zwar beide dort schliefen, einander aber kaum je begegneten. Er stand immer früh auf und ging zur Arbeit oder zu irgendeiner wichtigen Beschäftigung.

»Äh ...«

»Er wartet schon«, sagte Fynric. »Na los, gehen wir.«

Lake, Ari, Glam und Eagan saßen schon zusammen mit ihren Eltern an einem Tisch in der Ecke von Dunmors Büro. Fynric und ich nahmen am Ende Platz, neben Familie Schattenspieß.

Glams Eltern sahen genauso aus wie sie: dick und groß und behaart. Und obwohl ich mich immer noch nicht daran gewöhnt hatte, was unter Zwergen so als attraktiv galt, hatten sie doch etwas fast Königliches. Sie waren auf eine umwerfende Weise *beeindruckend*. Es war schwer zu erklären.

»Mir wurde durch den Elfischen Gesandten für Zwergische

Angelegenheiten, Ailas Presceran, eine offizielle Verlautbarung zugestellt«, sagte Dunmor, sowie ich Platz genommen hatte. »Er behauptet, dass fünf zwergische Jugendliche heute den Vertrag von Thrynmoor verletzt haben, indem sie Elfen gegenüber Magie einsetzten – was streng untersagt ist laut Kapitel 3, Artikel 14, Abschnitt 4 a, Paragraf 4 in unserem uralten Friedensabkommen.«

Er unterbrach sich und dann, zu meiner Verblüffung, lächelte er uns an.

»Natürlich vergaß der gute Gesandte Presceran dabei zu erwähnen, dass die Elfen möglicherweise als Erste gegen den Vertrag verstoßen haben, und zwar vor nur fünf Abenden – falls sie wirklich einen Troll angeheuert haben, um sich eines unserer Ratsältesten zu bemächtigen«, sagte Dunmor und sein bitteres Lächeln verwandelte sich in ein düsteres Stirnrunzeln. »Wir können das natürlich nicht beweisen. Aber das spielt auch keine Rolle. Wer zuerst den Vertrag gebrochen hat, ist nicht von Bedeutung. Von Bedeutung ist die Tatsache, dass die Lage jetzt angespannter ist als seit Jahrhunderten.«

Ich starrte den Boden an. Ich hatte versucht, genau das zu verhindern, indem ich verschwiegen hatte, dass (gewissermaßen) Elfen für die Entführung meines Dad verantwortlich waren – aber jetzt passierte es trotzdem. Ich war in eine Elfenschule eingebrochen, weil ich die Sache auf eigene Faust hatte klären wollen, und jetzt hatte uns das an den Rand eines bewaffneten Konflikts gebracht.

»Von nun an gibt es nur noch eine Vorgehensweise«, sagte Dunmor jetzt. »Das Training muss beschleunigt werden. Sehr bald wird Galdervatn ausgegeben werden. Wir rechnen mit baldigem Nachschub aus Bergwerken in Norwegen und Bulgarien. Galdervatn wird zudem zu anderen separatistischen

Gruppen in aller Welt gebracht, damit auch sie mit dem Training beginnen können. Wir müssen unseren Zeitplan straffen. Gebt euch keinerlei Illusionen hin: irgendeine Art von Konflikt steht bevor. Ob der Rat bei dem bevorstehenden Globalen Konzil seine Zustimmung gibt, spielt keine Rolle mehr. Wichtig ist nur, dass ihr alle in einem Monat euer Kampftraining beendet habt.«

Mir wurde schlecht. Genau deshalb war ich in der Vergangenheit drastischen Maßnahmen immer aus dem Weg gegangen. Sturmbauchs haben immer furchtbares Pech. Wir machen alles nur noch schlimmer; ich war dafür der lebende Beweis. Ich hatte uns eigenhändig an den Rand eines Krieges gebracht. Gab es irgendetwas, was ich jetzt noch tun konnte, um die Situation zu retten?

»Alsoooooo ... werden wir nicht bestraft?«, fragte Glam.

»Nein. Eure Eigenmächtigkeit hat mir, hat uns allen gezeigt, wozu Zwerge in der Lage sind«, sagte Dunmor. »Ihr solltet ein Vorbild sein, etwas Erstrebenswertes. Ihr habt die Initiative ergriffen und habt angesichts der sicheren Niederlage gekämpft. Ihr habt den Pessimismus besiegt, die Überzeugung, von furchtbarem Pech verfolgt zu sein, die unsere Taten normalerweise hemmt. Ihr seid die Art von Zwergen, die uns helfen wird, unseren alten Ruhm zurückzugewinnen. Oder die bei diesem Versuch sterben wird.«

Am nächsten Tag begann dann wirklich unser Training bei Buck.

Die anderen spekulierten im Bus eifrig darüber, was wir als Erstes lernen würden: Axtkampf oder Magie? Bogenschießen oder Verteidigungstechniken? Messerwerfen oder etwas noch Schärferes, das wir uns noch gar nicht vorstellen konnten?

Und deshalb waren wir alle grausam enttäuscht, als wir den Tag damit verbringen mussten, im Humboldt Park Bäume zu umarmen. Roteschen, um genau zu sein.

»Die Stärke der Zwerge stammt aus ihrer Verbindung zur Erde«, schärfte Buck uns zum achtundneunzigsten Mal ein. »Im Kampf geht es nicht um Geschwindigkeit oder Geschicklichkeit oder Geschmeidigkeit, es geht darum, euch mit eurer Umgebung zu verbinden. Mit der Erde selbst. Sie hat uns das Leben gegeben, und sie kann uns das Leben nehmen, wann immer es ihr gefällt.«

Ich lag mit dem Gesicht nach unten im Gras und versuchte, »Sauerstoff frisch vom Blatt« einzuatmen, wie Buck es uns aufgetragen hatte. Aber vor allem versuchte ich, nicht an die vielen Hunde zu denken, die vermutlich genau an dieser Stelle schon gekackt hatten.

Ari umarmte in der Nähe einen Baum und versuchte, »seine Lebensgeschichte zu erfahren«.

Lake wälzte sich an die hundert Meter entfernt auf einem kleinen Baseballplatz im Dreck, um »den Unterschied zwischen ewigem und vergänglichem Erdenmaterial zu erfassen«.

Eagan baumelte hinter dem Baseballplatz zwischen den Ästen eines hohen Baumes und lernte die »Unterschiede zwischen den natürlichen Kräften unserer Umgebung« (aber vor allem versuchte er, nicht herunterzufallen).

Froggy befand sich in der Nähe des riesigen Weihers in der Mitte des Humboldt Park, sammelte Steine und rieb sich damit das Gesicht, um »sein Äußeres an die Kräfte des Inneren zu gewöhnen«.

Glam pflückte Wiesenblumen und gab sich alle Mühe, weder

Blütenblätter noch Samen zu zerdrücken, um »den Ursprung dessen zu lernen, was unser Handeln auslöst«.

Das waren Bucks Anweisungen. Mir kamen sie vollkommen schwachsinnig vor. Totale Zeitverschwendung, in der Zeit hätte ich mich schon mal auf die Suche nach dem Ort machen können, an den die Elfen meinen Dad verschleppt hatten.

»Ich dachte, wir würden lernen, wie man Elfen plattmacht!«, beschwerte Glam sich zum mindestens zehnten Mal.

»Ihr werdet das schon noch verstehen«, sagte Buck und trank einen Schluck aus einer der Coladosen von dem Zwölferpack, den er mitgebracht hatte. »Bis dahin müsst ihr weiter mit der Erde sprechen. Ohne diese Verbindung könnt ihr keine wahren Krieger werden. Und jetzt rotieren.«

Wir alle tauschten die Plätze. Nun war ich damit an der Reihe, die Rotesche zu umarmen. Wir rotierten schon mindestens zum dritten Mal durch diese irdischen Übungen.

Einige Obdachlose stolperten vorüber und starrten uns verdutzt an. Einer bat Buck um die letzte Dose Cola. Buck griff nach einem langen Stock, verjagte den Mann und brüllte dabei obszöne Beschimpfungen. Dann kam er zu uns zurückgehumpelt und warf den Stock weg.

Es war vermutlich nur gut, dass er Aderlass zu Hause gelassen hatte, sosehr ich auch gehofft hatte, er würde ihn mitbringen. Am Morgen, als wir zum Training angetreten waren, hatte die Axt wieder zu mir gesprochen:

Endlich fängst du an, hatte sie gesagt.

Sie lehnte neben Bucks Couch an der Wand.

Ich habe es satt, hier sinnlos herumzustehen.

Bald wirst du mich benutzen, um dich zu rächen.

Dann werden wir großen Ruhm erringen.

Zumindest werden wir einen Haufen Kram zerschlagen.

Ich hatte die Axt angestarrt und mich wieder gefragt, ob ich den Verstand verlor. Warum hörte sonst niemand, was sie sagte? Oder sagte sie das auch zu den anderen und wir gaben es nur alle nicht zu? Vielleicht sprach Aderlass ja zu allen? Vielleicht war ich gar nichts Besonderes?

Wir verbrachten den ganzen Tag damit, Bäume zu umarmen, darin zu klettern, im Gras zu liegen, Steine zu suchen, uns im Dreck zu wälzen, Blumen zu pflücken, mit den Elementen zu sprechen, dem Wind Dinge zuzuflüstern (nein, ich mache keine Witze), etlichen überraschenden und gemeinen Angriffen von Eichhörnchen und Vögeln auszuweichen und uns insgesamt ziemlich lächerlich zu machen, während Buck alle Wesen beleidigte, die ihm gerade einfielen.

Waldgeister waren faule Säcke.

Kobolde stanken.

Zwerge waren Versager.

Orks waren Idioten.

Bergtrolle noch viel blöder.

Wandergeister waren seelenlose Schlampen (wie seine Exfrau).

Polizisten waren Betrüger.

Wie auch Politiker, Lehrer, Köche und Busfahrer.

Waldnymphen hatten Mundgeruch.

Und so weiter, und so fort.

Er schien über niemanden etwas Nettes zu sagen zu haben. Aber ich hoffte aus Sorge um meinen Vater, dass sich dieser ganze alberne Erdenkram irgendwann bezahlt machen und mich in einen brauchbaren Krieger verwandeln würde.

Die nächsten Trainingstage wurden dann aber sehr viel spannender.

Es folgte ein wilder Wirbel aus Aktivitäten und Übungen, die unseren Erwartungen sehr viel eher entsprachen. Wir tummelten uns zwar noch einen halben Tag wie psychopathische Hippies im Humboldt Park; aber dann, als wir offenbar kapiert hatten, warum wir dort waren, ließ Buck uns endlich aufhören und sagte: »Jetzt seid ihr alle so weit.«

Und dann wurde alles ein bisschen konkreter, intensiver ... und brutaler.

Wir lernten verschiedene Kampfpositionen. Wie wir unser Gewicht verlagerten und wie wir stehen mussten, um lockere, flüssige Bewegungen zu ermöglichen. Wir lernten einige grundlegende Schwerttechniken und benutzten dabei echte Zwergenschwerter. Wir lernten die unterschiedlichen Zwergenschilde kennen, ihre Größen und ihre Abwehrkraft. Wir lernten, wie man kleine Äxte wirft (darin waren Froggy und Ari besonders gut). Wir lernten viele unterschiedliche Arten von Zwergenwaffen kennen (es gibt tonnenweise).

Mir machte das alles Angst, aber die anderen schienen es aufregend zu finden. Vielleicht nicht so sehr die Aussicht auf einen echten Kampf, sondern die Möglichkeit, endlich mit coolen Waffen üben zu können.

Aber ich wurde immer frustrierter. Schließlich machte ich das alles nur, um endlich Aderlass in die Finger zu bekommen und mit seiner Hilfe meinen Dad zu suchen. Aber als ich es einmal wagte, Buck nach der Axt zu fragen, sagte er schroff, ich sei noch längst nicht so weit.

Natürlich machten wir das nicht alles unter freiem Himmel im Humboldt Park, vor den Augen von ganz West-Chicago. Stellt euch eine Bande von Jugendlichen mit einem Cola pichelnden Erwachsenen vor, die mitten in einem Stadtpark mit kleinen Äxten um sich werfen!

Unser Training fand direkt über Bucks Wohnung statt.

Am zweiten Tag gingen wir vom Park aus zu ihm nach Hause. Aderlass lag halb unter der Couch auf dem Boden. Wieder sprach er mich an.

Bist du jetzt fertig mit Blumenpflücken? Nimm mich in die Hand. Lass uns irgendwas zerschmettern.

Ich trat einen Schritt auf ihn zu, aber da hatte Buck ihn schon aufgehoben. Dann gingen wir wieder in den Hausflur und stiegen die letzte Treppe hoch. Oben war eine mit Graffiti verschmierte Tür mit sieben Schlössern, die offenkundig von Zwergenhand stammten, wenn man nach den komplizierten eingravierten Verzierungen urteilen konnte.

Hinter dieser Tür lag der gesamte vierte Stock des Wohnblocks – ein riesiger Raum, der nur durch einige Stützpfeiler unterteilt wurde. Er war eine Art Warenlager für zwergische Waffen. Es gab eine kleine Bogenschießbahn, Plastikziele fürs Axt- und Messerwerfen und Gestelle voller stumpfer Übungsschwerter und Trainingsrüstungen, Armbrüste und andere Waffen, die ich nicht identifizieren konnte.

Es war ein echtes zwergisches Trainingsstudio.

Und dort verbrachte Buck mit uns die folgenden drei Tage, von Sonnenaufgang bis Sonnenuntergang, und am Ende waren wir immer so erschöpft, dass wir nur noch nach Hause gehen und ins Bett fallen wollten. Hier fingen wir dann wirklich an, Krieger zu werden. Einige waren nervös (Ari, Eagan und ich). Andere entwickelten großen Eifer (Glam, Froggy und Lake). Und bald stellte es sich heraus, dass wir alle gut in dem waren, was Buck uns beibrachte – so gemein er uns auch für unsere Fehler verspottete.

Und er war wirklich gemein, vor allem zu mir, aus Gründen, die ich nicht verstand.

Wenn Ari eine Axt warf, die das Ziel nur streifte und dann zu Boden fiel, sagte Buck zum Beispiel: *Gar nicht schlecht, aber du musst das Handgelenk lockerer bewegen, so nämlich.*

Wenn ich eine Axt warf und die sich nur wenige Fingerbreit von der Mitte in das Ziel bohrte, sagte Buck dagegen: *Daneben. Dein Gegner wird seine Wunde überleben und dich jetzt vermutlich mit einem einzigen Schlag töten. Du bist tot, Greg. Das ist nicht gut genug. Du wirfst wie ein Mensch. Deine Hände sind zu klein, isst du nicht genug Schweinefleisch? Alle wissen doch, dass man davon große Hände kriegt. Was hast du vor, willst du die Axt kitzeln? Tu ordentlich Senf drauf, du Nudelarm!*

Natürlich sagte er das nicht alles auf einmal, das ist eine kleine Auswahl aus den Bemerkungen, die er nach meinen Würfen machte.

Anderes Beispiel: Als Glam mit ihrer Kriegsaxt bei einem Pappkameraden Amok lief und ihn brüllend in tausend Fetzen schlug, sagte Buck: »Deine Leidenschaft gefällt mir. Schöner Enthusiasmus, Mädchen.«

Doch als ich aus Versehen zu fest zuschlug und einem Pappkameraden den Papparm abtrennte, sagte Buck: »Toll gemacht, Greg, jetzt hast du das verdammte Teil ruiniert. Die gibt es nicht umsonst, weißt du?«

Wenn Lake einen Pfeil abschoss und das Ziel total verfehlte, gab Buck ihm hilfreiche Tipps, um seine Fehler zu korrigieren.

Aber wenn ich mich zum Schuss aufstellte, ging Buck oft an mir vorbei und schlug mir mit einem Stock gegen die Fersen, worauf mein Schuss total danebenging – einmal blieb mein Pfeil sogar in der Decke hängen. Danach baute Buck sich immer vor mir auf und brüllte Dinge wie »Konzentrier dich, du Fass!«.

Dazu kam, dass Aderlass immer energischer auf mich einredete, je mehr Zeit ich in seiner Nähe verbrachte. Umso dringender wollte ich ihn mir schnappen und mich endlich auf die Suche nach meinem Dad machen. Mir kam das hier vor wie Zeitverschwendung, obwohl ich wusste, dass das nicht der Fall war. Ich wusste, dass ich dieses Training auf meinem Rettungseinsatz brauchen würde; schließlich konnte ich nicht erwarten, dass ich meinen Dad durch höflich formulierte Drohungen aus der Gefangenschaft befreien konnte.

Aber Aderlass verspottete mich, weil ich so viel Geduld an den Tag legte.

Er schaut gerade nicht her, hol mich.

Ich bin vergeudet an einen Zwerg wie Buck. Ich gehöre dir.

Wenn du mich hättest, würdest du nicht so viel angeschrien werden.

Willst du deinen Dad wirklich retten? Dann hör auf, deine Zeit zu verschwenden, komm her und befreie mich!

Na komm, wir holen uns eine Runde Tacos. Ich kenne hier um die Ecke einen tollen Imbiss. Und danach machen wir nur so aus Spaß die Bude platt.

Es war schon störend genug, einen Lehrer zu haben, der mich anscheinend hasste, aber nun musste ich dazu noch diese immer lauter werdende Stimme in meinem Kopf verdrängen (eine Stimme, die mir ein lebloser Gegenstand telepathisch übermittelte). Es war eigentlich ein Wunder, dass ich drei Tage Training überlebte, ohne mir aus Versehen einen Fuß abzuhacken oder so.

Aber ich ließ mir das alles gefallen, weil ich wusste, dass ich nur so meinen Dad retten konnte. Das Problem war, dass Buck die Axt meistens in der Hand hielt und sie von niemandem sonst berühren ließ. Als ich ihn das zweite Mal danach fragte, stellte er mir ein Bein und ich knallte mit dem Gesicht auf den harten Holzboden.

»Das ist für deine blöden Fragen«, sagte Buck.

Ich musste abwarten und weiter trainieren, dann würde ich irgendwann meine Chance bekommen. Außerdem war es vermutlich sinnvoll, zu wissen, wie man mit einer Axt umgeht, ehe man sie an sich riss.

Das Training war hart, aber wenn wir abends noch Energie übrig hatten, gingen wir in die Arena. Dort führten meine Freunde mich in die alten Zwergenhandwerke ein. Ich bekam einen Grundkurs in Glasblasen und Höhlentauchen und Tränkebrauen und Alchemie und Metallurgie. Obwohl ich eigentlich überall total versagte, machte es großen Spaß.

Als wir am vierten Trainingstag gerade gehen wollten, rief mich Aderlass aus einem Haufen Abfall in der Küche:

Wenn wir uns das nächste Mal begegnen, wirst du mich zum allerersten Mal in die Hand nehmen.

Und alles wird sich ändern.

Du wirst deinen Vater rächen.

Mir lief es eiskalt den Rücken hinunter. Das war keine Frage. Keine Bitte. Kein Vorschlag.

Es war ein Befehl.

28

Mein Dolch hat einen englischen Vornamen, nämlich B-L-A-C-K-O-U-T

Endlich ist er fertig«, sagte Ari zu mir, später am selben Abend in der Arena.

»Wer denn?«

»Dein Dolch«, sagte sie. »Weißt du nicht mehr? Der, den ich für dich geschmiedet habe.«

Sie reichte mir einen in ein Tuch eingewickelten Gegenstand. Ich staunte darüber, wie leicht er war. Ari sah gespannt zu, wie ich die Waffe aus dem kleinen Stoffstück befreite.

Er war atemberaubend.

Die Klinge war dreißig Zentimeter lang, an beiden Seiten geschliffen und glänzte dermaßen, dass ich fast geblendet wurde, als mein Blick auf das Spiegelbild einer Fackel fiel. Der Dolch funkelte fast wie ein Edelstein. Er war absolut symmetrisch und verziert mit einem komplizierten Muster, in dem ich endlich meinen Nachnamen erkannte: *Sturmbauch*.

Der Griff war fest mit weichem Leder umwickelt, das sich so perfekt meiner Hand anpasste, dass ich mich schon fast fragte, ob Ari sich eines Nachts in mein Zimmer geschlichen und im Schlaf Maß genommen hatte. Am unteren Ende waren keine

Edelsteine oder Gold eingelassen, sondern der Griff war mit einem abgerundeten, polierten helllila Stein versehen.

»Gefällt er dir?«, fragte Ari.

»Ja ... ich meine ... der ist ... heilige Scheiße, der ist *umwerfend*!«, sagte ich.

Ari lächelte erleichtert. Als ob sie irgendwie geglaubt hätte, dass ich einen Grund finden könnte, den Dolch nicht sensationell zu finden.

»Den hast du wirklich für mich gemacht?«

»Natürlich!«, sagte sie. »Wir haben unseren ersten Dolch alle mit acht bekommen. Natürlich haben wir ihn nie benutzt, aber es ist trotzdem ein schöner Brauch.«

»Er ist also eher ein Dekorationsstück ...«

»Na ja, früher war das schon so«, sagte Ari. »Aber jetzt, wo ... wo das alles passiert, kann es durchaus sein, dass du ihn eines Tages benutzen musst.«

Ich sah mir die Klinge an und ließ Aris Unheil verkündende Worte erst einmal sacken. Ich konnte mir nicht vorstellen, dass ich diese scharfe Waffe gegen irgendjemanden oder -etwas einsetzen würde. Aber dann dachte ich an meinen Dad und an den Troll, der uns überfallen hatte. Mir stieg die Wut in die Kehle und plötzlich schien mir das doch nicht mehr so abwegig.

»Jede Zwergenwaffe, die für jemand Bestimmtes geschmiedet worden ist, hat einen eigenen Namen«, sagte Ari. »Dein Dolch heißt Blackout.«

»Blackout«, wiederholte ich. »Cooler Name. Warum hast du ihn so genannt?«

»Hab ich nicht«, sagte Ari und lachte. »Zwergenwaffen benennen sich selbst. Immer wenn ich eine wirklich gute Waffe vollendet habe, dann träume ich in der nächsten Nacht davon – und in diesem Traum wird mir der Name verkündet.

Dein Dolch hat sich den Namen Blackout gegeben. Es heißt außerdem, dass einige Waffen besondere Kräfte entwickeln werden, wenn die Magie zurückkehrt. Wer weiß ...«

»Danke«, sagte ich. »Ich meine ... ich weiß einfach nicht, was ich sonst sagen soll ...«

»Schon gut«, sagte Ari.

Dann erzählte ich ihr etwas, was ich wohl besser für mich behalten hätte. Ich weiß nicht genau, weshalb ich das tat. Vielleicht hatte ich das Gefühl, ihr im Austausch für den Dolch etwas schuldig zu sein. Und da ich ihr nichts anderes geben konnte, gab ich ihr ein Geheimnis preis. Vielleicht hatte ich es auch einfach satt, meinen Freunden alles Mögliche zu verschweigen.

»Ich habe noch immer Kontakt zu Edwin«, platzte es aus mir heraus. »Dunmor hat es mir verboten, aber wir treffen uns weiterhin alle paar Tage.«

Ari reagierte nicht so, wie ich es erwartet hatte. Ich hatte gedacht, sie würde mich verstehen. Ich hatte gedacht, sie würde mich für meine zum Scheitern verurteilte Freundschaft bedauern. Schließlich war sie dabei gewesen, als Edwin uns in der PISS gerettet hatte. Aber da lag ich total daneben – was bewies, dass ich von Zwergenmädchen noch weniger Ahnung hatte als von Menschen- oder Elfenmädchen.

»Greg, hast du ihm von unserem Training erzählt?«, fragte Ari voller Panik. »Ich weiß, er ist dein Freund, aber das darfst du ihm nicht sagen. Das könnte uns alle in Gefahr bringen.«

»Aber er ist mein bester Freund«, sagte ich. »Er hat uns neulich erst gerettet ...«

»Das spielt keine Rolle.«

»Tut es wohl«, sagte ich.

»Nein, du musst vorsichtiger sein, Greg«, beharrte sie.

»Sosehr ich mir Frieden wünsche, Elfen darf man einfach nicht trauen. Im Laufe von Tausenden und Abertausenden von Jahren mussten Zwerge immer wieder diese schmerzliche Erfahrung machen. Du kannst nicht wegen einer eingebildeten Ausnahme alle Lehren der Geschichte beiseitewischen.«

Was, wenn sie recht hatte? Was, wenn ich Edwin wirklich nicht vertrauen durfte? Ich vertraute ihm, nichts konnte daran etwas ändern. Aber was, wenn ich mich irrte? Wieso bildete ich mir ein, mein Urteil sei besser als das von Millionen von Zwergen vor mir?

Nein, ich kannte Edwin gut genug. Geschichte hatte eben kein Gesicht (oder wenn doch, dann hatte sie garantiert einen Bart). Oder Gefühle. Geschichte war nur eine Sammlung von Geschehnissen, und jedes davon stand für sich und in seinem eigenen Zusammenhang. Geschichte war nicht dasselbe wie eine Verbindung zwischen zwei lebenden Wesen.

»Stell dir vor, jemand würde dir sagen, du dürftest Lake nicht mehr vertrauen. Oder Eagan«, sagte ich. »Wie würdest du dann reagieren? Genau das erwartest du hier von mir.«

Ari musterte mich und ihre Miene wurde sanfter. Sie schien zum ersten Mal wirklich zu begreifen, dass ich vor ihr und den anderen Zwergen sonst kaum Freunde gehabt hatte. Und dass Edwin sehr lange Zeit mein erster und einziger Freund gewesen war.

»Es tut mir leid«, sagte sie. »Ich weiß nicht, warum ich so wütend geworden bin. Ich bin wirklich eine Heuchlerin. Schließlich stehe ich auf der Seite des Schismas, die glaubt, dass wir mit den Elfen zusammenarbeiten müssen. Dass wir uns zusammentun müssen, alle Völker, alle Wesen, um für die Sicherheit aller zu sorgen, wenn die Magie zurückkehrt.

Und da rege ich mich darüber auf, dass du mit einem Elfen redest ...«

»Na ja, das ist noch nicht alles ...«, sagte ich.

Sie hob nervös eine Augenbraue.

»Edwin ist ziemlich sicher, dass hinter dem Überfall auf meinen Dad tatsächlich Elfen gesteckt haben«, sagte ich. »Keine offizielle Elfengruppe allerdings, sondern eine Spalterfraktion, die versucht, eine Rebellion gegen den Elfenmagistrat und Edwins Dad loszutreten oder so. Ich habe das noch niemandem erzählt, weil ich nicht will, dass es zum Krieg führt ...«

Ari fiel das Kinn herunter und sie sah aus, als sei soeben ihr Herz in Stücke zersprungen. Sie sah es genauso wie ich: Sowie der Rat das erfuhr, würde es einen neuen Krieg geben, egal, welche Elfen genau die Täter waren.

»Ich werde niemandem davon erzählen«, sagte Ari dann. »Aus denselben Gründen wie du. Aber sei vorsichtig, Greg. Wir dürfen nichts riskieren, was uns einem Krieg näherbringt. Den Frieden zu erhalten, das ist ... äh, das ist noch wichtiger als dein Dad.«

Ich holte tief Luft, denn ich wusste, dass sie recht hatte. Außerdem wusste ich ohnehin nicht, wo mein Dad war, deshalb brauchte ich mich mit dieser Frage jetzt nicht auseinanderzusetzen.

Aber wenn ich erst herausgefunden hatte, wo er gefangen gehalten wurde – könnte und würde ich dann einenKrieg riskieren, um ihn zu retten?

Edwin saß schon in der Bibliothek, als ich dort ankam, und hatte das Schachbrett aufgestellt.

»Ich dachte, es wäre lustig, dich mal wieder vom Brett zu fegen«, sagte er grinsend. »Wie in den alten Zeiten.«

»Na ja, das solltest du dir noch mal überlegen. Ich kann jetzt Magie wirken, hast du das vergessen? Wenn ich verliere, dann werde ich dich mit meinen irren magischen Fähigkeiten ganz einfach in eine Beutelratte verwandeln.«

»Ja, das wäre typisch Zwerg«, sagte er.

Er hatte es als Witz gemeint, aber es kam mir dennoch auf irgendeine Weise feindselig vor. Unser Lächeln verflog und Edwin gab mir ein Zeichen, anzufangen. Er überließ mir die Weißen, weil er besser spielte und wusste, dass ich den winzigen Vorteil des ersten Zuges brauchte. Auf diese Weise hatte ich eine gewisse Kontrolle über die Richtung, die das Spiel nehmen würde. Die von mir gewählte Eröffnung würde einen Domino-Effekt nach sich ziehen.

Ich machte den ersten Zug.

Edwin reagierte automatisch – er brauchte sich seinen Gegenzug nicht einmal zu überlegen.

»Sprechen deine Eltern wieder mit dir?«, fragte ich.

»Na ja, so halbwegs«, antwortete er und musterte das Schachbrett stirnrunzelnd. »Sie haben mir mein Mitspracherecht als Familienmitglied entzogen und ich darf ihre Geschäftsgebäude in der Stadt nicht betreten. Aber sie haben mir verziehen, nachdem ich ihnen die Wahrheit gesagt hatte: dass ich nur meinen besten Freund vor einem gefährlichen Irren namens Perry beschützt habe. Ich hatte mir die soziopolitischen Konsequenzen und das alles nicht überlegt. Sie haben das offenbar verstanden, obwohl sie es grotesk fanden, dass ich dich als meinen besten Freund bezeichnet habe. Aber es war eine Hilfe, dass meine Eltern Immergrüns Familie eigentlich noch nie richtig leiden konnten.«

»Das ist gut«, sagte ich und machte den nächsten Zug. »Ich vermute, da hat er dem Falschen ein Elfenbein gestellt, was?«

Edwin grinste über dieses grauenhafte Wortspiel.

»Ja, ich habe Immergrüns Pläne gründlich entlaubt«, sagte er trocken.

Wir lachten beide, aber es klang hohler als sonst. Edwin zögerte und ich dachte, er grübelte über seinen nächsten Zug nach. Aber dann ging mir auf, dass das nicht der Fall war – er überlegte, wie er mir etwas beibringen konnte, was ich nicht hören wollte.

»Die Lage spitzt sich trotzdem zu«, sagte er dann. »Ich … ich wünschte, ich könnte dem allen ein Ende machen.«

Er unterbrach sich, um einen Bauern zu setzen, aber ich konnte mich kaum noch auf das Spiel konzentrieren. Ich wartete auf weitere Erklärungen.

»Meine Eltern haben irgendeinen Plan«, sagte er. »Ich bin ziemlich sicher, dass es dabei nicht um deinen Dad geht, aber ich komme nicht dahinter, worum sonst. Ich weiß nur, dass es nichts Gutes sein kann. Vor allem wegen all der anderen Dinge, die gerade passieren.«

Ich stieß einen langen Seufzer aus und sah hinunter auf das Schachbrett, denn was jetzt kam, wollte ich nicht hören. Ich machte meinen nächsten Zug, einen kühnen, aggressiven, mit dem ich Edwin in eine bestimmte Richtung zwingen wollte. Seine Stärke waren überraschende Angriffe, deshalb versuchte ich es diesmal mit der Strategie, ihn so weit wie möglich unter Zugzwang zu setzen.

»Die Elfen bereiten sich auf einen umfassenden Konflikt vor«, sagte Edwin dann endlich. »Niemand redet offen von

Krieg, aber ... na ja, wir beginnen morgen mit dem Training. Alle. Und ich glaube nicht, dass es nur darum geht, Monster abzuwehren, wenn die Magie zurückkehrt ...«

Wir schweigen beide und starrten das Schachbrett an. Keiner von uns dachte an das Spiel, denn wir wussten nur zu gut, was Edwins letzte Bemerkung bedeutete. Wir waren Feinde von Geburt, dem konnten wir nicht entkommen, selbst wenn wir uns alle Mühe gaben, das zu ignorieren. Wir hatten geglaubt, wir könnten beiden Seiten helfen, den Konflikt zu vermeiden, aber wir waren gescheitert. Ich hoffte nur, es würde so lange wie möglich ein kalter Krieg bleiben.

Außerdem war ich unglücklich, dass ich ihm unser eigenes Training verschwiegen hatte. Er vertraute mir so sehr, dass er mir von dem Elfentraining erzählte, sowie er davon erfahren hatte – wir trainierten jetzt seit vier Tagen und ich hatte es noch immer nicht erwähnt.

»Und es gibt nichts, was wir unternehmen könnten?«, fragte ich.

Edwin machte den nächsten Zug. Es war nicht der Zug, zu dem ich ihn meiner Planung nach gezwungen hatte, sondern einer, auf den ich nie gekommen wäre.

»Ich glaube nicht«, sagte Edwin tonlos und schüttelte langsam den Kopf.

»Wir trainieren auch«, gab ich endlich zu.

Ich hatte mit Überraschung gerechnet. Aber er nickte nur gelassen.

»Ist mir klar«, sagte er. »Elfenspione sind überall, Greg. Natürlich wussten wir das schon.«

Das kam mir eher wie eine Warnung vor als wie eine Drohung. Auf jeden Fall war es bedrückend.

Wir saßen in tiefem Schweigen da und beendeten die Partie.

Edwin gewann, aber das spielte kaum eine Rolle. Er täuschte am Ende nicht einmal ein triumphierendes Grinsen vor. Der Sieg brachte ihm keine Befriedigung. Edwin hatte eine gute Partie gespielt, aber es schien ihm nichts mehr zu bedeuten.

Wenn sich jetzt beide Seiten auf den Krieg vorbereiteten, dann hatte sich unser Schicksal, irgendwann zu Todfeinden zu werden, erfüllt. Dennoch verabredeten wir uns für vier Tage später. Wir waren noch immer beste Freunde. Und vielleicht konnten wir das ja auch bleiben, trotz des möglicherweise bevorstehenden Krieges.

Es kam mir vor wie eine törichte Hoffnung, aber die Alternative war zu deprimierend, um auch nur daran zu denken.

29

Lomdul Hartschwert speit Feuer

Am nächsten Tag erfuhren wir, dass es auf der ganzen Welt nur einen einzigen zwergischen Magie-Experten gab.

Da niemand (abgesehen von meinem Dad und ein paar anderen Verschwörungstheoretikern) je geglaubt hatte, dass die Magie zurückkehren würde, hatte sich kaum jemand die Mühe gemacht zu lernen, wie man sie eigentlich nutzte. Und deshalb begann das Magietraining für alle Schüler gemeinsam in einem stillgelegten Lagerhaus am Rand eines ganz besonders hoffnungslosen Gewerbegebietes.

Wir gingen zusammen mit Hunderten von anderen Zwergenkindern im Gänsemarsch in einen großen Hörsaal. Auf dem Podium mitten in dem ansonsten leeren Raum stand ein Mann. Er war klein und rund und hatte seltsam verformte rote Augenbrauen. Weiße Haare umwehten ihn, als ob er sich zu Halloween ein billiges Zaubererkostüm angezogen hätte. Es fehlte nur noch der spitze Hut, aber dann griff er in sein Gewand, zog einen hervor und setzte ihn sich auf den Kopf.

Ich verdrehte die Augen.

»Ich habe von diesem Typen gehört«, flüsterte Eagan uns zu. »Fenmir Nebelmoosmann. Der größte noch lebende

Gelehrte für zwergische Magie. Mein Dad sagt, dass er noch nicht einmal die Fähigkeit besitzt.«

»Du meinst also, Mr Zauberer da oben ist in Wirklichkeit gar kein Zauberer?«

Eagan grinste und zuckte mit den Schultern, während Fenmir Nebelmoosmann die Menge mit einigen billigen Feuerwerkskörpern zum Schweigen brachte, die wie Magie aussehen sollten. Einige von uns riefen *Ooh* und *Aah*, die meisten aber kicherten spöttisch.

»Willkommen. Ich bin Fenmir Nebelmoosmann!«, schrie der Mann nun. »Ich bin euer Zauberlehrer. Uralte zwergische Magie ist unsere mächtigste Verbündete. Mit ihrer Hilfe nutzen wir die Elemente der Erde, um unseren Willen durchzusetzen. Dazu irgendwelche Fragen.«

Mehrere Hände schossen in die Luft. Fenmir achtete nicht darauf, sondern redete weiter.

»Zwerge sind Meister im Manipulieren von roher Materie. Zwergische Zauberer bilden da keine Ausnahme. Ihre Magie speist sich aus Wind, Regen, Nebel, Erde, Feuer und anderen natürlichen Elementen. Dazu Fragen.«

Mindestens zwanzig Hände wurden gehoben, vielleicht sogar mehr. Abermals redete Fenmir nach einer kurzen Pause weiter.

»Zwergische Magie ist eine Manipulation des bereits Existierenden«, kreischte er. »Sie erschafft keine neuen Energien, wie viele irrtümlicherweise glauben – was natürlich eine absolut lächerliche Vorstellung ist.« Er unterbrach sich kurz, um selbstzufrieden über diese Vorstellung zu lachen.

»Dazu Fragen.«

Diesmal gab sich niemand mehr die Mühe, die Hand zu heben.

»Gut«, sagte Fenmir. »Wie ihr wisst, sind nur wenige zwergische Originaltexte zum Thema Magie gefunden worden. Aber das braucht uns nicht zu stören. Ich bin Experte. Dazu Fragen. Sehr gut, dann beginnen wir mit dem Eignungstest, ein Kind nach dem anderen, um zu sehen, wer das Recht hat, hierzubleiben und am Training teilzunehmen – und wer einer Einführung in die Magie unwürdig ist.«

Wir wurden vor dem Podium zu einer gewaltigen Warteschlange zusammengeschoben. Tiefes Schweigen herrschte, als die Erste, die getestet werden sollte, eine Elfjährige namens Rabo Lehmblick, die Treppe zum Podium hochstieg. Fenmir hob eine mit Galdervatn gefüllte Pipette. Er presste einen einzelnen Tropfen der wirbelnden, bunten, gespenstischen Flüssigkeit heraus, ließ ihn auf Rabos Zunge tropfen und winkte sie dann zur Seite, wo ein Assistent mit Messer und Gabel bereitstand und eine dünne Scheibe von einem braunen, geleeartigen Ziegelstein abschnitt.

»Diese Substanz, die Rabo nun zu sich nehmen wird«, schrie Fenmir Nebelmoosmann in die Menge, »ist überaus widerwärtig und abstoßend. Sie wird Seitan genannt und die Menschen benutzen sie als *Fleischersatz*!«

Schreie des Entsetzens und der Empörung wurden in der Menge laut. Fenmir nickte energisch und voller Bedauern.

»Ich weiß, ich weiß«, sagte er. »Eine wahre Tragödie. Doch wie dem auch sei, beim Eignungstest hat sie sich als überaus brauchbar erwiesen. Zwergische Magie zu wirken ist keine ausschließlich bewusste Tat. Sie muss sich instinktiv einstellen. Und Seitan, was eigentlich nichts anderes ist als reines Weizeneiweiß, ist für zwergische Zungen und Verdauungssysteme extrem unangenehm. Heftige Reaktionen auf so eine Kostprobe sind deshalb unvermeidlich. Also fangen wir an.«

Sein Assistent legte Rabo Lehmblick die kleine Seitanscheibe auf die Zunge.

Rabo kaute und kicherte. Plötzlich sprossen Blätter aus ihren Ohren, Blätter von allen möglichen Bäumen – ich zählte mindestens zehn verschiedene. Sie lösten sich und schwebten auf die vielen aufgeregten, schreienden Kinder hinunter, von denen die meisten zum ersten Mal in ihrem Leben echte zwergische Magie erlebten. Die Sache hatte nach ungefähr fünfzehn Sekunden ein Ende, als Hunderte von Blättern auf den Boden des Lagerhauses gerieselt waren.

Rabo machte ein verwirrtes Gesicht.

»Herzlichen Glückwunsch!«, sagte Fenmir. »Du besitzt die Fähigkeit mit voller Gewissheit.«

Ein strahlendes Lächeln breitete sich auf Rabos Gesicht aus, als sie und ihre Freundinnen in der Menge einander umarmten. Dann wurde der Nächste die Treppe hochgeführt.

»Oh nein«, flüsterte Ari.

»Was ist los?«, fragte ich.

»Das wird bei mir nicht funktionieren, ich hab schon total oft Seitan gegessen«, sagte sie. »Anfangs war es ziemlich gewöhnungsbedürftig, aber jetzt macht es mir nichts mehr aus.«

»Siehst du, wir haben dir ja immer gesagt, für eine Zwergin ist es keine gute Idee, vegan zu leben!«, sagte Eagan.

»Und es ist unnatürlich«, fügte Glam hinzu.

»Was soll ich denn jetzt machen?«, fragte Ari.

»Na ja, wir wissen doch schon, dass du die Fähigkeit besitzt«, sagte ich. »Also werden wir uns etwas überlegen.«

Sie nickte, wirkte aber nicht überzeugt.

Der nächste Zwerg war Umi Magmaschädel. Nach dem Test passierte gar nichts. Fenmir schüttelte langsam den Kopf und Umi rang mit den Tränen. Die Menge stöhnte enttäuscht auf.

Ein Zwergenkind nach dem anderen wurde getestet. Genau wie Dunmor am ersten Abend prophezeit hatte, holte nur etwa jedes zehnte ein positives Ereignis. Und sie zeigten eine riesige Spannbreite von Reaktionen auf den Test:

- Lomdul Hartschwert spie einige Sekunden lang Feuer.
- Die Arme von Kasus Untergräber verwandelten sich in Äste.
- Mamreginn Bleischläger ließ es mitten im Lagerhaus auf das Podium regnen.
- Gorol Finsterbrauer hob fast einen Meter von Boden ab, verlor dann aber die Kontrolle und knallte mit einem satten *TUMP* aufs Gesicht (durch seinen dicken Zwergenschädel hatte das aber keine schlimmen Folgen).
- Thikk Biermantel bekam einen gewaltigen Bart, der nach einigen Sekunden aber abfiel und sich auf dem Boden um ihre Füße ringelte (die Menge war total begeistert von dieser Nummer).
- Orir Koboldgriff kotzte Sand aus, worauf auf seinem Kopf ein Kaktus wuchs.

Nach fast einer Stunde standen wir dann endlich vor der Treppe.

Glam machte den Anfang (darauf bestand sie ziemlich energisch, indem sie sich an uns anderen vorbeidrängte). Ihre Augen quollen vor Ekel hervor, als sie auf dem Seitan kaute. Dann wuchsen überall in ihrem Gesicht und auf ihren Armen Gänseblümchen und bedeckten Glam mit hübschen Blüten. Entsetzt fing sie an, alle Blumen abzureißen, während die anderen kicherten.

Lake sah nervös aus, als er den Seitan verzehrte. Und obwohl er ziemlich würgte und sich schüttelte, passierte nichts Magisches. Er sah furchtbar niedergeschlagen aus, als er mit hängenden Schultern von der Bühne trottete.

Auch bei Froggy hatte der Test ein negatives Ergebnis. Aber er war darüber vermutlich glücklich, weil ihm das mehr Trainingszeit mit seinem Dad sicherte.

Ari nagte nervös an ihrer Lippe, als sie auf das Podium stieg. Ich hielt den Atem an, als sie das Galdervatn trank und dann ihre dünne Seitanscheibe verabreicht bekam. Sie kaute und gab vor, den Geschmack furchtbar zu finden – sie hustete und würgte sogar demonstrativ. Aber nichts passierte.

»Negativ!«, erklärte Fenmir.

»Nein, ich besitze die Fähigkeit«, sagte sie. »Das schwöre ich!«

»Das sagen alle«, sagte Fenmir. »Weiter!«

Ari warf mir einen verzweifelten Blick zu. Ich hatte keine Ahnung, wie ich ihr helfen sollte. Aber das war auch nicht nötig. Ihr Gesicht leuchtete auf, als ihr eine Idee kam.

»Trockenfleisch!«, rief sie. »Hat hier irgendwer ein Stück Trockenfleisch?«

Ich hätte fast über die Vorstellung gelacht, dass irgendwer zufällig Trockenfleisch in der Tasche haben könnte. Aber fast alle von den ungefähr fünfzig Zwergenkindern, die noch mit uns warteten, hoben die Hände. Ich hatte vergessen, dass ich mich hier in Zwergengesellschaft befand. Jemand reichte Ari ein Stück Trockenfleisch auf das Podium.

Fenmir wirkte ziemlich skeptisch, ließ es aber zu.

Ari hatte mit fünf Jahren geschworen, niemals wieder etwas von einem Tier zu essen. Sie konnte das zähe Fleisch nur mit Mühe zerkauen, ballte die Fäuste und ihr Gesicht lief vor Ekel rot an. Donner dröhnte; das ganze Lagerhaus bebte und schien jeden Moment einzustürzen. Blitze jagten über die Decke und verursachten in einem großen Fabrikscheinwerfer mit einem *KRACK* einen Kurzschluss. Funken und Glasscherben rieselten hinter dem Podium auf den Boden.

Die Zuschauer keuchten erschrocken auf. Dann jubelte jemand und alle anderen stimmten ein.

»Na, wir machen wohl alle mal einen Fehler«, sagte Fenmir. »Selten.«

Ari verließ das Podium und sah dabei verwirrt, erleichtert und ein wenig verlegen aus.

»Jetzt du«, sagte Eagan. »Ich bin zu nervös. Ich hab *Angst*, ehrlich gesagt.«

»Keine Sorge, du hast die Fähigkeit bestimmt«, sagte ich.

Eagan schüttelte heftig den Kopf.

»Nein, ich habe keine Angst, dass ich die Fähigkeit *nicht* habe«, sagte er. »Ich habe schreckliche Angst vor dem Gegenteil. Ich will gar keine Magie wirken. Wollte ich noch nie. Ich möchte lieber mit Dingen kämpfen, die ich verstehe, wie Sprache und Argumente.«

Er war vermutlich der einzige Zwerg, der betete, die Fähigkeit nicht zu besitzen.

»Mach schon, wir haben nicht endlos viel Zeit«, brüllte Fenmir uns vom Podium herab an.

Nervös stieg Eagan die Treppe hoch, trank einen Schluck Galdervatn und zerkaute dann mit großen Schwierigkeiten den Seitan. Aber nichts passierte. Eagan war der erste Zwerg mit negativem Ergebnis, der strahlend und mit triumphierend erhobenen Armen das Podium verließ.

Dann war ich an der Reihe.

Der Seitan war matschig und schmeckte wie Gift. Ich hätte

mich fast übergeben, als ich versuchte, ihn zu zerkauen, und am Ende schluckte ich einfach die ganze Scheibe hinunter. Dabei ging mir auf, dass alle anderen sich ausschütten wollten vor Lachen.

Ich schaute mich um.

Selbst Fenmir und sein Assistent konnten ein Lachen nur mit Mühe unterdrücken. Ich schaute endlich nach unten und sah, dass sich meine Beine in klobige Baumstämme verwandelt hatten. Bernsteinfarbener Saft sickerte aus meinen Baumstammbeinen und tröpfelte auf den Boden. Ein kleiner Specht lugte dort, wo eigentlich mein Knie hätte sein müssen, aus einem Loch. Er flog aus einem offenen Lagerhausfenster hinter mir.

Als ich dann wieder nach unten blickte, waren meine Beine wieder normal, aber meine Shorts waren verschmiert von klebrigem gelben Baumsaft. Einige von den anderen kicherten noch immer spöttisch, als ich die Treppe herunterstieg und mich zu meinen Freunden gesellte.

»Na, hier trennen sich wohl unsere Wege«, sagte Eagan. »Aber wir sehen uns morgen bei Buck.«

»Oh, möchte doch Probe deinige das Gegentum erbrunget haben«, sagte Lake mit nur halb aufgesetzter Verzweiflung.

Er tat mir leid. Von uns sechsen war er der Einzige, der offenbar mit seinem Ergebnis unzufrieden war. Ari klopfte ihm auf die Schulter und er grinste sie an und schleuderte übertrieben lässig seine wirre Mähne hin und her.

Und nun war es endlich an der Zeit, echte zwergische Magie zu erlernen.

30

Ari schlägt mich immer wieder mit einer riesigen Keule

Nur sechsunddreißig Zwergenkinder blieben zur ersten magischen Trainingsrunde im Lagerhaus.

»Wir fangen mit einem kurzen Vortrag über das Wesen der Magie an«, verkündete Fenmir. »Und dann werdet ihr in kleinere Gruppen aufgeteilt und arbeitet mit meinen Assistenten weiter. Wir werden heute noch Magie wirken. Die Zeit drängt und es gibt keinen Grund zu elfischer Zurückhaltung.«

Die anderen lachten. Ich kapierte den Witz nicht.

»Nun gut«, sagte Fenmir und legte die Hände aneinander. »Ihr werdet hier keinen Hokuspokus lernen. Zwergische Zauber beruhen nicht auf Wörtern – was ohnehin eine durch und durch alberne und törichte Idee ist. Können die Sprachlosen etwa keine Magie wirken? Natürlich können sie das. Einfach ein erfundenes Wort auszusprechen, um einen Zauber zu legen, ist eine durch und durch unlogische Vorstellung, eine, die durch Bücher und Filme verbreitet worden ist und die ihr jetzt ein für alle Mal vergessen könnt.

Echte zwergische Magie wurzelt in *Vorhaben*, *Gedanke* und *Gefühl*. Sie ist von ihrem Wesen her spirituell, nicht intellektuell. Ihr müsst *fühlen*, was passieren soll, sonst passiert es nicht. Das macht unsere Zauber natürlich sehr weit gefächert, da es schwer ist, ein Gefühl oder ein individuelles Vorhaben zu definieren. Weshalb es möglich ist, dass drei Zwerge denselben Zauber probieren und drei total unterschiedliche Ergebnisse erzielen. Gefühle sind individuell und einzigartig und lassen sich nicht so einfach nachbauen. Wir ersehnen, was wir ersehnen, und wir können uns nicht wirkungsvoll selbst belügen ... das Galdervatn lässt das nicht zu. Genau das macht zwergische Magie dann auch besonders gefährlich für jemanden ohne Training. Dazu Fragen.«

Meine Gedanken wanderten plötzlich zurück zu dem Tag, an dem Glam scheinbar gegen ihren Willen die Wände in der PISS eingeschlagen hatte. Meinte Fenmir das? Hatte sie sich deshalb nicht beherrschen können? Ich hob meine Hand nicht, sondern brüllte meine Frage einfach in die kurze Pause, die er nun einlegte.

»Wir können also nicht vollständig kontrollieren, was für Magie wir wirken?«, fragte ich. »Wenn es mein tiefstes Verlangen ist, zu essen, wird die Magie dann Essen herbeischaffen, egal, was ich eigentlich zu erreichen versuche?«

Fenmir sah mich so verwirrt an, als ob ihm noch nie eine Frage gestellt worden wäre.

»Bei dem untrainierten Zwerg verhält es sich so, ja«, sagte er endlich. »Da hast du recht. Weshalb sich unser Training hier vor allem darauf konzentrieren wird, unsere innersten Gedanken zu erreichen, sie zu kontrollieren und sie in eine Richtung zu lenken, die es uns gestattet, die erwünschte Magie zu wirken. Zwergische Magie ist außerdem nicht für beliebigen Gebrauch bestimmt. Sie ist zu rein; sie ist nicht dazu da, das Leben leichter zu machen, sondern gilt nur lebenswichtigen

Aufgaben. Sie kann, sagen wir mal, helfen, euch zu beschützen, euch satt zu machen, Unterschlupf zu finden ... Grundbedürfnisse eben. Aber es gibt keine zwergische Magie, die euch helfen kann, den Abwasch zu erledigen oder eine Runde Basketball zu gewinnen oder euer Zimmer aufzuräumen. Solche Zauber gibt es nicht. Wenn ihr es versucht, dann wird nichts passieren, oder vielleicht das Gegenteil von dem, was ihr euch wünscht. Zwergische Magie ist vor allen Dingen wahr!«

Das schien mir zu Zwergen zu passen. Sie waren praktisch, ungeheuer fleißig, rücksichtslos ehrlich und meistens unfähig dazu, unaufrichtig oder oberflächlich zu sein. Warum sollte es sich bei ihrer Magie anders verhalten?

Nach Fenmirs kurzem Vortrag, wie schwer und gefährlich der Umgang mit zwergischer Magie sein kann, wurden wir in Sechsergruppen eingeteilt und sollten nun selbst Magieversuche machen.

Meine Gruppe bestand aus Glam, Ari, mir und drei anderen Zwergen, die ich noch nicht kannte. Unsere Magische Instruktionsassistentin (oder MIA, wie Fenmir sie genannt hatte) stellte sich als Tuss Kieselbogen vor. Sie war jung, ihrem Aussehen nach noch keine dreißig, und ziemlich hübsch, trotz (oder gerade wegen) einer weichen, flaumigen Oberlippenbehaarung. Vielleicht meldeten sich langsam meine Zwergen-Gene zu Wort und ich fing an, weibliche Gesichtsbehaarung attraktiv zu finden? Ich wusste es nicht, und es spielte eigentlich auch keine Rolle. Alle mögen nun mal das, was sie mögen, es kann einem also egal sein, ob andere da zustimmen oder nicht, oder ob es »sich so gehört« oder »normal« ist.

Fenmir blieb auf dem Podium mitten im Lagerhaus stehen. Wir bekamen fingerhutgroße Becher mit Galdervatn, die wir sofort leerten. Sogar die MIAs tranken Galdervatn. Der Einzige, der noch kein Galdervatn zu sich genommen hatte, war Fenmir selbst.

»Wir versuchen es zuerst mit einem unserer grundlegendsten Abwehrzauber«, sagte er dann. »Der könnte in fast jeder vorstellbaren tödlichen Situation euer Leben retten. MIAs, bitte, führt ihn den Kindern vor.«

Die sechs MIAs versammelten sich vor dem Podium. Drei von ihnen hielten riesige, knotige Holzkeulen in der Hand. Die Keulen sahen handgeschnitzt und sehr schwer aus. Glam trat neben mir von einem Bein auf das andere, es juckte ihr in den Fingern, eine von diesen Keulen in die Hände zu bekommen.

»Los gehts«, sagte Fenmir.

Die drei MIAs mit den Keulen holten im selben Moment weit aus, als ob sie Synchronkampf geübt hätten. Wir Zuschauer schnappten allesamt nach Luft, als sie ihre Keulen in Richtung der drei unbewaffneten MIAs schwangen. Doch unmittelbar, ehe sie getroffen wurden, verwandelten sich die MIAs in Stein (von allerlei Arten und Farben), und die Keulen prallten mit lautem TWACK von ihnen ab, ohne irgendeinen Schaden anzurichten.

So war das jedenfalls bei zwei von den drei Kampfpaaren.

Der MIA rechts außen wurde nicht zu Stein und die Keule knallte ihm gegen die rechte Schulter. Er wurde rückwärtsgeschleudert und landete mit einem gediegenen RUMMS auf dem Boden. Einige Sekunden lang wälzte er sich hin und her vor Schmerz, dann kam er langsam auf die Beine. Die MIA, die ihn getroffen hatte, machte ein entsetztes Gesicht und stürzte zu ihm, um ihn um Verzeihung zu bitten.

Dem getroffenen MIA würde es bald wieder gut gehen, da zwergische Knochen sehr widerstandsfähig waren. Aber es hatte trotzdem schrecklich wehgetan – ein Schlag mit dieser Wucht hätte bei einem Menschen einwandfrei ein paar Knochen gebrochen.

Fenmir schüttelte den Kopf.

»Du hast dich selbst belogen, Uruik«, sagte er. »Du hast dich nicht richtig bedroht gefühlt, und das wusste das Galdervatn.« Er drehte sich zu uns anderen um. »Jetzt werdet ihr das alle versuchen. Der Schlüssel ist, euch den Schmerz vorzustellen, die Verletzung, die entstehen wird, und ihr müsst euch auf euren Schutz konzentrieren, die Erde anrufen, an Stein denken, an harten Fels, an den Schutz, den sie bieten. Fühlt euch bedroht, fühlt die Geborgenheit des harten Steins, und ihr werdet euch verwandeln. Es gibt kein Zauberwort, das euch helfen könnte, es geht nur um Gefühle.«

Die MIAs verteilten jetzt unter uns große hölzerne Keulen. Sie waren so schwer, dass einige von uns sie kaum hochheben konnten.

»Äh, müssen wir wirklich dermaßen gefährliche Waffen benutzen?«, rief Ari.

Fenmir musterte sie misstrauisch.

»Hast du nicht zugehört, Kind?«, wollte er wissen.

»Doch, aber ...«, fing Ari an, aber er ließ sie nicht ausreden.

»Du musst dich wirklich *bedroht fühlen*, um diese zwergische Magie vollbringen zu können«, sagte er. »Ein Abwehrzauber wird niemals funktionieren, wenn keine richtige Gefahr besteht. Aber ich möchte euch trotzdem anweisen, auf den Oberkörper eures Partners zu zielen. Wir wollen heute bitte keine Gehirnverletzungen.«

Tuss kehrte mit einem Arm voller Holzkeulen zu unserer Gruppe zurück. Sie teilte drei davon aus und bildete Paare. Ich war mit Ari zusammen. Sie nahm vorsichtig die Keule in die

Hand, und dabei sah sie verängstigt, nervös und vielleicht auch ein kleines bisschen gespannt aus.

Glam bekam einen kleinen Jungen als Partner, der nur halb so groß war wie sie. Ihre Augen leuchteten, als sie bewundernd die riesige Keule in ihren fleischigen Händen anstarrte. Der kleine Junge musterte sie voller Skepsis. Er schluckte und trat einen Schritt zurück.

»Keine Sorge«, versicherte uns Fenmir. »Es stimmt, einige Zauber funktionieren ausschließlich bei bestimmten Zwergen. Einige sind in der ganzen Geschichte nur von einem einzigen Zwerg ausgeführt worden. Die magischen Fähigkeiten sind bei allen einzigartig und unterschiedlich. Aber grundlegende Magie wie diese hier ist allgemeingültig. Ihr alle könnt das schaffen. Fangt an, wenn ihr bereit seid.«

Wir alle standen mit nervöser Miene unseren Partnern gegenüber. Nur Glam schien es kaum erwarten zu können, mit einer Holzkeule auf ihren Partner einzudreschen. Alle anderen traten unruhig von einem Fuß auf den anderen und hoben nur zaghaft die klobigen Waffen.

»Greg ... ich, öh, ich möchte das hier wirklich nicht tun«, sagte Ari, während die Keule mir gegenüber an ihrer Schulter ruhte.

»Ist schon gut«, versicherte ich ihr. »Du wirst mir nicht wehtun. Ich hab diesen Zauber schon mal gewirkt, also hau rein.«

Ich machte mir wirklich keine Sorgen – der Zauber war mir ja gelungen, noch ehe ich von seiner Existenz erfahren hatte.

»Bereit?«, fragte Ari und hob die Keule von ihrer Schulter.

»Pffft«, sagte ich scherzhaft. »Zeig mal, was du draufhast. Ich wette, mit deinen zarten Ärmchen kannst du das Ding nicht mal schwingen.«

Ari grinste.»Du hast es nicht anders gewollt«, sagte sie und holte mit der Keule aus.

Ich machte mich bereit, obwohl ich ja wusste, dass es nicht wehtun würde. Ich würde rein gar nichts spüren, wie an dem Tag, an dem Perry mich ins Gesicht geschlagen hatte. Ich sah furchtlos die Keule auf mich zujagen und wartete darauf, dass sie von mir abprallte, als ob sie mit Luft gefüllt wäre und nicht aus hartem Eichenholz bestand.

Dann krachte sie auf meine Schulter und mir wurde vor wildem Schmerz schwarz vor Augen.

Als ich zu mir kam, lag ich auf dem Boden und schaute hoch in Aris besorgtes Gesicht.

»Großer Gott, Greg«, sagte sie. »Alles in Ordnung?«

Meine linke Schulter pochte und mein Arm fühlte sich an, als ob er sich nie mehr bewegen könnte. Ich setzte mich mithilfe meines rechten Armes auf. Der linke hing nutzlos an meiner Seite. Mir ging auf, dass ich mich mindestens drei Meter von meinem Standplatz entfernt hatte. Wie heftig hatte Ari bloß zugeschlagen?

»Greg«, sagte Ari. »Sag was!«

Ich war sicher, dass alle mich anstarrten, den Einzigen hier, der es nicht geschafft hatte, sich in Stein zu verwandeln. Aber niemand achtete auf mich. Stattdessen lag die Hälfte von uns wie hingemäht am Boden. Achtzehn Zwergenkinder wälzten sich hin und her vor Schmerzen. Ihre Partner beugten sich über sie und baten verzweifelt um Verzeihung.

Glams Partner war offenbar der Einzige, der es geschafft hatte, sich in Stein zu verwandeln. Er stand noch immer aufrecht da, benommen, aber unverletzt. Glam starrte ihre Keule geschockt an – sie war in der Mitte durchgebrochen und das dickere Ende hing nur noch an ein paar Holzfasern.

»Hast du eine Gehirnerschütterung, Greg? Sag doch endlich was!«, bettelte Ari verzweifelt und schaute sich in der Halle um. »Hilfe, ich glaube, ich hab meinem Partner das Gehirn zerschlagen!«

»Mir gehts gut«, sagte ich endlich.

Ari wirkte erleichtert und half mir auf die Beine.

Das Gefühl kehrte jetzt in meine Schulter zurück, aber dadurch tat es nur noch mehr weh. Unsere Knochen mochten ja fast unzerbrechlich sein, aber unser Fleisch ließ sich trotzdem zermatschen wie eine alte Banane. Auf meinem linken Bizeps bildete sich schon eine lila Beule.

»Ihr fragt euch vielleicht, warum ihr fast alle versagt habt«, sagte Fenmir auf dem Podium zufrieden und ohne jegliche Spur von Mitgefühl. »Ihr habt mir nicht zugehört! Ich habe es euch gesagt: Bei zwergischer Magie geht es um das Gefühl, um eure Reaktion, um *Glauben*! Wenn ihr euch nicht bedroht fühlt, nicht verzweifelt seid, oder welches instinktive Gefühl auch immer zu dem Zauber passt, den ihr anwenden wollt – dann wird keine Magie geschehen. Macht noch einen Versuch.«

Alle schauten sich unsicher um. Wir wussten nicht, ob wir noch mehr vernichtende Treffer mit Keulen ertragen könnten, die dazu hergestellt worden waren, unsere Widersacher zu Klump zu schlagen.

Tuss brachte Glam eine neue Keule und befahl ihr, mit ihrem Partner zu tauschen. Glams Augen weiteten sich für einen Moment voller Angst, aber dann sah sie, dass ich sie beobachtete, und ihr Gesicht zeigte übertriebene Zuversicht.

Ihr Partner konnte die Keule kaum hochheben, aber schließlich wuchtete er sie sich auf die Schulter.

Wir bezogen wieder unsere Plätze. Ari ließ ihre Waffe am Boden und schüttelte den Kopf.

»Ich werde dich nicht wieder schlagen«, sagte sie.

Fenmir hatte uns offenbar beobachtet, denn er sprang von der Tribüne und kaum zu uns herüber.

»Das musst du aber«, sagte er zu Ari.

»Aber ... muss es so brutal sein?«

»Glaubst du, Elfen und Werwölfe und Kobolde werden uns mit groben Beschimpfungen kommen und mit dem Gericht drohen?«, fragte Fenmir streng. »Nein, solche Dinge werden in der neuen Welt keine Rolle mehr spielen. Wir müssen lernen, uns zu verteidigen, und das geht nur so. Bei zwergischer Magie geht es um echte Notwendigkeit. Wir können nichts lernen, wenn wir nicht unter echten Bedingungen üben. Und jetzt schlag deinen Freund oder sieh irgendwann zu, wie sein Kopf von einer elfischen Klinge in zwei Hälften gespalten wird.«

Er schritt zu seinem Posten auf dem Podium zurück. Alle schauten ihn reglos an.

»Jetzt!«, schrie Fenmir. »Noch mal!«

Alle Zwergenkinder hoben die Keulen und griffen ihre Partner an. Ari nahm widerstrebend ihre Waffe und trat einen Schritt auf mich zu.

»Es tut mir so leid, Greg«, sagte sie.

Ich machte mich für den Schlag bereit und diesmal stieg Panik in mir auf, während meine Schulter pochte und sich an den Schmerz erinnerte, der erst vor wenigen Minuten in sie hereingehämmert worden war. In letzter Sekunde erinnerte ich mich an das Gefühl, aus Stein zu sein, während Perrys Hand gegen mein Gesicht knallte.

Wieder wurde alles dunkel.

»Greg!«, sagte Ari eine Sekunde später. »Du hast es geschafft!«

Ich begriff, dass alles dunkel geworden war, weil ich die Augen geschlossen hatte. Langsam öffnete ich sie.

»Ich habe es geschafft?«

Ari nickte aufgeregt.

»Die Keule ist einfach von dir abgeprallt«, sagte sie. »Du hast dich in glitzerndem schwarzen Granit verwandelt. Das war richtig cool.«

Ich stellte fest, dass es diesmal ungefähr der Hälfte von uns gelungen war, sich rechtzeitig zu verwandeln. Die andere Hälfte lag auf dem Boden, wand sich vor Schmerzen (vermutlich doppelt so schlimmen, da es schon das zweite Mal war). Glam stützte sich auf ein Knie, jammerte und rieb sich die rechte Hüfte. Sie konnte vermutlich von Glück sagen, dass ihr schmächtiger Partner seinem Schlag nicht viel Senf zufügen konnte.

Ari und ich wechselten für die nächste Runde. Ich hatte keine große Lust, mit einer riesigen Holzkeule nach meiner Freundin zu schlagen. Aber ich wusste, der Trick war, so zu tun, denn sonst würde sie versagen wie fast alle anderen beim ersten Versuch.

Deshalb starrte ich sie wütend an, als ich mit der riesigen Keule ausholte, und sagte:

»Das wird wehtun! Und wie!«

Ich zögerte nicht und ließ Ari keine Zeit, sich vorzubereiten. Beim Ausholen stieß ich sogar einen wilden Schrei aus, um die Wirkung zu verstärken. Pure Panik breitete sich in Aris Gesicht aus.

Und es funktionierte!

Ari verwandelte sich in überraschend hübsch gefärbten grüngrauen Marmor, einen so schönen zwergenförmigen Rohstein, dass ich fast die Keule hätte fallen lassen. Aber sie war zu schwer, um mitten im Schwung aufgehalten zu werden. Sie knallte mit einem KRACK gegen Aris Marmorrippen, prallte ab, ohne irgendeinen Schaden anzurichten, und ließ schmerzhafte Vibrationen durch den Griff und in meine Hände jagen.

Ari wurde eine Sekunde später wieder lebendig, noch immer gekrümmt unter einem Schlag, den es für sie niemals gegeben hatte.

»Ich habe es geschafft?«, fragte sie, als ihr aufging, dass sie nichts merkte.

Ich nickte und grinste.

Sie lachte.

Wir widmeten dem Zauber die ganze nächste Stunde, da ihn nicht alle so einfach in den Griff bekamen. Einer konnte nur ein Bein in einen mattorangen Stein verwandeln, weshalb die Keule ihn trotzdem ziemlich übel im Kreuz traf. Ein anderer Zwerg wurde nicht zu Stein, sondern zu einem Gewirr aus Holz und Schlingpflanzen. Sofort wurde er wieder zu Fleisch und Blut und schrie vor Schmerz. Ein Zwerg machte ein schockiertes, verlegenes Gesicht und legte sich die Hände auf den Hosenboden, während einige unterschiedlich große Steine unten aus seinen Hosenbeinen kullerten.

Das entlockte allen, die es sahen, ein brüllendes Gelächter, nur nicht Fenmir Nebelmoosmann. Er schüttelte verärgert den Kopf und befahl ihm, es noch einmal zu versuchen. Fenmir bestand darauf, dass wir nicht weitermachten, solange nicht alle von uns diesen Zauber beherrschten. Denn so wichtig war er.

»Das wäre alles für heute«, gab Fenmir endlich nach. Er

wirkte niedergeschlagen und müde. »Kommt in drei Tagen wieder her, dann versuchen wir es noch einmal und nehmen hoffentlich weitere Zauber durch. Wir haben noch so viel vor, Zwergenmagie hat fast unbegrenzte Möglichkeiten. Es wird besser werden. Und das muss es auch, denn sonst sind wir alle dem Untergang geweiht.«

31

Ich merke, wie sehr es mir fehlt, Gespräche mit leblosen Gegenständen zu führen

Das Training bei Buck am nächsten Tag war eine Erleichterung, da mein linker Arm so weh tat, dass ich kaum frühstücken konnte. Ich war also nicht in der Verfassung, ihn immer wieder mit einer hölzernen Keule schlagen zu lassen.

Den ganzen Tag lang fragten Lake und Eagan uns nach dem Magietraining aus, aber es fiel uns schwer, klare Antworten zu geben. Es gab so vieles an der zwergischen Magie, das wir noch immer nicht begriffen hatten.

»Wie meint ihr das, es gibt keine Worte?«, fragte Eagan, während wir Axtwerfen übten.

»Man sagt nichts, wenn man Magie wirkt«, sagte Ari. »Man muss nur fühlen und sich vorstellen, was passieren soll.«

»Komisch«, sagte Eagan. »Klingt ... einfach.«

Ari, Glam und ich wechselten einen Blick und lachten. Lake schien sich zu ärgern, weil er den Witz nicht verstand, und Eagan sah einfach nur verwirrt aus. Froggy ignorierte uns allesamt und warf mit tödlicher Treffsicherheit eine weitere Axt nach der Zielscheibe. Er hatte sich als hervorragender Werfer entpuppt, besser sogar als sein Dad.

Am Ende des Tages war ich ein weiteres Mal frustriert. Wir trainierten jetzt seit fünf Tagen, und ich war der Suche nach meinem Dad noch nicht einen Schritt näher gekommen. Und Aderlass hatte ich auch nicht an mich gebracht. Ich hatte ihn den ganzen Tag nicht gehört oder gesehen, und zu meiner Überraschung musste ich feststellen, dass er mir fehlte. Vor allem danach, was er bei unserem letzten Training zu mir gesagt hatte:

Wenn wir uns das nächste Mal begegnen, wirst du mich zum allerersten Mal in die Hand nehmen.

Und alles wird sich ändern.

Du wirst deinen Vater rächen.

Als der Unterricht zu Ende ging, bat Eagan Buck, mal wieder eine alte Kriegsgeschichte zu erzählen. Buck hatte sich als ziemlich guter Geschichtenerzähler entpuppt, und Eagan, Lake und Glam baten oft um Geschichten über alte Schlachten, die nicht in den uralten Texten standen, sondern seit Jahrtausenden in Bucks Familie mündlich überliefert wurden. Nach dem Training setzte Buck sich also ins Wohnzimmer und wir sechs sammelten uns um ihn. Aber ich achtete gar nicht auf Buck. Ich fragte mich, wo Aderlass war.

Heute war der große Tag.

Ich hatte das Warten satt. Mein Dad hörte ja nicht von selber auf, entführt zu sein.

»Diese Geschichte heißt ›Die Schlacht vom Gnynt-Fjord‹«, begann Buck. »Das war ein besonders brutales Scharmützel zwischen einem Bataillon von Zwergen und mehreren Kompanien von Orks und Minotauren, die sich gerade auf die Seite der Elfischen Allianz geschlagen hatten. Sie bewachten einen besonders wichtigen Fjord in den Ostlanden von S'marth, gleich unterhalb der Berge von Rijjvenfeld und im Westen von ...«

Ich bat, die Toilette aufsuchen zu dürfen. Niemand achtete auf mein Verschwinden und Buck machte mit seiner Geschichte weiter, während ich durch den Gang lief, vorbei am Badezimmer und weiter zur nächsten Tür. Sie war abgeschlossen. Ich wollte schon weitergehen und die nächste probieren, als mich eine vertraute Stimme anhalten ließ:

Wo willst du denn hin?

Ich bin hier drinnen.

»Aber die Tür ist abgeschlossen«, flüsterte ich.

Du wirst dich doch wohl von einer schnöden Tür nicht davon abhalten lassen, deinen Vater zu retten?

Ich wollte schon in die Defensive gehen und mich mit Aderlass streiten, aber das ließ er nicht zu.

War nur ein Witz – ich kümmere mich drum.

Dann ertönte ein Klicken.

Ich griff nach der Türklinke – und hielt inne. Hier stand ich nun, auf dem Gang in der Wohnung eines mürrischen alten Mannes und redete mit einer Axt, die soeben auf magische Weise für mich eine Tür aufgeschlossen hatte, als ob das so alltäglich wäre, wie mir etwas zu essen aus dem Kühlschrank zu holen.

Verlor ich gerade den Verstand?

Nein, tust du nicht. Mach weiter.

»Sag mir nicht dauernd, was ich zu tun habe«, flüsterte ich der Tür zu.

Ich rede dir nur gut zu, damit du tust, wovon du weißt, dass du es tun musst.

»Ich rede nicht mit einer Axt«, sagte ich.

Na, im Prinzip schon, auch wenn das nur in deinem Kopf stattfindet.

Ich holte tief Luft und stieß die Tür auf. Das Zimmer war

offenbar Bucks persönliche Waffenkammer. Es war früher einmal einfach ein weiteres kleines Schlafzimmer in einem alten Wohnblock gewesen, aber jetzt war es gefüllt mit Regalen voller uralter Waffen und Rüstungsteile. Einige Waffen waren grob gearbeitet und schlicht und vermutlich blutbefleckt, andere waren mit Edelsteinen besetzt oder hatten komplizierte eingelegte Muster aus glänzendem Gold.

Aderlass lehnte an einem Regal zwischen fünf weiteren Streitäxten von unterschiedlicher Form und Größe. Die anderen verschmolzen neben Aderlass mit dem Hintergrund, als wäre das hier eine Dokumentation und sie wären als anonyme Zeugen verpixelt worden.

Nimm mich in die Hand.

Rette deinen Dad.

»Wie kannst du wissen, was sonst niemand weiß?«, flüsterte ich.

Ich weiß nicht, wo er ist. Aber ZUSAMMEN können wir ihn finden. Meine Kraft liegt in dir. Nur du kannst sie wecken. Wenn du mich in die Hand nimmst, wenn ich dich als meinen nächsten Besitzer erwählen darf, werden wir jedes Unrecht in Recht verwandeln.

Das verspreche ich.

Ich trat noch einen Schritt auf das Waffenregal zu. Der silberne Griff von Aderlass mit seinem verschlungenen eingravierten Muster leuchtete, als ob er elektrisch geladen wäre. Die Klinge war schwarz wie Obsidian, obwohl sie aus Metall war und nicht aus Stein. Sie funkelte und ich wusste, dass die Axt mir die Wahrheit sagte.

Ich streckte die Hand aus und schloss sie um den überraschend kalten Griff von Aderlass.

Und die Welt verschwand.

32

Eine magische Axt und ich machen einen psychedelischen Tagesausflug zum Waldmond Endor

Zu behaupten, ich wäre an einen anderen Ort versetzt worden, wäre untertrieben.

Als meine Hand die Axt berührte, verloren meine Finger jegliches Gefühl. Blaue Funken stoben in meine Handfläche und ich konnte durch die Hand hindurchsehen. Für einige kurze Momente sah ich meine Knochen und Adern und Sehnen aufleuchten.

Dann stand mein ganzer Arm in Flammen. Der Brand breitete sich in meinen restlichen Körper aus. Alles außer der Axt verschwand, als ob wir uns in einem Vakuum aus dunklem Feuer befänden. Ich hatte nicht mehr den Eindruck, irgendetwas zu fühlen. Stattdessen schwebten wir dahin, nicht existent, nirgendwo. Eigentlich schwebten wir nicht einmal – es gab keinen Wind, keinen Boden, kein Oben und kein Unten.

Und dann sah ich meinen Dad.

Zuerst konnte ich nur sein von flackernden Rändern der Wirklichkeit umgebenes Gesicht sehen. Er sah schmutzig aus, und viel dünner als in meiner Erinnerung. Er wirkte sehr erschöpft, mit Tränensäcken unter den Augen. Ich hatte schon befürchtet, dass ich gerade den Verstand verlor, aber als ich jetzt meinen Dad sah, war mir das total egal.

Langsam sah ich mehr. Seine wirren, verfilzten Haare und seinen Hals, und sein verdrecktes, zerfetztes Hemd (ein *My Little Pony*-T-Shirt – was zeigte, dass seine Entführer entweder furchtbar knapp bei Kasse waren oder wenigstens eine gewisse Art von Humor besaßen). Sein Bart war grob abrasiert worden und ich sah mindestens ein Dutzend kleiner, verkrusteter Wunden. Hinter ihm sah ich sorgfältig zu einer Mauer zusammengefügte Steine. Eine Holzplatte war sein Bett, es gab keine Decken, keine Matratze, kein Kissen. Auf dem Bett lag ein einziges, zerlesenes Buch: *Die Dunkelelf-Trilogie* von R. A. Salvatore. Ob das eine Form von Folter sein sollte oder Propaganda, oder einfach ein echter Versuch, ein wenig Ablenkung zu liefern, war nicht klar. Mein Dad war mit beiden Knöcheln an die stählernen Bettpfosten gekettet. In der Ecke der Zelle stand ein kleiner, verdreckter Eimer.

Das war es nämlich: eine Zelle.

Und mir ging auf, dass das hier kein Traum war. Es war eine Vision. Ich hatte meinen Dad niemals so erschöpft gesehen. Und seine Entführer hatten ihm den Bart abrasiert! Für einen Zwerg hatte ein Bart nichts mit Eitelkeit zu tun, sondern zeigte das innerste Wesen seines Charakters – wie eine Kostprobe von dem, was in dir liegt. Das wussten sie, und sie hatten es ihm trotzdem angetan.

Mein Dad sprach mit jemandem, der vor der Zelle stand. Ich konnte nur den Kopf dieses Mannes sehen: Er hatte lange, fettige Haare, die an seinem Schädel klebten, war groß und dünn und hatte unverkennbare spitze Ohren. Ich hatte das vage Gefühl, dass er irgendwie vertraut aussah – aber das war absurd, ich kannte eigentlich keine anderen Elfen als Edwin, und dieser Typ war eindeutig älter und größer als mein bester Freund. Außerdem konnte ich das Gesicht des Mannes ja nicht sehen, wieso kam er mir also bekannt vor? Es hatte etwas mit seinen Gesten zu tun, seiner Haltung, der Art, wie er sich bewegte. Fast schien ich seine Körpersprache besser zu kennen als die meines eigenen Vaters – als hätte ich mehr Zeit mit dem Typen verbracht, der meinen Dad gefangen hielt, als mit irgendeinem anderen Wesen auf diesem Planeten.

Aber das war natürlich unmöglich.

Es sei denn, ich kannte den Mann gar nicht, und es gab einen anderen absolut logischen Grund, warum er mir so bekannt vorkam ... nämlich dass ich jemanden kannte, der sein ganzes Leben versucht hatte, diesem Mann zu ähneln. Aber das wollte ich einfach nicht glauben. Das wäre einfach zu entmutigend. Also konzentrierte ich mich auf das entschiedene Gesicht meines Dad, als er den Elfen wütend durch die Gitterstäbe seiner Zelle anstarrte.

Und dann, genausoso plötzlich, wie das alles vor mir aufgetaucht war, war es wieder verschwunden.

Ich befand mich wieder im leeren, schwarzen Raum. Aderlass' Griff brannte in meiner Hand, und das war das Einzige, was ich spürte, neben der Qual, die von innen an mir riss – die Qual, meinen Dad in einem solchen Zustand zu sehen.

Dann sah ich mich selbst. Ich spielte mit Edwin Schach. Ich lachte mit anderen Zwergenkindern. Ich trainierte mit Buck und den anderen. Ich verzehrte mit Fynric in unserer neuen, improvisierten Wohnung schweigend eine gewaltige Mahlzeit. Einige dieser Szenen kamen mir real vor – wie von außen betrachtete Erinnerungen. Aber andere wirkten eher wie Möglichkeiten. So wie das Essen mit Fynric – hatten er und ich jemals ein ganzes gebratenes Wildschwein verzehrt? Das glaubte ich nicht. Andererseits war meine Erinnerung an so vieles aus der vergangenen Woche verschwommen …

Wichtiger als die Frage nach der Wirklichkeit jedoch war diese: *Warum?*

Warum zeigte Aderlass mir das alles?

Was bedeutete das?

Weißt du das immer noch nicht? Vielleicht hat deine Freundin Glam recht und du bist schnuckelig, aber blöd? Na gut, dann zeig ich dir noch mehr.

Als Nächstes sah ich Luke Skywalker, der auf einer Baumbrücke in einem Ewok-Dorf aus »Die Rückkehr der Jedi-Ritter« mit Leia sprach – diesen Film hatte ich nur einmal gesehen, und er hatte mir nicht mal gefallen. Ein Elefant trottete durch eine mit Unkraut überwucherte Wildnis. Ein deprimierter Typ saß an einem Computer und scrollte lustlos durch unbekannte Daten. Ein Mann redete in einem total durchschnittlichen Flur mit einem anderen, beide trugen Sicherheitsausweise mit einem seltsamen Adlerlogo, das ich nicht erkannte.

Ich hatte keine Ahnung, warum mir Aderlass so eine wilde Mischung von Szenen zeigte. Aber ich war nun der Gefangene der Axt und dazu gezwungen, mir dieses Bilderpuzzle anzusehen, und ich hatte nicht die geringste Ahnung, was das alles zu bedeuten hatte.

Aber dann, ganz plötzlich, war es vorüber. Ich war wieder in Bucks Waffenkammer. Aderlass lag zu meinen Füßen auf dem Boden. Und obwohl ich wusste, dass mein Dad noch lebte, hatte ich noch immer keine Ahnung, wie ich ihn finden sollte.

Weißt du jetzt, was du zu tun hast?

Ich schüttelte den Kopf.

Aber du hast deinen Vater gesehen?

Ich nickte.

Du kannst alles glauben, was du durch mich siehst, Greg. Und du solltest wissen, was du zu tun hast.

»Aber das weiß ich nicht«, flüsterte ich. »Nichts davon hat irgendeinen Sinn ergeben. Kannst du mir nicht sagen …«

Nein, ich weiß nicht, was du gesehen hast, Greg. Du kannst dich meiner Kraft bedienen, aber was du dort findest, musst du allein deuten. Und jetzt geh, tu, was du zu tun hast, ehe es zu spät ist. Ich spüre, dass du im tiefsten Herzen die Antwort bereits weißt.

Ich ging rückwärts aus dem Zimmer und ließ Aderlass dort zurück. Nicht, dass ich ihn nicht hätte mitnehmen wollen. Ein Teil von mir wollte nie wieder von ihm getrennt werden. Aber ich wusste, dass es keine Möglichkeit gab, die Axt aus Bucks Wohnung zu schmuggeln.

Ich brach sofort auf und ignorierte die Fragen meiner Freunde, als ich an ihnen vorbei durch das Wohnzimmer lief – ich würde es später erklären.

Denn ich wusste tatsächlich, was das alles bedeutete.

Aderlass hatte recht. Der erste Teil der Vision war alles gewesen, was ich gebraucht hatte. Der zweite hatte mich nur dazu bringen sollen, das zu akzeptieren – er hatte mir klargemacht, dass meine erste Eingebung zutraf, so grauenhaft es auch war, die Wahrheit zu akzeptieren. Aderlass' Worte hallten in meinem Gehirn wider.

Und jetzt geh, tu, was du zu tun hast, ehe es zu spät ist.

Ich musste mit Edwin sprechen – er war das letzte Teil in diesem Puzzle.

Ich ging geradewegs zur PISS.

Obwohl es schon fast fünf Uhr nachmittags war, kamen immer noch Schüler nach allerlei Nachmittagsaktivitäten aus dem Gebäude. Edwins schwarze Limousine stand an der Ecke, deshalb überquerte ich die Straße und ging hinter einer Mülltonne ganz in der Nähe in Deckung.

Eine alte Dame warf mir im Vorübergehen einen misstrauischen Blick zu. Ihr kleiner Hund, der eine rosa Halsschleife trug, knurrte mich wütend an. Da ich mir von nun an nichts mehr gefallen lassen wollte, knurrte ich wütend zurück. Der kleine Hund fiepte und die Dame zog an der Leine, beide gleichermaßen verwirrt und beleidigt.

Einige Minuten später sprang Edwin die Vordertreppe herunter, begleitet von seinem üblichen Gefolge aus Freunden und hübschen Mädchen. Er riss gerade einen Witz und alle lachten, dann trennten sich ihre Wege.

Er kam auf seinen wartenden Wagen zu und Benny, der Chauffeur, öffnete die hintere Tür.

Ich richtete mich auf und winkte.

»Was machst du denn hier?«, zischte Edwin und schob mich auf die Rückbank, ehe einer seiner Freunde mich entdecken konnte.

»Stimmt was nicht?«, fragte Benny und musterte mich misstrauisch.

»Nein, alles bestens«, sagte Edwin. »Fahren wir.«

Benny schloss die Tür und setzte sich auf den Fahrersitz. Edwin drückte auf einen Knopf und eine schalldichte Trennwand schob sich zwischen Vorder- und Rückbank.

»Was machst du hier?«, fragte Edwin noch einmal.

»Ich muss dich sprechen«, sagte ich.

»Hör mal, es ist gefährlich für dich, hier zu sein …«

»Nein, es ist mehr als das«, sagte ich.

Edwin sah mir fragend in die Augen und sein Gesichtsausdruck änderte sich.

»Was ist los?«, fragte er und klang, als rechne er mit der Nachricht, mein Dad sei tot aufgefunden worden.

»Ich weiß, wo mein Dad ist«, sagte ich. »Er lebt noch.«

Ein erleichtertes Lächeln huschte ganz kurz über Edwins Gesicht, dann runzelte er die Stirn.

»Wie hast du das denn bloß rausgekriegt?«, fragte er. »Und wo steckt er?«

»Das ist eine seltsame Geschichte«, sagte ich. »Ich habe die ganze Zeit damit vergeudet, so zu tun, als würde ich an meinem Plan feilen. Und habe darauf gewartet, dass irgendwer mir sagt, was zu tun ist. Aber die Wahrheit ist: Ich wusste es von Anfang an. Du bist der Schlüssel. Du weißt, wo mein Dad ist, und ich kann das nicht mehr verdrängen. Die ganze Zeit war ich ein typischer Zwerg, vor Furcht gelähmt, oder weil ich an mein übliches Pech dachte oder warum auch immer. Aber das ist vorbei. Jetzt werde ich etwas *tun*. Nichts wird mich daran hindern ...«

»Mann«, sagte Edwin leise. »Beruhig dich erst mal. Wovon redest du eigentlich?«

»Mein Dad ist nicht von irgendeiner elfischen Spalterfraktion entführt worden, Edwin«, sagte ich und versuchte mühsam, meine Wut unter Kontrolle zu halten. »Sondern von deinen Eltern.«

Edwin schüttelte den Kopf und öffnete und schloss den Mund, als ob sein Kiefer gebrochen wäre.

»Wirklich«, sagte ich mit fester Stimme. »Deine Eltern haben dich die ganze Zeit angelogen, sie haben meinen Dad entführt. Mir ist klar, dass du die Wahrheit unmöglich wissen konntest. Das hoffe ich jedenfalls. Und wenn ich mich irre … na ja, dann hast du mich da, wo du mich haben willst, und kannst mich hier und jetzt erledigen.«

»Das kann nicht stimmen«, sagte Edwin und lief rot an. »Und selbst wenn, woher willst du das denn überhaupt wissen?«

»Ich habe gesehen, wie dein Vater in einer Gefängniszelle mit meinem Dad gesprochen hat«, sagte ich. »Frag nicht, wie ich das gesehen habe, das spielt keine Rolle. Jedenfalls habe ich es gesehen. Er war es … er hat dieselbe Körpersprache wie du, oder du hast seine, du hast ja gesagt, dass du die schon als kleiner Junge nachgemacht hast. Es ist fast unheimlich. Er war es, und es war real. Du musst mir glauben.«

Edwin schien mit den Tränen zu ringen. Er glaubte mir wirklich. Er wusste, dass ich recht hatte, und im tiefsten Herzen hatte er das vielleicht schon die ganze Zeit vermutet. Aber wie ich hatte er die Möglichkeit einfach nicht wahrhaben wollen. Edwin war von dieser Nachricht sichtlich fast ebenso schwer getroffen wie ich, als mir die Wahrheit aufgegangen war.

»Das Problem ist, dass ich noch immer nicht weiß, wo er gefangen gehalten wird«, sagte ich langsam. »Aber du weißt es. Vielleicht bedeutet das, dass unsere Freundschaft jetzt zu Ende ist. Vielleicht ist sie noch zu retten. Aber so oder so kannst du mir immer noch helfen, meinen Dad zu finden.«

»Ich – ich kann das nicht, das geht nicht«, sagte Edwin und schüttelte den Kopf. »Ich schwöre, ich wusste nicht einmal, dass meine Eltern mir … uns so etwas antun könnten. Ich hatte keine Ahnung. Ich meine, selbst wenn meine Eltern ihn gefangen halten, dann kann das überall sein. Sie besitzen eine ganze Flotte von Privatjets. Sie können ihn mit Leichtigkeit nach New York oder nach Europa oder in die Antarktis gebracht haben.

Selbst wenn er noch in Chicago ist, woher soll ich wissen, wo? Sie haben hier doch Dutzende von Immobilien.«

»Er *ist* hier in Chicago«, sagte ich. »In einem Geheimverlies. Ich weiß das. Die Vision von Aderlass ergibt sonst keinen Sinn.«

»Greg, du bist hier der, der keinen Sinn ergibt«, erklärte Edwin. »Wer ist Aderlass? Welche Vision?«

»Ich kann das später erklären«, sagte ich. »Sag mir nur eins: Gibt es in irgendeinem Gebäude, das deinen Eltern gehört, einen geheimen Teil? Einen Keller? Ein Verlies? Irgendein geheimes Gefängnis? Vielleicht Geheimgänge ...«

»Ich weiß nicht ...«

»Doch, das weißt du«, erklärte ich. »Jetzt überleg doch mal, Edwin. Gibt es irgendwo Sicherheitsleute mit Ausweisen mit einem roten Logo?«

»Na ja, ich meine, ja, das ist das Logo von einer der Firmen meiner Eltern«, sagte Edwin und rieb sich das Kinn. »Die ist in einem Bürogebäude in der Innenstadt untergebracht, aber ...«

Plötzlich erstarrte er und seine Augen weiteten sich, als ob er soeben seine Zunge verschluckt hätte.

»Oh, meine Götter«, sagte er leise. »Das Hancock-Haus. Das hat ein ganzes Stockwerk, von dem niemand weiß. Eine geheime Ebene zwischen dem zweiundachtzigsten und dem dreiundachtzigsten Stock. Offiziell hat das Haus hundert Etagen, aber in Wirklichkeit sind es hundertundeine. Ich wusste nie, wozu das geheime Stockwerk gut sein soll, aber das würde es erklären. Was hätte die Geheimniskrämerei sonst für einen Sinn? Ich dürfte das eigentlich überhaupt nicht wissen, aber mein Opa hatte größeres Vertrauen zu mir als mein Dad. Er hat mir heimlich davon erzählt.«

»Das ist es«, sagte ich und meine Hände zitterten. »Da ist mein Dad.«

Jetzt bist du auf dem richtigen Weg, Greg. Los, gehen wir ihn retten.

Das war Aderlass. Er rief mich auf irgendeine Weise quer durch die ganze Stadt. Vielleicht hatte ich, als ich die mächtige Axt berührt hatte, damit eine seltsame Verbindung zwischen uns hergestellt, wie in diesem alten Film *E. T.*?

»Wie kannst du dir so sicher sein, wo er ist?«, fragte Edwin. »Und woher weißt du, dass er noch lebt?«

Die Antwort *weil eine magische Axt mir das in einem psychedelischen Traum gezeigt hat* hätte nicht besonders überzeugend geklungen.

»Spielt keine Rolle«, sagte ich. »Aber alles, was du mir gerade erzählt hast, bestätigt meine Vermutung. Jetzt ergibt alles einen Sinn – es passt dazu, was Aderlass mir gezeigt hat. Und jetzt muss ich los und ihn befreien.«

»Nein, tu das nicht«, sagte Edwin. »Ich muss das erst überprüfen. Es wäre viel zu gefährlich für dich, es allein zu versuchen. Versprich mir, zu warten.«

»Das kann ich nicht. Ich habe lange genug gewartet.«

»Greg, ich kann dich da nicht beschützen«, sagte Edwin. »Du wirst einen Krieg auslösen.«

»Wahrscheinlich lässt sich das jetzt ohnehin nicht mehr verhindern, Edwin«, sagte ich. »Das weißt du auch. Das haben deine Eltern schon erledigt, was immer ihre Gründe sein mögen.«

»Nein«, sagte Edwin und schüttelte wieder den Kopf. »Nein, sie würden nicht alles aufs Spiel setzen, wofür sie so schwer gearbeitet haben ...«

»Das haben sie aber«, sagte ich. »Du weißt, dass ich recht habe. So, wie du weißt, dass ich das hier tun muss!«

»Greg, lass es. Bitte, vertrau mir als deinem Freund. Es ist zu gefährlich. Hier steht zu viel auf dem Spiel, hab noch Geduld!«

»Ich habe schon viel zu viel Geduld gehabt«, sagte ich. »Darum ging es bei der Vision doch gerade. Und ich vertraue dir, Ed. Ich weiß, dass du recht hast. Es ist zu gefährlich und kann diesen Krieg, den deine Eltern losgetreten haben, sehr wohl eskalieren. Aber mein Dad kann nicht mehr warten.«

Oder hatte Edwin doch recht? Vielleicht war die Rettung meines Dad es nicht wert, Elfen und Zwerge weiter in den Krieg zu drängen? Manche Dinge sind größer als eine Person.

Der Krieg ist unvermeidlich. Er hat schon begonnen, und das weißt du. Deinen Dad sterben zu lassen, wird den Schmerz nur verdoppeln, wenn der eigentliche Kampf losgeht.

»Lass mich endlich in Ruhe«, sagte ich zu Aderlass.

Edwin sah mich verwirrt und besorgt an.

»He, *du* bist doch zu *mir* gekommen ...«, begann er.

»Entschuldige, du warst nicht gemeint«, sagte ich. »Das ist ... schwer zu erklären. Aber was bedeutet das jetzt für uns? Ich meine, deine Eltern, die Elfen, haben meinen Dad entführt – sie haben ihm sogar den Bart geschoren!«

Edwin wand sich unbehaglich.

»Siehst du!«, sagte ich.

»Ich weiß«, sagte Edwin mit zitternder Stimme. »Es ist unvorstellbar Aber das ändert nichts an dem, was ich gesagt habe. Lass mich eine andere Lösung suchen, Greg.«

Er will nur Zeit schinden, um seine Eltern zu warnen.

Ich ignorierte Aderlass. Diesmal glaubte ich ihm nicht. Edwin konnte das alles nicht gewusst haben. Und selbst, wenn er doch etwas damit zu tun hatte, wieso hätte er mir die genaue Lage des Verlieses nennen sollen?

Um dir eine Falle zu stellen, deshalb.

»Greg, versprich mir, nicht dorthin zu gehen«, sagte Edwin.

»Das kann ich nicht versprechen«, erwiderte ich.

»Warum nicht?«, brüllte Edwin fast, ehrlich besorgt um meine Sicherheit.

Der Wagen hielt im starken Verkehr auf der Milwaukee Avenue vor einer roten Ampel. Ich öffnete die Tür.

»Weil ich dich nicht anlügen will«, sagte ich, als ich aus dem Auto stieg und in Richtung U-Bahn-Station wegging.

Edwin folgte mir nicht. Die Ampel sprang auf Grün um und seine Limousine fuhr weiter nach Nordwesten. Ich konnte jetzt nur noch hoffen, dass er seinen Eltern nicht von unserem Gespräch erzählen würde, obwohl Aderlass damit rechnete. Ich hoffte, dass es keine Falle war.

Denn dann würden sie auf uns warten, und das würde den sicheren Tod bedeuten, für mich, meinen Dad und alle anderen, die mich bei diesem Rettungseinsatz begleiteten.

33

Ich werde aufs Übelste
von einem Leprechaun beleidigt

Die Dosgrud-Silbermütze-Versammlungshalle war eine riesige Höhle unter dem komplexen Labyrinth aus Tunneln im zwergischen Untergrund.

Sie trug ihren Namen nach dem legendären Zwerg Dosgrud Silbermütze, dem allerersten Ratsältermann. (Das war ungefähr der Präsident der Zwerge, aber mit weniger Macht und Verantwortung als der US-Präsident. Denn, ihr wisst schon, Zwerge eben.) Dunmor Bartbrecher war der amtierende Ratsältermann.

Die Versammlungshalle war mindestens so groß wie die eine Hälfte von Soldier Field, dem riesigen Stadion der Chicago Bears. Sie war rund und wies in der Mitte mehrere Reihen von kompliziert verzierten Steintischen und -stühlen auf. Dutzende von Sitzreihen waren in die äußeren Wände eingelassen und umgaben den Raum wie in einem Amphitheater. Es gab Platz für die 125 Ratsmitglieder, außerdem für zu Besuch weilende ausländische Ratsmitglieder und die Öffentlichkeit (einige Sitzungen waren für alle zugänglich, andere nur auf Einladung). Heute war alles vollgestopft mit zwergischen Würdenträgern und Regionsältermännern aus aller Welt, die zum ersten Globalen Konzil seit Jahrzehnten gekommen waren.

Nebeneinander an dem langen Tisch mitten in der Halle saßen acht der neun Ältesten, der gewählten leitenden Mitglieder des Rates. Jede ihrer Stimmen zählte zehnmal so viel wie die eines normalen Ratsmitgliedes.

Ich saß allein an einem viel kleineren Steintisch den zwergischen Ratsältesten gegenüber. Der einzige leere Platz zwischen ihnen war der meines Vaters.

Dunmor Bartbrecher saß in der Mitte.

Er lächelte nicht, nickte mir jedoch höflich zu.

»Es ist schön, dich wiederzusehen, Greg«, sagte er. »Es freut mich, dass es dir gut geht.«

»Danke«, sagte ich, war aber nicht sicher, ob er mich durch das Geflüster von hundertfünfundzwanzig Ratsmitgliedern (und Hunderten weiterer Würdenträger) hören konnte, die uns auf allen Seiten umgaben.

Fynric saß an einem anderen Tisch hinter mir. Er durfte nicht mit mir zusammensitzen, da nur ich zum Rat sprechen würde. Fynric hatte mir erklärt, dass unter Zwergen die Fähigkeit, sein eigenes Wort zu führen, hoch geschätzt wurde. Das war einer der Gründe, warum die Zwergenkultur keine Rechtsanwälte kannte.

Der leere Ältestensitz meines Dad starrte mich düster an. Der Platz war noch immer mit Dads Namen versehen – eingemeißelt in einen großen Stein, der vor seinem Stuhl am Ende des Tisches stand.

Ich drängte meine Tränen zurück. Ich hatte bisher noch nicht geweint, wegen all dem, was passiert war, und ich würde jetzt nicht damit anfangen. Nicht, wo ich so dicht vor seiner Befreiung war.

»Ruhe!«, sagte Dunmor mit lauter Stimme, als der gesamte Rat Platz genommen hatte.

Seine Stimme dröhnte durch die reich verzierte Steinkammer. Die Wölbung von Wänden und Decke verstärkte seine Stimme perfekt, und sofort verstummten alle Anwesenden.

»Wir haben uns hier zu unserem ersten Globalen Konzil seit fast dreißig Jahren versammelt«, sagte Dunmor und die hervorragende Akustik ließ seine Stimme klingen wie die eines Gottes und nicht wie die eines fetten Zwerges, der Reste von altem Truthahn aus seinem Bart aß. »Willkommen also ihr alle, die ihr aus den verschiedenen Regionalen Räten überall in der Welt hergereist seid. Unsere Tagesordnung heute ist nicht lang, aber zweifellos werden die Konsequenzen der hier getroffenen Entscheidungen für unsere Zukunft von beträchtlicher Bedeutung sein. Auf unserer heutigen Liste stehen die folgenden Punkte. Erstens: Wir werden den Bericht des jungen Sturmbauch über neue feindselige Übergriffe von elfischer Seite hören und über eine Vorgehensweise abstimmen. Zweitens: Wir werden Meinungen über das Schisma austauschen und diskutieren, und dann werden wir eine ein für alle Mal geltende Entscheidung in dieser Frage fällen.«

Auf diese Ankündigung folgte reichlich Grummeln und Murmeln vonseiten der Ratsmitglieder und Zuhörer. Dunmor achtete nicht darauf und fuhr fort.

»Aber lasst mich unserem jungen Gast zuerst die Ältesten vorstellen«, sagte er und drehte sich zu mir um.

Dann ging er die Tischordnung von links nach rechts durch:

- Wera Plattpike, eine stämmige kleine Frau mit einem flaumigen roten Bart. Als ihr Name genannt wurde, zwirbelte sie ihren Schnurrbart ein wenig, und ich hätte schwören

können, dass fast jeder anwesende Zwerg sie sehnsuchtsvoll anstarrte.
- Dhon Drachenbauch, ein hagerer Mann mit grau-schwarz-melierten Haaren. Aus irgendeinem Grund hielt Dunmor es für angebracht, darauf hinzuweisen, dass Dhon ein preisgekrönter Wettesser war und vierzehn Jahre hintereinander beim Chicago-Chickenwing-Fest den ersten Preis geholt hatte.
- Forgie Onyxgut, ein rundlicher alter Mann mit einer wilden Mähne. Als er lächelte, sah man seine tiefschwarzen Zähne.
- Ara Schlupfhöhle, eine kleine dünne Frau mit jeder Menge fluffiger weißer Locken auf dem Kopf. Sie trug einen voluminösen Pelzmantel und jede Menge funkelnden Schmuck, als ob sie sich für die Angehörige eines Königshauses hielt.
- Heb Loderschwert, ein großer muskulöser Mann (für einen Zwerg – er war vermutlich trotzdem nicht viel über eins siebzig) mit grauen Haaren und einem gewaltigen schwarzen Bart. Dunmor bezeichnete Heb als den besten zwergischen Schwertkämpfer unserer Zeit.
- Foggy Blutbräu, eine Frau mittleren Alters, die bei der Vorstellung freundlich lächelte. Ihre Augen füllten sich mit Tränen und mir ging auf, dass sie eine enge Freundin meines Vaters war. Dunmor nannte sie die diensttuende Ärztin und Heiltrankbrauerin des zwergischen Untergrundes.
- O'Shaunnessy O'Hagen Jameson, mit seinen höchstens eins zwanzig bei Weitem der kleinste Mann im Raum. Er hatte an den Kopf geklatschte, wellige schwarze Haare und glimmende schwarze Knopfaugen. Sein Gesicht schien dauerhaft zu einem Feixen verzogen zu sein.

»O'Shaunnessy, den wir alle Ooj nennen«, sagte Dunmor, »ist übrigens ein Leprechaun, was eine überaus seltene Zwergenart ist. Er ist einer von nur zweihundertsiebzehn uns bekannten lebenden Leprechauns.«

Mir klappte das Kinn herunter. »Gibt es die denn wirklich?«, fragte ich.

Ooj sprang sofort auf seinen Stuhl. Selbst dann überragte sein Kopf kaum die der neben ihm sitzenden Ratsältesten. Er starrte mich wütend an.

»Natürlich gibt es uns, du birnenfressender Tierliebhaber!«, brüllte er.

Ich gebe zu, dass ich bei ihm eigentlich mit einem irischen Akzent gerechnet hätte, aber seine Aussprache klang so extrem nach Mittlerem Westen und Chicago, dass er eigentlich einen üppigen Schnurrbart tragen und ein Bier und einen Hotdog in den Händen hätte halten müssen. Er bemerkte offenbar, dass ich ein Grinsen zu unterdrücken versuchte, denn er hüpfte einige Male in resigniertem Zorn auf und ab und drohte mir mit seiner kleinen Faust.

»Verkneif dir das Grinsen, Junge, oder ich komme zu dir und wische es dir mit meinen Fingerknöcheln aus deinem aufgedunsenen Gesicht«, kreischte Ooj.

Die anderen Ratsältesten verdrehten die Augen, als passierte so etwas häufiger.

»Sind alle Leprechauns so reizbar?«, fragte ich Dunmor.

»Ooooooh!!!«, schrie Ooj und richtete einen zitternden Finger auf mich. »Das ist rassistisch!«

Ich schüttelte sprachlos den Kopf. Die anderen Ratsmitglieder griffen endlich ein und versuchten, Ooj zu beruhigen. Foggy legte ihm die Hand auf die Schulter und sagte etwas, das ich nicht hören konnte, und das schien ein wenig zu wirken. Immerhin hörte er auf, wütend auf seinem Stuhl herumzuhüpfen.

»Ich bin sicher, Greg wollte dich nicht beleidigen«, sagte Dunmor. »Ihr müsst alle daran denken, dass Greg sich mit den Feinheiten unserer Kultur noch nicht auskennt. Und jetzt bitte, nimm Platz, Ooj, damit wir anfangen können.«

Endlich setzte sich Ooj, starrte mich aber weiterhin wütend an.

»Gut«, sagte Dunmor. »Dann erkläre ich dieses Globale Konzil offiziell für eröffnet.«

»Wie meint ihr das, *es wird keine Rettungsaktion geben*?«, schrie ich die Ratsältesten an, kurz nachdem ich erklärt hatte, dass ich genau wusste, wo mein Dad gefangen gehalten wurde.

»Wir sind von der Wahrheit deiner Behauptungen nicht überzeugt«, sagte Ratsmitglied Forgie Onyxgut.

»Warum sollte ich das denn erfinden?«, fragte ich.

»Du kannst deinem Freund kein Wort glauben«, rief Dhon Drachenbauch. »Elfen sind Elfen, die sind alle gleich!«

»Verlogene Pointer, die ganze Bande!«, brüllte ein Ratsmitglied hinter mir.

»Der spioniert für die Elfen«, kreischte ein Verschwörungstheoretiker.

Eine der wenigen abweichenden Stimmen, die ich hörte, war die von Foggy Blutbräu, der Ärztin des Untergrunds, die ich für eine Freundin meines Dad hielt.

»Lasst ihn zu Ende reden!«, sagte sie jetzt. »Vielleicht weiß er ja wirklich, wo Trevor ist. Es wäre doch einen Versuch wert …«

Aber das half alles nichts. Entweder hörten sie sie nicht oder sie wollten sie nicht hören.

»Greg, du musst unseren Standpunkt verstehen«, erklärte Dunmor mit mitfühlender Stimme. »Selbst wenn wir glauben, was dein elfischer Freund gesagt hat, so sind doch die *Visionen*, die du beschreibst ... äh ... vollkommen unerhört. Außerdem sagt Aderlass dir nur, was du hören willst, er ist kein allwissendes Wesen. Er ernährt sich von deinen Schwächen und Sehnsüchten, Greg.«

»Pfft!«, brüllte Ooj. »Da gehst du ja davon aus, dass Aderlass ihm überhaupt irgendwas gesagt hat! Ich bezweifele doch sehr, dass ein dermaßen bedeutsames Handwerksstück sich diesen *zwergischen Hochstapler* als seinen nächsten Besitzer aussuchen würde. Das ist eine unverschämte Behauptung!«

Von einigen Ratsmitgliedern waren zustimmende Rufe zu hören.

»Wenn ich für den Jungen sprechen darf«, rief hinter mir eine Stimme.

Ich fuhr herum und sah Buck in der Tür stehen, gefolgt von meinen fünf Kurskameraden.

Die Zuhörer schnappten nach Luft. Buck Edelbart war offenbar eine Legende unter den Zwergen, jemand, der sich in der Öffentlichkeit nur selten sehen ließ.

»Das darfst du«, sagte Dunmor.

Buck trat einige Schritte vor, bis er fast in der Mitte des Raumes und unmittelbar hinter mir stand.

»Aderlass hat mir *nichts* verkündet«, sagte er. »Er wurde in meine Obhut gegeben, da ich mit dem letzten bekannten Besitzer entfernt verwandt bin. Aber das spielt keine Rolle! Ich bin nicht der, den er sich ausgesucht hat. Außerdem sind Alter und

Status eines Zwerges für uralte Zwergenwaffen *ohne Bedeutung*! Solche Dinge zu unterstellen wäre elfisches Denken!«

Vom Rat waren empörte Rufe zu hören, vermutlich aufgrund dieser beleidigenden Andeutung.

Ich war verblüfft zu hören, dass Buck auf meiner Seite stand. Schließlich hatte er die Trainingszeit hauptsächlich damit verbracht, meine elenden Leistungen bei jeder Art von zwergischer Kampfkunst zu verspotten.

»Niemand weiß, wie oder warum sich eine Waffe mit besonderen Kräften einen bestimmten Besitzer aussucht«, sagte nun Buck. »Das war nicht einmal damals in Ur-Erde bekannt. Es war immer ein Geheimnis. Nicht einmal die besten zwergischen Schmiede konnten entscheiden, auf welche Weise ihre besten magischen Waffen ihre wahren Kräfte zeigten. Es ist der Wille der Erde und der Gottheiten, nicht unserer. Es ist gefährlich, sich einzubilden, es besser zu wissen.«

Als er geendet hatte, brach der Rat in fieberhaften Wortwechsel aus. Irgendwann wurden alle zur Ordnung gerufen. Fenmir Nebelmoosmann wurde als Nächster um seine Meinung gebeten – schließlich war er der Spezialist für zwergische Magie. Ich war fest davon überzeugt, dass er sich auf meine Seite stellen würde – schließlich hatte er ja denen unter uns, die die Fähigkeit besaßen, erzählt, *wir* seien die Auserwählten.

»Ich habe bei unserem Training bei diesem Knaben keinerlei besondere Begabungen entdeckt«, begann Fenmir und zerstörte damit meine Hoffnungen. »Er besitzt natürlich die Fähigkeit, und das ist bewundernswert. Aber ansonsten ist er absoluter Durchschnitt.«

Eine Stimme hinter mir (die sich gewaltig nach Glam anhörte) brüllte:

»Woher willst du das denn wissen? Du hast ja nicht mal die Fähigkeit!«

Das bot bei den Ratsmitgliedern Anlass zu überraschender Heiterkeit. Fenmirs Gesicht wurde zornrot.

»Genau das wollte ich auch gerade sagen!«, kreischte er. »Deshalb bin ich so ein guter Lehrer, ich verstehe alles von außen. Dass ich die Fähigkeit nicht besitze, klärt mein Urteil, es erlaubt mir, mich ausschließlich auf die Tatsachen zu konzentrieren, auf das, was beweisbar ist, auf meine Kenntnisse der Magie. Und das bringt mich zu einem Punkt, den noch niemand erwähnt hat, der jedoch die Geschichte dieses Knaben sofort als Unsinn entlarvt hätte: Wie, wenn ich fragen darf, ist es möglich, dass Aderlass überhaupt eine magische Vision hervorgerufen hat, ob sie nun zutrifft oder nicht, ohne dass Galdervatn im Spiel war?«

Der Rat atmete zustimmend auf. Und ich musste zugeben, dass ich auch nicht wusste, wie ich Fenmirs Frage beantworten sollte. Wie hatte Aderlass mir ohne Magie etwas zeigen können?

Ich sah viele Ratsmitglieder und Älteste nicken.

»Es taucht offenbar mehr Galdervatn aus den Tiefen auf, als ihr vermutet«, sagte ich endlich. »So muss es sein.«

»Kaum möglich ...«, sagte Fenmir verächtlich.

»Und was ist mit den Tieren?«, brüllte ich ihn an.

»Was soll der Blödsinn mit Tieren?«, schrie Ooj.

»Erklär das bitte«, sagte Dunmor.

Ich erinnerte die anderen daran, dass die Tiere ihren lange verlorenen sechsten Sinn zurückgewannen: einen instinktiven Hass auf Zwerge. Was dazu führte, dass wir allesamt fast täglich von irgendwelchen Tieren angegriffen wurden. Dunmor selbst hatte mir gesagt, das deute möglicherweise auf die bevorstehende Rückkehr der Magie hin. Warum sollten uralte Gegenstände davon nicht auch betroffen sein?

»Das ist durchaus eine interessante Frage«, sagte Dunmor zustimmend.

»Das ist ein Haufen Elfenspucke!«, schrie Ooj und trat damit eine weitere Runde erregter Diskussionen unter den Ratsmitgliedern los.

Dunmor rief eilig alle wieder zur Ordnung.

»Lasst uns über diese Frage abstimmen«, sagte er. »Alle, die dafür sind, der Behauptung nachzugehen, dass der Ratsälteste Sturmbauch von dem angeblichen Elfenlord Locien Aldaron in einem geheimen Stockwerk des Hancock-Hauses gefangen gehalten wird, sollen *Aye* sagen.«

Es gab überraschend viele *Ayes*, aber trotzdem stimmten nicht mehr als zwanzig der hundertfünfundzwanzig anwesenden Ratsmitglieder dafür. Foggy war als einzige Ratsälteste dabei.

»Und dagegen?«, fragte Dunmor.

Die *Nays* hallten durch die Steinkammer wie Donner.

»Was ist das offizielle Ergebnis, Rungren?«, fragte Dunmor.

Ein gebrechlicher Zwerg, der gut und gerne neunzig war und hinter den Ältesten an einem Schreibtisch saß, schaute auf, als er seinen Namen hörte. Seine Hand kritzelte weiterhin hektisch auf mehreren auf seinem Tisch verstreuten Schriftrollen herum.

»Das waren siebzehn Ayes, inklusive der Ältestenstimme«, sagte Rungren. »Und einhundertelf *Nays*, sieben Ältestenstimmen inbegriffen. Das offizielle Endergebnis ist sechsundzwanzig dafür und hundertvierundsiebzig dagegen.«

Ich staunte, dass der alte Zwerg das einfach durch den Klang hatte ermitteln können. Für mich hatte sich alles wie das totale Chaos angehört.

»Antrag abgelehnt«, sagte Dunmor ohne weitere Formalitäten.

Mir entfuhr ein niedergeschlagener Seufzer.

»Der Rat hat gesprochen, Greg, es tut mir leid«, sagte Dunmor aufrichtig (er hatte mich durch seine *Aye*-Stimme überrascht). »Aber so sei es: Kein Zwerg wird irgendetwas in Bezug auf das unternehmen, was Greg uns hier heute mitgeteilt hat. Es gibt noch immer keinen Beweis dafür, dass sich die Elfen irgendetwas haben zuschulden kommen lassen. Und bis ein solcher Beweis vorliegt, werden wir sie nicht durch einen weiteren Verstoß gegen den Pakt von Thrynmoor herausfordern.«

»Hört, hört!«, brüllte Ooj überflüssigerweise.

»Und nun«, sagte Dunmor, »zu dem zweiten Tagesordnungspunkt des heutigen Globalen Konzils ...«

Ein plötzlicher Aufschrei auf dem Gang vor der Dosgrud-Silbermütze-Versammlungshalle ließ ihn mitten im Wort verstummen.

Es folgten weiteres Gebrüll und Geschrei – und es kam schnell näher. Dann ließ ein mehrfaches lautes Krachen den Untergrund so heftig erzittern, dass Betonstücke von der Decke auf meine Schulter fielen.

»Was bei Landrick dem Wanderer ist denn jetzt los?«, fragte Dunmor.

Die Antwort erhielt er einige Sekunden später, als die riesigen Türen der Versammlungshalle aufgerissen wurden und die Zuschauer in den hinteren Reihen mit Stücken von verbogenen Eisenträgern und von der Decke fallenden Splittern überrieselt wurden.

Von dem Türrahmen aus Beton aufwirbelnder Staub verhüllte den Eingang wie ein Sandsturm. Wir verstummten alle für einen Moment, während sich der Staub legte. Und dann sahen wir sehr schnell, womit wir es zu tun hatten:

Mit Trollen.

34

Ich werde wie ein leeres Hamburger-Einwickelpapier zusammengeknüllt

Wenn es noch irgendeinen Zweifel daran gegeben hätte, wer da vor uns stand, dann zerstörte der Ratsälteste Heb Loderschwert ihn, indem er aufsprang und schrie: »*Bergtrolle!*«

Es waren insgesamt fünf, in allen Farben von Hellgrau über Kotzgrün zu Kackbraun, und in den Größen von Pick-up bis Lieferwagen. Sie hatten fast alle kahle, knubbelige Köpfe, eine kränkliche Gesichtsfarbe, gelbliche Zähne und insgesamt genug Muskeln, um ein kleines Dorf voller Kannibalen für ein Jahrzehnt zu ernähren.

Und sie alle ließen betäubende Wutschreie los.

Und hatten Mundgeruch.

Zumindest Grüni (der grüne Troll, der magerste und größte der Bande). Das wusste ich, weil er dicht vor mir stand und mich mit seinem Mundgeruch anblies wie mit fauliger Suppe.

Er schwenkte vor mir seine Faust und für einen Moment wäre ich fast stehen geblieben und hätte versucht, meinen Steinzauber zu aktivieren. Aber dann fiel mir ein, dass ich kein Galdervatn hatte. Deshalb ließ ich mich in letzter Minute zur Seite fallen.

Seine riesige grüne Faust zerschlug den Steintisch zu Hunderten von zerbröckelnden Stücken.

Geschrei und Krach und Zerstörung tobten überall. Ich versuchte, meine Freunde ausfindig zu machen, hatte aber keine Zeit, denn Grüni war mir auf den Hacken und hob schon seine andere Faust, wie bei einem Kirmesvergnügen namens Hauden-Zwerg.

Ich ließ mich abermals zur Seite fallen. Seine Faust schlug einen kleinen Krater in den Steinboden.

Dunmors donnernde Stimme hallte im Raum wider und war sogar durch den ganzen Wahnsinn zu hören: »Ruft die Wachen!«

Aber ich hatte keine Zeit, mir darüber Gedanken zu machen. Grüni verfolgte mich noch immer, als ob er gezielt auf mich angesetzt worden sei. Und ich hielt das durchaus für möglich, vor allem, wenn Edwin seinen Eltern doch von meinen Plänen erzählt hatte.

Was mir plötzlich gar nicht mehr so unwahrscheinlich erschien.

Angesichts dieser vernichtenden Erkenntnis wich ich Grünis nächstem Schlag einen Moment zu spät aus. Er verpasste mir einen Haken mit der Rückhand. Es war eher wie ein Treffer mit einer Abrissbirne als wie ein höflicher Klaps. Zum Glück hatte er mich nur gestreift, denn sonst hätte er mich sicherlich umgebracht, starke Zwergenknochen hin oder her.

Auch so wurde ich noch quer durch den Raum und auf das Podium der Ratsmitglieder geschleudert. Ich landete halb auf leeren Steinbänken und halb auf einer älteren Ratsangehörigen, die mit einer schockiert vor den Mund geschlagenen Hand dagesessen hatte. Ich hatte vergessen, dass mein Dad und ich die einzigen lebenden Zwerge waren, die je einen echten Troll gesehen hatten.

»Tut mir leid«, murmelte ich, während Schmerz durch meinen geschundenen Körper jagte.

Sie schien nicht einmal zu bemerken, dass ich auf ihrem Schoß gelandet war. Sie saß nur da und schüttelte ungläubig den Kopf, sogar dann noch, als Grüni direkt auf uns zukam und mit lockeren Sprüngen den Aufgang zu den Sitzreihen hochjagte.

Ich kam auf die Füße und schob die Ratsfrau eilig zur Seite, ohne auf meine protestierenden Gelenke und die lähmenden Rückenschmerzen zu achten, die ich mir bei der Landung auf den Steinbänken geholt hatte. Grüni brüllte und kam auf mein Gesicht zu, als ob er meinen Kopf fressen wollte. Was er ja vielleicht auch vorhatte. Ich hatte keine Ahnung, ob Trolle Menschen aßen oder nicht. Vielleicht waren sie einfach nur wütende Vegetarier?

Statt nach rechts oder links auszuweichen, beschloss ich diesmal, den tobenden Troll zu überraschen, indem ich ihn einfach meinerseits frontal angriff. Als er näher kam und seine gelben Zähne nur noch wenige Handbreit von meinem Gesicht entfernt waren, sprang ich so hoch, wie ich nur konnte.

Und landete voll auf seiner Nase.

Meine Hände suchten nach einem Halt und packten seine fleischigen Augenlider. Die waren überraschend weich und ich schärfte mir ein, dem nächsten reichen Geschäftsmann, der mir über den Weg lief, Kissenbezüge und Laken aus Trolllidern zu empfehlen.

Grüni schrie überrascht auf, als ich mich an seinen Lidern anklammerte. Meine Füße standen auf seiner Oberlippe und meine Beine waren um seine spitze Nase gespreizt.

Ich fing an, erbarmungslos an seinen Augenlidern zu ziehen, und versuchte, seine glibberigen Augäpfel so oft zu betatschen wie überhaupt möglich. Er schrie und packte mich um die Taille, um mich von seinem Gesicht zu ziehen. Aber ich griff nur noch fester zu und seine Augenlider dehnten sich, als er versuchte, sich von mir zu befreien. Er brüllte vor purer Wut.

Und dann fing er einfach an zu drücken.

Meine Brust wurde zusammengepresst und ich bekam keine Luft mehr. Ich hatte das Gefühl, dass mein Rippenkorb jeden Moment nachgeben konnte. Meine Rippen waren vielleicht stark wie Stein und Eisen, doch im Vergleich zu Grüni waren es doch nur brüchige Stäbchen. Trotzdem hielt ich mich immer weiter fest und hoffte, seine Hand würde müde werden, ehe ich entweder erstickte oder zerknüllt wurde wie ein leeres Hamburgerpapier.

Nach weiteren zehn Sekunden, unmittelbar ehe ich ins Koma fiel, ließ Grüni mich plötzlich los und ich plumpste mit einem atemlosen WUMMS wieder auf die Steinsitze.

Ich drehte mich um und rang nach Atem.

Grüni fuchtelte wild mit den Armen, schien furchtbare Schmerzen zu haben und griff verzweifelt nach etwas auf seinem Rücken. Als er sich hilflos um sich selbst drehte, sah ich in seinem Rücken eine zwergische Streitaxt.

Ari tauchte zwischen seinen Füßen auf und wich seinen wilden, unsicheren Schritten aus. Sie rollte sich auf die Seite und kam dann auf mich zugerannt, wobei sie immer zwei Stufen auf einmal hochsprang.

»Greg, alles in Ordnung?« Sie hockte sich neben mich.

Ich nickte, rang aber noch immer nach Luft und konnte nicht sprechen.

Lake, mit mehreren Beilen im Gürtel, kletterte auf Grünis

Rücken und nutzte die vielen Warzen des Trolls als Hand- und Fußhalte. Er holte zum endgültigen Schlag aus, während ich mich zurücksinken ließ und versuchte, zu Atem zu kommen.

Als ich mich endlich wieder aufsetzte, taumelte Grüni sinnlos umher und brach dann auf dem Boden zusammen. Lake trat stolz auf die Brust der Bestie und schwenkte voller Triumph ein Beil über seinem Kopf, wie ein junger Jäger, der mit dem Gewehr neben seinem ersten Stück Wild posiert.

Jetzt sah ich erst die vollen Ausmaße von Chaos und Zerstörung in der Versammlungshalle. Drei Trolle waren schon tot: Grüni, Blau und Kackbraun. Knubbel (der mit dem besonders missgestalteten Kopf) wurde gerade von vier oder fünf zwergischen Soldaten mit Waffen und Metallrüstungen in eine Ecke gedrängt. Bald würde er erledigt sein.

Nur Muskelberg (der dickste von allen) ragte noch immer mehr oder weniger unversehrt aus der Menge. Er packte zwei unglückliche Zwerge, mit jeder Hand einen, und schwenkte sie herum, um mit ihren Körpern weitere Zwerge zu Boden zu schlagen. Einige Zwerge versuchten, dem Troll eine Kette um die Knöchel zu wickeln.

Ich betete zu den Zwergengöttern (von denen Buck uns erzählt hatte), dass keiner der leblosen Zwerge, die ich hier sah, zu meinen Freunden gehörte. Nicht, dass es den Anblick weniger grauenhaft gemacht hätte.

»Na los, wir müssen ihnen helfen«, sagte ich und wollte aufstehen.

Aber ein scharfer Schmerz in meinem Rücken ließ mich gleich wieder zurücksinken.

»Bleib lieber hier«, sagte Ari und richtete sich auf. »Vielleicht bist du ernstlich verletzt.«

»Bleib du auch hier«, drängte ich. »Ich will nicht ...«

»Greg«, Ari grinste mich düster an. »Ich kann auf mich selbst aufpassen. Glaub mir.«

Damit stürzte sie sich in das Kampfgetümmel um Muskelberg.

Er hatte die beiden Zwerge weggeschleudert und sich den schweren, geschwungenen Tisch der Ratsältesten geschnappt. Er schwenkte ihn hin und her wie einen steinernen Säbel und schlug damit einen ganzen Trupp von Zwergwachen zu Boden.

Aber Aris Hilfe war trotzdem nicht nötig. Einer der Zwerge von der Wachttruppe hatte offenbar Galdervatn getrunken. Dutzende von langen Ranken schlängelten sich durch Ritzen in der Steindecke. Sie landeten auf Muskelberg und wickelten sich um den riesigen Tisch in seinen Händen.

Er schrie verwirrt auf.

Die Ranken entrissen ihm mit Leichtigkeit den Tisch und schlugen ihn dann damit gegen den Kopf. Muskelberg schlang die Arme um sein Haupt und versuchte zu fliehen. Aber die verzauberten Ranken folgten ihm und schlugen weiter mit dem riesigen Steintisch nach dem Monster, wie eine alte Dame, die mit einer aufgerollten Zeitung nach einem Hund schlägt.

Muskelbergs Muskeln beulten sich unter seinen Fettwülsten aus, während er verzweifelt versuchte, den verzauberten Tisch zurückzudrängen. Er schlug wie wild um sich in dem Versuch, zu fliehen. Dann stolperte er über einen seiner gefallenen Brüder.

Die Zwerge in seiner Nähe wichen aus, als er aufschrie und zu Boden krachte. Sein Gesicht landete mit einem ekelerregenden PLOPP auf Grünis Hacken.

Und dann war es endlich vorüber.

Aber das Unheil war geschehen.

Es war ein Anblick, den ich niemals vergessen werde.

Und selbst wenn mir das irgendwie gelang, wusste ich doch, dass mich Aderlass wieder und wieder daran erinnern würde, bis ich mich endlich gerächt hätte.

⸺✥⸺

»Dieser Troll lebt noch!«, brüllte jemand.

Ari half mir, in die Mitte der Dosgrud-Silbermütze-Versammlungshalle hinunterzuhinken. Wir sahen zu, wie mehrere Dutzend Zwerge zu Kackbraun hinüberstürzten, dessen massive Trollbrust sich langsam hob und senkte, als er mühsam zu atmen versuchte.

»Wer hat euch geschickt?«, wollte Dunmor von dem sterbenden Troll wissen.

Kackbraun schüttelte sein hässliches Haupt. Er hatte entweder nicht verstanden oder wollte nichts sagen.

»Mondzauber«, rief Dunmor. »Wo steckt er?«

»Er ist tot, Chef«, sagte jemand.

Mein Herz wurde bleischwer. Eagan war tot? Das konnte doch nicht sein. Ich taumelte, konnte nicht weitergehen, und Ari hielt mich auf irgendeine Weise aufrecht. Hatte sie es nicht gehört? War sie nicht am Boden zerstört? Aber dann hörte ich Eagans Stimme.

»Hier bin ich«, sagte er und trat vor. »Mein Vater hat es nicht geschafft, aber ich bin hier und kann helfen.«

Ich hatte entsetzliches Mitleid mit ihm – ich konnte mir ja ungefähr vorstellen, wie ihm zumute war. Aber Eagan schien sich davon nicht unterkriegen lassen zu wollen. Er stand hoch erhobenen Hauptes da und weigerte sich zu weinen. Ich hatte inzwischen natürlich gelernt, dass der alte Spruch *Ein Belmont weint niemals* nicht nur für Belmonts / Sturmbauchs galt, sondern für alle Zwerge.

Ein Zwerg weint nicht. Niemals.

»Es tut mir so leid, mein Sohn«, sagte Dunmor und streichelte Eagans Schulter. »Aber wir brauchen deine Hilfe, um uns für diese Tragödie rächen zu können. Nutze deine Mondzauber-Fähigkeiten und finde heraus, wer sie geschickt hat. Folter wirkt bei Trollen nicht – das sagen jedenfalls die alten Schriften.«

Eagan nickte tapfer und trat auf den Troll zu. Ich fragte mich düster, ob es vielleicht der Troll war, der seinen Vater getötet hatte, verdrängte diesen Gedanken aber, ehe ich mir das genauer ausmalen konnte. Ich war Eagans Vater, Kiggean Mondzauber, nie begegnet, aber ich hatte gehört, er sei ein großer und gütiger Zwerg gewesen.

Eagan kniete sich neben Kackbrauns massives Ohr, das fast so groß war wie Eagan selbst. Er sagte etwas hinein, aber ich konnte nichts verstehen. Eagan sprach mindestens eine oder zwei Minuten lang, machte einige bekräftigende Gesten, obwohl der Troll ihn nicht sehen konnte. Ein paarmal legte Eagan seine Hand sanft auf die drahtigen, dünnen Haare des Trolls.

Endlich verstummte er, richtete sich auf und schaute das heile Auge des Trolls an, das sich zu ihm hindrehte. Das Auge schaute suchend an Eagan vorbei und entdeckte mich. Es wurde groß, und der Troll hob die riesige Pranke und zeigte auf mich.

»Dem!«, knurrte Kackbraun.

Alle fuhren herum und starrten mich geschockt an.

Was unterstellte der Troll da? Ich schüttelte langsam den Kopf. Ich hatte nichts getan! Ich konnte doch unmöglich auch noch für diesen Trollüberfall verantwortlich sein!

»Wir folgen *dem* nach hier«, sagte Kackbraun mit letzter Kraft und verstummte.

Alle starrten mich an, einige anklagend, andere wütend, manche geschockt. Aber die meisten Gesichter, auch das von Dunmor, sahen einfach traurig aus. Sie mussten doch wissen, dass ich keine Ahnung gehabt hatte, dass ich verfolgt wurde. Sie mussten doch wissen, dass ich niemals jemand anderen hier heruntergeführt hätte als einen Mitzwerg. Nicht einmal Edwin.

Beim bloßen Gedanken an meinen besten Freund stockte mir der Atem.

Eagans Augen flackerten, als er seine Tränen zurückdrängte und dann kehrtmachte und wütend davonschritt. Doch ich war vor allem mit dem Gedanken beschäftigt, der mir gerade aufgegangen war: Ich war direkt von meinem Treffen mit Edwin aus in den Untergrund gegangen. Und dabei mussten mir die Trolle gefolgt sein. War es möglich, dass Edwin sie geschickt hatte?

So verzweifelt ich auch war, nun schöpfte ich neue Hoffnung. Durch diesen Überfall hatte sich jeder Zweifel verflüchtigt, ob ich eine Rettungsaktion für meinen Dad in die Wege leiten sollte. Ich würde ihn mit oder ohne Zustimmung des Rates befreien, selbst wenn damit meine Freundschaft zu Edwin für immer beendet wäre.

Mit oder ohne Hilfe.

Ich werde dir helfen.

Ich nickte einer magischen Axt zu, die nicht einmal da war. Mehr brauchte ich nicht. Aderlass und ich würden meinen Dad retten. Und hoffentlich eine Möglichkeit finden, diesen Krieg zu beenden, ehe er wirklich angefangen hatte.

35

Ich rufe auf so inspirierte und hochemotionale Weise zur Tat auf, dass es alle zu Tränen rühren würde – außer Zwerge

Nach dem Überfall halfen alle, die Verletzten in die Krankenstation der Stadt im Untergrund zu tragen.

Ich tat mein Bestes mit meinem schmerzenden Rücken und den wehen Gelenken; ich wusste ja, dass ich nicht sofort losstürzen konnte, um meinen Dad zu retten. Mindestens ein Drittel der Zwerge war ohnehin schon wütend auf mich, ich war der Pechvogel, der fünf Trolle in eine seit mehr als zweihundert Jahren niemals von Feinden betretene Stadt geführt hatte. Jetzt zu einer Rettungsaktion davonzustürzen und die Verletzten unter Schutthaufen leiden zu lassen, würde es nicht besser machen.

Nachdem das Chaos mit bemerkenswerter Effizienz größtenteils weggeräumt worden war, wurde eine Notsitzung des Rates einberufen. Die verwüstete Versammlungshalle war dafür weiterhin der beste Ort.

Dunmor sagte zuerst ein paar Worte zu Ehren der gefallenen Zwerge.

Ein Wachtposten war gefallen, dazu zwei Zwerge in den

Tunneln des Untergrunds, sie waren einfach zur falschen Zeit am falschen Ort gewesen. Fünf Ratsmitglieder waren ums Leben gekommen, darunter einer der ausländischen Würdenträger und Eagans Vater sowie die Ratsälteste Ara Schlupfhöhle.

Dennoch war fast jeder Platz besetzt, denn für die gefallenen Mitglieder waren bereits neue von der Warteliste nachgerückt. Hunderte drängten sich als Beobachter in den Raum, um mit zu einer Lösung zu gelangen. Ich stand ganz hinten, zusammen mit Ari, Lake, Buck, Eagan, Froggy und Glam.

Selbst für Zwerge war die Stimmung grottenschlecht. Die angekündigte Abstimmung über das Schisma war für den Moment vollkommen in Vergessenheit geraten.

»Wir sollten uns einfach ergeben«, sagte die Ratsälteste Wera Plattpike und konnte dabei nicht aufblicken. »Wir können einen solch vernichtenden Angriff einfach kein zweites Mal riskieren.«

Im Saal waren viele nickende Köpfe zu sehen.

»Wir können nicht gewinnen«, fügte ein weiteres Ratsmitglied hinzu. »Wir hatten ja vorher schon kaum eine Chance ... aber jetzt, wo wir wissen, dass die Elfen sich mit Trollen verbündet haben? Pfft!«

»Das sehe ich auch so«, sagte Dunmor. »Wir sind einfach nicht auf einen Kampf von solchen Ausmaßen vorbereitet.«

Wieder kamen Zustimmungsäußerungen aus dem Saal.

Ich konnte nicht glauben, was ich da hörte.

Nach diesem einen überraschenden Angriff wollten sie schon aufgeben? Den Elfen alles vor die Füße werfen? Sicher, es war typisch Zwerg, sich mit einer Niederlage abzufinden, aber diesmal würde ich das einfach nicht erlauben. Diese Möglichkeit gab es einfach nicht. Der alte Greg hätte ihnen sicher sofort zugestimmt, er wäre vielleicht aufgestanden und hätte gesagt, *unser Schicksal will es so, und da nehmen wir es besser mit einem Lächeln hin, statt zu versuchen, irgendetwas zu ändern.*

Aber mein Blick auf die Dinge hatte sich geändert.

Trotz aller Katastrophen, die meine Unternehmungen in letzter Zeit verursacht hatten (inklusive dieser), war ich sicherer denn je, dass Ungerechtigkeiten nicht geduldet werden durften. Aus Unrecht musste Recht werden. Väter mussten gerettet werden. Wir durften nicht einfach die Hände in den Schoß legen und die Elfen gewinnen lassen. Ich war sicher, dass mein Dad die Sache auch so gesehen hätte – er hätte nie im Leben aufgegeben und sich von der Angst vor einer Niederlage und unserer Pechsträhne in eine feige Unterwerfung drängen lassen.

»Sollen wir also eine Erklärung unserer bedingungslosen Kapitulation verfassen?«, fragte einer der neuen Ältesten.

»Nein!«, brüllte ich und überraschte damit sogar mich selbst.

»Hu, der Verräter spricht«, sagte jemand, konnte aber der müden Menge keine Reaktion entlocken.

»Wir dürfen nicht einfach aufgeben!«, sagte ich und meine Stimme hallte in der Kammer wider und klang dabei erwachsener als jemals zuvor. »Wir sind doch Zwerge! Wir sind stark, wir sind einzigartig, wir sind die ursprünglichen Bewohner der Erde! Zwerge drücken sich nicht vor einem Kampf! Zwerge werden nicht von Feinden bezwungen, nicht einmal, wenn sie in der Minderheit sind. Zwerge sind listig, kühn, fleißig, wir sind die, die überleben, wir sind die Herren der Elemente! Und wir können diesen Krieg gewinnen! Ich weiß, wie wir die Elfen da treffen können, wo es am meisten wehtut, ich weiß, wo der Elfenlord seinen geheimen Unterschlupf hat. Wir können uns hineinschleichen, wenn er am wenigsten damit rechnet. Ohne ihren Anführer werden sie schwach und ängstlich. Ohne Magie wird unsere neue Armee aus zauberkundigen Zwergen sie fertigmachen! Ich habe unsere Kämpfer erst gestern in Aktion erlebt, sie haben mit gewaltiger Geschicklichkeit und Kraft echte zwergische Zauber vollbracht!«

(Das war natürlich nicht das, was ich am Vortag beobachtet hatte, aber ich versuchte hier schließlich, eine aufrüttelnde Rede zu halten und nicht so ein typischer Zwerg zu sein.)

»Wir können siegen und wir werden siegen!«, fügte ich hinzu. »Wir müssen nur dieses eine Mal an uns glauben! Wir haben Galdervatn, sie haben keins. Wir sind Zwerge, sie sind keine. Zwerge geben nicht auf. Zwerge sind mächtige Kinder der Erde, sei es die Ur-Erde oder die von heute. Zwerge allein werden das neue Magische Zeitalter einläuten, und wir allein werden unangefochten herrschen. Wir! Sind! Zwerge!«

Ich hob die Faust und wartete auf donnernden Applaus und Begeisterungsstürme. Auf Schlachtrufe und Tränen des gerechten Zorns. Ich wartete, aber nichts davon passierte. Stattdessen ertönte ganz hinten eine Stimme.

Sie sagte: »Mäh.«

»Zwerge verlieren, so ist das nämlich«, fügte jemand hinzu.

»Ja, wir können nicht gewinnen. Nicht bei unserem Pech.«

Überall in der Kammer wurde zustimmend gemurmelt und ich ließ resigniert die Schultern hängen – gescheitert und peinlich berührt, aber entschlossener denn je, zu tun, was ich tun musste – ob mit Hilfe oder ohne.

Nach der Versammlung liefen alle auseinander. Entweder gingen sie zurück zur Krankenstation, um nach den Verwundeten zu sehen, oder sie begannen, die Beisetzungszeremonien für die in der Schlacht Gefallenen vorzubereiten. In einigen Fällen gingen sie auch einfach nur nach Hause, um sich ein gewaltiges Abendessen zuzubereiten und ihre traurige Niederlage in einem Haufen fleischhaltiger Kost zu begraben.

Ich lungerte in der Versammlungshalle herum und starrte meine Hände an. Was jetzt?

Du kennst die Antwort.

Aderlass hatte recht. Warten hatte keinen Zweck, ich würde sofort aufbrechen und meinen Dad allein retten, noch in dieser Nacht. Oder bei dem Versuch sterben.

Doch dann bewegte sich vor meinem Gesicht eine Hand. Ich schaute auf und sah, dass Ari mich traurig anlächelte. Ich packte ihre Hand und sie zog mich auf die Füße.

»Das war eine schöne Rede, Greg«, sagte sie.

»Danke«, sagte ich.

»Ja, und wir sind dabei«, sagte Glam. »Wir helfen dir.«

Sie waren alle da, Lake, Froggy, Ari, Glam und sogar Eagan. Wegen mir wären sie fast gestorben, aber hier standen sie, bereit, ihr Leben ein weiteres Mal aufs Spiel zu setzen, um meinen Dad zu retten. Ich hatte in meinem ganzen Leben erst ein Mal einen so guten Freund gehabt. Meine Kehle war wie zugeschnürt und ich hätte nichts sagen können, ohne gegen die ewiggültige Zwergenregel zu verstoßen.

»Ich mache dich nicht für den Tod meines Vaters verantwortlich«, sagte Eagan. »Aber ich möchte ihn rächen. Ich werde alles tun, was getan werden muss.«

Ich nickte.

»Wir wissen, dass du vorhast, heute Nacht deinen Dad zu befreien«, sagte Ari.

Froggy nickte mir mit feierlicher Miene zu. Ich wusste, dass er damit sagen wollte: *Du hast mir so oft geholfen, und ich werde nicht kneifen, wenn die Zeit für eine Revanche gekommen ist. Jetzt nämlich.*

»Wofern du selbeinzig zu dieser Queste ausziehst«, sagte Lake, »sofern ist Niederschlagung nicht vermeidbar. Weiche nicht von Seite freundiger, dann wird es gelingen.«

Ich kämpfte noch immer mit den Tränen, brachte kein Wort heraus und nickte wieder. Ein Teil von mir wollte sagen: *Nein, bleibt hier, bringt euch nicht meinetwegen noch mehr in Gefahr.* Aber Tatsache war, wenn ich meinen Dad wirklich retten wollte, dann brauchte ich jede Hilfe, die ich kriegen konnte. Außerdem tat es gut zu wissen, wie viele Freunde mir tatsächlich zur Seite standen.

Vor allem, weil ich vielleicht gerade einen verloren hatte.

36

Fynric gibt mir ein Truthahnbrot und eine Flasche Rum für meinen Einsatz

Wir streckten nicht die Hände in die Mitte, um sie dann in die Luft zu reißen und zu rufen: »Zwergenkräfte, erwacht!«

Aber irgendwie machten wir es mehr oder weniger im Geiste. Ich gestand den anderen, dass ich keinen Plan hatte, keine richtige Vorstellung davon, was wir tun sollten, wenn wir erst in die gut bewachte geheime Etage im Hancock-Haus eingedrungen waren, aber dass wir dann einfach improvisieren würden. Die anderen grinsten und nickten und wir trennten uns, um alles, was wir brauchten, aus unseren Zimmern zu holen.

Ehe ich auch nur die halbe Strecke zur Tür hinter mich gebracht hatte, packte mich eine Hand und zog mich zur Seite. Es war Buck. Unter dem Arm trug er ein Bündel aus Decken.

»Ich kann nicht mit euch kommen, Kleiner«, sagte er. »Ich fürchte, ich würde eine Möglichkeit finden, den Einsatz zu sabotieren. Außerdem würde Dunmor meine Abwesenheit bemerken, euren Plan durchschauen und versuchen, euch aufzuhalten. Ich wäre also keine Hilfe. Das hier aber schon.«

Er reichte mir die Decken. Etwas Schweres und Großes war hineingewickelt, und ich konnte mir vorstellen, was es war.

Endlich gehöre ich dir. Das ist wirklich eine Erleichterung ... Ich kann es bei diesem Kerl keinen Tag länger aushalten. Du solltest mal hören, wie laut er sein Müsli frisst!

»Danke«, sagte ich und versuchte, nicht über die Kommentare von Aderlass zu grinsen. »Und auch für deine Unterstützung während der Sitzung. Das hat mich überrascht, wo du doch ... na ja ...«

»Wo ich beim Training so gemein zu dir bin?«, fragte Buck.

»Äh, genau«, sagte ich.

»Greg, das tue ich, weil ich von dir mehr erwarte«, sagte er. »Du bist ein Sturmbauch. Und deshalb musst du der Anführer deines Rudels werden, der beste Krieger deiner Generation. Das liegt dir im Blut, so wie deinem Vater auch. Er hat den ihm vorbestimmten Weg verlassen. Natürlich wurde er auf seine Weise trotzdem zu einem ganz besonderen Zwerg. Aber du kannst noch besser werden, du kannst der größte zwergische Held aller Zeiten werden. Deshalb musst du der beste Schüler sein, der beste Anführer im Kampf, du musst kühn und stark und furchtlos sein wie dein Vater. Und deshalb bin ich so gemein zu dir, ich will das Beste aus dir herausholen.«

Ich nickte, wusste aber nicht so recht, was ich dazu sagen sollte. Ich sollte der Anführer einer ganzen Generation werden? Das kam mir wie ein Witz vor, bis ich mir bewusst machte, dass ich gleich meine fünf Freunde zu einem gefährlichen Kampf in eine Elfenfestung führen würde.

»Viel Glück«, sagte Buck.

»Danke«, sagte ich.

»Und, Greg?«, fügte Buck hinzu. »Bring meinen Sohn heil zurück, ja?«

Ich nickte und hoffte, dass das keine Lüge war. Dann lief ich weiter zu meiner Wohnung.

Fynric wartete schon auf mich. Ich legte das Deckenbündel auf mein Bett und sah in sein düsteres Gesicht. Er reichte mir ein Truthahnbrot à la Zwerg. Früher hatten mein Dad und ich immer von einem Fleischbrot gesprochen, aber das war natürlich damals, als er noch nicht gewollt hatte, dass ich von meinem Zwergentum erfuhr. Mittlerweile wusste ich, dass alle Zwerge Fleischbrot liebten (also Truthahnbrot à la Zwerg, ein Haufen selbst gebratenes Truthahnfleisch zwischen zwei Hälften eines Hamburgerbrötchens).

Nach allem, was gerade passiert war, hatte ich eigentlich keinen Hunger, konnte das gewaltige Brötchen jedoch mit ein paar Bissen hinunterwürgen. Ich ging davon aus, dass ich das Protein als Energielieferanten gut gebrauchen könnte, wenn ich der Elfenarmee gegenübertrat.

»Die Götter mögen mit dir sein«, sagte Fynric, als ich fertig gegessen hatte.

Er wusste, was ich vorhatte – unser Geheimplan war das schlechtestgehütete Geheimnis aller Zeiten. Aber er versuchte nicht, mich aufzuhalten.

Ich nickte.

»Und bring Trevor zurück«, sagte er. »Ich muss los, der Rat will über die bedingungslose Kapitulation diskutieren. Ich darf ohnehin nicht hier sein, wenn ihr aufbrecht.«

Fynric reichte mir eine kleine Dose.

»Falls du bei deinem Einsatz Durst bekommst«, sagte er mit vielsagendem Grinsen und ging ohne ein weiteres Wort.

Ich ging zu meinem Bett, stellte die Dose zur Seite und wickelte die Decken auseinander, die Buck mir gegeben hatte.

Schön, dich wiederzusehen.

»Ganz meinerseits, Aderlass«, sagte ich.

Aderlass? Nennt ihr mich wirklich so?

»Äh, hast du das nicht gewusst?«

Nein! Das ist furchtbar grausig!

»Na, was hast du denn gedacht, wie du heißt?«

Ich nenne mich eigentlich Carl.

Ich hätte fast gelacht. Aber dann dachte ich, eine magische Axt auszulachen, die außer mir niemand hören konnte, wäre der letzte Schritt in den totalen Wahnsinn. Dass ich überhaupt mit der Axt sprach, bedeutete schon, dass ich hart an der Grenze war.

Aber egal, ich freue mich schon darauf, endlich wieder Elfenblut zu kosten – das ist so lange her. Wir werden deinen Vater befreien, Greg. Nur deshalb existiere ich schließlich. Und jetzt los, ich habe Durst.

Ich nickte und stellte Aderlass beiseite, um mich umzuziehen. Ich schnallte mir Blackout an den Gürtel, den Dolch, den Ari für mich geschmiedet hatte. Dann öffnete ich Fynrics Dose.

Sie enthielt eine kleine Rumflasche – aber sie war nicht mehr mit Rum gefüllt, sondern bis an den Rand mit wirbelndem, leuchtendem, flockigem Galdervatn.

Ein Grinsen breitete sich auf meinem Gesicht aus, als ich die Farbwechsel ansah.

Aderlass fluchte hinter mir vor Begeisterung (und benutzte Wörter, die ich niemals wiederholen könnte, ohne rot zu werden).

Diese Rettungsaktion kam mir plötzlich viel erfolgversprechender vor, als ich bisher gedacht hatte.

Statt uns in der offiziellen Waffenkammer für den Kampf bereit zu machen, gingen wir in die Arena.

Ari und Lake führten uns an einigen Zwergenkindern vorbei, die in der kleinen Schmiede Waffen herstellten. Natürlich waren meine Freunde gebührend ausgeflippt, als sie Aderlass in meinen Händen sahen. Sie hatten ihn bei Buck schon die ganze Zeit mit promigeilen Blicken angestarrt, aber ich glaube, jetzt waren sie doch geschockt, dass Buck ihn mir echt gegeben hatte.

Ari steuerte uns zu einer kleinen Nische in der natürlichen Felswand der Höhle hinter der Glasbläserei. Sie legte die Hände auf den kalten, feuchten Stein und schob. Langsam glitt ein großer Teil der Höhlenwand zur Seite und legte eine Geheimkammer frei.

Lake und Ari traten hinein und winkten uns hinter sich her.

Ari zündete eine an der Wand befestigte Fackel an und sofort war es in der kleinen Höhle so hell, als wäre sie von einem elektrischen Scheinwerfer erleuchtet. Nicht, weil die Fackel etwas Besonderes gewesen wäre oder so, sondern, weil das Licht so herrlich vom Inhalt der Höhle zurückgeworfen wurde:

- von ganzen Reihen funkelnder Brustpanzer und Rüstungsteile
- von Regalen voller Schwerter und Äxte in allen Größen und Farben
- von Fächern mit Armbrüsten, hölzernen Bogen und Pfeilköchern aller Arten und Größen
- von Kettenpanzern, Helmen mit Hörnern und echtem Fell als Futter und einer Auswahl an schlachtgeeigneten Fußbekleidungen

– von einer Wand voller Kelche, Metallbecher, Teller, Tassen und kleiner Metalltiere

»Das sind nur ein paar frühe Übungsarbeiten«, sagte Ari, die sah, wie ich das Regal anstarrte. »Wir konnten uns einfach nicht davon trennen. Die haben sentimentalen Wert, weißt du.«

»Überflüssig Denkgut zeuget mitnichten überflüssig Tatgut«, sprach Lake. »Darob kündet das Handbuch der bedeutenden zwergischen Handwerke.«

Ich nickte, obwohl ich keine Ahnung hatte, was er damit sagen wollte.

»Leute ...«, sagte Eagan beeindruckt. »Das habt ihr alles selbst gemacht?«

Aris Wangen färbten sich rosa. Sie grinste und nickte.

Es war wirklich beeindruckend. Sogar Froggy hatte vor Erstaunen die Augen aufgerissen. Die geheime Höhle war so groß wie ein Wohnzimmer, und sie war von Wand zu Wand vollgestopft mit funkelnden, prachtvollen und beeindruckenden zwergischen Rüstungen und Waffen.

»Aber warum, um alles in der Welt?«, fragte Eagan. »Ich meine, ich dachte, du bist gegen jede Gewalt – vor allem gegen die brutale Gewalt von Ur-Erde ...«

»Bin ich auch«, sagte Ari verlegen. »Ich hab das ja nicht für einen echten Krieg gemacht. Wir haben das gemacht, weil ... wir das mussten.«

»Hat euch jemand gezwungen?«, fragte ich.

»Nein, nein, natürlich nicht«, sagte Ari lachend. »Wir können einfach nicht dagegen an. Es liegt uns im Blut, es ist wie ... unsere Berufung, könnte man sagen. Wenn ich nicht mit Freunden zusammen bin, oder in einem Konzert, dann denke ich ans Schmieden. Ich träume jede Nacht von der Schmiede.

Lake und ich haben früher jede freie Sekunde hier unten verbracht, um noch mehr herzustellen – damals, ehe so viele andere Zwergenfamilien in den Untergrund gezogen sind. Ich glaube nicht, dass wir je damit aufhören könnten – Schmieden ist für mich wie Atmen oder so.«

Lake nickte.

Der sonst immer rätselhaft stoische Froggy fuhr mit einem Finger über den Metallgriff eines Kurzschwertes. Glam hatte sich schon einen ledernen Kampfgürtel mit drei Schwertern und einer Streitaxt umgeschnallt; zwei weitere Äxte waren auf ihrem Rücken befestigt. Nun versuchte sie fieberhaft, noch irgendwo zwei Armbrüste unterzubringen, die sie aus einem Regal gezogen hatte.

Glam hielt inne, als sie merkte, dass wir sie alle anstarrten.

»Overkill?«, fragte sie.

»Es ist ein bisschen viel, ja«, sagte Eagan höflich.

»Und du solltest vielleicht zuerst die Rüstung anlegen und dann die Waffen«, sagte Ari mit belustigtem Grinsen.

Glam lachte und fing an, alles wieder abzuschnallen, was sie sich gerade erst unter den Nagel gerissen hatte.

Wir verbrachten die nächsten zwanzig Minuten damit, uns für den Kampf bereit zu machen. Ari und Lake mussten uns bei den meisten Rüstungsteilen erklären, wie sie angelegt wurden. Und in einigen Fällen mussten sie uns zeigen, was überhaupt was war – ich hatte aus Versehen versucht, einen Lendenpanzer als Helm aufzusetzen. Lake kicherte fast zwei Minuten lang über diesen Irrtum.

Am Ende war ich folgendermaßen ausgerüstet:

Ein metallener Brustpanzer, der zwanzig Kilo zu wiegen schien, war mit Lederriemen an meinem Oberkörper befestigt. Ich trug einen Helm mit vier kleinen polierten Tierhörnern.

Meine Beine waren ungeschützt, bis auf Wadenschienen und dicke Lederstiefel, die mit festen Riemen umwickelt waren. Ich hatte Metallschützer über meine Daumen geschoben, Kettenpanzer bedeckten meine Handrücken und ich trug zwei kleine, an meinem Brustpanzer befestigte Schulterpolster. Meine Waffen waren Aderlass, den ich in einem raffinierten Leder-Fell-Futteral auf dem Rücken trug, und Blackout in seiner Scheide an meinem Gürtel.

Die anderen aus unserem Kriegertrupp waren auf sehr unterschiedliche Weise ausstaffiert. Ari trug nur ein paar leichte Rüstungsteile, aber dafür eine ganze Auswahl an kleinen Wurfäxten und Dolchen. Lake hatte zwei kleine Armbrüste, einen Bogen und bis auf ein Kettenhemd kaum Panzer. Eagan trug ungefähr so viel Rüstung wie ich, dazu ein ziemlich tückisches Schwert mit einem leuchtenden goldenen Griff an seinem Gürtel und eine Axt, die gekreuzt mit einem Breitschwert auf seinem Rücken hing. Froggy trug eine fast vollständige Rüstung und allerlei kleine Wurfäxte und Dolche sowie eine größere Streitaxt.

Und Glam ... na ja, was hatte Glam *nicht*? Sie sah vor lauter Metall aus wie ein Roboter. Es war ein Wunder, dass sie sich überhaupt bewegen konnte, vom Gehen ganz zu schweigen. Abgesehen von einer vollständigen Rüstung samt Kettenhemd war Glam mit zwei Schwertern, einer großen und zwei kleineren Äxten, einem Dolch und einer Armbrust ausstaffiert. Sie klapperte und klirrte wie das größte Schlüsselbund der Welt.

Wir anderen mussten uns große Mühe geben, ernst zu bleiben, als wir aufbrachen und den geheimen Eingang hinter uns verschlossen.

Aber es war schon eine Hilfe zu wissen, was uns bevorstand.

37

Paul sammelt die seltsamste Fuhre der Nacht auf

Der Taxifahrer, der in einem Nissan-Kleinbus vorfuhr, sah ungefähr ebenso verdutzt aus wie die Leute auf der Straße.

In Chicago sind immer massenhaft seltsame Typen unterwegs (einmal habe ich drei Leute gesehen, die sich an einem normalen Februarabend von Kopf bis Fuß in umwerfende Ghostbuster-Kostüme geworfen hatten), aber sechs Jugendliche in voller Kampfmontur mit ziemlich echt aussehenden mittelalterlichen Waffen erregten dann doch Aufsehen.

»Äh …«, sagte Paul, der Fahrer. »Ich hoffe, keine von euch ist Ari?«

»Ich bin das«, sagte Ari und hielt ihr iPhone vom Schwarzmarkt hoch.

»Es ist so, äh also …«, fing Paul an, als wollte er verkünden, dass Perverse keinen Zutritt zu seinem Minibus hätten.

Aber es war zu spät – wir drängten uns schon hinein, mit laut klappernden Waffen und Rüstungen. Paul schaute sich nervös zu uns um.

»Versucht bitte, äh, die Polster heil zu lassen«, sagte er. »Ist heute in der Stadt irgendwo eine *Game of Thrones*-Kiste oder so? Eure Kostüme hauen ja wirklich rein.«

»Äh, ja, genau«, sagte ich, ehe die anderen diese Serie entweder als rassistisch oder total unrealistisch abtun konnten. »Es gibt so ein, äh, riesiges Fantasy-Event, äh, da in der Stadt.«

Paul schien mir nicht so recht zu glauben. Aber dann zuckte er mit den Schultern und zeigte im Vorüberfahren auf eine Reihe dunkler Gebäude.

»Könnt ihr das fassen?«, fragte er.

»Was denn?«, fragte ich.

»Dieser Stromausfall. Die ganze Stadt ist schwarz, schaut doch mal.«

»Oh, wow«, sagte ich, als ich bemerkte, dass abgesehen von den Straßenlaternen alles dunkel war. Ich hatte Chicago noch nie ohne Licht gesehen. Es war gespenstisch.

»Ich glaube, das geht schon den ganzen Abend so«, sagte Paul. »Überall in der Stadt. Sogar das Internet war vorhin für ungefähr eine Stunde tot. Und unsere Taxi-App ist auch ausgefallen. Wahnsinn.«

Wir wussten alle nicht so recht, was wir dazu sagen sollten, deshalb nickten wir stumm, und dabei schepperten und klirrten unsere Rüstungen. Ich glaube, wenn wir nicht auf dem Weg zum Kampf gegen die Elfen gewesen wären, hätten wir uns gefragt, was das wohl zu bedeuten hatte. Dann hätten wir vielleicht vorhersagen können, was nach der Morgendämmerung passieren würde.

Paul schaltete das Radio ein. Es kamen Nachrichten über kürzlich erfolgte Angriffe von Vögeln und Eichhörnchen auf Menschen in den Parks der Stadt und wir sechs grinsten. Wir wussten, dass die Opfer vermutlich zwergischer Abstammung waren, ohne es zu ahnen.

Als wir uns der Innenstadt näherten, zog ich die Flasche

mit dem Galdervatn hervor, trank einen großen Schluck und reichte die Flasche an Ari weiter. Sie nahm ebenfalls einen guten Zug und gab sie Glam, die den Rest leerte und grinste.

Paul machte große Augen und schien kurz vor einem ausgewachsenen Herzanfall zu stehen.

»In meinem Wagen dürft ihr nicht trinken«, sagte er.

»Ist schon gut, das war gar kein Rum«, sagte ich.

»Und was war es dann?«, fragte er, als er vor dem Hancock-Haus hielt.

»Zaubertrank«, sagte ich und grinste beim Aussteigen.

»Na, ohne solche Nächte wäre dieser Job wohl langweilig«, sagte Paul kopfschüttelnd. »Viel Spaß bei eurer *Game of Thrones*-Kiste.«

Die Fußgänger vor dem Hancock-Haus glotzten uns an. Mehrere machten mit ihren Handys Fotos oder Videos, doch einige starrten verwirrt auf ihre Apparate und fragten sich, warum die plötzlich nicht mehr funktionierten.

»Na los«, sagte ich.

Wir gingen durch den Haupteingang, auf der anderen Seite als die Signature Lounge, wo vor den Fahrstühlen sicher massenweise Touristen warteten, um nach ganz oben fahren und den unglaublichen Blick genießen zu können. Auf unserer Seite des Gebäudes war bis auf zwei Sicherheitswachen in blauen Anzügen alles leer.

Ari schaltete sie sofort mit Snabbsomn-Rauchbomben aus. Wir packten eine ihrer Schlüsselkarten und rannten in den kleinen Fahrstuhlflur hinter uns.

»Was jetzt?«, fragte Eagan.

»Edwin hat gesagt, dass der geheime Stock zwischen dem 82. und 83. liegt«, sagte ich. »Also würde ich mal sagen, wir fahren in den 82. und versuchen, von dort aus irgendwie nach oben zu kommen. Es muss doch irgendeinen geheimen Eingang geben!«

Sie nickten. Wir betraten den Fahrstuhl, drückten auf die 82 und sahen in gespanntem Schweigen zu, wie der Etagenanzeiger von 1 auf 25 auf 47 auf 69 auf 82 sprang. Ein leises Piepen ertönte und die Türen öffneten sich langsam.

Und wir standen drei Männern mit Agenten-Ohrstöpseln und City-Safe-Security-Abzeichen auf den Jacken gegenüber.

»Hamse«, sagte einer in das Mikro an seinem Handgelenk.

Sie traten vor und versperrten uns den Ausgang.

38

Wir erfahren, dass Menschen ein trostloses Leben haben

Als meine Freunde ihre Waffen zogen, fragte ich mich, ob wir der Sache wirklich schon gewachsen waren.

Wir hatten nur eine Woche trainiert. Und obwohl wir einige Axtwurftechniken, Kampfpositionen und grundlegende Schwerthiebe gelernt hatten, hatten wir nicht einmal an der Oberfläche eines richtigen Kampfes gekratzt. Und das magische Training hatte nur aus einem Tag bestanden, an dem wir mit Eichenholzkeulen verprügelt worden waren – das ging wohl kaum als Ausbildung in magischer Kriegsführung durch.

Die Wachen waren zu nah für den Einsatz von Snabbsomn-Bomben, deshalb blieb uns nur die Möglichkeit, uns den Weg freizukämpfen. Doch die Typen waren unbewaffnet, und als sie unsere Schwerter und Äxte sahen, hoben sie die Hände und wichen einige Schritte zurück.

Wir traten aus dem Fahrstuhl.

Eine der Wachen versuchte, Glams Schwert zu packen. Zum Glück waren ihre magischen Instinkte schneller als ihre kriegerischen. Statt mit dem Schwert nach ihm zu schlagen, wurde er durch mindestens fünf Eimer Kieselsteine ausgeschaltet, die durch die billige Deckenvertäfelung krachten.

»Was zum ...«, brachte er noch heraus, ehe er von Kieselsteinen bedeckt wurde.

Die anderen beiden Wachen sahen nur geschockt zu. Zeit genug für Lake und Ari, um ihnen mit ihren gezückten Waffen so zu Leibe zu rücken, dass sie sich nicht mehr wehrten. Einige Minuten später waren alle drei Wachen mit Klebeband gefesselt, das wir in einem Büro gefunden hatten. Wir banden sie an Metallregale voller Druckerpapier und ließen sie zurück.

Der 82. Stock war eine Art riesiges Büro, ein gewaltiger Ozean aus Einzelkabinen mit Schreibtischen und winzigen Büroräumen, verbunden durch ein Labyrinth aus grauen Gängen. Die Lichter waren heruntergedreht, aber nicht vollständig ausgeschaltet.

»Menschen verbringen echt den ganzen Tag in diesen winzigen Würfeln?«, fragte Eagan.

»Ja, viele haben solche Jobs«, sagte ich.

»Mann, die Welt der Menschen ist ja so was von trostlos«, sagte er.

Lass uns diesen Ort verwüsten. Du weißt schon, einfach zum Spaß. Und es wäre doch auch, na ja, eine gute Tat, oder? Wir würden die Menschen aus diesem elenden Dasein befreien!

Ich ignorierte den Versuch von Aderlass, mich zu Zerstörung aus purer Zerstörungslust zu überreden, und zog einen Streifen Trockenfleisch aus der Tasche. Essen hatte meine Nerven schon immer beruhigt.

Glam beugte sich mit breitem Grinsen zu mir vor.

»Hast du noch mehr davon?«, flüsterte sie.

Ich reichte ihr ein Stück.

»Dein Dad ist also wirklich irgendwo hier?«, fragte Glam mit offenem Mund, nahm einen Tacker von einem Schreibtisch und musterte ihn misstrauisch.

Ich nickte.

»Aber die eigentliche Frage ist«, sagte ich, als wir ziellos durch die Gänge wanderten, »wie wir zu dem geheimen Stock über uns kommen.«

»Du bist doch eigentlich der mit den Antworten«, sagte Ari. »Das hier ist dein Einsatz, wir helfen dir nur.«

»Ich bin hier, um Elfen zu vernichten«, sagte Glam. »Um ihre Knochen zu Staub zu zermalmen, wie trockene Blütenblätter.«

»Na gut, von mir aus, aber wir anderen sind hier, um dir zu helfen«, sagte Ari.

»Ich will meinen Dad rächen«, sagte Eagan zu ihrer Erinnerung.

»Okay, vergesst, warum wir hier sind!«, fauchte Ari. »Aber Aderlass hat uns doch hergeführt, vielleicht weiß er die Antwort …«

In dem Moment bogen wir um eine Ecke und sie verstummte mitten im Satz. Vor uns standen sechs weitere Wachen. Die ihre Waffen zogen, sowie sie uns erblickten.

Lake riss sofort eine Armbrust von seinem Gürtel.

»Lake, nein!«, brüllte Eagan.

Aber es war zu spät.

Die Wachen drückten ab. Aber statt uns mit einem Kugelhagel zu durchsieben, knallte es sechsmal leise, als die Pistolen in ihren Händen implodierten. Die Wachen wimmerten und ließen verwirrt und offenbar schmerzhaft getroffen die Arme sinken.

Ein Haufen rauchender Pistolen lag zu ihren Füßen. In

mehreren Läufen steckten kleine Steine. Andere waren zu undefinierbaren Metallklumpen zusammengeschmolzen. Ich fragte mich, wer von uns wohl diesen Zauber losgelassen hatte.

Doch die Wachen erholten sich rasch, sie waren eindeutig weniger geschockt, als ein Mensch es gewesen wäre.

»Einer von ihnen hat die Fähigkeit«, sagte eine der Wachen. »Und hat offenbar irgendwo Ysteriös aufgetrieben.«

»Dann treffen die Gerüchte also zu«, fügte eine weitere Elfenwache hinzu.

Die sechs zogen Schwerter aus ihren voluminösen Jacken hervor. Die Elfenschwerter waren kleiner und dünner als unsere, aber das Metall leuchtete und war fast durchscheinend. Die Klingen sahen scharf genug aus, um einen Yeti kahl zu scheren, ohne seine Haut auch nur zu ritzen.

Lake feuerte einen Schuss von seiner Armbrust ab.

Der Oberelf ließ sein Schwert einen raschen Halbkreis beschreiben, schlug dem heransausenden Pfeil die Spitze ab und lenkte ihn über die Köpfe der anderen ab. Das jetzt stumpfe hölzerne Ende prallte von der Wand hinter ihnen ab, ohne Schaden anzurichten. Die metallene Pfeilspitze fiel klirrend neben den Stapel von unschädlich gemachten Pistolen.

Ari warf ihre beiden letzten Snabbsomn-Bomben. Die Kapseln explodierten und hüllten das Ende des Ganges in lila Nebel. Aber zu unserem Erstaunen standen die Elfenwachen noch immer aufrecht da, als sich der Nebel lichtete.

»Meint ihr, dass Snabbsomn bei Elfen wirkt?« Einer der Elfen lachte selbstgefällig.

»Na, dann machen wir es eben auf die lustige Weise«, sagte Glam grinsend und zog mit jeder Hand ein Schwert.

Ari, Lake, Eagan und Froggy hoben ebenfalls Äxte und

Schwerter. Ich streckte die Hand nach Aderlass aus, aber der hielt mich zurück, sowie ich den Griff berührte.

Nein, Greg. Gehen wir, das ist die perfekte Ablenkung, damit du deine Mission vollenden kannst.

»Aber ich kann doch meine Freunde nicht im Stich lassen«, sagte ich und sah zu, wie die anderen im Gleichschritt auf die Elfen vorrückten.

Die kannst du sich selbst überlassen. Denen passiert schon nichts. Willst du deinen Dad retten oder nicht?

Die Axt hatte recht. Deshalb waren wir ja schließlich hier. Und als meine Freunde die Elfen erreichten und Schwerter und Äxte losklirrten, sah es wirklich so aus, als ob sie unseren Feinden gewachsen wären. Vielleicht nicht in einem richtig fairen Kampf, aber das hier war ja kein fairer Kampf. Glam und Ari beherrschten zwergische Magie, und die Elfen hatten offenbar noch immer kein Galdervatn (oder Ysteriös, wie sie es nannten).

Ich rannte in die andere Richtung, während meine Freunde die Elfenwachen ablenkten.

»Wohin gehen wir?«, fragte ich.

Ich weiß nicht. Befreie mich aus dem Futteral, dann werden wir das feststellen.

Ich zog Aderlass heraus und hielt ihn mit beiden Händen fest. Die funkelnde Doppelschneide zeigte mir in ihrer schwarzen Oberfläche mein Gesicht. Meine Miene verwirrte mich – ich sah entschieden aus, aber auch wütend. So hatte ich mein Gesicht noch nie gesehen.

Mach die Augen zu.

Das tat ich.

Und jetzt, was wünschst du dir am allermeisten?

Plötzlich hatte ich wieder eine Vision. Diese war klarer als die erste. Ich sah, wie ich wütend mit Aderlass auf eine Wand einschlug, durch Schichten von Verputz, Gipskarton und sogar durch Metallstreben und Holzpfeiler.

Und ich wusste, was ich zu tun hatte.

39

Aderlass und ich fallen so richtig mittelalterlich über einen wehrlosen alten Kopierer her

Kurz darauf hackte ich mich wirklich durch eine Wand.

Obwohl mir der Schweiß aus den Haaren in die Augen tropfte, konnte ich es nicht fassen, mit welcher Leichtigkeit die mächtige Axt durch alles hindurchglitt. Aderlass zerschnitt Gipsplatten wie Papier, Holz wie Styropor; sogar die Stahlträger schlitzte er auf wie ein Stück Käse.

Nach wenigen Minuten stand ich in einem Zimmer, das als Vorratsraum für Büromaterial getarnt war. Zwei verwirrte Elfenwachen in Lederrüstung waren mit Bogen und Schwertern am anderen Ende des Raums zu beiden Seiten der Tür postiert.

Eilig griffen sie nach ihren Elfenklingen. Obwohl sie sicher gut trainiert waren, standen sie eindeutig zum ersten Mal einem echten Eindringling gegenüber. Und ebenso eindeutig hatten sie damit nicht gerechnet.

Los! Hau sie in Stücke, ehe sie sich gesammelt haben!

Fast hätte ich auf Aderlass gehört und trat sogar einen Schritt vor. Aber Tatsache war, dass ich einfach kein lebendes Wesen in Stücke hauen *wollte*. Ich hatte noch nie irgendetwas getötet und das auch nie angestrebt, abgesehen vielleicht von ein paar Ameisen und Mücken, und das eher aus Versehen. Offenbar hatte ich plötzlich echtes Mitgefühl mit den beiden Elfen, trotz der gewaltigen rachsüchtigen Energie, die Aderlass durchströmte. Denn sonst wäre ich niemals imstande gewesen, die nun folgende Magie zu vollbringen.

Schlag ihnen die Köpfe ab, Greg! Die versperren dir den Weg zu deinem Dad!

Ich ignorierte Aderlass und konzentrierte mich voll und ganz darauf, die Elfen nicht die Waffen ziehen zu lassen. Sie versuchten immer noch, ihre Schwerter zu heben, begriffen aber schnell, dass sie nicht nur durch ihre Nervosität daran gehindert wurden.

Die Klingen steckten in den Scheiden fest – verkeilt durch Tausende von Sandkörnern, die auf magische Weise in den engen Spalten zwischen Schwert und Scheide aufgetaucht waren. Elfenmetall scheuerte gegen Sand und die Schwerter bewegten sich einfach nicht.

Plötzlich ließen die Wachen verblüfft und mit einem Schmerzensschrei los, weil die Schwertgriffe rot glühten, als ob sie soeben erst aus einem lodernden Feuer gezogen worden wären. Die Wachen starrten ihre verbrannten Hände und dann wieder mich an. Nun begriffen sie, dass ich Zwergenmagie angewandt hatte und sie dagegen machtlos waren.

Und dann taten sie etwas, was ich nie erwartet hätte: Sie flohen. Sie drängten sich ängstlich an mir vorbei und jagten durch den Gang davon.

Es war töricht, sie am Leben zu lassen. Jetzt werden sie fähigere Verstärkung holen.

»Das spielt keine Rolle«, sagte ich. »Wenn sie zurückkommen, sind wir längst weg.«

Sicher?

Ich achtete nicht auf Aderlass, sondern setzte ihn ein, um die Tür einzuschlagen, die die Elfen bewacht hatten. Dahinter befand sich ein kleiner Raum, der nur einen riesigen Xerox-Kopierer enthielt. Der Kopierer war alt und vergilbt und hatte sicher schon vor meiner Geburt hier gestanden.

Dafür dieses ganze Getue?

Aber Aderlass wusste so gut wie ich, dass die Elfen keinen einfachen Kopierer bewacht hatten. Der Kopierer war zu schwer, um ihn zu verschieben, aber ich nahm an, dass man nur ein geheimes Passwort brauchte. Ich drückte auf den Knopf, aber das Display blieb dunkel und tot. Die Leitung baumelte leblos neben dem Apparat auf den Boden. Ich warf einen Blick hinter den Kopierer und sah in vollkommene Finsternis.

Der Kopierer verbarg einen Geheimgang.

Ich versuchte noch einmal, den Apparat zu verschieben, aber der rührte sich nicht.

Das ist Zeitverschwendung. Die Antwort hast du die ganze Zeit auf dem Rücken.

Ich warf einen Blick auf den Griff von Aderlass über meiner Schulter. Dann sah ich wieder den Kopierer an. Ich zuckte mit den Schultern und nahm die Axt in die Hand.

Ein Teil von mir rechnete damit, dass der Kopierer einen gewissen Widerstand leisten würde. Schließlich waren das Plastikgehäuse und die metallenen Bestandteile solide und hart und nicht aus vertrocknetem Gummi oder zerbröselndem Holz.

Aber Aderlass durchschnitt das Gerät wie ein Marshmallow. Die schwarze Schneide ließ schon nach dem ersten Hieb Drähte und Plastikinnereien aufstieben. Sie glitt mit solcher Leichtigkeit hindurch, dass sie nur wenige Zentimeter neben meinem großen Zeh im Boden stecken blieb.

Ich zog sie heraus und schlug noch einmal zu. In Minutenschnelle war das Gerät in tausend Stücke zerschlagen, die mir um die Ohren flogen wie nach einer Explosion. Dahinter lag die Öffnung zu einem geheimen Tunnel.

Einem Tunnel, der mich zu meinem Vater führen würde.

40

Es stellt sich heraus, dass Kobolde genauso hässlich sind, wie ihr Name andeutet

Was machst du denn, Greg? Wir müssen weiter und deine Mission fortsetzen!

Wieder ignorierte ich Aderlass, als ich den Weg zu meinen Freunden zurücklief. Es fiel mir schwer, nicht allein durch den geheimen Tunnel zu gehen – schließlich war ich nur noch wenige Minuten von meinem Dad entfernt. Aber ich konnte meine Freunde nicht im Stich lassen, während sie mit sechs Elfenwachen und wer weiß wie viel Verstärkung kämpften. Außerdem waren vor uns sicher auch Wachen postiert. Ich würde ihre Hilfe brauchen, um meinen Dad zu retten.

Als ich bei ihnen ankam, war der Kampf aus dem engen Flur in das Großraumbüro übergeschwappt. Ich sah überall zertrümmerte Trennwände und unerklärliche Steinquader und Baumstämme herumliegen (bestimmt Reste irgendwelcher zwergischer Magie). Trotz des Chaos sah es nach einem ziemlich leichten Sieg aus.

Meine Freunde waren gerade damit beschäftigt, den sechs gefesselten Wachen die Münder zu verkleben. Eagan und Glam stritten sich.

»Wenn wir sie umbringen, wieso sind wir dann überhaupt besser als sie?«, fragte Eagan verzweifelt.

»Glam killt Elf!«, brüllte sie zurück und hob ihre magisch verwandelten Abrissbirnenfäuste.

»Warum?«, fragte Eagan. »Wozu? Was hast du davon?«

Glam, deren schäumende Kriegslust verflog, machte endlich ein skeptisches Gesicht, während ihre Hände ihre normale Gestalt annahmen.

»Na gut, von mir aus«, gab sie nach.

Sie grinste mich an, als wolle sie flirten, und versuchte, so eine Art Rehaugen zu machen. Es sah aber eher aus, als ob sie gerade einen riesigen Zauberwürfel verschluckt hätte.

»Leute, ich hab ihn gefunden«, teilte ich mit. »Den geheimen Eingang zu dem versteckten Stockwerk.«

»Meine Güte, Greg, was hatte dir dieses Ding denn getan?«, fragte Ari und versetzte den Trümmern des Kopierers einen Tritt.

Ich zuckte mit den Schultern und versuchte, mein halb verlegenes und halb stolzes Grinsen zu verbergen.

»Frei gabst du hinfort den Zutritt zum Eintritt in jenes kunstfertige Verberg«, erklärte Lake heroisch, als er in den geheimen Tunnel kroch. Nach einigen angespannten Sekunden rief er mit dumpfer, widerhallender Stimme: »Halali! Folget mir schnurstracks auf Fersen meinigen!«

Der Tunnel war eng und dunkel. Beim Kriechen setzten wir vorsichtig eine Hand vor die andere und tasteten nach Spinnen und Ratten. Aber nach vielleicht drei Metern wurde der Gang so breit und hoch, dass wir stehen und etwas sehen konnten. Die Wände waren aus Gips, sie waren sauber und wiesen erstaunlich wenige Spinngewebe und Staubflecken auf.

Am Ende des Tunnels war eine Metallleiter angebracht.

Ich kletterte hoch und stemmte eine viereckige hölzerne Falltür auf. Sie öffnete sich lautlos an gut geölten Angeln und knallte über mir auf den Boden. Ich stieg durch die Öffnung und richtete mich schnell auf, um mir einen Überblick über mögliche Gefahren zu verschaffen.

Die Falltür führte in einen langen Gang.

Dieses Stockwerk hatte keinerlei Ähnlichkeit mit der Bürolandschaft unter (und zweifellos auch über) uns. Der Gang hier war erleuchtet von sanften grünen Flammen, die alle paar Meter auf kunstvoll gestalteten Leuchtern an den Wänden tanzten, bis sich der Gang mehrere Dutzend Meter vor uns teilte.

Die Wände hier bestanden nicht aus Gipsplatten und Verputz, sondern waren aus Holz – und zwar nicht aus Brettern, sondern aus einem einzelnen riesigen Baum gehauen. Aufgrund der Maserung nahm ich an, dass der ganze Gang aus dem ausgehöhlten Stamm einer gewaltigen Sequoia bestand (Sequoiadendron giganteum).

Wir befanden uns in einem Baumstamm, aus dem ein Gang in einem riesigen Chicagoer Wolkenkratzer gemacht worden war.

Der Holzgeruch war betörend. Irgendwo lief leise Musik, aber ihre Herkunft war schwer zu lokalisieren. Es klang nach verzauberten Flöten und kleinen Saiteninstrumenten. Der runde Gang war wie ein riesiger Schalltrichter, die Musik wurde von Wand zu Wand in die Ferne weitergeleitet.

Die anderen waren jetzt ebenfalls durch die Falltür gestiegen, standen neben mir und starrten das geheime Stockwerk ehrfurchtsvoll an. Es sah aus wie ein Öko-Wellnesshotel aus einem Film über exotische und reiche Leute, es könnte also genauso gut ein Ort in unserer Fantasie sein.

»Mensch, die Elfenversion des Untergrunds ist viel besser als unsere«, erklärte Eagan widerstrebend.

»He, das ist alles zu weich«, sagte Glam grinsend. »Zu empfindlich, genau wie die Elfen.«

»Machen wir, dass wir weiterkommen«, sagte ich und lief los.

Mein Dad war jetzt so nahe, dass mir die Geduld fehlte, um über einen Plan zu diskutieren. Ich rannte voraus und meine Freunde folgten mir schweigend. Am Ende des Ganges bog ich nach rechts ab. Reines Bauchgefühl.

Na ja, vielleicht auch, weil Aderlass gesagt hatte: *Jetzt rechts.*

Die verlassenen, gespenstischen Gänge ließen alles noch unheimlicher und nervenaufreibender wirken, als es ohnehin schon war. Das Ganze kam mir sehr wie eine Falle vor. Glam deutete das sogar an.

Wir drängten weiter, und Aderlass brauchte jetzt keine Anweisungen mehr zu geben. Ich war nicht sicher, ob es das Galdervatn war, das mich durchströmte, oder etwas von der Magie des Aderlass, oder eine stillschweigende Verbindung zu meinem Vater oder einfach mein eigener angeborener zwergischer Richtungssinn (vielleicht auch eine Mischung von allem), jedenfalls wusste ich plötzlich genau, wo ich hinmusste.

Ich wusste, wie ich meinen Dad finden würde.

Ich rannte durch die leeren hölzernen Gänge, von denen jeder aus einem anderen uralten Sequoia-Stamm geschnitzt war. Jeder Gang wurde von den seltsamen grünen Flammen erleuchtet. In jedem hallte diese seltsame hypnotisierende

Musik wider. Wir waren jetzt fast am Ziel – das konnte ich spüren.

Aber dann bogen wir um eine Ecke und standen einer kleinen Elfenarmee gegenüber, die den einzigen Weg zu meinem Dad versperrte.

Es war nicht irgendeine Armee. Ganz vorn sah ich die prägnanten Gesichter von Locien und Gwen Aldaron, Edwins Eltern – der regierende Elfenlord und seine Königin. Hinter ihnen standen zehn Elfensoldaten mit leuchtenden Klingen und eleganten Bögen. Und neben ihnen stand in den übrigen Gängen ein Dutzend gespenstischer grüner Wesen mit langen dürren Beinen und missgestalteten Köpfen auf mageren, grotesken Rümpfen – und sie versperrten uns jeglichen Fluchtweg. Sie waren nicht größer als kleine Menschen, aber viel wilder und hagerer.

»Kobolde«, flüsterte Lake und starrte die grauenhaften Wesen mit der leuchtend grünen Haut an.

»Wie kann das sein?«, fragte Ari und griff zu ihren Waffen.

Aber wir konnten nicht weiter spekulieren. Locien ging ohne Zögern zum Angriff über, ohne uns aufzufordern, die Waffen sinken zu lassen und uns zu ergeben. Ohne auch nur ein Nicken für den Jungen (mich), der so oft zum Grillen und zu Geburtstagsfesten seines Sohns bei ihm zu Gast gewesen war.

»Moment, Mr Aldaron!«, schrie ich. »Ich bin's, Greg! Wir können über alles reden!«

Locien Aldaron lächelte nur. Wobei es eher ein sadistisches Feixen war, als ob eine kleine herzlose Schlange über sein Gesicht kroch.

Wow, der lässt dich aber kalt abblitzen.

Du bist wirklich mit dem Sohn dieses Psychos befreundet?

Ich hatte keine Zeit, Aderlass zu antworten. Der Elfenlord schwenkte eine lange Stange mit einer leuchtend blauen Kugel an der Spitze, beschrieb damit einen kleinen Bogen und stieß dann zu. Ein blauer Energieball jagte aus der Kugel hervor und hielt genau auf uns zu.

Wir wichen instinktiv aus, für mehr fehlte uns die Zeit.

Das blaue Licht traf Aris Schulter und mein Herz sprang mir in die Kehle.

Aber Ari hatte sich unmittelbar vor dem Aufprall in Stein verwandelt und die Energiekugel zerfiel zischend an ihrer Schulter. Dann nahm Ari ihre eigentliche Gestalt wieder an und sah unversehrt, aber verdutzt aus.

Locien Aldaron hatte soeben elfische Magie angewandt.

Jetzt waren wir in der Minderheit und hatten noch dazu keine magischen Vorteile mehr. Wir erstarrten vor Anspannung, als die Kobolde von den Seiten her vorrückten und die kleine Elfenarmee von vorn auf uns zukam. Locien grinste mich abermals spöttisch an und schwenkte seinen Stab, um einen weiteren Elfenzauber vorzubereiten.

Wir machten uns bereit für den Kampf unseres Lebens.

41

Na gut, manchmal weint ein Zwerg eben doch

Greg, du kannst hier nicht bleiben. Du musst zu deinem Vater.

Fast, als ob sie Aderlass gehört hätte, hieb Ari gleich darauf in dieselbe Kerbe.

»Greg, los! Du musst deinen Vater finden«, sagte sie atemlos. »Wir halten sie auf.«

Ich wollte die anderen nicht schon wieder verlassen. Nicht angesichts dieser unüberwindlichen Übermacht. Aber ich wusste, dass mir nichts anderes übrig blieb. Wenn ich mitkämpfte und wir alle zusammen besiegt würden, wäre der ganze Einsatz umsonst gewesen (und aller Wahrscheinlichkeit nach auch unser Ende).

Meine Freunde stellten sich den herandrängenden Kobolden und Elfen zum Kampf. Um mich herum explodierte das Chaos. Ich wirbelte herum und schlug mit Aderlass auf die hölzernen Wände ein, ohne dabei aufzuschauen, um zu sehen, was passierte oder wer gewann und wer verlor.

Aderlass machte mit der Wand kurzen Prozess. Ich quetschte mich durch eine kleine Öffnung in einen benachbarten hölzernen Gang, rannte weiter und hackte mich durch eine weitere Wand am Ende des Flurs, der zum Kerker führte.

So hackte und schnitt und schlug ich mich zu einer hölzernen Tür in einem leeren Gang durch. Seltsam, dass hier keine Wache stand – aber vermutlich waren alle hinter mir, in einen wilden Kampf gegen meine Freunde verwickelt.

Ich zerschlug die Tür in aller Eile und nahm mir nicht einmal die Zeit, erst nachzusehen, ob sie überhaupt verschlossen war. Dahinter lag ein feuchter Steintunnel, der viel größere Ähnlichkeit mit dem Untergrund hatte als die hübschen Gänge, die wir bisher durchquert hatten.

Zu beiden Seiten dieses Steintunnels reihten sich Kerkerzellen aneinander. Die meisten waren leer. In einigen hockten ein oder zwei verdrießliche Kobolde, und in einer sah ich einen Elfen, der mich anflehte, ihn zu befreien, als ich an ihm vorbeirannte. Ich hörte nicht auf seine Bitten, fragte mich aber, was er verbrochen haben mochte, um von seinesgleichen in die elfische Version von Guantánamo gesperrt zu werden. Vielleicht gehörte er zu dieser kleinen radikalen Gruppe Verumque Genus, der Edwins Eltern den EGOHS-Überfall in die Schuhe geschoben hatten.

Endlich kam ich bei der drittletzten Zelle an und schaute durchs Eisengitter. Auf dem Boden in der Ecke lag eine zusammengekrümmte Gestalt.

»Dad?«, fragte ich.

Der Mann drehte sich um und setzte sich auf. Er hatte einen wilden Blick und der nachgewachsene Bart sah dünn und schütter aus in seinem abgemagerten Gesicht. Aber es war mein Dad, da war kein Irrtum möglich.

Er grinste.

»Ich wusste doch, was in dir steckt«, sagte er stolz.

»Es tut mir so leid, Dad«, sagte ich. »Ich hätte niemals ...«

»Nein, Greg«, sagte er. »Du hast nichts falsch gemacht. Aber jetzt lass uns abhauen.«

Ich schluckte und nickte und bat ihn zurückzutreten. Er kauerte sich in einer Ecke zusammen, als ich Aderlass auf die eisernen Gitterstäbe zuschwang und fast damit rechnete, dass die Axt in einem Funkenregen abprallen würde. Aber die schwarze Klinge hielt ihr Versprechen und durchschnitt drei der dicken Stäbe auf einen Streich. Ich schlug die unteren Hälften heraus und machte mich dann an zwei weitere Gitterstäbe.

Mein Dad kam auf den Gang herausgestürzt.

Er schlang die Arme um mich, und obwohl er sogar für einen Zwerg grauenhaft stank, erwiderte ich die Umarmung. Erst jetzt ging mir auf, dass ich nicht damit gerechnet hatte, ihn lebend wiederzusehen. Endlich ließ ich meinen Tränen freien Lauf. Auch er weinte, und es war uns beiden egal, dass ein Zwerg niemals weint. Ich wollte ihn nie wieder loslassen. Aber irgendwann befreite er sich aus der Umarmung. Schließlich mussten wir zu meinen Freunden zurückkehren und es irgendwie schaffen, zu entkommen.

An dieser Stelle bitte die Kitschmusik einspielen.

Ich achtete nicht auf meine Axt, sondern wischte mir mit dämlichem Grinsen die letzten Tränen ab. Mein Dad rieb sich verwirrt die nassen Augen, als ob er nie zuvor geweint hätte – und wahrscheinlich hatte er das tatsächlich nie. Ich jedenfalls nicht – und jetzt wusste ich auch, warum es diese Regel gab: Es war ein unangenehmes Gefühl. Meine Augen brannten und mein Gesicht klebte vom Salz.

Wir hüstelten beide verlegen und versuchten so zu tun, als hätten wir nicht gerade die oberste Zwergenregel gebrochen.

Das ist echt ganz schön peinlich, Greg.

»Hat es keinen Widerstand gegeben?«, fragte mein Dad

endlich. Er machte sich vermutlich Sorgen, der »zu einfache« Ausbruch sei eine Falle.

»Meine Freunde kämpfen gerade mit den Wachen«, sagte ich.

»Freunde?«, fragte er. »Was ist mit dem zwergischen Wachttrupp?«

»Der Rat wollte nicht glauben, dass du wirklich hier bist«, sagte ich.

»Typisch Zwerge ...«, murmelte mein Dad. »Aber egal, los jetzt, wir müssen ihnen helfen.«

Ich nickte und lief voraus. Wir rannten zurück durch die Gänge und nicht durch die Löcher, die ich gehackt hatte, in der Hoffnung, die Elfen von der anderen Seite her zu erreichen. Ich zückte Aderlass und warf meinem Dad den Dolch Blackout zu.

Geschrei, Gebrüll, Metallgeklirr und jede Menge andere bizarre Geräusche hallten vor uns auf dem Gang wider. Selbst wenn meine Freunde verloren – so wie es sich anhörte, lieferten sie den Elfen zumindest einen tapferen Kampf.

Aderlass schrie vor Erregung und Zorn.

Wir bogen um die Ecke und stürzten uns ins Gefecht.

42

Wie sich herausstellt, sind Bergtrolle wirklich so blöd, wie Buck behauptet hat

Als Allererstes sah ich einen Kobold.

Er hatte mir den Rücken zugekehrt und schleuderte Steine durch den Gang auf ein unsichtbares Ziel. Ich war nicht sicher, wie er von der rechten Flanke der Zwerge hierhergelangt war, aber ich hatte ja sowieso keine Ahnung, wie eine solche Schlacht normalerweise verlief.

Ich trat einen Schritt vor und knallte die Breitseite meiner Axt gegen den knubbeligen Hinterkopf des Kobolds wie eine riesige Fliegenklatsche. Es machte *TUMP* und der grüne Leib fiel auf dem Boden in sich zusammen.

Der Kobold stöhnte vor Schmerz, als ich über ihn hinwegstieg und rasch den Hieb eines Elfenschwertes abwehrte. Als der Wachmann wieder zuschlug, wich ich aus und bewegte mich dabei schneller, als ich es für möglich gehalten hätte. Die scharfe Klinge verfehlte meine Schulter nur um wenige Zentimeter.

Mein Dad war mit zwei in der Nähe stehenden Elfen befasst und konnte sie mit seinen unbeholfenen Bewegungen und dem kleinen Dolch nur mühsam in Schach halten. Nur listige Verzweiflung und die angeborenen Kriegerinstinkte eines Sturmbauch erhielten ihn am Leben.

Der Elf und ich hieben aufeinander ein, ich mit meiner Axt und er mit seinem Schwert. Immer wenn die Klingen aneinanderstießen, stoben um uns herum grüne und blaue Funken auf. Er landete mehrere Treffer bei mir, offenbar war er im Einzelkampf viel besser trainiert.

Nur Galdervatn und Aris Rüstung retteten mich. Wenn die Klinge des Elfen meine langsamen Abwehrmanöver durchbrach, prallte sie von steinernen Körperteilen oder Metallplatten ab, ohne Schaden anzurichten.

Endlich konnte ich mich auf eine freie Stelle in dem überfüllten Gang rollen. Der Elf folgte mir, aber dann kam aus dem Nirgendwo ein Stein geflogen, traf ihn voll im Gesicht und schlug ihn bewusstlos.

Ari tauchte grinsend hinter mir auf und wich in letzter Sekunde einem Koboldhieb auf ihren Hals aus. Ich wusste nicht, wer noch am Leben war oder was hier vor sich ging. Es war die pure Hölle. Plötzlich wurde mir Aderlass aus der Hand gerissen und ich sah über mir die hässliche Fratze eines anderen Kobolds – unsere Nasen waren nur einige Fingerbreit voneinander getrennt.

Zwei weitere Kobolde hielten meine Arme und Beine fest. Ich war gefangen und wehrlos, ehe ich auch nur begreifen konnte, was hier vor sich ging.

Irgendwo schrie Eagan. Lake brüllte verzweifelt zurück. Beide schienen sehr weit weg zu sein.

Über die Schulter des einen Kobolds sah ich meinen Dad, der ebenfalls bezwungen worden war, Blut strömte aus einer Vielzahl von Wunden in seinem Arm, seiner Schulter und seinen Rippen. Mich erfasste Panik, und plötzlich wollte ich nur noch weg von hier. Weg aus diesem überfüllten hölzernen Gang, in dem mich Kobolde jeden Moment mit bloßen Händen in Stücke reißen würden.

Da fing Blackout in der Hand meines Dad an, hellrot zu leuchten. Er strahlte und summte vor Energie, und ich wusste sofort, dass er eine magische Kraft entwickelte – genau, wie Ari es prophezeit hatte. Die in der Nähe stehenden Elfen und Kobolde hielten für einen Moment voller Verwirrung inne.

Und dann gingen alle Lichter aus.

Es war so, als erloschen nicht nur die Lichter in diesem Haus oder die Lichter der Stadt draußen, sondern als verschwände jegliches Licht in der ganzen Welt. Wir versanken in vollständiger Finsternis. Ich hörte Geschrei und Gebrüll und mir wurde klar, dass dieser Überraschungseffekt uns die letzte Möglichkeit bot, uns aus der Gefahr zu retten.

Der Zugriff des Kobolds lockerte sich. Ich schloss die Augen und stellte mir Flucht vor, Verwirrung und Zerstörung. Ich hörte ein lautes *KRACK* und das dumpfe Poltern von Steinen. Die Kobolde ließen mich los und ich fiel zu Boden. Und da wusste ich, obwohl ich es nicht sehen konnte, dass ich soeben durch Magie mehrere große Steinquader herbeigerufen hatte, die durch die Decke auf die Kobolde geknallt waren.

Ich rannte los, obwohl ich nichts sehen konnte, und verließ mich auf meine Instinkte und auf Galdervatn. Um mich herum nahm ich Geschrei und Verwirrung wahr. Dann ging plötzlich das Licht wieder an. Lake und Eagan entwaffneten eine Elfenwache in meiner Nähe. Ari traf einen Elfen mit einem Pfeil in der Schulter. Glam knallte einem Kobold eine Felsfaust ins Gesicht. Die Schlacht wendete sich.

Aber nun tauchte ein Felstroll auf.

Klar, mitten in einem wilden Gefecht zwischen Elfen,

Kobolden und Zwergen musste auch noch ein Felstroll auftauchen. Wenn ich nicht so sehr damit beschäftigt gewesen wäre, um mein Leben zu kämpfen, hätte ich dramatisch die Augen verdreht.

Der Felstroll brach durch die Wand und schrie vor Zorn, er brachte keine zusammenhängenden Wörter heraus, sondern nur wildes, feindseliges Gebrüll.

Er sah anders aus als ein Bergtroll, weniger menschlich. Er hatte zwar eine mehr oder weniger menschenähnliche Gestalt, aber seine Haut war von spitzen Steinen übersät wie mit einer Art Schorf. Er hatte große Hände und Füße und ging gebückt, war aber trotzdem noch fast drei Meter groß und so dick wie ein kleines Haus.

»Kurzol!«, rief Locien Aldaron dem Troll zu. »Schlag sie in Stücke!«

Kurzol brüllte noch einmal und rammte dann seine Fäuste in den Boden. Sie brachen durch und hinterließen zwei gewaltige Löcher. Ein in der Nähe stehender Kobold plumpste sofort in eins davon.

»Nicht das Gebäude, du Idiot!«, rief Locien und versuchte verzweifelt, sich aus den magischen Ranken, die seine Arme umschlangen, zu befreien. »Schlag die *Zwerge* in Stücke!«

Wieder brüllte Kurzol auf.

»Ich hab keine Angst vor dir!«, rief Glam und ging neben mir in Position, als ob sie mit dem Troll ringen wollte. »Na komm schon, Wuschel!«

Ich sprang, ohne nachzudenken, zu ihr hinüber und riss sie zu Boden, als Kurzol auf uns zusprang.

»Lass mich los!«, schrie Glam. »Der stand doch gerade genau richtig!«

Kurzol landete ein kleines Stück von uns entfernt, streckte

die Fäuste aus wie Rammböcke, hieb auf den Boden ein und schlug die gesamte Kreuzung der hölzernen Gänge in winzige Stücke.

Ich spürte, wie ich mich in Stein verwandelte, als ich ein Stockwerk tiefer nach unten stürzte, zusammen mit einer wilden Masse aus Kobolden, Elfen, Waffen, Holz und anderen Bruchstücken.

Wir alle landeten in einem lauten, chaotischen Haufen aus Staub und Schutt, und einige wunderbare Augenblicke lang gab es nur Stille und Dunkelheit.

43

Na gut, Felstrolle sind immerhin gescheit genug, um aus ihren Fehlern zu lernen

Als die Wirklichkeit wieder einsetzte, befanden wir uns einen Stock tiefer.

Ein ganzer Teil des versteckten Stockwerks war eingestürzt und wir fanden uns nun in dem Ozean aus Bürokabinen auf der zweiundachtzigsten Etage wieder. Der riesige Felstroll Kurzol lag mit dem Gesicht nach unten in unserer Nähe.

Schutt und Wahnsinn der Schlacht waren rasant vier Meter tiefer in eine andere Ebene des Hancock-Hauses verlegt worden, aber es dauerte nicht lange, bis das Gefecht weiterging.

Greg, such mich. Du brauchst mich.

Ich hielt verzweifelt Ausschau nach Aderlass und wich dabei mehreren Schwertern aus. Einmal hätte mich ein Angriff von hinten fast umgebracht, wenn nicht Froggy den Elfen in letzter Minute quer durch den Raum mit einer kleinen Wurfaxt erledigt hätte.

Hier drüben, Greg. Beeil dich.

Endlich sah ich die Axt, sie leuchtete lila unter einem Schutthaufen hervor. Ich stürzte hin und ließ mich fallen, um einem Elfenpfeil auszuweichen, während sich meine Hand um den

Griff von Aderlass schloss. Die Energie der Axt durchströmte mich, als ich sie aus dem Schutthaufen zog.

Dann stürzten wir uns wieder in den Kampf.

Das folgende Gefecht war erbarmungslos und zum Teil auch sinnlos, da die Magie auf beiden Seiten nicht sehr raffiniert eingesetzt wurde und sich gegenseitig aufhob. Pfeile wurden von Zaubersprüchen abgelenkt, Schwerter und Äxte wurden durch Abwehrmagie und verzauberte Rüstungsteile wirkungslos. Es wurde deutlich, dass Elfen und Zwerge seit Tausenden und Abertausenden von Jahren nicht mehr in solche Auseinandersetzungen verwickelt gewesen waren.

Mitten im Kampf hatte ich zwei Erkenntnisse:

- Irgendwo im Gewühl waren Locien und Gwen Aldaron unter dem Schutt der eingestürzten Decke verschwunden. Ihre Fußsoldaten schrien vor Panik und suchten in den Trümmern nach ihren Anführern.
- Wir würden verlieren. Die einstürzende Decke hatte zwar etliche Kobolde und Elfen ausgeschaltet, aber es waren dreimal so viele zur Verstärkung erschienen. Und Kurzol war auch wieder bei Bewusstsein. Er hatte aus seinem Fehler gelernt und bewegte sich mit vorsichtigen Schritten durch den Raum, um brutale, fast unaufhaltbare Angriffe zu starten.

Nicht lange nach dem Absturz mussten wir feststellen, dass wir umzingelt waren, gefangen in einem typischen Büro der mittleren Führungsebene. Nur ein zerbrochener Mahagoni-Schreibtisch trennte uns noch von der Elfenarmee, der nun auch ein wütender Felstroll angehörte. Wir würden sie nicht mehr lange abwehren können, nicht einmal mit Magie. Hinter uns boten Wände aus dickem Glas einen fantastischen Blick auf den Michigansee und die Chicagoer Innenstadt.

Aber es gab keine Fluchtmöglichkeit.

Die einzige gute Nachricht war, dass wir alle zusammen dort standen. Und auch wenn wir nicht vollständig unversehrt waren, so waren wir doch noch immer am Leben: Froggy, Ari, Lake, Eagan, Glam und mein Dad. Lake war bewusstlos und hing über Glams Schultern und die meisten von uns bluteten aus mindestens einer Wunde.

Aber wir waren in die Enge getrieben – nach allem, was wir geleistet hatten, stand unser Einsatz kurz vor der Niederlage.

»Ihr kommt hier nicht raus«, sagte einer der Elfenoffiziere, während sie sich um uns zusammenschlossen. »Werft eure Waffen weg und ergebt euch.«

Hinter ihm in den Trümmern suchten noch immer schreiende Elfen nach dem Elfenlord und seiner Gemahlin.

»Was machen wir jetzt?«, fragte Ari.

Ihre Haare waren blutverklebt und sie sah erschöpft aus, wie wir alle. Mein Dad konnte sich kaum noch auf den Beinen halten und blutete aus mehreren Wunden. Ich schaute mich zum Fenster und den Großen Seen dahinter um, die sich hinter der Stadt in die Dunkelheit erstreckten, und hinab auf die geschäftigen Straßen mehr als achtzig Stockwerke unter uns.

Uns blieb wirklich nur ein Ausweg.

»Springen!«, sagte ich.

»Was?!«, brüllte Eagan.

Ich fuhr herum und schlug mit Aderlass das riesige Fenster hinter uns ein.

»Springen«, sagte ich noch einmal.

44

Sieben Zwerge, die am Himmel über Chicago eine Runde drehen

Es hätte sehr wohl sein können, dass wir in unser blutiges Ende sprangen.

Aber im tiefsten Herzen wusste ich, dass das nicht passieren würde. Und zwar nicht deshalb, weil unsere starken Knochen uns retten würden – ich hatte den Verdacht, dass nicht einmal Zwergenknochen einem Sturz aus dieser Höhe gewachsen wären. Was uns retten würde, war zwergische Magie. Die kam aus den Grundelementen der Erde. Sie konnte unsere Umgebung manipulieren und benutzen.

Und der Wind hatte mir gesagt, wir sollten springen – so beknackt sich das anhört.

Das tut es allerdings, Greg.

Nachdem ich das Fenster eingeschlagen hatte, starrten uns die Elfen nur geschockt an. Meine Freunde sahen aus, als ob sie mich für verrückt hielten, und für einen Moment glaubte ich, dass ich als Einziger springen würde. Aber dann nickten sie und wir nahmen einander an den Händen und sprangen durch das Fenster – eine Kette aus sieben Zwergen, die in den windigen Nachthimmel von Chicago hinausflogen.

Die Elfen hatten kaum Zeit zu reagieren – und was hätten sie auch tun sollen? Uns durch das Fenster folgen?

Zuerst fielen wir geradewegs nach unten, wie das einer Gruppe von sieben Leuten eben so geht, wenn sie aus einem Fenster im zweiundachtzigsten Stock springt. Aber dann, als ich mich konzentrierte und alle Überzeugung, die ich aufbringen konnte, in den Wind warf, änderten sich die Luftströme. Wir wurden plötzlich von einem wirbelnden Windtunnel erfasst, der nicht nur unseren Sturz auffing, sondern uns weiter nach Osten trug, auf den Michigansee zu.

Die Autos auf dem Lake Shore Drive wurden von den Windstößen durchgerüttelt, als wir über sie hinwegschossen.

Wir sieben flogen über eine riesige Betonpier.

Über einen dunklen, leeren Strand.

Mehrere Hundert Meter vom Ufer entfernt legte sich der Wind und wir fielen in den kalten See. Durch unsere Rüstungen sanken wir wie Steine. Ich versuchte verzweifelt, mich aus meinem zerkratzten und verbeulten Brustpanzer zu befreien. Ob ich am Ende von noch mehr Magie befreit wurde oder ob ich es einfach schaffte, die Lederriemen aufzuknoten, werde ich nie erfahren. Aber sowie ich die schwere Metallrüstung los war, schwamm ich zur Oberfläche hoch, wobei mich Aderlass um einiges verlangsamte. (Wenn ich bedenke, was dann später passierte, hätte ich ihn einfach abschneiden und auf den Seeboden sinken lassen sollen.)

Endlich brach ich durch die Wasseroberfläche und schnappte nach Luft.

Dann fing ich an zu zählen. Nur drei andere Köpfe dümpelten an der Seeoberfläche herum: Froggy, Eagan und mein Dad. Zwei weitere tauchten auf, einer gehörte Glam, die noch immer den bewusstlosen Lake festhielt.

»Wo ist Ari?«, rief Eagan.

Ich holte tief Luft und tauchte wieder. Unter Wasser war es dunkel, die Lichter der Stadt wurden von der Oberfläche reflektiert. Aber Aderlass fing auf meinem Rücken an, blau zu leuchten. Ich sah einen großen Fisch rechts von mir davonschnellen, und dann erahnte ich Ari im trüben Licht vor mir. Sie kämpfte mit der Rüstung, die sie nach unten zu ziehen drohte.

Ich schwamm zu ihr hinüber, riss ihr den Dolch vom Gürtel und machte mich über die Riemen ihrer Rüstung her. Doch als Ari befreit war, kämpfte sie nicht mehr, sondern war vollständig leblos. Verzweifelte Energie durchströmte mich, ich schlug mit den Beinen und zog Ari an die Oberfläche. Endlich tauchten wir auf und ich schwamm in Richtung Ufer.

»Was ist los mit ihr?«, rief Glam hinter mir und verschluckte dabei Seewasser.

Ich gab keine Antwort, sondern schwamm immer weiter und hielt dabei Aris T-Shirt mit einer Hand gepackt. Eagan griff nach ihren Füßen und trat hinter mir Wasser, was uns noch schneller vorantrieb. Schließlich erreichten wir die Betonpier, die sich zwischen den Badestränden weit in den See erstreckte. Ich zog mich zuerst hoch und hievte dann Ari hinterher.

Eagan folgte. Froggy, Glam und mein Dad waren noch einige Meter vom Ufer entfernt und versuchten gemeinsam, Lake an Land zu bringen. Ich war davon überzeugt, dass entweder Eagan oder ich Ari wiederbeleben müsste – aber ich hatte keine Ahnung, wie man das überhaupt macht.

Doch Ari drehte sich aus eigener Kraft auf die Seite und hustete einen Schwall Seewasser aus.

Ich seufzte erleichtert auf.

Wir halfen den anderen auf die Pier. Ein Jogger kam vorbei und sah uns seltsam an. Lake gab ebenfalls Lebenszeichen von sich, er wälzte sich auf die Seite und stöhnte.

Mein Dad stand neben mir, keuchend und blutend, aber am Leben und frei.

Wir hatten es geschafft! Wir hatten meinen Dad gerettet und waren lebend davongekommen – wir alle! Ich schaute zum Hancock-Haus hoch, das nur ein paar Straßen entfernt war. Das zerbrochene Fenster, aus dem wir gesprungen waren, war hoch oben am Nachthimmel kaum zu sehen.

Ich lächelte, aber unser Triumph sollte nicht von langer Dauer sein.

Mein Dad grinste ein letztes Mal erschöpft und sackte dann auf dem Boden in sich zusammen.

45

Aderlass hält einfach nicht die Klappe

Ich fürchte, ohne ein Gegengift kann ich nicht mehr tun.«

Ich starrte Foggy Blutbräu an, die Oberärztin im Untergrund, Ratsälteste und gute Freundin meines Dad. Sie rieb sich das behaarte Kinn und schüttelte traurig den Kopf. Dann ließ sie den Kopf hängen und verließ den Raum.

Nach allem, was wir durchgemacht hatten, hatte ich meinen Dad dann doch nicht retten können. Er war von einem vergifteten Elfenschwert verwundet worden. Foggy Blutbräu hatte mir heute Morgen erklärt, dass die Wunde tödlich sein würde, wenn sie nicht auf irgendeine Weise herausfinden könnte, mit welchem Gift wir es zu tun hatten. Es war offenbar ein uraltes Elfengift aus Ur-Erde gewesen – für moderne Medizin nicht nachzuweisen und nicht zu heilen (nicht mal für moderne Zwergenmedizin).

Ich stand neben dem Bett. Mein Dad öffnete seine blutunterlaufenen Augen.

»Dad, es tut mir so leid«, sagte ich.

»Nein, du hast deine Sache gut gemacht«, sagte er mit angestrengter Stimme. »Und dich ein letztes Mal zu sehen ist mehr als genug.«

»Aber ... aber jetzt werde ich dich nie im Schach besiegen«, sagte ich.

Das war ein lahmer Spruch, aber meine Gedanken wirbelten so verzweifelt durcheinander, dass mir nichts Besseres einfiel – und auf diesen Sieg hatte ich mich tatsächlich mein ganzes Leben lang gefreut. Und er auch.

Mein Dad lächelte.

»Greg«, sagte er. »Du hast schon viel mehr geschafft. Du wirst einmal ein großer Zwerg. Du bist schon einer. Aber eins musst du mir versprechen ...«

Ich nickte.

»Lass nicht zu, dass das hier zu noch mehr Gewalt führt«, sagte er. »Lass die Zwerge nicht in den Krieg ziehen. Das wollte ich nie, all die Jahre, in denen ich nach Galdervatn gesucht habe. Es sollte einen dauerhaften Frieden besiegeln und ihn nicht zerstören. Versprich es mir.«

»Ich verspreche es«, sagte ich und hoffte, dass das nicht gelogen war.

Er lächelte und nickte erschöpft, schloss die Augen und verlor das Bewusstsein.

Wir können ihn noch retten.

Seit unserer Rückkehr hatte mich Aderlass ununterbrochen gerufen. Ich schloss die Augen in dem Versuch, ihn zu ignorieren. Aber warum eigentlich? Vielleicht hatte er recht! Es gab schließlich noch immer die Möglichkeit, das Gegengift zu besorgen.

Ich packte die schlaffe Hand meines Dad und drückte sie. Ich wusste, dass ich nichts mehr zu sagen brauchte. Also ging ich.

Ari stand auf dem Gang.

Sie umarmte mich.

»Es tut mir leid, dass ich euch alle in Gefahr gebracht habe«, sagte ich.

»Sag das nicht«, bat sie. »Wir würden es jederzeit wieder tun. Und ich weiß, du würdest es auch für uns tun.«

Ich nickte.

Komm zu mir, Greg. Wir sind noch nicht fertig.

»Außerdem weiß durch uns der Rat jetzt, dass die Elfen wieder Magie besitzen. Und dass der Elfenlord im Kampf entweder getötet oder schwer verletzt worden ist. Vielleicht muss dein Dad den höchsten Preis bezahlen, aber es war nicht umsonst.«

Ich nickte und wusste, dass sie recht hatte. Für mich war es immer um meinen Dad gegangen. Aber er und die Sache der Zwerge waren jetzt ein und dasselbe – zumal es die Elfen waren, die seinen wahrscheinlichen Tod auf dem Gewissen hatten. Die Zwerge hatten die ganze Zeit recht gehabt: Elfen konnte und durfte man niemals vertrauen.

»Wird der Rat also endlich aktiv?«, fragte ich.

»Sie beraten gerade«, sagte Ari. »Sie sind wieder etwas aufgelebt, als sie gesehen haben, was sieben fast untrainierte Zwergenkinder mit einer Prise Überraschungseffekt und Galdervatn geschafft haben. Wenn der Elfenlord wirklich tot ist, dann haben die Elfen keinen Anführer mehr. Sie werden tagelang, vielleicht eine ganze Woche oder länger, in konfuser Anarchie feststecken. Der Rat wird bis morgen ziemlich sicher irgendeine Art von Angriffsplan ausarbeiten.«

Ich nickte.

Greg, du musst dich beeilen, wenn du deinen Vater noch retten willst.

»Ich muss los«, sagte ich. Ich wollte endlich dem Ruf von Aderlass folgen.

»Bist du sicher, dass alles in Ordnung ist?«, fragte Ari.

»Ja, ich … ich brauche nur erst mal Zeit, um das alles zu verarbeiten.«

Ari nickte und umarmte mich noch einmal.

Greg …

»Ich weiß«, sagte ich leise, als ich durch den Gang zu unserem Zimmer lief. »Bin schon unterwegs.«

46

Ich suche in der öffentlichen Bibliothek nach wütender Rache

Die normalerweise schwarze Schneide von Aderlass leuchtete jetzt vor Rachsucht blau und heiß, als ich das Zimmer betrat.

Lass mich dir zur Rache verhelfen.

»Rache?«, fragte ich. »Hast du nicht gesagt, wir könnten ihn noch retten?«

Das können wir vielleicht, aber Rache und mögliche Rettung hängen an ein und derselben Person. Und du weißt, wer das ist, Greg, oder?

Ich nickte, packte die Axt, stopfte sie in eine Reisetasche, warf sie mir über die Schulter und machte mich auf den Weg zur Bibliothek. Das ist eigentlich nicht der Ort, den man aufsucht, um wütende Rache an einem tödlichen Feind zu üben. Aber dort fing mein Weg zur Gerechtigkeit oder zur Rettung meines Dad eben an.

Auf mich wartete schon eine E-Mail, als ich mich an einen der öffentlich zugänglichen Computer setzte. Sie war von Edwin und war morgens um 5:23 geschickt worden, also vor etwas mehr als einer Stunde.

Greg, du bist wirklich ein barbarischer Gwint und genauso übel wie die restliche Bande. Meine Eltern hatten die ganze Zeit recht: Zwerge sind widerliche Kreaturen, die nur einen Fingerbreit über Tieren stehen. Meine Eltern sind aller Wahrscheinlichkeit BEIDE bei eurem brutalen Überfall auf ihren Zufluchtsort ums Leben gekommen. Weißt du, was ihr mir genommen habt?

Ich schrieb eine Antwort:

Ja, genau das, was ihr mir genommen habt. Lass uns die Sache klären: nur du und ich. Keine Begleitung. Keine Freunde. Keine Armeen. Nur du und ich. Navy Pier um 7.30.

Ich musste nur drei Minuten (die längsten meines Lebens) auf seine Antwort warten.

Abgemacht, Gwint.

Bei meinem überstürzten Aufbruch aus dem Untergrund hatte ich vergessen, mir mehr Galdervatn zu besorgen. Ich wollte schon zurücklaufen und Nachschub holen, aber Aderlass hielt mich zurück.

Das brauchst du nicht. Nur ich kann dir helfen, alles in Ordnung zu bringen.

An den vergangenen Tagen hatte ich die Erfahrung gemacht, dass es ratsam ist, deiner magischen Axt zu vertrauen, wenn sie mit dir redet. Vor allem, da mir ohne sie diese letzten Augenblicke mit meinem Dad niemals vergönnt gewesen wären.

Ich ging geradewegs zur Navy Pier. Die Leute im Bus redeten über Strom- und Internetausfälle, von denen in den vergangenen vierundzwanzig Stunden fast alle größeren Städte rund um den Erdball betroffen gewesen waren. Die Wissenschaftler waren noch immer ratlos, was die Ursache dieser Zwischenfälle anging. Ich hatte den Verdacht, dass ich genau wusste, was dahintersteckte, aber in diesem Moment wollte ich mich mit der Frage nicht näher befassen. Ich konnte nur an Edwin denken. Und daran, dass er vielleicht wusste, wo ich das Gegenmittel für das uralte Elfengift finden könnte.

Ich hatte mir die Navy Pier ausgesucht, weil sie nicht so abgelegen war, dass der Verräter (alias *mein bester Freund*) eine ganze Elfenarmee mitbringen könnte, um mich mit ihnen gemeinsam zu besiegen. Gleichzeitig war es noch so früh, dass es dort nicht von Touristen und Neugierigen wimmeln würde.

Wir trafen uns an dem gewaltigen Riesenrad.

Ich stand drei Meter von ihm entfernt und hatte Aderlass noch in meiner Reisetasche. Er trug einen wehenden langen Mantel, der, wie ich wusste, ein Elfenschwert verbarg. Einige Touristen gingen ahnungslos an uns vorbei.

In Edwins Augen loderte die Wut. Sie schienen fast zu brennen. Er war einmal der freundlichste Mensch gewesen, den ich kannte, aber der Edwin hier vor mir war kaum wiederzuerkennen, sein Gesicht war verzerrt vor Schmerz und Zorn.

»Ich hatte dir doch gesagt, du sollst das Hancock-Haus nicht überfallen«, sagte Edwin durch zusammengebissene Zähne. »Ich hätte dir helfen können, deinen Dad ohne Gewaltanwendung zu befreien. Aber du hast meine Anweisungen ignoriert. Wie eine Bande von gwintigen Zwergen seid ihr dort eingebrochen, habt alles verwüstet, was euch in den Weg kam, und habt erst später danach gefragt, was ihr da vernichtet habt. Also, Greg, was ihr vernichtet habt, waren meine Eltern. Zwerge haben in dieser Welt nichts mehr zu suchen, ihr seid wie Amok laufende Elefanten in einem Porzellanladen. Ich habe dich und deinen Dad unermüdlich verteidigt ... und wozu? Nur damit du mir am Ende den Beweis lieferst, dass meine Eltern doch die ganze Zeit recht hatten.«

»Deine Eltern sind ... tot?«, fragte ich und mein Magen brannte vor Schuldbewusstsein.

»Verschwunden«, sagte Edwin mit gepresster Stimme. »Aber vermutlich tot.«

Die wenigen Dutzend Touristen in unserer Nähe achteten nicht auf uns. Sie waren von irgendetwas am Ende der Pier abgelenkt. Edwin und ich machten uns nicht die Mühe, es herauszufinden.

»Aber du hast mich zuerst verraten!«, schrie ich. »Du hast gewusst, dass ich ein Zwerg bin, und du hast es mir nicht gesagt. Deine Eltern haben unseren Laden überfallen. Du hast nach unserer letzten Begegnung Trolle hinter mir her in den Untergrund geschickt, wo sie Männer, Frauen und Kinder umgebracht haben.«

Edwin schüttelte den Kopf. »Du lügst«, sagte er.

»Nein«, sagte ich. »Schön wärs. Denn das würde bedeuten, dass du mich nicht ausgetrickst hast – mich nicht benutzt hast, wie schon die ganze Zeit.«

»Das habe ich nicht, aber ich kann ja wohl nicht erwarten, dass ein Gwint wie du kapiert, wie mein Leben aussieht«, sagte Edwin. »Wie kannst du mir das überhaupt zutrauen? *Du* bist gestern zu *mir* gekommen, weißt du noch? Wie hätte ich da überhaupt eine Trollfalle vorbereiten sollen? Meine Eltern haben mich wahrscheinlich von Elfen beschatten lassen, und die sind dir dann gefolgt, als du wieder in der PISS aufgetaucht bist. Dein unüberlegtes Handeln ist schuld, nicht meins.«

Ich zögerte. Ich wollte ihm nicht glauben. Ich durfte ihm nicht glauben.

»Behauptest du etwa auch, keine Ahnung zu haben, womit mein Dad vergiftet worden ist?«, fragte ich. »Oder wie er gerettet werden kann? Sag mir, wo ich das Gegengift finden kann, um meinen Dad zu retten, dann werde ich Gnade walten lassen.«

Unglaublicherweise lachte Edwin. Aber sein Lachen war nicht triumphierend oder schadenfroh. Es war bitter und frustriert. Er rang mit den Tränen.

»Du begreifst es noch immer nicht, oder?«, fragte er. »Ich hatte mit alldem nie etwas zu tun, Greg. Ich hatte keine Ahnung. Ich habe nur versucht, dir zu helfen. Meine Eltern haben mich die ganze Zeit belogen. Deshalb habe ich auch keine Ahnung, was sie deinem Dad angetan haben, und ich weiß nichts über elfische Gifte. Aber weißt du, was? Meine Eltern sind wahrscheinlich tot – also kommen sie nicht so bald wieder nach Hause. Brich doch einfach bei uns ein und such selbst nach dem Gegengift, ist mir doch egal. Ungeladen irgendwo eindringen ist doch deine Spezialität.«

Aderlass leuchtete durch die Leinentasche hindurch.

Er lügt. Du musst ihn zwingen, es dir zu sagen.

Ich wusste nicht mehr, was ich glauben sollte. Aber Edwin ließ mir ohnehin keine Wahl. Er hatte offenbar eine eigene Rechnung zu begleichen.

»Ich kann dich aber nicht einfach so gehen lassen«, sagte er. »Jetzt nicht mehr.« Er zog ein Schwert hervor. Es war ein Meter zwanzig lang und hatte eine geschwungene, symmetrische Klinge, die leuchtete wie ein Diamant. Es schien vor Energie fast zu summen. »Wenn du das hier überlebst, dann kannst du gern die Häuser meiner Eltern durchwühlen. Ich gebe dir sogar einen Rat: Sieh mal hinter dem Gemälde von Chuck Close in ihrem Schlafzimmer nach – da haben sie eine Menge von ihrem geheimen Elfenkram untergebracht. Betrachte das als mein letztes Geschenk als dein Freund. Denn ich habe dich und deinen Dad wirklich immer gerngehabt, Greg. Und deshalb wird es bittersüß sein, dir heute ein Ende zu setzen.«

Ich zog den leuchtenden Aderlass aus der Reisetasche.

»Edwin, lass es«, sagte ich. »Wir müssen das nicht tun.«

»Doch, das müssen wir«, sagte er. »Ich schätze, wir können unserem Schicksal eben doch nicht entgehen.«

»Aber wir formen unser Schicksal selbst«, widersprach ich. »Das hast du mir immer gepredigt. Das hier ist einfach zu furchtbar. Bitte, frag dich noch mal, ob wir uns wirklich *beilen* müssen. Die Lösung muss vielleicht nicht so *schwert* sein. Wenn du gewinnst, dann ist das ein *axtremer* Sieg. Äh, hm, ich hab noch mehr, warte ...«

Für einen kurzen Moment sah Edwin nicht mehr so düster aus. Eine Spur seines alten Grinsens huschte über sein Gesicht, aber dann schloss er die Augen und holte Luft. Als er mich wieder ansah, war der Zorn wieder da, und zwar lodernder denn je.

Dann griff er an.

47

Ich kündige ein weiteres Wortspiel an:
Mein (ehemals) bester Freund fliegt auf mich

Funken stoben auf, als unsere Klingen gegeneinanderprallten.

Edwin war schnell und geschmeidig und ich hatte alle Mühe, seine raschen Angriffe zu parieren. Er hatte offenbar viel länger Einzelkampf trainiert als ich. Aber Aderlass bewegte sich fast von selbst und half mir, Edwins Hiebe vorauszusehen.

Edwin verfügte zwar über gewaltige Schnelligkeit, aber Aderlass' pure Kraft glich das wieder aus. Immer wenn ich einen Treffer platzieren konnte, wurde Edwin einige Schritte zurückgeschleudert, sogar nach einer erfolgreichen Blockade. Die Axthiebe waren hart und drängten Edwin zurück wie eine eiserne Faust.

Doch sie gelangen mir nur selten – ich war zu sehr damit beschäftigt, seine schnelleren Schläge abzuwehren, um selbst ausholen zu können. Wir wirbelten umher und schlugen zu und schlugen zurück, quer über die fast verlassene Pier. Alle anderen Leute drängten sich an ihrem Anfang zusammen und starrten in die andere Richtung.

Uns war das egal.

Wir waren nur darauf konzentriert, uns gegenseitig zu vernichten.

Nachdem ich drei rasche Hiebe abgewehrt hatte, konnte ich meine Schulter gegen Edwins ungeschützte Brust knallen. Er wurde rückwärtsgeschleudert, dorthin, wo man fürs Riesenrad anstand. Sein Rücken traf auf ein Schild mit der Aufschrift *ZU WARTUNGSZWECKEN GESCHLOSSEN*.

Ich sprang vor und holte mit Aderlass über meinem Kopf aus, als ob ich einen Holzklotz zerteilen wollte. Edwin wich dem Schlag in letzter Sekunde aus. Die Schneide meiner Axt kappte mehrere dicke Stahltrossen hinter ihm.

Das Riesenrad stöhnte, als es von einem plötzlichen Windstoß vom See her getroffen wurde. Edwin und ich schauten auf, als es unsicher hin und her schwankte. Aderlass hatte soeben drei der wichtigsten Befestigungstrossen zerhackt.

Wir tauschten einen Blick und rannten los, als das gewaltige Riesenrad kippte.

Es knallte mit dem wilden Gebrüll von berstendem Stahl und zersplitternden Glasfasern auf die Pier. Ich wehrte mit Aderlass einen Metallträger ab, der mich fast zerquetscht hätte.

Dann standen wir beide unversehrt zwischen den Trümmern. Hinter Edwin über dem See schossen Blitze aus schweren, düsteren Sturmwolken hervor. Sekunden später dröhnte der Donner.

Ich hob Aderlass.

Edwin hielt sein Schwert bereit.

Aber statt mich anzugreifen, grinste er listig. Sein Schwert leuchtete orange und wurde zu einer Flamme.

Edwin konnte Magie wirken! Verdutzt trat ich einen Schritt zurück. Ich wusste nicht genau, wie das bei Elfen mit der Fähigkeit funktionierte, aber eins war sicher: Edwin hatte sie.

Er richtete sein flammendes Schwert auf mich und Feuer schoss aus der Spitze hervor wie eine Art wabernde Zunge. Ich sprang zur Seite. Das Glasfasergehäuse des Riesenrades hinter mir begann zu schmelzen.

Wieder schwang Edwin sein loderndes Schwert in meine Richtung. Noch mehr Flammen schossen aus der Spitze hervor. Diesmal hatte ich keine Möglichkeit zu entkommen. Ich wich zurück, als die Flammen mich einhüllten.

Ich spürte die Hitze, aber es tat nicht weh.

Erst jetzt ging mir auf, dass ich von zischendem, dampfendem Wasser überströmt war. Es kam nicht vom Himmel, sondern schien aus mir hervorzuquellen.

Zwergische Magie.

Wie war das möglich? Ich hatte seit fast zwölf Stunden kein Galdervatn mehr zu mir genommen, aber ich konnte spüren, wie die Magie mich durchströmte. Jedes Mal, wenn ich Galdervatn getrunken hatte, war dieses Gefühl vertrauter geworden. Jetzt war es so deutlich wie nie. Ich wusste, dass die Magie mich auf irgendeine Weise von selbst gefunden hatte.

Edwin machte sich bereit für einen neuen Angriff. Ich konzentrierte mich auf ihn und ließ die Axt sinken. Er kam grinsend auf mich zu, weil ich mich offenbar nicht verteidigen wollte. Aber dann wurde er plötzlich rückwärtsgeschleudert, als ein Windstoß seine Brust traf wie ein Vorschlaghammer.

Das Schwert flog aus seiner Hand und fiel klirrend zu Boden. Ich konzentrierte mich darauf und ein weiterer Windstoß hob Edwins Schwert in die Luft. Es jagte durch den Yachthafen und landete dann auf dem Grund des Sees.

Edwin kam auf die Füße und hob die Handflächen. Zwei grüne Blitze schossen auf mich zu. Ich hob Aderlass und er saugte die Blitze problemlos auf.

Edwin stieß einen frustrierten Schrei aus und machte noch einen Versuch.

Aderlass fing auch diesen zweiten Angriff problemlos ab und schleuderte die Energie dann auf Edwin zurück. Edwin schrie vor Schmerzen und fiel mit leblos hängenden Armen zu Boden.

»Das wars«, sagte ich und trat über ihn.

Mach ihn fertig.

Aderlass vibrierte vor Rachsucht. Das war schließlich das, was diese mächtige Waffe am besten konnte.

»Egal, was du mit mir machst«, stieß Edwin hervor, »du wirst doch nie etwas anderes sein als ein wertloser Gwint.«

»Ich wollte das alles nicht«, sagte ich. »Ich wollte nicht einmal deinen Eltern etwas antun. An ihrem Tod ist Kurzol schuld, ihr eigener Felstroll. Ich war dabei, ich habe es gesehen.«

»Aber es wäre nicht passiert, wenn du auf mich gehört und dich ferngehalten hättest«, sagte Edwin. »Ich wollte das alles auch nicht, Greg. Ich war immer auf deiner Seite, ich wollte dir wirklich helfen, deinen Dad zu befreien. Ich habe dir schließlich auch gesagt, wo er war. Ich wollte nie etwas anderes als dein Freund sein.«

Ich wusste, dass er die Wahrheit sagte.

»Deine Eltern haben meinen Dad gefangen genommen«, sagte ich. »Damit hat alles angefangen. Aber das muss uns ja nicht alles kaputtmachen.«

»Das haben sie«, stimmte Edwin zu. »Es war ihre Schuld. Aber jetzt ist es zu spät. Sie sind vermutlich bei deinem Angriff ums Leben gekommen, und das kann ich einfach nicht vergessen. Was geschehen ist, ist geschehen. Wir sind fertig miteinander.«

Ich hob die Axt fast gegen meinen Willen – als ob eine unsichtbare Kraft meine Handlungen lenkte.

Mach schon. Wenn du das jetzt nicht tust, wird es immer so weitergehen. Du darfst ihn nicht davonkommen lassen, er hat geschworen, seine Eltern zu rächen, und die Gewalt wird kein Ende nehmen, bis die Rache vollendet ist. Du hast deinem Dad etwas versprochen. Jetzt halte dein Versprechen.

Aderlass stupste mich an, er zwang mich praktisch dazu, mit aller Kraft, die ich noch aufbringen konnte, auszuholen. Aber die Axt bohrte sich neben Edwins Kopf in den Boden und verfehlte ihn nur um eine Handbreit.

Ich ließ die Axt los, während er die Schneide aus weit aufgerissenen Augen anstarrte.

Als meine Hand sich vom Griff löste, war alles verflogen. Die Lust, zu töten, zu rächen, löste sich im Wind auf. Edwin streckte nicht die Hand nach der Axt aus, sondern starrte mich schockiert an. Noch immer schwelte Zorn in seinen Augen, aber nun mischte sich auch Trauer darunter.

Ich schüttelte den Kopf.

Dieses gewalttätige, rachsüchtige Wesen war nicht ich. Ich könnte und würde Edwin niemals etwas antun, ob wir nun die besten Freunde oder die schlimmsten Feinde waren. Ich vergeudete hier nur meine Zeit – Edwin selbst hatte gesagt, der Schlüssel zum Überleben meines Dad könnte in einem der Häuser seiner Eltern versteckt sein.

»Denk an diesen Augenblick«, sagte ich zu Edwin. »Daran, dass ich dich verschont habe. Falls wir uns jemals wiedersehen.«

Er schnaubte und wollte etwas sagen, aber ich ließ es nicht zu. Ich rief mehr Wind herbei. Der Wind riss ihn vom Boden und trug ihn mehrere Hundert Meter auf den See hinaus, um ihn dort ins Wasser fallen zu lassen. Er würde lange brauchen, um ans Ufer zu schwimmen, und das würde mir auf dem Weg zu seinem Haus einen Vorsprung verschaffen. Es bestand noch immer eine Chance, meinen Dad zu retten.

Ich wollte schon loslaufen und Aderlass seinem Schicksal überlassen. Dieser Gegenstand, der unersetzlich dabei gewesen war, meinen Dad zu retten, war zugleich der Gegenstand, der versucht hatte, mich dazu zu bringen, meinen besten Freund zu töten – und es wäre ihm fast gelungen.

Doch er rief nach mir.

Du weißt, dass du mich wieder brauchen wirst. Das hier ist noch längst nicht zu Ende.

Er hatte recht. Ich seufzte und zog die Axt aus dem Boden. Kaum lag sie wieder in meiner Hand, da bereute ich auch schon, dass ich Edwin ungeschoren hatte davonkommen lassen. Ich wusste, dass das nicht meine wahren Empfindungen waren, dass Aderlass versuchte, mich umzustimmen, mich zu seinen eigenen selbstsüchtigen Zwecken zu benutzen, also ignorierte ich ihn. Ich hatte Edwin verschont, und ich würde es wieder tun.

Ich machte auf dem Absatz kehrt und schaute in Richtung Stadt.

Aderlass fiel mir aus der Hand und landete klappernd auf dem Boden.

Geschockt starrte ich auf das Bild, das sich mir bot und das die Touristen auf der Pier von unserem Kampf abgelenkt hatte.

48

Die Morgendämmerung der Magie

Die Stadt war total still.

Die Gebäude waren dunkel, die gesamte Skyline lag im Morgenlicht schwarz da. Alle Autos auf dem Lake Shore Drive standen still. Die Fahrer wanderten um ihre Wagen herum und kratzten sich ratlos am Kopf.

Keine Hupe lärmte. Nichts außer den Menschen bewegte sich. Mobiltelefone ruhten leblos in Händen, Hosentaschen und Handtaschen und waren vollkommen nutzlos geworden.

Dann zerfetzte das Gewitter hinter mir die Stille mit neuem Donner. Ein bunter wirbelnder Dunst stieg aus den Gullys auf. Er schwebte wie regenbogenfarbener Nebel über der Wasseroberfläche, wirbelte zwischen den Gebäuden und erhob sich aus den Rissen im Straßenpflaster.

Galdervatn.

Das neue Magische Zeitalter begann.

Nichts auf der Welt würde jemals wieder so sein wie zuvor ...

DANKSAGUNGEN

Ich danke:

- Pete Harris für alle seine Inspiration und die harte Arbeit an dieser Geschichte
- allen von Temple Hill und Putnam, die geholfen haben, dieses Buch zu dem zu machen, was es ist: Wyck Godfrey, Jennifer Besser, Kate Meltzer, Katherine Perkins und all den anderen, mit denen ich nicht direkt zusammengearbeitet habe
- zwei bezeugten echten Kobolden, Ginny und Fernet, die in meinem Haus gelebt haben
- BBB (ihr bringt das Schlimmste in mir zum Vorschein, und das ist wunderbar)
- Bärten
- Fleisch (vor allem Kutteln)
- großen Portionen
- dem ganzen Fantasykram, bei dem ich mit Begeisterung Anleihen gemacht oder über den ich mich mit derselben Begeisterung lustig gemacht habe
- Steve Milk, einfach immer

Besonderer Dank geht an

- Leute, denen große Häuser, fetzige Autos und Geld verdammt wichtig sind (um die Schurken zu inspirieren)
- alle, die irgendwo in Kloaken leben
- Hamburger mit Bacon

Kein Dank geht an:

- Seitan

Namen mit Bedeutung

Dunmor	Festung (Irisch)
Galdervatn	Zauberwasser (Norwegisch)
Gwen	weiß (Walisisch, femininum)
Kynwyl	Kerze (Kornisch)
Ragnbage	Regenbogen (ein bisschen schräges Norwegisch)
Snabbsomn	Schnellschlaf (Norwegisch)

DER KAMPF GEGEN DIE MONSTER
GEHT WEITER!

Chris Rylander
**DIE LEGENDE VON GREG 2:
DAS MEGA-GIGANTISCHE
SUPERCHAOS**
Hardcover
384 Seiten
ISBN 978-3-551-55389-8
Auch als E-Book erhältlich

ES IST BEWIESEN: Die Kraft der Magie, die Jahrtausende tief unter die Erde verbannt war, hat einen Weg zurück in die Welt gefunden! Nun bekommt die Zivilisation Risse, Strom und Satellitennetze fallen aus. Aber noch viel schlimmer ist, dass alle möglichen Monster und magische Wesen wieder zum Leben erwachen. Greg und seine neuen Freunde aus der Zwergenwelt helfen dabei, die ahnungslosen Menschen vor ihnen zu schützen – leichter gesagt als getan. Und auch Gregs Streit mit seinem Freund Edwin, der ja auf der Seite der Elfen steht, ist noch nicht beigelegt. Dieser hat einen ganz anderen Plan als Greg, wie die Welt zu retten ist …

DIE SCHLACHT DER MONSTER

Chris Rylander
**DIE LEGENDE VON GREG 3:
DIE ABSOLUT EPISCHE
TURBO-APOKALYPSE**
Hardcover
384 Seiten
ISBN 978-3-551-55756-8
Auch als E-Book erhältlich

GREG UND SEINE FREUNDE müssen die Zivilisation vor dem Untergang bewahren – und sie haben nicht mehr viel Zeit! Gregs ehemals bester Freund Edwin will alle Magie der Welt stehlen und allein für sein Volk der Elfen nutzbar machen. Doch Greg weiß, dass die Alleinherrschaft der Elfen die Welt nicht retten kann. Auf dem Weg aus den Wäldern Russlands zurück nach Chicago muss er viele Monster bekämpfen, aber er findet auch neue Verbündete für die finale Schlacht.

WWW.CARLSEN.DE